The Communications and Interactions Between Taiwan and Hong Kong's Poetry in the Former Period of Cold War Time

刘奎 著

冷战初期台湾
与香港诗坛的交流与互动

台湾研究系列

本书为国家社会科学基金重大项目《六十年来台湾社会思潮的演进与人文学术的发展（1950~2010）》（项目批准号：16ZD138）阶段性成果

九州出版社
JIUZHOUPRESS

图书在版编目（CIP）数据

冷战初期台湾与香港诗坛的交流与互动 / 刘奎著
. -- 北京 ：九州出版社，2018.10
ISBN 978-7-5108-6091-1

Ⅰ．①冷… Ⅱ．①刘… Ⅲ．①诗歌研究－文化交流－
香港、台湾－现代 Ⅳ．①I207.2

中国版本图书馆CIP数据核字(2018)第228841号

冷战初期台湾与香港诗坛的交流与互动

作　者	刘　奎　著
出版发行	九州出版社
地　址	北京市西城区阜外大街甲 35 号 (100037)
发行电话	(010)68992190/3/5/6
网　址	www.jiuzhoupress.com
电子信箱	jiuzhou@jiuzhoupress.com
印　刷	北京九州迅驰传媒文化有限公司
开　本	720 毫米 ×1020 毫米　16 开
印　张	21.25
字　数	270 千字
版　次	2018 年 10 月第 1 版
印　次	2018 年 10 月第 1 次印刷
书　号	ISBN 978-7-5108-6091-1
定　价	58.00 元

瞩目于台湾与香港文学的链接处

——序刘奎《冷战初期台湾与香港诗坛的交流与互动》

朱双一

　　刘奎先生北大博士毕业后来到厦大台研院与笔者同袍共事仅两三年，如果说同事之间常会有"与有荣焉"感的话，我一直天经地义地认为他应会以我这个"老前辈"为傲。但事实却不断挑战我的这个想法，近来反而有了强烈的以他为荣的感觉。这感觉在先睹为快地阅读了这本书稿之后，就更为笃定和强烈了。这两三年来，他除了将博士论文付梓出版并发表了多篇高水平论文外，还拿出了这一本20多万字的新著，其崭露头角的学术快手身影，令人刮目相看。当然，速度快并不能说明太多问题，学术著作的价值和意义，取决于它是否提供了新的理论，新的视野，新的角度，新的方法，新的资料，以及新的观点和看法。本书显然志不在纯粹的理论建构和演绎，但在其他许多方面，却都有令人渍渍称羡的表现。

　　首先，作者十分敏锐地抓住了20世纪五六十年代台湾和香港两地文坛（特别是现代诗人）之间的关联这么一个主轴，却不局限于此，在历史纵向上向20世纪上半叶的中国大陆文坛追溯，空间横向上向东南亚华文文坛扩展。建立起这一广阔视野至少有两个好处。一是对两地文学研究，特别是香港文学研究具有促进作用。总的说，大陆学界开展台港文学研究已有近40年历史，却基本上是台湾和香港文学"井水不犯河水"，至多只是局部、个案的关联，文学史著作要么各写各的，即使港台同写，也仅是机械拼凑，像这样将两地文学关系作为整本书的论述主轴的，还是首次。该书无论对于台湾文学史或香港文学史，都有填补空白的重要意义。特别是香港文学研究，尽管界内往往将台、港文学并称，但台湾文学研究已有相当的开展，香港文学研究相对而言却还比较滞后。

因此本书对于香港文学研究的促进作用会更大些。其二，由于作者用相当篇幅发掘和描述两地文坛与此前中国现代文坛各方面的密切关联——包括现代主义、人文主义乃至左翼文学、传统诗文创作等等——由此揭示了20世纪五六十年代的台湾、香港两地的文学，并非凭空而来，实乃五四以降中国现代文坛的脉络延续，从而对于两地文学有了一个精准的基本定位。笔者也曾致力于两岸文学关系的研究，并认为由于语境的差异，五四以来中国新文学的某些思潮脉络（如现代主义）在当代大陆其势不彰，或断续不整，却在台湾得以延续。本书作者与笔者可说"所见略同"，但他却能从台湾扩大到港、台，特别是能以更为充足的论据、更为翔实的论证加以阐释和证明，让我内心折服和快慰。

其次，本书选题和问题意识的确立，既受到刘以鬯1984年所写《三十年来香港与台湾在文学上的相互联系》一文的启发，更因作者在爬梳台湾大型文学期刊《联合文学》时，看到了当年张爱玲受雇于美新处翻译反共小说《荻村传》之事，由此了解到美国的"文化冷战"政策在当时港台两地文坛发挥的重要作用。作者因此将港台两地的文学关系放置于世界冷战、中国内战这么一个特殊的时空背景下加以考察。所谓"双战"架构及其意识形态本是台湾作家陈映真对当代台湾社会、思想结构特征的一种描述，近年来学界对于中情局、美新处等所主导的"文化冷战"也有了进一步的考究和认知。台湾、香港文坛及它们之间产生的诸多现象和问题，只有放到这一背景中，才能看清其内在的关联和脉络。当年香港、台湾不少报刊以及作家创作（包括翻译），其背后"金主"就是美新处。当然，指出这一点并非要对相关作家加以追究，而是要深入了解许多事情发生的背后原因。

尽管港、台文学同受"文化冷战"影响，但作者并不停留于展现两地之同，而更着力于发现两地之异。如香港体现出相对的多元，也较快进入都市情境，因此都市文学较早出现；而处于内战戒严体制下的台湾不可能如此"多元"，比起香港，它更多一些"热战"的成分，因此诗人更多以"战争"为题材。又如，由于20世纪50年代台湾处于白色恐怖下，一时杜绝了左翼文学公开传播的可能性；而香港的情况却比较微妙，成为一个"左"、右以及犹豫观望的"第三种人"聚集共存的地方，因此左翼文学文化在香港反而占有一席之地，甚至在某些特定时期（如"保钓"后的20世纪70年代）兴盛一时。在这种比较视野下，就使香港、台湾文学在冷战背景下之特殊样貌的论述，更为饱满而丰富。

其三，本书又一明显特点是善于挖掘、搜寻长期湮没于故纸堆中的第一手资料，其大多论述都建立于翔实资料的基础上。作者往往抓住一个未必起眼的线索，甚至仅是蛛丝马迹，却能顺藤摸瓜，最终收获了非常可观的发现。与一些以挖掘资料、展示资料见长的学者有所不同的是，作者并非为资料而资料，而是通过这些资料，发现问题以及许多具有研究价值的作家作品。最近界内有学者呼吁研究香港文学应从报刊资料的爬梳整理入手，诚为识者之见，而刘奎先生却已先走了一步。

举例说来，有些刊物像香港的《中国学生周报》《今日世界》《文艺新潮》，台湾的《现代诗》《畅流》等，虽然早已有人研究，但它们数量大内容杂，对其梳理需有耐心和功力；而像《新希望周刊》《新思潮》《好望角》等，则属于作者的新发现。在资料的梳理中，刘奎有了许多"开辟荆榛"般的成果，如他发掘了易君左在港台的艺文活动，并以易氏为中心，描绘出港台传统文人圈的聚散情景。易君左是乙未年反对清廷割台的著名爱国志士易顺鼎的儿子，他在时间上连接着传统和现代，地域上横跨香港、台湾乃至东南亚，艺术门类上文学和书画兼擅，职业上创作和编辑并举，这多重身份使他交游极广，能在港台文化圈中起到一个聚拢粘合作用。作者由此勾勒出谢冰莹、钱歌川、左舜生等新派文化人和郑水心、梁寒操、陈其采、熊式辉等传统旧派文人在港台之间的互动轨迹。

又如，20 世纪 50 年代港台文坛一位颇为活跃的作者梁文星，其本名吴兴华，乃 40 年代中国现代文坛的知名诗人，他的"真身"其实仍在北京，"梁文星"乃宋淇为在港台发表好友诗作而另起的笔名。这样的"影子诗人"在文学史上颇为奇特，值得一书。尽管梁文星就是吴兴华此前已由贺麦晓、张泉等学者发现，但刘奎发掘了更大量的原始资料，据此提出了与前者有所不同的观点，力求从港台当时的文化思潮如新人文主义、新批评等语境来讨论和阐发，其文学史价值和意义就更能得到凸显。

其四，在这一本以挖掘资料、出土长期被湮没的港台作家作品见长的著作中，作者并没有放松理论的观照。理论带给作者睿智的视野和眼界，一些理论的恰到好处的运用，使作者对文学现象的观察和阐释，达到应有的深度。最明显的例子见于第五章。作者引入了"政治文化"和"文化政治"的概念："政治文化"指"某种政治形态或诉求在文化领域的表达"，"文化政治"则指"以文化的方式达到政治的目的"，二者都说明了整体上文学并无法与政治脱离关系，所谓纯之又纯的"纯文学"是很难找到的，这在 20 世纪的港台文学中表现得格外明显。作者抓住了"遗民"这个指称，指出对于遭受乙未之厄的台湾人而言，他们不仅是传统意义上的前朝"遗留"之民，同时还是被清朝"遗弃"之民。这时"国"之有无去存，实关系着台湾人的身家性命、是当自由人还是当奴隶的分际，这使他们有着难以更改和消弭的民族意识和祖国认同，被遗弃的处境使他们感到格外的痛苦和委屈，甚至有"凄凉怨怼的感觉"。作者深刻地指出：这一点甚至也是后来产生"孤儿意识"的原因之一。1911 年梁启超访台时，能够体会到台湾同胞的这种委屈而加以抚慰，发出了"汉家故是负珠崖""珠崖一掷谁当惜"的感叹，同时又亲身体会台湾人民在日本殖民统治下从政治经济到文化教育的种种痛苦并诉诸笔端，其"万死一询诸父老，岂缘汉节始沾衣""破碎山河谁料得，艰难兄弟自相亲"等诗句，才能"抓到了父老内心的痒处"，轰动一时，不胫而走，传遍全台各个角落。

进一步，作者还分析这种由文人间相互酬唱而形成某种"文化共同体"的原因和功能。当其时，日警严密防控，"隔墙有耳"，梁启超无法发表演讲，只好用诗词唱和的方式，与台湾文人交流感情，互诉衷肠，这里"政治文化"和"文化政治"发挥了无可替代的作用。作者指出："所谓'同声相应、同气相求'，文人修禊、诗词酬答不仅是遗民延续斯文的方式，它本身也形成了一个话语与情感的共同体。"这种"共同体"现象后来在港台文坛以各种形式反复出现。如冷战时期的台湾，不仅杜绝与大陆文坛来往，甚至一度也限制香港刊物的进入，然而两地的文人和文艺作家，却以梁寒操、易君左等人以及纪弦《现代诗》、马朗《文艺新潮》等刊物为桥梁，"让这两个隔海相望的岛屿暂时克服了空间上的障碍而成为了一个文化圈"。这一点对当下仍深具借鉴意义：尽管这些人具有不同的背景、想法和诉求，但他们"对对方都充满了'了解之同情'，这种交往方式形成的是某种'交互主体性'（intersubjectivity，又译主体间性），这种基于历史交错、情感理解与现实关怀的新的主体形式，为两岸从误解走向认同提供了历史的借鉴与未来的前景。"我觉得，以我从事台湾文学研究 30 多年的所见所闻，这样的论述颇具创新性，是用新理论、新角度阐释台湾、香港文学及其与大陆文学关系的成功范例。

最后，还得谈谈我所认知的作者能够在较短的时间里取得如此可观成绩的原因。仅就其主观方面来说，至少有这样两个原因。一是作者有着比较深厚的学术功底和知识积累。其博士论文以《诗人革命家：抗战时期的郭沫若》为题，但观照面广及抗战时期的中国现代文坛，他自己也略带谦虚地说明道："笔者因此前对抗战时期重庆文化人有所研究，故对 20 世纪四五十年代大陆文化人的政治选择和后续经历颇感兴趣"，像梁文星 / 吴兴华资料的搜罗和阐发，纪弦与马朗的旧友关系的梳理，几乎湮没无闻的重要文化人易君左的发掘，都与其博士阶段的学术积累有关。

另一则是作者万分的勤奋——说"万分"并不夸张——像他列出了《联合文学》将近 200 期中与中国现代文学有关的文章目录，该刊每期 200 多页，这样作者等于处理了四万多页的内容。而香港《中国学生周报》则达千期以上。这样的工作量令人叹为观止，没有坚强毅力专心投入，是不可思议的。在我看来，两三年来作者成绩斐然，在别人还在以"先熟悉熟悉情况"为由在新的研究领域面前逡巡，不知何时才能"入门"时，他早已经是登堂入室，彰显行家气派。然而我听到他说得最多的一句话却是："这几年白白浪费时间了"。这种嗜时如命的紧迫感，使他除了有时要照看刚一两岁的小女儿并其乐融融外，几乎抓住每一分钟都在工作。近年来，众多的年轻博士进入了台港文学研究领域。刘奎的成功经验，对于年轻学者如何快速地进入角色，显然具有启示意义。

刘奎嘱我为他的书稿写序，原本只是出于情面答应下来，心想大概写些应景式的鼓励话即可，后来却越读越有味，最终写成了带有学术性的严肃文字。虽在意料之外，却又在情理之中。这"情理"就是，书稿本身富有学术性和创新性，序文自然不能与之全不搭配。当然，是否书中的妙处都被我说出来了？实在不敢说，但愿"虽不中，亦不远矣"，是为序。

目 录

绪　论

一、研究缘起

　　选择冷战时期台港文坛交流的议题，有些偶然。之前在翻阅《联合文学》的时候，读到台湾《荻村传》作者陈纪滢的一篇回忆性文章《〈荻村传〉翻译始末》，该文与郑树森的《张爱玲·赖雅·布莱希特》、柯灵的《遥寄张爱玲》、丘彦明、王祯和的《张爱玲在台湾》一起，刊载于《联合文学》第29期的"张爱玲专卷"里。港、台是张迷的沃野，本以为该文也是忆旧抒情类，没想到读后却似乎看到了另一个张爱玲。该文透露了张爱玲在美国新闻处的支持下，翻译《荻村传》的过程：

　　　　曾经是台湾"美国新闻处"处长的麦加锡，当他还是曼谷美新处处长时，奉美国国务院命令要介绍中国文学，他便派了副处长来台北找我，问有人译了《荻村传》没有？我回答有。他表示美新处有意翻译这书，我道："你们找饶大卫好了。"不久麦加锡及这位副处长同时调到香港美新处，就从亚洲基金会调出英千里先生译的《荻村传》原稿。

　　　　读完之后，美新处方面的意见是，英先生虽然把我小说中的土话全译出了，但是美国人读来还是太典雅，恐怕不合潮流，决定找人另译。

　　　　这时张爱玲女士在香港。她是河北丰润县人，祖父张佩纶是清朝的名臣。她的中英文都好，麦加锡处长就托她重译《荻村传》。最后一校的英译稿我读了，张爱玲不是逐字逐句的翻译，大部分是意译，但是并没有离开文字的基本骨干，整个文字就美国人而言，读起来是比英先生译的容易多了。

　　　　虽然美新处付给张爱玲一万多美金的翻译费，比英先生的多（这数

1

字是我听说的）。但是，张爱玲说，她喜欢《荻村传》才翻译的，不是为了钱。

……

张爱玲重译的《荻村传》，终于在1959年由香港"霓虹出版社"出版了。这个出版社由梁寒操先生的夫人黎剑虹女士主持，背后是"美国新闻处"支持。前前后后一共印了七版，每版三千册。"美新处"把这些书分送给东南亚各国及世界上其他国家做为"反共"宣传。后来"美新处"不再支持"霓虹"，这个出版社，便在1964、1965年间停办了。①

之所以长篇引述这段文字，是因这段话透露了很多信息。首先是如何评价中后期的张爱玲的问题，因为张爱玲在香港期间不仅创作了《赤地之恋》《秧歌》等小说，而且翻译了比较多的作品。从陈纪滢的回忆来看，至少她在香港期间的翻译是与"美新处"密切相关的。其次，是"美新处"这个机构在20世纪50年代台、港的文化活动，美国新闻处（United States Information Service, USIS）是美国新闻总署的海外支部，主要从事文化与宣传活动，是冷战时期美国在海外的主要文宣机构。该机构在20世纪五六十年代的台湾和香港，针对大陆，利用新闻、广播、出版等方式作了许多反向宣传活动，以此开展文化冷战。《荻村传》是台湾"反共"文学的代表作，因而"美新处"两度请人翻译，但这仅仅是"美新处"在亚洲开展文化冷战的冰山一角。第三方面是冷战时期港台文坛之间的交往与互动。1949年5月，台湾省政府主席颁发《台湾省警备总司令部布告戒字第壹号》，宣布台湾进入戒严状态，随后又制定新闻出版方面的条文，查禁"左翼"书刊，限制绝大部分现代作家作品的出版，台湾出版界与其他地区之间的沟通也受到影响，当时尚处于敌对状态的两岸之间自不必言，香港地区的很多刊物也无法进入台湾市场，不过台港两地文坛之间的交往依旧频繁，梁寒操、黎剑虹夫妇虽然留在香港，但他们与台湾之间的关系显得错综复杂。这些需进一步解决的问题，让我意识到冷战期间港台两地文坛交流的复杂性。

而笔者之所以想集中探讨20世纪五六十年代港台诗坛的交往，除了背景的复杂性以外，还在于互动形式的多样性和交往本身的问题性。笔者因此前对抗战时期重庆文化人有所研究，故对20世纪四五十年代大陆文化人的政治选择和

---

① 陈纪滢：《〈荻村传〉翻译始末》，《联合文学》，1987年总第29期。

后续经历颇感兴趣。1948 年前后，国民党败象已显，部分不愿留在解放区的文化人开始选择后路，当时局势尚不明朗，文化人的退路并非只有台湾，正如易君左的回忆：

> 当时政府是指定了以下三个飞往的地点：一、广州，二、重庆，三、台湾，可以自由选择其一。我们和星五熟商的结果：决飞台湾。因为觉得广州的局势看来并不能保持长久，迟早是会撤退的。重庆呢？我们在抗战时已住了整整八九年，住得太腻了，好不容易出了川，现在又再回去，似乎可以不必，可是那位四川最好的朋友尹祖光却极力怂恿我们同回重庆，虽是好意，无法接受。台湾则是我们政府新迁的地方，今后"反攻复国"的惟一基地一定是这座宝岛，我们既是中华民国一份［分］子，就应该跟随政府的行动，而且我们都没有到过台湾，今天有这个机会，更应该前往。①

回忆录难免带一定的后设倾向，故当初的选择看起来异常坚定，但从尹祖光的选择来看，除台湾以外，南方的广州和曾为抗战基地的重庆都在选择之列。广州毗邻香港，抗战时期很多知识分子由此进入香港，重庆等西南地区当时也尚在国民政府的掌握之中。而与这批要南下的知识分子相反，很多滞留香港的左翼作家和中间派作家，在 1948 年底选择北上，准备参加由共产党组织的新政治协商会议。随着他们的离开，香港的文化市场也随之呈现巨大的真空，亟须新的文化人前来填补，这为部分文化人南下也提供了条件。

赴港与赴台并非仅仅是地域不同，还关系到政治立场的抉择，因而逃往何处这对于当时的文化人来说并不是一个轻松的选择。相对而言，留在大陆与赴台的知识分子，大多是政治去就较为明确的，而赴港的知识分子则不一样。像梁寒操夫妇这样，曾在国民政府身居高位，或此前颇有影响力的文化人，1949 年后不赴台而选择赴港的人不少，当时钱穆所主持的新亚书院就汇聚不少此类人物；还有张发奎等"第三种势力"，他们既不愿留在大陆，同时也反对蒋介石，而主张走第三条道路。此外值得关注的是青年党，20 世纪 40 年代它曾经是国、共之外的第一大党，1949 年之后大部分成员都南下香港。青年党在港时期的立场，与第三种势力很接近，部分人员也是该势力的圈中人。其他文化人也有部分持此态度，如燕归来等，也前往香港，他们在香港组建友联出版社，出版了《祖国》周刊、《中国学生周报》等刊物。部分新文化人也选择南下，并

---

① 易君左：《烽火夕阳红》. 台北：三民书局，1971 年版，第 171 页。

成为此后香港文坛的代表性作家，如徐訏、马朗等便是如此。

1949 年之后，台湾"戒严"，港台两地的文化交流受到一定的阻碍，但这主要是针对书籍的出版和刊物的发行而言，文化人的行动并未受到限制，当时不少作家常往来于港台之间，他们并未因赴台或赴港，就停止他们流亡的生涯。如易君左 1948 年赴台，在台湾办刊物、写作，甚至购置了房产，但在台仅仅九个月便前往香港，十八年后才再度回台；夏济安、白先勇等则是先赴港，然后赴台；写作《半下流社会》的赵滋藩，则是因触怒香港当局而被遣送往台湾；此外，台湾为了获得海外华侨的认同和支持，积极开展侨教工作，为侨生赴台就学制定了十分优惠的政策，在这些政策的影响下，不少香港学生赴台就读，如刘绍铭、叶维廉、李欧梵等都由港赴台，读台大外文系，并且成为沟通两地现代主义文艺的中介。这类跨地域流动的作家很多，笔者略作统计，至少还有以下香港作家曾在台湾读书：

> 朱韵成，台湾成功大学；
>
> 蔡炎培，台湾中兴大学农学院；
>
> 戴天，台湾大学；
>
> 王敬羲，台湾师范大学外文系，梁实秋弟子；
>
> 温健骝，台湾政治大学外文系；
>
> 张错，笔名翱翱，台湾政治大学西语系；
>
> 黄德伟，台湾大学外文系；
>
> 卢文敏，台湾师范大学；
>
> 朱珺，在台湾读大学，后嫁蔡炎培；
>
> 刘国坚，笔名刘戈、白垚，台湾大学历史系；
>
> 郑树森，台湾政治大学西语系；
>
> ……

这些 20 世纪五六十年代的学生，部分日后成为较为知名的作家或学者，是沟通台湾和香港文坛的实践者，《香港新诗发展史》如此描述这些学生的活动过程：

> 这批 1930、1940 年代出生的诗人后来大多成长为香港诗坛的中坚力量。他们在台湾求学的经历中多有与诗歌相关的文学活动，并且实际地参与到诗歌实践活动中；台湾现代派风气日盛，为他们提供了良好的诗歌学习氛围；大学校园里的年轻学子易于接受这些较为新潮的诗歌流派，学习

新诗创作，参加或者组织各类文学社团，创办诗社所属的诗刊。①

侨生是两地文学交流的受益者，同时他们又反过来促进两地文坛的交流，如郑树森在政大念书期间就结识了痖弦，后来成为痖弦旗下报刊的重要作者：

> 我与树森认识很早，远在他在政大念书的时候，我们就在尉天骢的介绍之下论交，一晃，也快二十五年了，我这二十多年全副精神几乎都奉献在报刊编辑事业上，而树森的翻译评论多半发表在我编的刊物上，他是作者，我是编者，二人配合无间创造佳绩无数，堪称"最佳拍档"，也是外人眼中的"同伙""死党"。郑树森政大快毕业时第一个专栏"风向球"，就开始在一九七〇年元月第三十二卷第一期的《幼狮文艺》上。②

郑树森后来留学美国，在台湾各大媒体争相报道诺贝尔文学奖的时代风潮中，成为痖弦的重要助力。

从台湾到香港就读的学生不多，但前往香港的文化人则不少。知名者如余光中、钟玲、施叔青等，他们或在香港执教，或在香港定居，成为香港文坛的重要参与者。笔者曾根据王剑丛所编《香港作家传略》为线索，③对其中涉及港台迁移或相互影响的香港作家略作整理，由此可窥一斑：

> 方娥真，1954年生于马来西亚，祖籍广东潮阳，台湾师范大学英语系毕业，台湾天狼星诗社绿林分社负责人及诗刊主编，是天狼星诗社"十指连心"会会员，曾获台湾新诗学会1976年度诗歌创作奖，20世纪70年代末移居香港。

> 尹怀文，在台湾长大，台湾艺术专科学校毕业，主修美术工艺。毕业后赴港，在邵氏影片公司当配音员。曾与小思、陆离等在《星岛日报》写"七好文集"专栏，杂文收《七好文集》《七好新文集》。

> 王敬羲，江苏人，台湾师范大学英语系毕业，后赴美留学，曾长期主持香港文艺书屋，很多作品在台湾出版，如《七星寮》《暴雨骤来》等。

> 司马长风，本名胡灵云，黑龙江人，1922年生，1949年7月赴台湾基隆，后转往香港，曾任职于友联出版社，很多作品在台湾印行，如《花弄影》《濡沫集》《旧梦新痕》《吉卜赛的乡愁》等。

---

① 犁青主编：《香港新诗发展史》.北京：人民文学出版社，2014年版，第258页。

② 痖弦：《国际文坛极目——读郑树森〈与世界文坛对话〉志感》，载郑树森：《与世界文坛对话》.台北：三民书局股份有限公司，1991年版，第3页。

③ 王剑丛：《香港作家传略》.南宁：广西人民出版社，1989年版。

叶娓娜，生于香港，毕业于台湾大学外文系。作品散见《香港文艺》《台湾联合报》。

阮朗，苏州太湖人，1919年生，抗战时期曾创办三一出版社，1946年进上海《大公报》，有时协助台湾分管的电讯和通讯工作，1947年被派往台北，建立《大公报》分馆，任报社驻台北分馆主任。1949年《大公报》被国民党封闭，即到香港《大公报》任职。1959年《新晚报》创办，任编辑，开始编辑与写稿生涯。用"高山客"笔名写《台湾之窗》，有《台湾事件》《草山残梦》。

西茜凰，本名黄绮萤，1952年生于汕头，两岁移居香港，创作深受余光中影响。

华莎，1933年生于新加坡，后到大陆，1975年赴港，作品有《母女浪游中国》《我的台湾之旅》。

余光中，1948年随父迁居香港，1949年5月到台湾，1975年至1983年任教于香港中文大学中文系，在港期间出版了六部作品。[①]

严沁，生于上海，在台湾长大，毕业于台湾大学外文系，嫁给台大一位香港侨生，后赴港，代表作如《云上云上》，写抗日故事。她每天要为香港两本周刊写杂文，为两本半月刊、两份报纸、台湾一本杂志写小说，并为香港电台主持一个广播节目。

李英豪，《好望角》文艺半月刊主编，台湾《创世纪》诗刊香港编委。曾获《笠》诗刊第一届诗评论奖，在台出版《批评的视角》。

肖钢，1929年生于北京，1949年自上海去台湾，曾任台北《自立晚报》《大华晚报》编辑，并从事电影剧本和话剧剧本的编写。在台湾出版短篇小说集《街檐》《方虹》《哀歌》，长篇小说《百家姓》；1961年7月赴港，任邵氏影业公司编剧。

林适存，1914生于湖南湘乡，1949年旅居香港，后赴台湾，任《中华日报》副刊主编，1959年曾获台湾文学类文艺奖金。

林语堂，1966年回台湾，1976年病逝香港。

林太乙，林语堂之女，后定居香港，但作品多在台湾发表。

---

① 按：据朱双一考证，余光中是1949年二三月份来厦门，1949年赴港。参考夏莞（朱双一）：《余光中在厦门的文学活动》，《厦门日报》，1987年9月18日；朱双一：《余光中早年在厦门的若干佚诗和佚文》，香港《现代中文文学研究》，第3期，1995年6月；等。

梁钰文，幼时居香港，后去北京，"文革"后重回香港。1979、1980获台湾《联合报》小说奖，《芒果的滋味》写大陆"反右""文革"等历史。

林以亮，原名宋淇（宋春舫之子），燕京大学毕业，后迁居香港，作品多在台湾发表，曾在台出版《林以亮诗话》。

郑树森，厦门人，笔名郑臻，台湾政治大学西语系毕业，美国圣地亚哥加州大学博士，任教于香港中文大学崇基学院中文系，曾居留台湾，任《文学季刊》《现代文学》编辑。

胡菊人，台湾报人傅朝枢将资金移往香港办《中报》，胡菊人辞掉《明报月刊》职务，任《中报》总编辑。

施叔青，台湾人，1978 年赴港。

钟玲，1945 年生于重庆，1949 年迁台，东海大学外语系毕业，1977年与香港著名导演胡金铨结婚，迁居香港，1982 年起任教于香港大学中文系。

思果，1918 年生于江苏镇江，原名蔡濯堂，后赴港，大多时间居住香港，文章和著作多在台湾发表。

南宫搏，原名马彬，有笔名马汉岳、史剑等，1949 年移居香港，写历史小说，很多作品在台湾出版。

赵滋蕃，原名赵滋蕃，祖籍湖南，1924 年生于德国，1949 年赴港，1964 年被香港当局遣送往台湾。

徐訏，1908 年生于浙江慈溪，北大哲学系毕业，1950 年赴港，在台出版作品。

倪匡，20 世纪 70 年代中期他的科幻小说进入台湾文坛，台湾电视台把他的小说拍成电视剧，还聘请他做监制。

黄维樑，1947 年生，1969 年毕业于香港中文大学，诗评发表于台湾、内地等。

董桥，福建晋江人，台湾成功大学毕业后赴英留学，1980 年继胡菊人任香港《明报月刊》总编辑。

蒋芸，江苏吴县人，台北政治大学中文系毕业，20 世纪 60 年代赴港。

戴天，1937 年生于毛里求斯，20 世纪 60 年代毕业于台湾大学外文系，爱荷华大学硕士，70 年代旅居香港，在《信报》写专栏，在美新处当编辑兼出版顾问。被称为香港文坛的孟尝君，与台湾和海外作家交往颇多，有

《台湾抒情诗赏析》。

羁魂，胡国贤，读洛夫《石室之死亡》而爱上新诗。

易君左，1949年迁往台湾，旋即转香港，1968年9月回台湾定居，1972年3月17日病逝于台北。

这个名录并不完整，还有曹聚仁、小思（卢玮銮）、丁平、萧铜、金耀基、忠扬、温瑞安、犁青等，或往来两地，或在两地出版作品。还有很多文化人常游走于台湾与香港之间，如钱穆在香港主持新亚书院，但也经常回台北；易君左旅港期间也曾三度返台，等等。

除在两地来往外，在两地发表作品者就更多，几乎可以说绝大多数的港台作家，都有在对方报刊发表作品或出版书籍的经历。台湾的《文学杂志》《现代文学》《现代诗》《创世纪》等，发表过思果、林以亮、马朗、王无邪、昆南、李英豪等香港作家的作品，香港的《文艺新潮》《香港时报·浅水湾》《中国学生周报》等也大量刊载过王平陵、纪弦、痖弦、周梦蝶、商禽、司马中原、朱西宁、段彩华、谢冰莹等台湾作家的作品，尤其是《中国学生周报》上的"穗华"和"诗之页"两个专版，台湾作家几乎占了半壁江山。

促成两地之间作家交往的因素有很多，一是作家之间的人脉关系，尤其是那些以前在大陆就彼此熟识的作家之间，在分赴不同的地方之后，成为连接两地文坛的中介，如马朗和纪弦，两人在上海时期就有交集，故而也成为两地现代主义诗歌交往的重要促成者；林以亮在上海时期曾与夏济安同学，后与夏氏兄弟交往密切，因而，他很早就在《文学杂志》发表作品，此后彼此也互寄文章，他在台湾出版《林以亮诗话》时，便是夏志清作序；其次是作家的迁移，这包括留学、婚嫁、移居、被遣送等等。1949年之后，部分知识分子南下赴台或赴港，仓促之间的选择不无权宜性，随后在香港、台湾及东南亚等地往返者不少；台湾更是推出诸多条件优厚的侨教政策，以吸引香港、东南亚等地区的华人青年，这都为港台之间文化人的流动往来提供了条件。

文学交流还有一种独特的形式，就是两地作家的相互书写。较早有《文学杂志》第四卷六期载夏济安的诗作《香港——一九五〇（附后记）》。这首模仿艾略特《荒原》的诗作，据作者自己所言，是他在香港的时候写的，写的"一个上海人因大陆沦陷，避难香港，开头觉得日子还好过，后来经商不利，茫茫然不知如何是好"，该诗借鉴了《荒原》中崇高与卑俗并呈的反讽形式，借以

"表现一般上海人在香港的苦闷心理"。① 该诗所表达的香港经验表明,虽然夏济安等人在取道香港赴台时是匆匆而过,但香港的经历却成为他们创作的资源;有同样经验的还有白先勇,他的《香港——一九六〇》写一位大陆赴港的师长太太在香港的生活,昔日的师长太太,此时却成了难民,今昔对照下的伤逝是白先勇笔下常见的主题,这篇小说也同样如此,而他的题目,则似乎是有意与夏济安对照,从而生成了一个文本链,成为台湾作家书写大陆人在香港的系列之作。而台湾作家写香港,更为学界重视的是施叔青的"香港三部曲"。施叔青本为台湾当地成长起来的作家,后随丈夫赴港,正是这位外来的女性,拿起笔来摹写香港近百年来波澜壮阔的图卷。余光中在香港执教期间,也写了不少的诗作。相对于台湾作家的香港书写,香港作家对台湾的书写要逊色得多,不过也有可关注的,如小思就写有旅台随笔,记录她赴台考察的所见所闻、所思所感,对了解香港青年一代对台湾和国民党的认识颇有研究价值。

由上文的梳理,可以发现 20 世纪五六十年代台湾与香港文坛之间有着密切的交往,而且影响着双方的文学史进程,因而是一个值得深入挖掘的议题。这包括追踪大陆文化人在港、台两地的流亡足迹,他们在两地的不同心理;港、台现代主义文学之间的相互关系;或从文学史的角度,具体描述港、台文化人交往的历史过程等。这对于理解 20 世纪五六十年代港台文学的生产与传播有重要意义。

本书开头由陈纪滢的回忆引申出三个议题,而本书最终将重点放在 20 世纪五六十年代台港诗坛交往这个话题,并非是要放弃其他话题。这些议题实际上是相互关联的,深入探讨港台作家之间的交流,实际上就是试图规避纯形式研究的封闭性,借助文学社会学的角度,从作家的人际交往、作品生产的时代语境和传播的途径等,在时代的背景下研究作家在当时的处境与写作。

研究 20 世纪五六十年代港台诗坛的交往这一课题,冷战的时代背景难以回避,从某种程度而言,要研究五、六十年代台湾与香港的文学,冷战语境几乎是避无可避的,它构成了这个时代作家生存与创作的基本时代语境,脱离了这个语境,很多现象和话语都无从理解。相对于热战而言,冷战似乎显得缥缈不定,但它并非是抽象的不可把捉的,相反,对于台湾和香港人而言,它十分具体,具体到电视节目类型、书报刊物的风格与内容、当局的政令、街头的样貌、

---

① 夏济安:《香港——一九五〇(附后记)》,《文学杂志》,第四卷,第六期,1958 年 8 月 20 日。

自然风景的呈现、说话的方式和思考的逻辑，等等，可谓无处不在。从根源上说，港台作家之间的交往之所以成为一个时代的现象，是因为在那个时代的内战格局下，台湾与大陆处于对峙状态，而随后的冷战结构则进一步激化了这种对立，不仅如此，香港与大陆之间也出现意识形态的区隔。台湾与大陆之间的对抗，既是国、共内战的延续，但也是东西冷战的结果，正是因为美国登陆朝鲜半岛，以及美第七舰队进入台湾海峡，才导致了两岸问题愈加复杂。在冷战的东西格局下，既然无法回返大陆，那么，对于台湾作家而言，与香港或其他地区的华人社会交往成为他们与母语世界的精神与情感联系，而对于部分香港作家而言，台湾也维持着他们想象中的文化传统。

以美苏为主导的冷战双方，对抗的方式不仅仅是军事，而是多管齐下，文化是其中的重要方式。美国通过新闻处及各种基金会在台湾和香港积极布局文化冷战。港台作家之间的交往与合作，有时与文化冷战息息相关，如很多出版社和文学刊物都有美新处的背景，很多出版计划也都间接地由美国主导；有时作家则直接在美新处任职，如余光中之赴港，主要是由于时任香港中文大学校长助理宋淇的邀请。但如果往前追溯，余光中认识宋淇，是因为时在美新处工作的吴鲁芹的介绍，因为当时宋淇正在编《美国诗选》，余光中恰好译介了几首美国诗作，于是被吴鲁芹介绍给宋淇。宋当时也在美新处工作，他编选的《美国诗选》是美新处主导的一个出版计划，该计划拟出版一个美国作品的选集系列，夏济安也参与编订《美国散文选》。美新处较为深入地参与了港台文坛人际网的编织过程。

此外，在英美冷战政策的片面宣传下，英美文学，尤其是与大陆现实主义显得不同的现代主义，在港台获得了有利的传播和成长空间，加上同时期港台青年因对前途的迷惘而多陷入虚无主义，思想上很容易接受现代主义，这使现代主义文学一时成为文坛的热门话题。不过香港与台湾的现代主义虽然联系密切，但二者因为语境不同，现代主义也呈现出细微的差别。在充分重视二者之间的共性与联系的基础上，考察二者之间的差异也是本书的议题之一。

二、视野与观点

对于冷战前期港台文坛之间的交流，已有不少作家或学者留意并涉猎这个问题。较早关注这个话题的是刘以鬯，早在 1984 年，他就写出《三十年来香港与台湾在文学上的相互联系》一文，对 1949 年之后港台文坛的交流作了大致的勾勒。该文起始他就提出了这个问题的重要性："国内的学者喜欢将港台文学联在一起，但很少人将港台文学联在一起讨论。我认为将台港文学联在一起讨论，可以使研究工作进入更深的层次"。① 并介绍了《文学杂志》《文艺新潮》以来近三十年间港台文化人之间的交流史，尤其值得留意的是刘以鬯结合自己的编辑经历，讲述了两地文坛沟通的诸多往事，甚至披露了一些一手资料，如在台湾读书的戴天来信鼓励他办《浅水湾》等。作为香港当代的著名作家和资深编辑，刘以鬯对港台文学关系的介绍，既是夫子自道，提供了很多有益的史料和线索，同时也表明这个议题有深入研究的必要。不过刘以鬯的这个介绍只是提纲性的，历史性地介绍一些主要事件，很多细节和论题有待展开。

　　从整体上讨论港台文坛关系，或者说以彼方为镜像讨论本地文学观念的，有陈国球的《台湾视野下的香港文学》，该文从香港文学在台湾的传播这一视角，概述自 20 世纪 50 年代香港现代诗人在台湾，到 90 年代香港文学在台湾的传播与相关讨论。② 王钰婷通过 20 世纪 50 年代台湾文艺票选活动中香港作品当选的现象，考察了港台两地文坛的交流与互动，并进而思考两地文坛在本土性之外所具有的时代共性，如均受美国文化冷战文艺体制影响等。③ 应凤凰则以香港文学在台湾的传播为研究对象，总结出"书随人走"、通俗作品的市场优势以及严肃文学的质量取胜等三种模式，发现港台两地文学传播模式的内在复杂性。④

　　除这类从整体视野考察两地文坛流动和交流的论述外，还有较多从具体视点、问题展开的相关研究，如王钰婷的另一篇论作，就借助郭良蕙作品在港传播的情况，考察了 20 世纪 50 年代女性文学在港台之间的跨文化流动，并揭示了美国文化冷战在其中的催化和归化作用。⑤ 对于台港同时兴起保钓运动，简义明认为两地保钓运动、香港的回归论述、20 世纪 60 年代的北美学生运动及

---

① 刘以鬯：《三十年来香港与台湾在文学上的相互联系》，《刘以鬯研究专集》，第 92 页。
② 陈国球：《台湾视野下的香港文学》，《东亚观念史集刊》，第 5 期，2013 年 12 月，第 147—173 页。
③ 王钰婷：《冷战局势下的台港文学交流——以 1955 年"十万青年最喜阅读文艺作品测验"的典律化过程为例》，《中国现代文学》，第 19 期，2011 年 6 月，第 83—114 页。
④ 应凤凰：《香港文学传播台湾三种模式——以冷战年代为中心》，《全国新书资讯月刊》，第 174 期，2013 年 6 月。
⑤ 王钰婷：《五〇年代台港跨文化语境：以郭良蕙及其香港发表现象为例》，《台湾文学学报》，第 26 期，2015 年 6 月，第 113—152 页。

70 年代台湾的乡土文学论战等构成一个跨地域的文化场域，形成对冷战结构下帝国主义干预第三世界等问题的反省，并呈现出思想与文体的共振效应。[①]

对 20 世纪五六十年代港台作家所处的冷战语境，学界也有较多研究成果，尤其是美新处在亚洲的文化冷战，海内外有几部论著论及。桑德斯（Sanders）有多部专著研究美国中情局的文化冷战政策；[②] 日本学者渡边靖对"美国文化交流中心"在冷战中所扮演的文化政治角色作了专题研究；[③] 贵志俊彦、土屋由香、林鸿亦等日本学者还考察了美国新闻处对台湾电影制作的介入，洛克菲勒基金对台湾学术文化发展的援助等，揭示了经济援助背后的意识形态输入。[④] 这些论著主要是研究美国中情局与新闻处这些机构在冷战中所发挥的作用，部分著作涉及它们与台湾 20 世纪五六十年代文化产业之间的关系。

台湾不少知识分子很早就敏锐地意识到战后美国对台政策的冷战本质，如陈映真的《美国统治下的台湾——天下没有白喝的美国奶》就指出美国如何改造台湾的教育结构和文化结构，"美国新闻处、好莱坞电影、美国电视节目、美国新闻社的消息，基本上左右着台湾文化，并且持续、强力地塑造着崇拜美国的意识"，从而将台湾纳入以美国为主导的世界体系。[⑤] 吕正惠《六十年代的台湾"现代化"文化——基于个人经验的回顾》，则通过个人的经历谈及 20 世纪五六十年代美国的影响与当时台湾知识界的走向问题。[⑥]

以美国新闻处如何在港台从事文化冷战为议题的学术成果，有台湾清华大学陈建忠的《"美新处"（USIS）与台湾文学史重写：以美援文艺体制下的台、港杂志出版为考察中心》一文，之前已有余光中等人的回忆文字透露美新处与《文学杂志》《现代文学》等刊物之间的联系，陈建忠在这些材料的基础上，进

---

① 简义明：《冷战时期台港文艺思潮的形构与传播》，《台湾文学研究学报》，第 18 期，2014 年 4 月，第 207—240 页。

② 桑德斯：《文化冷战与中央情报局》，曹大鹏译．北京：国际文化出版公司，2002 年版。

③ 渡边靖：《美国文化中心：美国的国际文化战略》，金琮轩译．北京：商务印书馆，2013 年版。

④ 贵志俊彦、土屋由香、林鸿亦编：《美国在亚洲的文化冷战》，李启彰等译．台北：稻乡出版社，2012 年版。

⑤ 陈映真：《美国统治下的台湾——天下没有白喝的美国奶》，《陈映真作品集》．台北：人间出版社，1988 年版，第 13 卷，第 11 页。

⑥ 吕正惠：《六十年代的台湾"现代化"文化——基于个人经验的回顾》，《华文文学》，2010 年第 4 期。

而揭示美援文艺体制对这些刊物的内在影响，^①这与即有文学史叙述中的党国文艺体制论构成对话。王梅香的《美援文艺体制下的〈文学杂志〉与〈现代文学〉》通过查阅相关档案材料，揭示向来被视为纯文学刊物的《文学杂志》《现代文学》，也深受美援文艺体制的影响。^②

此后，王梅香在台湾清华大学社会学系的博士论文《隐蔽权力：美援文艺体制下的台港文学（1950—1962）》，利用美国国家档案局所藏档案，进一步揭示冷战时期美国新闻处以隐蔽的方式，借助亚洲基金会等机构，在台湾和香港开展文化冷战的事实和过程。该论文主要是从翻译的视角切入，通过档案材料，发现20世纪五六十年代美新处通过基金会或代理人，策划出版了多套翻译丛书，资助《文学杂志》《人人文学》《亚洲周刊》等刊物，林以亮、夏济安、张爱玲等都是合作者。该书虽限于翻译领域，但对冷战背景与台港文坛交流之间的关系这一问题也有推进，如该文指出港台作家之间除凭旧有的人际网络进入美新处外，美新处也成为作家之间交往的新渠道，如张爱玲1961年秋赴台，美新处麦卡锡出面请客，陪客中就有吴鲁芹，及《现代文学》的白先勇、欧阳子和王祯和等，为台港文化人的交流提供了社交场所，美新处也借此拓展其人际网络；^③此外，该论文还重点论述了两地文化人如何在美新处的资助下，由港台知识分子共同编辑美国文学选集，如《美国诗选》《美国散文选》《美国文学批评选》等，这些选集销量很大，成为港台两地文学青年走向文学创作的启蒙读物，影响深而且远。

具体到20世纪50年代年代两地现代主义诗歌交流，港台学界的相关研究也有大量的精深成果，郑树森、陈国球、杨宗翰、须文蔚、吴桂馨等都有相关论述。郑树森是香港著名学者，同时他本身也是港台现代诗坛交流的亲历者，他对五十年代港台两地以《文艺新潮》和《现代诗》为中介的交流作了较为细致的梳理，^④杨宗翰通过对《现代诗》上现代诗人资料的钩稽，探讨了彼时两地

　　①　陈建忠：《"美新处"（USIS）与台湾文学史重写：以美援文艺体制下的台、港杂志出版为考察中心》，《国文学报》，2012年第8期。

　　②　王梅香：《美援文艺体制下的〈文学杂志〉与〈现代文学〉》，《台湾文学学报》，第25期，2014年12月，第69—100页。

　　③　王梅香：《隐蔽权力：美援文艺体制下的台港文学（1950—1962）》，台湾清华大学博士学位论文，2015年，第149页。

　　④　郑树森：《五、六十年代的香港新诗》，载《追迹香港文学》.香港：牛津大学出版社，1998年版，第41—52页。

诗坛的交流情形;^①经过对五十年代港台诗刊宣言的研究,陈国球揭示出特定历史语境下诗学宣言的政治。^②吴桂馨的《1950 年代台港现代文学体统关系之研究:以林以亮、夏济安、叶维廉为例》主要研究港台现代主义诗人如林以亮、夏济安和叶维廉等人在两地诗坛交流中发挥的作用,其创新在于充分挖掘了人脉网络对于台港作家交流的意义,像夏济安、林以亮的同窗之谊,夏济安与叶维廉的师生之谊,都成为连接两地文化交往的重要因素;同时该论文也对两地诗人之间的影响关系做了具体的文本解析,^③该论对作家的社会交际较为重视,但对作家行为与其所处时代语境尤其是冷战背景之间的关联,或可进一步加强。须文蔚的《叶维廉与台港现代主义诗论之跨区域传播》,不仅钩稽了叶维廉对三四十年代现代主义诗学的转化,也较为全面地探考了叶维廉在港台两地的文学传播,包括传播四十年代现代诗美学及超现实主义诗学等方面的贡献,^④郑蕾的《叶维廉与香港现代主义思潮》则借助新材料对该话题作了更为详尽的考论,进而指出香港《好望角》诗人群与台湾《创世纪》诗人群"有过近乎亲密的共生关系"。^⑤这些研究对沟通港台现代诗坛的关键人物叶维廉给予了较为深入的探讨。

余光中因长期在香港执教,也是沟通两地诗坛的重要诗人,学界对他香港时期的研究也不少,如华中师范大学就曾于 2000 年 10 月在武汉召开《余光中暨沙田文学国际学术研讨会》,与会学者黄维樑、刘登翰、王良和等对余光中与沙田文人之间的交往及其在沙田的文学创作进行了全面的讨论。^⑥此后,台湾学界对该议题也渐趋关注,如须文蔚以余光中为个案讨论七十年代港台两地文学传播与互动关系,^⑦刘慎元有对余光中这位沟通台港诗坛的诗人在港期间作品的

---

① 杨宗翰:《台湾〈现代诗〉上的香港声音》,《创世纪杂志》,第 136 期,2003 年 9 月。

② 陈国球:《宣言的诗学》,载氏著《情迷家国》.上海:上海书店出版社 2007 年,第 128—142 页。

③ 参考吴桂馨:《1950 年代台港现代文学体统关系之研究:以林以亮、夏济安、叶维廉为例》,台湾清华大学硕士学位论文,2008 年。

④ 须文蔚:《叶维廉与台港现代主义诗论之跨区域传播》,《东华汉学》,第 15 期,2012 年 6 月。

⑤ 郑蕾:《叶维廉与香港现代主义思潮》,《东华汉学》,第 19 期,2014 年 6 月。

⑥ 黄曼君、黄永林主编:《火浴的凤凰 恒在的缪斯——余光中暨沙田文学国际学术研讨会论文集》.武汉:湖北人民出版社,2002 年版。

⑦ 须文蔚:《余光中在一九七〇年代台港文学跨区域传播影响论》,《台湾文学学报》,第 19 期(2011 年 12 月),第 163—190 页。

专题研究①,黄冠翔的《异乡情愿》对台湾作家的香港书写作了较为深入的考察,尤其对余光中七八十年代的香港创作作了历史梳理,②等等。除余光中外,施叔青的香港写作也是学界重点关注的议题,海外学者如王德威、廖炳惠、黄英哲等人均有研究,③对于施叔青究竟是香港作家还是台湾作家的争议,廖炳惠与黄英哲都超越了狭隘的地域界限,而认为"就整个华文圈而言,施叔青的香港三部曲系列不仅是香港文学更是台湾文学的部分"。④

　　大陆学界对台港两地诗坛交往的专题研究尚不多见,目前可见的除华中师范大学组织的余光中与沙田文人群的讨论会外,还有张泉和贺麦晓对吴兴华在港台两地的接受史研究,张泉对吴兴华在港台的接受史作了详细的考论,⑤贺麦晓则从新诗的历史脉络解读吴兴华的诗论,⑥均有所创见,但吴兴华与五十年代台港内部文学思潮之间的关系尚有待进一步讨论。其它研究比较集中于台湾作家的香港书写问题,如刘登翰以70年代移居香港的余光中和施叔青为研究对象,考察了"台湾作家的香港关注",其《台湾作家的香港关注——以余光中、施叔青为中心的考察》一文,介绍了余光中、施叔青在香港期间的独特经验;⑦《施叔青:香港经验和台湾叙事——兼说世界华文创作中的"施叔青现象"》一文则反其道而行之,探讨施叔青的香港经验对她台湾叙事的影响和局限,并将她的跨越写作视为华文文学的一种典型文化现象。⑧刘俊《从"四代人"到"三代人"——论施叔青的"香港三部曲"和"台湾三部曲"》则将施叔青的香港书

①　刘慎元:《试论余光中"香港时期"的创作风貌》,收入封德屏总策划;陈芳明编选;财团法人台湾文学发展基金会编:《台湾现当代作家研究资料汇编34 余光中》,台湾文学馆,2013年版,第349—372页。

②　黄冠翔:《异乡情愿:台湾作家的香港书写》.台北:秀威资讯,2014年版,第55—88页。

③　王德威:《异象与异化,异性与异史——施叔青论》,载氏著《落地麦子不死:张爱玲与"张派"传人》.济南:山东画报出版社,2004年版,第102—129页;王德威:《香港——一座城市的故事》,载氏著《如何现代,怎样文学?》.台北:麦田出版社,1998年版;廖炳惠:《从蝴蝶到洋紫荆:管窥施叔青的〈香港三部曲〉之一二》,《中外文学》,第24卷,第12期,1996年5月;黄英哲:《漂泊与越境:两岸文化人的移动》.台北:台大出版中心,2016年版,第233—264页。

④　黄英哲:《漂泊与越境:两岸文化人的移动》.台北:台大出版中心,2016年版,第259页。

⑤　张泉:《北京沦陷期诗坛上的吴兴华及其接受史——兼谈殖民地文学研究中的北京问题》,《抗战文化研究》第5辑。

⑥　贺麦晓:《吴兴华、新诗诗学与50年代台湾诗坛》,《诗探索》,2002年第2期。

⑦　刘登翰:《台湾作家的香港关注——以余光中、施叔青为中心的考察》,《福建论坛(人文社会科学版)》,2001年第2期。

⑧　刘登翰:《施叔青:香港经验和台湾叙事——兼说世界华文创作中的"施叔青现象"》,《台湾研究集刊》,2005年第4期。

写和台湾书写综合观之，从代际视野探考两地历史命运的共通性。①古远清则关注由台赴港的"外来诗人"，香港经验对于他们写作的意义。②这类研究比较集中于余光中、施叔青这两位较为熟知的作家，而且从时段而言也是七十年代中后期以来的事，对于五、六十年代港台文坛的交流，刘登翰主编的《台湾文学史》，犁青主编的《香港新诗发展史》等文学史著作都曾关注，但主要是文学现象的描述，背后的具体问题尚有进一步探讨的空间，而且这类描述也比较侧重两地之间的同，对两地文坛之间的差异有待挖掘。

这些既有的研究成果，在史料考掘、问题探讨等方面对冷战时期港台诗坛交流的问题都有所推进，为本书的展开提供了可供参考的成果和对话对象。在借鉴上述研究成果的基础上，本书将从以下几个具体问题展开：一、将论题集中于冷战初期台港现代诗坛的交往，虽然学界一般以1946年丘吉尔的铁幕演说为冷战的标志性起点，但考虑到两岸问题的特殊性，尤其是1949年国民党当局从大陆退守台湾、并随即颁布戒严令的历史，本书将重点研究的是20世纪五六十年代港台诗坛的交往；同时，本书虽然以台港文坛交流为研究对象，但视野并不局限于此，而是将北京与上海等地的现代文学传统带入进来，如纪弦、马朗等人的上海经历、身在北京却在港台发表作品的吴兴华，以及人文主义思潮、20世纪40年代后期兴起的"第三条道路"等，都将纳入讨论的视野，这既是要追问港台现代主义源流与现代文学之间的关系，也是试图突破两地的封闭性，在三方，乃至东亚的地域视野下考察文化冷战的影响。二、对于20世纪五六十年代港台两地诗坛的研究，虽然已有诸多成果，但尚有不少问题有待深入，如论者较为集中讨论的是《文艺新潮》《现代诗》的交流，但对其后的《新思潮》《浅水湾》《创世纪》等刊物之间的交往讨论相对不足，对《中国学生周报》这份在港台文坛交流中发挥关键作用的报刊重视也不够，即便是对纪弦、马朗等人的研究，也较为忽略纪弦与香港的交往前史。此外，论者在港台文坛交流的问题视野中，多强调两地现代主义思潮的同，或者说侧重于二者之间的良性互动，对两地诗人诗作的差异缺乏应有的注意。拙著在借鉴已有研究成果的同时，也试图在这些领域略作展开。第三、学界对港台两地诗坛的研究，基本上以新诗坛为主，对旧体诗词很少关注，少量的研究如香港学者程中山《眼前胜事修

---

① 刘俊：《从"四代人"到"三代人"——论施叔青的"香港三部曲"和"台湾三部曲"》，《香港文学》，2014年第11期。

② 古远清：《外来诗人的"香港经验"》，《常州工学院学报（社科版）》，2007年第5期。

成史：1979 年台湾传统诗人访问团访港雅集考》也是集中于 20 世纪 70 年代末两地诗人的互访，[①] 而对 20 世纪五六十年代台港两地诗坛传统诗词交流的研究尚有待深入，拙著试图以彼时较为重要的诗人易君左为中心，通过他在两地的文化活动，对这一问题略作探讨。

三、问题与脉络

绪论部分介绍选题缘由、问题意识和现有的研究成果。在介绍既有研究成果的基础上，阐述本论题的问题意识和主要内容。

第一章　文人交游与现代思潮。20 世纪 50 年代港台诗坛之间的交流以现代主义诗歌最为显明，本章将首先探讨两地现代主义诗歌之间的交往。与既有研究不同的是，本章将视野从港台扩展到大陆与港台三方，除探讨港台现代主义诗人在两地文坛交往中的作用外，还重点稽考两地诗人的交往前史，如纪弦在赴台之前就与香港诗坛颇有联系，20 世纪 30 年代就在香港诗刊《红豆》上发表数十首诗作，与欧外·鸥颇有交往，而且他本人小时候便有在香港生活、受教育的经历，抗战时期也曾流亡香港，因而纪弦与香港之间有较深的渊源。与纪弦不同，20 世纪 50 年代在港台发表作品的梁文星代表另一种类型，他同时在港台发文，并引起两地诗坛关注，但实际上他是一个影子诗人，是吴兴华的好友宋淇为发表吴的诗作而起的笔名。从文人交游的角度而言，《中国学生周报》在两地诗坛交往中起着独特的作用，即为港台两地的学生作家提供了发表园地和交流平台，尤其是该报发表作品的侨生作家，成为沟通两地诗坛的关键力量。除文化人之间的交游外，两地诗坛的交往还基于类似的时代思潮和历史语境，如梁文星与港台新批评、人文主义思潮兴起之间的关联，以及《中国学生周报》对人文主义的提倡，对侨教的关注等，使它成为沟通两地诗坛乃至文坛的重要媒介。

第二章　台港现代主义诗歌比较。虽然港台现代主义诗人之间往来密切，而且常在同一刊物发表诗作，但两地现代主义诗歌之间还是有较明显的差异。本章先从翻译的角度，考察港台现代主义诗人在译介西方现代诗人时与上海现代派之间的渊源及 20 世纪 50 年代的变化，进而分析两地在译介对象选择与解读过程中的不同，从分析可见，港台现代主义都会关注西方现代主义诗人的政

---

　　① 　程中山：《眼前胜事修成史：1979 年台湾传统诗人访问团访港雅集考》，载游胜冠、熊秉真编《流离与归属：二战后台港文学与其他》. 台北：台大出版中心，2015 年版。

治立场，对那些曾左转，之后又右转的诗人尤其强调，这是冷战意识形态的影响，但不同之处在于，台湾诗坛更强调西方现代主义的诗歌技艺，而香港诗人在强调诗人技艺的同时，也强调诗人所处的时代及对现实的关怀，如马朗对那些纯注重形式的诗人就有所不满。除了译介中的不同外，两地诗人创作的主题也有差异，香港诗人多书写现代都市经验，台湾诗人则多写战争体验。这是由两地不同的地理环境和政治背景所决定的。冷战初期，港台固然都属于东西冷战的西方阵营，但台湾与大陆之间还有内战在延续，战争依旧在继续，很多诗人都有前线经验；而香港作为英国的殖民地，20世纪五六十年代逐渐成为一个现代都市，这是诗人生存的基本语境和生活经验，也是两地诗人在相互交往时所具有的不同处。

第三章　编辑、刊物与文化场域的互涉。编辑、刊物在文学圈的形成与交流中起着较为关键的作用，本章借助文学社会学的方法，探讨编辑、刊物在大陆与台湾、台湾与香港等文化场域互涉中的作用。纪弦以在台湾传播现代主义诗歌知名，但他本身也是一个资深的编辑，在论及台湾现代主义诗歌的历史源流时学界多讨论台湾现代主义与20世纪30年代上海现代派之间的关联，本章通过纪弦的编辑生涯，重探他在30年代至50年代之间的文学活动，具体而微地考察现代主义从上海到台湾的历史流脉，并以纪弦为中心，考察现代主义诗人群在四五十年代的聚散与离合。除了诗歌刊物外，《中国学生周报》《今日世界》等综合刊物在港台两地诗坛的交往中也起着极为关键的作用，《中国学生周报》以明确的读者定位，成为港台两地学生交往的平台，成为影响两地教育和文化思潮的综合性刊物，它提倡的人文主义是冷战时期港台兴起的西方思潮的一个部分，不过这份旨在走"第三条道路"的文化刊物，本身也深受美国文化冷战的影响，它提倡的人文主义与"第三条道路"有着鲜明的时代印痕。与新诗人纪弦或《中国学生周报》主要以新文学为主不同，《新希望周刊》是沟通港台两地传统文化人的刊物。《新希望周刊》是一份被学界忽略的刊物，它先后在上海、台湾和香港发行，港台很多知名的文化人都曾在该刊发表时论或文学作品。

第四章　港台传统文人圈的聚散：以易君左为中心。港台诗坛的交往除了现代主义诗歌外，传统诗词领域或者说传统文化人之间的交往也是重要一环，本章以易君左为个案，探讨传统文化人在两地之间的往来与互动。易君左早年曾参与新文化运动，后来重返旧体诗词写作，是一个沟通新旧文化的文化人。以他为中心，不仅可看到谢冰莹、钱歌川、左舜生等倾向新派的文化人在港台之间的活动轨迹，同时也可看到郑水心、梁寒操、陈其采、熊式辉等倾向传统的文人在两地互动的情形。通过旧体诗词写作、交游与唱和，易君左与台湾和香港众多知识分子相往返，如在香港期间他就先后参加了熊式辉处的"海角钟声"群体的诗钟活动、梁寒操处的集会以及由国际笔会香港分会等组织的交游活动，他香港时期的部分诗词，不仅得到周围友朋的唱和，而且还引起隔海台湾文化界的唱和。易君左除写作诗词外，创办的《新希望周刊》，曾分别在上海、台湾和香港出版，本身就是沟通三地文坛的文化实践，同时也成为勾连不同地区作家的载体。

第五章　走向文化共同体：交往的文化政治。沟通的最终意义在于能达成共识，能相互承认，台港两地诗坛之间的差异使两地之间的沟通尤其必要。本章则借助 20 世纪五六十年代之交港台两地的《新思潮》《好望角》与《创世纪诗刊》等刊物进一步探讨这个话题。在我们看来，《新思潮》《好望角》与《创世纪诗刊》之间的交流，比此前的《现代诗》与《文艺新潮》之间的交往要更为深入，双方通过刊物推介、作品发表及举行类似的评奖会外，也部分地共享编辑和作家群，深入地推动了两地诗坛间的交流与互动。在内战的对峙和冷战的影响下，台湾与香港在海外彼此引为奥援，在西方阵营内共同维系着文化中国；同时，两地文化人所共同构筑的现代主义形式堡垒，也一定程度上超越了东西对垒的格局，营造了一处文化飞地，成为供两地现代诗人栖居的形式共同体。不过，较之具体的乌托邦想象与革命实践，由文学形式所构筑的这处飞地，也显得有些虚妄，犹如精致的七宝楼台，虽然精致，但也容易被现实粉碎。鉴于交往对于突破地域、政治等阻隔的历史意义和现实意义，本章将突破 20 世纪五六十年代的时间限制，往后探讨台湾解严之后《联合文学》对 20 世纪三四十年代文学的重新揭载，往前探讨梁启超在割台之后，与台湾文化人之间的交往。戒严期间，对于"左翼"作家和部分留在大陆的现代作家作品，台湾当局采取取缔和禁止出版的政策，导致台湾文学的断层，《联合文学》对这些作品的重新揭载让台湾在 20 世纪 80 年代得以重新续接现代史，不过该刊的独特立场也让这一续接带有特定的选择性和倾向性。台湾问题是一个历史问题，但历史也同样留下了解决问题的经验和遗产，甲午割台之后，台湾沦为日本帝国的殖民地，梁启超的台湾之行，不仅批判了当局的殖民现代性，给台湾士绅指出了斗争的方式，与台湾士绅之间的诗词唱和和书信交往，本身也是打破地域和政治阻隔，走向理解与认同的方式。

第一章　文人交游与现代思潮

　　20世纪50年代的问题是40年代的延续。20世纪40年代是转折的时代，也是一个聚散离合的时代，在战争的影响下，北平、上海等地的知识分子先是迁往湖北、陕西、四川、云南或香港等地，抗战结束后又回迁，胜利并未解决一切问题，高通货膨胀让人们再度为生活疲于奔命，但即便是这样的和平也未持续多久，随着内战的爆发，文化人旋即面临新的历史性抉择，北上或南下不仅代表不同的去向、不同的立场，也意味着不同的人生，当时身处其间的文化人即便无法预见未来，但意识形态的分歧让他们的抉择变得意味深长。虽然大部分选择留在解放区，也有部分文化人选择与国民党一道赴台，或南下香港，1949年左右的迁徙是中国文化史上影响最大的一次迁移，对文化人影响甚深。南迁的文化人是迁入地台湾或香港文坛的重要力量，也是20世纪五六十年代两地文坛交流的主导性人物，如纪弦、马朗、夏济安、林以亮、吴兴华及青年党部分成员等，在港台两地文坛都举足轻重，同时也是两地文坛交流的组织者和实践者。

　　这些人之所以被历史选中，很大程度上是因为他们在文坛所处的地位和扮演的角色，如纪弦、夏济安、马朗等都是报刊编辑，此外就是他们所拥有的人脉关系，这既有大陆时期的交往经历，如吴兴华、林以亮与夏济安之间、纪弦与马朗之间的友朋关系等，也有在台港当地发展起来的新的人际关系，尤其是在台湾优惠的侨教政策的影响下，不少香港学生前往台湾就读，成为两地文坛交流的实践者，如刘绍铭、叶维廉、温健骝等侨生与在台执教的夏济安、余光中等之间的师生关系，这种分散与重聚的过程成为沟通两地文坛的重要契机。与人际关系延续相伴随的是文学观点与文学理想的延续，如20世纪三四十年代的现代主义，就随着梁文星、林以亮、纪弦等在台港两地落地生根，并在冷战语境的影响下发生新变。本章主要讨论港台代表性作家纪弦、马朗、梁文星

（吴兴华）、林以亮（宋淇）和刊物如《中国学生周报》等，在两地文坛交往中所发挥的作用。

第一节　诗人交谊与文坛互动：
纪弦（路易士）与香港关系考论

1948年底，纪弦从上海赴台，先借《自立晚报》办《新诗》周刊，后创办《现代诗》，组建现代派，发起"新诗再革命"运动，成为台湾重要的现代主义诗人，也对现代主义诗学在当代台湾的传播与发扬起到了关键作用。《创世纪》的洛夫也承认，对于"开一新纪元的中国新诗的大功臣"这一说法，纪弦"当之无愧"。①除了对台湾诗坛的影响外，他在香港现代主义诗歌圈中也有一定的影响，在20世纪50年代的台、港文坛互动中起到了较为重要的作用，学界不少论著都已涉及这个问题。②本章试图进一步稽考港台现代主义交往的前史，梳理纪弦与香港诗坛的历史渊源，也对他在20世纪50年代台港诗歌交流中所扮演的角色略作回顾。

一、"我一直到现在都对香港有好感"

纪弦与香港颇有渊源。纪弦原名路逾，1945年前以路易士为笔名；他于1913年出生于河北保定，当时正值辛亥革命后第二年，袁世凯任大总统之后，宋教仁遇刺，孙中山等发起"二次革命"运动。因其父是军人，这些历史事件与年幼的纪弦也发生了具体关联，尚在襁褓中的他便被带着从天津南下，经上海、香港转海防，到云南。此后，在动荡的时代，年幼的纪弦也常随其父辗转各地，其间就多次驻留香港。他十岁前后在香港和广州生活了差不多两年的时间，还曾在香港的教会学堂读书。这段经历后来被他赋予了不同寻常的意义，甚至对他人生观和诗歌写作也有深远影响，在他于1945年出版的《三十前集》中，他曾回味这些经历。不过在他的回忆中，对香港的教会学校印象并不好，认为香港的教会学堂并不适合他，"太不高兴那些宗教上的形式了"，反而是香

---

① 洛夫：《诗坛春秋三十年》，《中外文学》，第10卷，第12期，1982年5月。

② 杨宗翰：《台湾〈现代诗〉上的香港声音》，《创世纪杂志》，第136期，2003年9月；陈国球：《宣言的诗学》，载氏著《情迷家国》.上海：书店出版社，2007年版，第128—142页；吴佳馨：《1950年代台港现代主义文学系统关系之研究：以林以亮、夏济安、叶维廉为例》，台湾清华大学硕士毕业论文，2008年，第101—120页。

港周边的自然环境，尤其是海洋给了他深刻的印象，正如他所回忆的：

> 只有海，给我以繁多的梦幻的喜悦。在香港，我受的是海的教育，海
> 教育了我。海捏塑了我的性格，海启发了我的智慧。海是我的襁褓时代的
> 保姆，海是我的幼少年时代的先生。我懂得海，海和我有夙缘。我常在九
> 龙半岛的沙滩上掘砂泥，拾贝壳，眺望绿色的海和它的魅人的地平线。我
> 留恋它的明丽，寂寞和神秘。我想我一直到现在都对香港有好感，也许便
> 是为此之故。①

与海"有夙缘"，联系到他后来赴台的经历，这倒似乎有点一语成谶的意
味。不过海洋确实成了他此后诗中时见的主题，像《海的意志》《舷边吟》《花
莲港狂想曲》等均是，而且他笔下的海洋，呈现出的也多是寂寞与温柔的形象，
如《舷边吟》："说着永远的故事的浪的皓齿。/ 青青的海的无邪的梦。/ 遥远的
地平线上，/ 寂寞得没有一个岛屿之漂浮。"② 与海洋诗歌中习见的狂暴或浩瀚的
海洋形象不同，即便是花莲港狂暴的浪涛，在他笔下也似乎变得格外温柔："而
且，我将搂着你底腰肢婆娑起舞，/ 踏着华尔兹轻快的旋律，波浪似地起伏，/
在那微笑着的，辽阔的，青青的大海原"。③ 诗人与海洋之间的情感关系较为和
谐，诗人甚至是被征服者，如《海的意志》中，诗人面对大海的意志，便自认
是"一个浪，不容你多想。/ 忘了自己"。④ 这种臣服于海的姿态，与海洋之间
的和谐关系，或许就部分地源自他的幼年经验。

抗战时期，大量文化人南下香港，如萧红、端木蕻良、骆宾基、茅盾、戴
望舒、杜衡等都曾在香港避难，并在这里创办或主编报刊，如戴望舒主编的
《星岛日报·星座》，就成为香港文学发展的重要一环。彼时笔名尚为路易士的
纪弦，也从上海经武汉、长沙等地流亡到香港，并与在香港的内地文人圈联系
密切："在香港，和来自上海的老友们重逢，感觉到非常愉快。碰巧的是，大家
都住在西环学士台、桃李台一带，朝夕相处，十分热闹。当然，我跑得最勤的，
还是杜衡、戴望舒两家。徐迟也常见面。"⑤ 因为自 20 世纪 30 年代初，路易士
便逐渐成为施蛰存、戴望舒、徐迟等人组成的现代派文人群的外围成员，与他
们有密切联系，抗战初期，因施蛰存在云南，路易士打算去那里谋生，结果没

---

① 路易士:《三十自述》，出自《三十前集》. 上海: 诗领土社，1945 年版，第 3 页。
② 纪弦:《纪弦自选集》. 台北: 黎明文化事业股份有限公司，1978 年版，第 41 页。
③ 纪弦:《花莲港狂想曲》，《现代诗》，第 5 期，1954 年 2 月。
④ 路易士:《三十前集》，第 22 页。
⑤ 纪弦:《纪弦回忆录二分明月下》，第 116 页。

找到出路，于是转而前往香港。在香港避难的文人多从事写作的老本行，除戴望舒主编的《星岛日报》副刊之外，杜衡主编《国民日报》副刊《新垒》，后来"杜衡有了更好的职务"，就把路易士推荐给该报社长陶百川，让他接任《新垒》主编。路易士接编之后，对《新垒》作了改动，主要是增加了文学内容："《新垒》是个综合性的副刊，而非纯文艺的，和《星座》不同。后来我向陶公请示，蒙他允许，借《新垒》的篇幅出《文萃》旬刊。我编得很起劲，朋友们也踊跃投稿"。①1939年《国民日报》社长更替之后，路易士便辞职回上海，自编自印了三部诗集《爱云的奇人》《烦哀的日子》和《不朽的肖像》。1940年又再度赴港，经杜衡介绍，进入陶希圣主持的"国际通讯社"工作，协助翻译日文资料。直到1941年底香港沦陷之后，路易士才返回上海。

在香港期间，路易士除了与杜衡、戴望舒等之前同在上海的文人来往之外，与岭南诗人李宗大也就是欧外·鸥也时常见面。据纪弦回忆："特别是广东人李宗大，诗人欧外·鸥，在香港教书的，以前时常通信，现在能见到面，又常在一起玩，我最高兴，因为他也抽烟斗，蓄短髭，而且个子不矮，像我一样"。②欧外·鸥是当时岭南的代表诗人，他出生于广东虎门，少年时曾居香港跑马地，20世纪30年代在香港主编《诗群众》月刊等，有大量关于香港都市的诗作，如"香港的照相册"系列就是其中一部分。据研究者指出，他关于香港的写作超出了都市诗习见的疏离和匮乏主题，而是"把香港的独特地理位置与殖民地的创伤记忆结合起来"，"在宏大的背景和视野中演绎一则深刻的身份政治和国族寓言，其中包含的半殖民人民的历史悲情以及对迫在眉睫的战争的隐忧，令人动容，而形式的大胆尝试也令人赞赏"，③对香港殖民地人民的悲情和精神创伤有深入的体验，应该说欧外·鸥对香港被殖民的历史与现状不仅有较为深入的了解，而且也抱着理解与同情的态度。欧外·鸥与纪弦很早就有交往，1936年9月路易士曾在苏州与韩北屏等创办《菜花》诗刊，后改名为《诗志》，《诗志》上每期都有欧外·鸥的诗作。《菜花》上虽然未见欧外·鸥的作品，但他也有关注，如该诗刊之所以改名为《诗志》，很大程度上也正是因为欧外·鸥的来信，据《诗志》创刊号上《编者的话》所说，因为林丁与欧外·鸥两位诗人来信，认为作为刊名的《菜花》"不大好听"，"有小家碧玉气"，所以才改名为

---

① 同上。
② 同上。
③ 张松建：《现代诗的再出发》.北京：北京大学出版社，2009年版，第197页。

《诗志》。①而改名之后，该刊也时见欧外·鸥的诗作。正因有这个交往前史，路易士在香港期间，才能与欧外·鸥密切来往；也正因有与欧外·鸥的交往，使路易士不再只是一个游离于香港本土文人圈之外的逃难者。

二、香港文学中的路易士/纪弦

纪弦与香港本土诗人的交往，实际上不只欧外·鸥这个中介，在 20 世纪 30 年代上半叶，他就曾在香港诗刊《红豆》月刊上发表了大量诗作。20 世纪 30 年代初，路易士逐渐成为施蛰存、戴望舒等现代诗人群的同仁，但与此同时，他也经由写作、办诗刊等活动，与全国其他青年诗人群体有较为密切的互动，②与他来往较多的诗歌刊物包括北京的《小雅》、武汉的《诗座》、福州的《诗之叶》，以及香港的《红豆》月刊等，用纪弦后来在回忆录中的话来说，这"乃是中国新诗的收获季"，③各地青年诗人和刊物大量涌现，彼此之间相互交流，当时路易士就有大量诗作在香港的《红豆》月刊发表，其数量约在 30 首左右，甚至超过在他自己所办刊物《诗志》上发表的数量。

《红豆》月刊是香港 20 世纪 30 年代的文学刊物，既有的香港文学史研究较少提及，实际上它是香港 20 世纪 30 年代中期最值得重视的文学杂志。陈乔之所主编的《港澳大百科全书》中对该刊有简要介绍：

> 《红豆》1933 年 12 月创办。月刊。香港梁国英药局主办，药局少东梁之盘主编，该刊主要发表诗歌、小说、散文等创作作品，兼发翻译文章和文艺评论，论文部分则占较大比例。主要作者有李育中、侣伦、陈芦荻、路易士、柳下木、陈江帆、侯汝华、林英强、黎学贤等。曾出版过《英国文坛七杰专号》《诗专号》《世界史诗专号》。1936 年 8 月因故停刊，总共出至第 4 卷第六期。④

该刊第四卷第一期的诗专号几乎全是内地诗人，而且是当时的青年诗人。该专号之后，该刊几乎每期都可见路易士的作品，此外，也有北京《小雅》诗刊编辑吴奔星的诗作。据吴奔星回忆，他主编的诗刊"创刊不久"，"就得到香港梁之盘先生的信，并把他主编的《红豆》文艺月刊寄给我，以示交流。接着，

① 《编者的话》，《诗志》1936 年创刊号。
② 参考《作为编辑的路易士/纪弦》。
③ 纪弦：《纪弦回忆录》第二部，第 106 页。
④ 陈乔之主编：《港澳大百科全书》. 广州：花城出版社，1993 年版，第 385 页。

我和李章伯的诗也在《红豆》上发表"。① 可见梁之盘极为主动地与大陆诗人交流。

路易士在《红豆》上发表的诗作，还属于他早期的风格，带着感伤的情调与虚无的色彩，如《虚无人》："廿世纪的风雨里 / 他采一朵虚无之花 // 他把眼睛闭了——/ 明天于他是漠然的 // 在他心中有一句话 / 但他悄悄去了"。② 其他如《秋夜吟》《迟暮小唱》《雨夜》等，也都是这类颇具路易士典型诗风的作品。不过其中还有多首都市诗，如《都市》《在夜的霞飞路上》等，就写出了身居上海都市的独特体验，是路易士此时较为成熟的作品，尤其是在上海租界区的被殖民经验："在夜的霞飞路上 / 在我流浪人底心中 / 滋长着一束 / 做中国人的哀伤 / 是的，我是一个 / 黄肤黑发的中国人 / 而且有着一双 / 凝滞而多忧的眼睛 // 不止那金发的 / 上帝之骄子 / 碧眼里投出 / 电一般的光辉 // 而我是疲惫地 / 曳着自己底 / 怪凄凉的影子 / 踅入一条暗黑的小径了"。③ 这种面对殖民者优越性所体现出来的自卑感，是近现代中国所遭遇的心灵创伤的具体投射，这与欧外·鸥对香港殖民地创伤体验的书写是颇为一致的。这种历史经验、现实境遇与诗人体验的相似与同构性，就将上海、香港与台湾文人之间的交流与互动，从单纯的文人间的来往互动，深入到了精神和心灵层面，也就是说，这些生活于殖民地或半殖民地的诗人，他们的文化交流，除了常见的诗酒风流一面之外，还带着特定的历史经验与精神烙印。

《红豆》除了发表路易士的诗作外，还多次介绍路易士的诗集《行过之生命》，并且评价颇高："这是路易士五六年来致力于诗歌写作的心血的结晶，也是一九三五年中国诗坛上的一大收获。……路先生的作品是具有一种独创的风格的，其表现手法之熟练与多样化，已是远到炉火纯青的地步了。而他的一种优美的感伤气分，将给你以无穷的喜悦"。④ 虽然带有广告的夸张成分，但对路易士的诗风的把握还是非常到位。

20世纪50年代初，香港文坛也有个路易士，曾在《人人文学》上发表诗作，但此人已是另一个路易士，主要是写言情小说，而上海的路易士已于1945年改笔名为纪弦，并于20世纪40年代末赴台，在台湾继续从事现代诗的创作，

---

① 吴奔星：《怀念香港作家梁之盘先生》，《香港文学》，第183期，2000年3月1日。
② 路易士：《虚无人》，《红豆》月刊，第3卷，第6期，1935年。
③ 路易士：《在夜的霞飞路上》，《红豆》月刊，第4卷，第2期，1936年。
④ 《行过之生命》，《红豆》月刊，第4卷，第5期，1936年，第141页广告栏。

并先后主办了多份刊物，提倡"横的移植"的现代诗，让台湾现代诗运动成为一股不可忽视的文学思潮。纪弦在台湾提倡现代主义诗歌的同时，他的作品也时见于同时期香港的报刊，20 世纪 50 年代主要发表于马朗主编的《文艺新潮》，60 年代为刘以鬯主编的《香港时报》文艺副刊《浅水湾》，80 年代以后则是《香港文学》。

马朗主编的《文艺新潮》创刊于 1956 年 2 月 18 日，为战后香港的文艺复兴尤其是现代主义诗歌的发展起到了历史性作用。该刊现代主义风格鲜明，除了发表港台诗人的作品外，还译介了大量西方现代派小说和诗歌。该刊发表了纪弦大量的诗作。其诗首见于该刊是第一卷第三期，以《诗十章》总题，包括《山：整体的实感》《火葬》《南部》《金门高粱》《画者的梦》《十一月的新抒情主义》等十首，篇末有后记："从《火葬》到《十一月的新抒情主义》这八首，作于 1955 年，和今年的两首放在一起，便可以看出来它们的内容，形式，表现手法之多样性，但风格之统一，却也是不必讳言的。总之，不断地追求，探险和试验，而始终保持个性，这就是我所企图的了"。[①] 在《编辑后记》中，纪弦还被夸张地冠之以"台湾诗王"的称号。[②] 第二卷第二期又见纪弦的《阿富罗底之死》和《S'EN ALLER》两首诗；第四期的法国文学专号上刊载了纪弦翻译的阿保里奈尔的诗作五首，并附关于阿保里奈尔生平与诗观的介绍；此外，还有叶泥译的保尔·福尔和古尔蒙的作品。《文艺新潮》对法国现代派诗人的重视，部分也源自早期戴望舒等现代派诗人的译介，这也再度证明了 20 世纪 30 年代上海的现代主义诗潮分别在港台散枝与汇流的史实。

纪弦对于 20 世纪 50 年代香港文坛的意义，不仅在于他在《文艺新潮》发表了诸多现代主义风格明显的诗作，为香港现代主义思潮推波助澜，更在于他在港台文坛互动中所起的连接作用。《文艺新潮》除了登载纪弦的作品外，还曾多次推出台湾诗人专辑。如第九期的"台湾现代派新锐诗人作品辑"，就登载了台湾诗人林泠、黄荷生、薛柏谷、罗行、罗马五位诗人的诗作。在这个特辑之外，也有纪弦的诗作《存在主义》与《ETC》，以及叶泥翻译的日本诗人岩佐东一郎的《醒来》与《化妆》两首诗。编者在《编辑后记》中对台湾新锐诗人作了特别强调："对于我们这个文坛起决定性作用的，照我们看，是一批新朋友的上场。在这一期，我们很骄傲地介绍了台湾的五位新朋友——现代诗派新锐诗

---

① 纪弦：《诗十章后记》，《文艺新潮》，第 1 卷，第 3 期，1956 年 5 月 25 日。

② 《编辑后记》，《文艺新潮》，第 1 卷，第 3 期，1956 年 5 月 25 日。

人的作品，其中林泠女士和罗行、薛柏谷两先生是台大学生，罗马先生是一位宪兵，黄荷生先生则还穿着中学生制服，但是他们已经具备了阿保连奈尔或高克多年轻时的气质"，"台湾叶泥先生所译介的岩佐东一郎，是日本现代名诗人，叶泥先生选择岩佐氏作品曾得其特许"。①对台湾诗人和译者都极为推崇，作了隆重的介绍。这个特辑的台湾诗人都是现代派成员，是纪弦所编《现代诗》的常见作者，而代为组稿的也正是纪弦。不久之后，《文艺新潮》又推出"台湾现代派诗人作品第二辑"，刊发了同样属于现代派阵营的林亨泰、于而、季红、秀陶、流沙五位诗人的作品。《编辑后记》对这些诗人也作了相应介绍："台湾现代派诗人作品第二辑包括了五位比第一辑年长的诗人，林亨泰先生是道地台湾人，原用日文写作，曾被列为台湾现代诗人之一，光复后始学中文并用中文写诗，出有诗集《长的咽喉》，早是一位现代诗的健将了。于而先生系台北工专教授，对爱因斯坦大有研究。流沙先生是宪兵军官，季红先生则系海军军官。香（秀）陶先生为台大学生"，同时也表明，"作为答谢和交流，本刊亦以'香港现代派诗人作品一辑'之名，推荐了马朗、贝娜苔、李维陵、昆南和卢因五位先生的作品，交由台湾《现代诗》双月刊第十九期发表，尚希注意"。②

诚如编者所介绍的，纪弦所主编的《现代诗》紧接着推出"香港现代派诗人作品一辑"，由此，这两份刊物间的互动也成为台港文坛交流的一段佳话，尤其是这三个专辑，常为论者提及。但实际上，在《现代诗》与《文艺新潮》的相互合作下，台湾诗人在《文艺新潮》上发表的作品，远不止学界常提及的两个专辑，这除了常发表诗作的纪弦外，其他现代派成员如黄荷生就在该刊第十一期发表了《贫血》《手术室》等十首诗作；第二卷第一期有台湾诗人方旗的作品；第二卷第三期的台湾作家有高阳、方思和战鸿，尤其是在金门战地的诗人战鸿，编者作了重要介绍："战鸿先生则是戍守金门的军队诗人，当此炮声响彻金门之际，《失眠夜》是值得特别体味的"。③战鸿也是《现代诗》的主要作者。可见《文艺新潮》不仅为纪弦提供了发表园地，让他的诗作得以在香港发表，同时也为以他为首的现代派诸诗人提供了走出去的契机。

《文艺新潮》20世纪50年代末停刊，紧接着《香港时报》副刊《浅水湾》改为文艺版，是香港20世纪60年代最为重要的文学副刊之一，在编者刘以鬯

---

① 《编辑后记》，《文艺新潮》，第1卷，第9期，1957年2月25日。

② 《编辑后记》，《文艺新潮》，第1卷，第12期，1957年8月1日。

③ 《编辑后记》，《文艺新潮》，第2卷，第3期，1959年5月1日。

的主持下，该刊得到了港台诸多作家的支持，据他自己介绍："《浅水湾》于一九六〇年二月改为文艺副刊后，除香港的文艺工作者之外，还获得不少台湾作家的鼓励和支持，戴天、纪弦、叶泥、魏子云、王敬羲、秦松、于还素、宣诚、张健、卢文敏等都有稿子寄来"。^①纪弦从 1961 年 2 月开始在《浅水湾》上发表作品，而且数量不少，除《银桂》《春之什》《榕树》《尤加利》等十数首诗作外，还发表了十二则诗论，这些"袖珍诗论"议题较为广阔，主要是围绕着他的现代诗理论展开，这从论题也可略窥一斑:《二十世纪与十九世纪》《成人的诗与小童的诗》《噪音与乐音》《自由诗的问题》《现代诗的定义》《现代诗的偏差》《现代诗的纯粹性》《作为一个工业社会诗人》《一切文学是人生的批评》《现代诗的批评精神》《诗的本质与特质》(上、下)。对现代诗形式的自由、对纯诗的追求，与前后发表于台湾《现代诗》《幼狮文艺》等刊物上的相关诗论《现代诗的偏差》《现代诗的评价》《现代诗之精神》等构成了台港呼应。

1976 年底纪弦夫妇移民美国，此后他在香港发表的作品，除了在《大会堂》上的两篇作品外，其他主要刊载于《香港文学》。该刊创始于 1985 年，发表了纪弦的《怀扬州——呈诗人邵燕祥》《为小婉祝福》《完成篇》《上海上海》《船及其它》《〈纪弦精品〉自序》等诗文;该刊还发表了不少关于纪弦访谈、回忆等文字，是了解纪弦晚年生活、写作与情感状态的重要窗口;此外还有大陆学者蓝棣之、古远清等人的评论文章，从艺术风格和文学史地位等方面对纪弦作了历史评价。这些都是了解纪弦的重要资料。

无论是在香港求学、避难、主编刊物，从 20 世纪 30 年代起在香港期刊《红豆》《文艺新潮》《香港文学》等发表作品，还是以他为媒介的两地诗坛的交往，都表明纪弦与香港有着极为密切的关联;如果从较为宽泛的角度来定义香港文学，那么，纪弦曾在香港生活，在香港创作，并在香港发表作品，那么，他也可部分地归为香港作家。^②

---

① 刘以鬯:《三十年来香港与台湾在文学上的相互联系》，载梅子、易明善编《刘以鬯研究专集》.成都:四川大学出版社，1987 年版，第 96 页。

② 按，对于香港文学定义的标准问题，学界已有较多的讨论，如郑树森就认为"香港文学有狭义和广泛的两种":狭义的是指"出生或成长于香港的作家在香港写作、发表和结集的作品";"广义的包括过港的、南来暂住又离港的、仅在台湾发展的、移民外国的"(参见郑树森:《香港文学的界定》,《追迹香港文学》.香港:牛津大学出版社，1998 年版，第 53、55 页)。

三、纪弦对香港文学在台湾传播所发挥的作用

台湾《现代诗》与香港《文艺新潮》之间的交流，很大程度上依赖于纪弦和马朗这两位主编。纪弦在《文艺新潮》发表了大量诗作，并为该刊介绍现代派其他诗人作品，他所主编的《现代诗》也为香港诗人作品进入台湾提供了媒介，甚至连他筹组的现代派诗人群中也不乏香港诗人。

1957年初，纪弦筹组具有社团色彩的现代派，初次加入的诗人达八十三人，现代派成立之后，后续又有十九人加入，这十九人中的奎旻与马朗是香港诗人，而且被列为"社务委员"。马朗是《文艺新潮》的主编；奎旻为香港人，时在加拿大留学。据编者介绍："诗人奎旻现正留学于加拿大，他的家在香港，只身远渡重洋，作客异域，目睹华侨社会现状，感慨万千，于是发为吟咏，以唐人街一诗为代表，一种忧国怀乡之情，跃然纸上，读之发人深省，而其表现手法则又非一般只会喊喊口号者所可企及的，洵佳作也。现在他的诗集《唐人街》业经编就，列入'现代诗丛'，即将于年内出版"。[①] 奎旻在《现代诗》上发表了《唐人街》《奇迹》《没落》等诗作，不过主要是写异国羁旅之思，与香港并无太大关联。

香港诗人在《现代诗》上的集体亮相是第十九期的"香港现代派诗人作品一辑"，该辑刊载了五位诗人，包括马朗、贝娜苔、李维陵、昆南和卢因，并对诗人生平作了简要介绍。其中马朗和贝娜苔都曾就读于上海圣约翰大学，后赴港从事编辑工作；李维陵南京中央政治大学毕业，写小说和文艺论文；昆南和卢因分别毕业于香港华仁书院和英华书院。马朗所选的是《岛居杂咏》系列，包括《北角之夜》《第三个岛屿》《炎夏》和《逝》；贝娜苔选的是《香港浮雕》组诗，李维陵的是《秘密》和《女歌者之爱》，昆南的为《三月的》和《手掌》，卢因的《黑裙裾的一夜》《虽然仍一样沉沦》《追寻》《1956年》和《沉默》。较之《文艺新潮》上所刊登的台湾诗人诗作，这些香港诗人的作品，具有更强的地域色彩和时代气息，这即便置于同时期的《现代诗》诸诗人行列中也是如此。像《北角之夜》，写大都市夜晚的颓唐，《第三个岛屿》有副标题"我的Odyssey"，[②] 语气却全然是反英雄化的低沉，透露着迷惘色彩，这种现代人的境遇与神话所形成的反讽结构，与乔伊斯《尤利西斯》的立意类似。昆南的《三

---

① 《唐人街编者按》，《现代诗》，第18期，1957年5月20日。

② 马朗：《第三个岛屿》，《现代诗》，第19期，1957年8月31日。

月的》也写出了"一九五七 春天维多利亚小城"香港的欢笑与阴沉。①这些诗作基本上都是对香港历史和地理的书写,虽然还不够成熟,部分地带着感伤的色彩,观察不免停留在浮光掠影的层面,个人感悟也缺乏深入的省思,不过它们还是为台湾诗坛注入了鲜明的香港经验,尤其是现代都市的经验,丰富了台湾现代主义的内容和表达形式。

对于《文艺新潮》与《现代诗》之间的交流过程,纪弦在第十七期的《编辑后记》中有所说明:

> 诗人马朗是编者的老友。在香港,他主编的《文艺新潮》已出九期,质精量丰,好评啧啧,为广大读者群所热烈支持。纪弦、叶泥、方思等亦经常为之撰稿:最近由于纪弦的严选与推荐,该刊第九期上又以一个特辑的篇幅发表了林泠、罗行、罗马、薛柏谷及黄荷生五人的作品。至于马朗本人,作为现代派的一员,他也是常有稿子供给本刊的;最近他介绍了香港诗人贝娜苔的译诗,已发表于本期。关于此一台港诗坛交流工作,纪弦马朗二人业经约好,今后仍将继续下去,并将愈益加强联系,密切合作,务使香港诗人佳作经常输入,发表于本刊以与国内读者见面,同时使我自由中国优秀的诗人群都有足以代表的好诗输出,经由该刊以呈献于海外读者之前,彼此观摩,相互勉励,庶几达成吾人所肩负的新诗的再革命这一艰巨的任务,而为现正蓬蓬勃勃展开于台湾及香港的现代主义文学运动放一异彩,树一辉煌的里程碑。②

马朗原名马博良,20世纪40年代在上海圣约翰大学读书,抗战时期曾主编《文潮》月刊,后在上海编辑《自由论坛晚报》副刊,与张爱玲、纪弦(路易士)、邵洵美、吴伯箫等作家相识,③因而纪弦有"老友"一说。他除了写诗外,也写小说和影评。诗歌则受戴望舒、艾青和纪弦等人影响。在他所主办的《文艺新潮》第一期,登载了他的两首代表作,《焚琴的浪子》和《国殇祭》。《焚琴的浪子》诗为:

> 烧尽弦琴/古国的水边不再低泣/去了,去了/青铜的额和素白的手/那金属性清朗的声音/骄矜如魔镜似的脸/在凄清的山缘回首/最后看一次

---

① 昆南:《三月的》,《现代诗》,第19期,1957年8月31日。

② 《编辑后记》,《现代诗》,第17期,1957年3月1日。

③ 《为什么是现代主义——杜家祁·马朗对谈》,《香港文学》,总第224期,2003年8月1日。

藏着美丽旧影的圣城／为千万粗陋而壮大的手所招引／从今他们不用自己的目光／看透世界灿烂的全体／甚么梦甚么理想树上的花／都变成水流过脸上一去不返……／／今日的浪子出发了／去火灾里建造他们的城……①

有将此诗解为书写香港都市生活体验的，这可能不太准确，因为诗中较少直接涉及香港生活体验，而更像是以象征的手法，写面对时代巨变时，个人所表现出来的不安，这种态度和处理方式，与彼时香港的"绿背文化"和台湾的"反共文艺"实有着内在的精神契合。该诗后来也被张默、痖弦编入《六十年代诗选》。该诗最后一句"去火灾里建造他们的城"，脱胎于纪弦的诗作《火灾的城》，这重影响业经文学史指出，如刘登翰所主编的《香港文学史》就认为，"'火灾的城'这一意象可能来自三十年代路易士（纪弦）一首同名的诗"。②纪弦对《火灾的城》颇为满意，不仅出版同题诗集，且收入1945年的《三十前集》中，马朗在上海时期既然与纪弦结识，应该读过他这首诗。实际上马朗当时对上海的现代派诗人多有关注，包括他对翻译对象的选择也受戴望舒、卞之琳等现代主义诗人的影响，"我老早已看过现代主义，在未曾解放之前，现代主义已是一种 impact。当时中国还未曾正式介绍现代主义，但我发现有些杂志上卞之琳已译了好几人的东西，但未曾译到的 Andre Breton（布列东），后来我去译。卞之琳译了梵乐希，译了里尔克，西班牙的阿索林，全部都译了"。③在上海时期与纪弦有着类似的现代主义知识积累，这类共同的文学经验为他们在港台之间隔海交流提供了历史前提，也在他们此后的编辑生涯和写作翻译中起着持续的影响作用。

马朗作为现代派的成员，常有作品发表于《现代诗》，不过主要是翻译作品。《现代诗》先后刊登了他所翻译的史宾德（Stephen Spender）的《命运》《炸后城市的杏树》；H. D.（Hilda Doolittle）的《梨树》《鸥》《花园》；阿茨波麦克列许（Archibald MacLeish）的《征服者》和《遗世书》；奥登（W. H. Auden）的《纪念 W.B. 叶芝》和《不知名姓的国民》等。较为侧重英美现代主义诗人，这也可看出他与纪弦之间的细微差别，纪弦的翻译对象大多是法国象征主义和超现实主义诗人，而马朗除了关注法国诗人外，对英、美及意象派诗

---

① 马朗:《献给中国的战斗者》，《文艺新潮》，第1卷，第1期，1956年2月18日。

② 刘登翰主编:《香港文学史》. 北京: 人民文学出版社，1999年版，第316页。

③ 《为什么是现代主义——杜家祁·马朗对谈》，《香港文学》，总第224期，2003年8月1日。

人都较为关注。贝娜苔除了发表诗作，也曾在《现代诗》上发表意大利诗人桑泰耶纳（Santayana）的诗作《诗人的遗言》，贝娜苔原名杨际光，曾在《香港时报》工作，后有诗集《雨天集》，当时是《文艺新潮》的主要作者。

除了登载马朗、贝娜苔、昆南等香港诗人的诗作外，《现代诗》还特意宣传了《文艺新潮》，不仅整版列出该刊的要目，而且还以现代诗社的名义发表启事：

> 香港《文艺新潮》创刊以来，深受海内外读者之欢迎，现在第一卷第十二期已出版，封面画是波纳所作《巴黎街头素描》，橙黄、深棕、黑与柠檬黄四色，厚八○面，每册港币一元。有分量，有立场，内容丰富，编排新颖，凡看过前几期的，无不誉为东南亚水准最高的读物。
>
> 该刊已蒙"侨委会"批准登记，内销证不日发下，即可大量运台交由本社总经销，诚属高尚的读者们之一大喜讯也。
>
> 但在本社尚未正式代理之前，凡欲试阅一两期者，本社现有一、三、四、六、七、八、九、十二各期，每册实价新台币六元，可直接函购。而二、五、十、十一各期缺书，不能预购，这是很抱歉的。①

这则广告透露了很多关键的信息，首先是对《文艺新潮》介绍极为详细，其次是现代诗社是《文艺新潮》"指定台湾总代理"。不过据马朗回忆，台湾当局一开始并未通过该刊的引进，不仅不允许在台湾销售，而且还阻止其在东南亚的销售，因而，《文艺新潮》创办初期只能以手抄本的形式在台湾流传，马朗在2002年的一次访谈中曾着意强调这点：

> 其实"左派"当时文艺性的刊物有好几份，右派也有好几份。《文艺新潮》就夹在当中。你知道，《文艺新潮》第一期、第二期在马来西亚、新加坡和越南全部被吊销，说是共产党刊物，国民党告诉他们这是共产党刊物，不要给它们进来。台湾始终不给《文艺新潮》入口，现在就可以看到，后来才给进去的，但他们以前，所有《创世纪》《现代诗》的人都可以告诉你，如纪弦、痖弦、叶维廉等人都可以告诉你，是手抄本的。他们带了一本进去后，就用手抄。是这样的，台湾检查《文艺新潮》也不是太紧，但不准入口。香港的《文艺新潮》对台湾的影响你是知道的，如果是没用的，

---

① 《现代诗》，第19期，第43页广告页。

为甚么要用手抄，而手抄的全是已成名的诗人、艺术家、作家等人。①

有手抄本流传，表明台湾文学圈对该刊的重视和认同，马朗就很肯定地说余光中曾看过手抄本，"我知道余光中就看过，余光中能看到，我相信是林以亮，也就是宋淇给他看的"。②部分台湾现代派诗人也可能曾受该刊影响，如刘以鬯便指出该刊曾影响台湾的文风，叶维廉则具体指明该刊所推介的西方文学对台湾诗人如痖弦等人的影响："他在香港办的《文艺新潮》，不只是四十年代现代派一些新思潮新表现的延续（在台湾当时便是纪弦的《现代诗》），而且争先推介了存在主义者沙特和卡缪、超现实主义诗人布列东、亨利·米修等人及立体主义以还的新艺术，对台湾的诗人曾引起了很大的骚动。即以痖弦的《深渊》为例，便有马朗译的墨西哥现代诗人奥悌维奥·百师（Octavio Paz）诗句的痕迹"。③

综合《现代诗》上的信息和马朗的相关回忆，可以发现《文艺新潮》一开始受到台湾当局的抵制，但后来实际上已逐渐放松。当然，台湾当局最初对《文艺新潮》的限制还是部分说明该刊与《现代诗》之间存在差异，较之《现代诗》的右倾色彩，《文艺新潮》立场要更为中立，内容也更为包容。如该刊第三期曾出"三十年来中国最佳短篇小说选"的特辑，在所选的四篇小说中，就包含了师陀和张天翼这样曾有"左翼"倾向的作家。同时，在翻译方面，《文艺新潮》所选择的外国作家范围也更广。而反观《现代诗》，一是翻译范围以英法作家为主，其次也缺乏大陆五四以来尤其是左翼文学的信息，而这也不仅限于《现代诗》，整个台湾文坛都是如此，整体屏蔽了五四以来的左翼文学及留在大陆的文人作品，从而造成现代文学的断层。

马朗与纪弦的文学活动和相互交流，为我们从整体上理解台港现代诗提供了新的视野。马朗和纪弦早期在上海相识，而且都与现代派之间有较深的关联，1949年之后，二者分别在香港和台湾主持了两地最为重要的现代主义文学刊物。这表明，就历史渊源而言，港台现代派一定程度上可说是20世纪30年代以来上海现代主义在两地的衍生，是同一枝条上的两支花朵。不过因两地的文化语境不同，现代主义的具体展开也有差异。二者之间的沟通，则可视为新的融合，

① 《为什么是现代主义——杜家祁·马朗对谈》，《香港文学》，总第224期，2003年8月1日。

② 同上。

③ 叶维廉：《经验的染织（1976）——序马博良诗集〈美洲三十弦〉》，《从现象到表现：叶维廉早期文集》.台北：东大图书股份有限公司，1994年版，第357页。

在此过程中，出身上海现代派、在台湾提倡现代诗运动的纪弦，在港台现代主义的互动中起着桥梁的作用。

第二节　吴兴华与 20 世纪 50 年代台港的现代诗

一、影子诗人梁文星

在 1957 年 9 月的《文学杂志》第三卷第一期上，夏济安以《致读者》的方式，重申该刊的信条，总结了两年来该刊的得失，认为之前该刊发表的作品，"能够经得起'时代的考验'，成为这一时代中国人新的纪录的，恐怕并不多"，但他特别强调的是该刊所发起的两组讨论："这一年来，我们曾经连续发表过几篇讨论'新诗的前途'和'中国的社会和小说'的论文。这些文章相当的受人注意。我们相信：我们的讨论，对于诗人和小说家多少有点帮助。这些文章，既然是讨论性质，我们并不认为已经达到什么结论。我们希望海内外的朋友，多来参加，发表意见"。① 其中，对于新诗前途的讨论，后来也渐次扩展到其他刊物，如《自由中国》《笔汇》等，而引发这次小规模新诗讨论的，是梁文星的诗论《现在的新诗》，该文载于《文学杂志》第一卷第四期，后来有周弃子的《说诗赘语》、夏济安的《白话文与新诗》等讨论文章，声援梁文星的观点。

梁文星是《文学杂志》的重要作者，该刊创刊号就发表有他的诗作《岘山》，后又有《有赠 二首》（第一卷第三期）、《给伊娃》（第一卷第六期）、《尼庵》（第二卷第一期）、《西珈十四行》（共十二首录其四，第二卷第三期）、《览古》（第二卷第六期）、《绝句》（第三卷第一期）、《偶然作》（第三卷第三期）、《记忆》（第七卷第三期）。除了台湾的《文学杂志》外，他还在香港的《人人文学》《中国学生周报》和《今日世界》上发表数首诗作，这包括学界已披露的《人人文学》上的《览古》《绝句三首》（第十三期）、《励志诗》《绝句三首》（第十五期）、《尼庵》（第十六期）、《秋日的女皇》（第十七期）、《记忆》（第十九期）、《筵散作》（第二三期）、《十四行》（第二六期），第十九期还有译里尔克诗二首，以及《中国学生周报》上的《有赠》（第七四三期）；此外笔者还发现《今日世界》（第十六期）上刊有一篇署名梁文星的《十四行》（多么像一个严冬啊！），《中国学生周报》（第七三七期）还有一篇署名邝文德的《弹琵琶的妇人》（按，该

---

① 编者：《致读者》，《文学杂志》，第 3 卷，第 1 期，1957 年 9 月 20 日。

诗曾署名吴兴华刊于 1957 年第 8 期《人民文学》)。梁文星与当时的林以亮、思果、叶维廉等人一样，是一个跨越港台文坛的作家。无论是梁文星诗的整饬形式，还是他的古事新编，在当时的港台诗坛都别具一格，其作品可以说是港台诗坛 20 世纪 50 年代初的重要存在。

梁文星深湛的诗艺也影响了不少港台的后进诗人，如叶维廉、梁秉均等都称曾受梁文星的影响。梁秉均就曾说，"梁文星在新一代诗人中（如叶维廉、蔡炎培）成为一位传奇人物，对他们的发展有很大的影响"。[①]叶维廉是较早阅读、介绍梁文星的诗人，他在香港读中学时，曾大量抄录冯至、卞之琳、梁文星等人的诗作，后来他从台大毕业时，还曾将梁文星的诗翻译为英文。实际上梁文星的作品能在《文学杂志》发表，与叶维廉也有直接关系，叶维廉早期在香港读到梁文星的作品，并将其带到台湾发表，"他的诗大部分由宋淇在香港发表，由我商得济安师的同意重刊于文学杂志"，[②]夏济安当时执教于台大外文系，是叶维廉等人的老师，也是《文学杂志》的编者。虽然梁文星在港台诗坛曾有一定影响，其诗学观点得到讨论，其诗歌形式被模仿，但他并没有进一步的发声，他就像流星一样，突兀地出现在 20 世纪 50 年代的港台诗坛，放出光芒，然后又倏然消失了。直到后来，人们才知道，实际上港台并无梁文星这个诗人，梁文星是林以亮为发表好友吴兴华的作品，临时起意用的一个笔名。吴兴华是 20世纪三四十年代北平诗坛的重要诗人，他毕业于燕京大学，后执教于该校，他的诗作往往追求形式的整齐，除格律体、绝句体，还多次尝试西方各类十四行体，从新诗史而言，他的贡献除了探索新诗的形式外，还在于他创作了多首以古事或古诗为题材的诗作，成为 40 年代沟通传统与现代的重要诗人。[③]

在燕京大学求学期间，吴兴华、宋淇、孙道临等人相交莫逆，谈诗论学，月旦人物，对英语世界的诗歌与中国古典诗歌都有较广泛的阅读，吴兴华与宋淇还合编过《燕京文学》，后宋淇、孙道临等人赴上海，他们也有着密切的书信往来。1949 年，宋淇赴港，吴兴华则留京。宋淇去香港的时候，带走了吴兴华赠给他的诗集手抄本，宋淇的后人宋以朗曾提及："父亲有一册吴兴华亲手抄的诗集，那是天下孤本"[④]。宋淇在香港发表的吴兴华诗作，可能就是出于该诗集。

---

① 也斯：《城与文学》.杭州：浙江大学出版社，2013 年版，第 174 页。

② 叶维廉：《我和三、四十年代的血缘关系》，《中外文学》，1977 年第 7 期。

③ 参考解志熙：《现代与传统的接续——吴兴华及燕园诗人的创作取向评议》，《新诗评论》第五辑.北京：北京大学出版社，2007 年版。

④ 宋以朗：《宋淇传奇 从宋春舫到张爱玲》.香港：牛津大学出版社，2014 年版，第 180 页。

宋淇除以梁文星的笔名刊载吴兴华的创作外，还以邝文德的笔名登载他的译作，宋以朗就曾指出："一九五二年后，我父亲没有再跟吴兴华通信，却在港台不同的文艺刊物上以不同的笔名发表吴兴华诗作，一时署名梁文星，一时署名邝文德（不要忘记我母亲叫邝文美），得到不少人关注。连张爱玲也说过：'五十六期《今日世界》所刊鸣珰的《暮雨》一诗，学梁文星——有如猴子穿了人的衣服，又像又不像'"。① 《文学杂志》上署名邝文德的作品有《谈黎尔克的诗》（第一卷第二期），译作《黎尔克诗三首》（第一卷第二期）和《黎尔克诗二首》（第一卷第四期）。里尔克（吴译黎尔克）是吴兴华四十年代译介较多的作家，他的"古事新诠"曾受里尔克的影响。②

二、吴兴华的诗论与港台新批评

梁文星在港台诗坛出现时间短暂，他的文章《现在的新诗》却是台湾 20 世纪 50 年代作家讨论新诗向何处去的导火索。论者早已指出该文所针对的并非是当时的台湾诗坛，而是对 40 年代中国新诗的看法③。不过很多人对此并不知情，而且这也不影响 50 年代的台湾诗人继续谈论这个话题，借此探讨新诗的去向问题，而更重要的是，由大陆迁台的诗人占据了当时台湾诗坛的大半江山，问题意识也多是从新诗发展史出发的，因而，贺麦晓从新文化运动的脉络，考察梁文星等人的观点在新诗诗学发展中的位置和作用，这个视角很有启发性，不过他最后认为梁文星、劳干等人从大陆移植到台湾的作品和观点对台湾诗坛的论战"没有发挥很大的作用"，"或许对本土文学的发展还产生了一定的负面的作用"④，则值得商榷。梁文星这篇文章写于 40 年代，曾以钦江的笔名发表在《燕京文学》，它之所以能在 50 年代的台湾文坛引起关注，很大原因在于他谈论问题的方法、知识背景和诗学观与彼时台湾诗坛的语境密切相关，它所针对的问题对当时的台湾诗坛也不乏现实性。

《现在的新诗》主要谈论新诗的形式问题，在吴兴华看来，新诗可说是形式最自由的文体，但这也导致诗作者的无所适从，"没有固定的形式，现代的诗人

---

① 同上，第 192 页。

② 张松建：《知识之航与历史想象：重读吴兴华》，《江汉大学学报（人文科学版）》，2009 年第 1 期。

③ 张泉：《北京沦陷期诗坛上的吴兴华及其接受史——兼谈殖民地文学研究中的北京问题》，《抗战文化研究》第 5 辑。按，该文对吴兴华作品在港台的发表与接受过程，做了翔实的梳理。

④ 贺麦晓：《吴兴华、新诗诗学与 50 年代台湾诗坛》，《诗探索》，2002 年第 2 期。

下手时就遇到好几重困难"，"形式仿佛是诗人与读者之间一架公有的桥梁，拆去之后，一切传达的责任就都是作者的了"，这意味着新诗的自由带来的除了形式的大解放以外，也让传统诗词作者与读者之间的纽带崩散了。吴兴华的解决方案是探索新的形式，为新诗需找新的秩序：

> 固定的形式在这里，我觉得，就显露出它的优点。当你练习纯熟以后，你的思想涌起时，常常会自己落在一个恰好的形式里，以致一点不自然的扭曲情形都看不出来。许多反对新诗用韵，讲求拍子的人忘了中国古诗的律诗和词是规律多么精严的诗体，而结果中国完美的抒情诗的产量毫无疑问的比别的任何国家都多。"难处见作者"，真的，所谓"自然"和"不受拘束"是不能独自存在的；非得有了规律，我们才能欣赏作者克服了规律的能力，非得有了拘束，我们才能了解在拘束之内可能的各种巧妙表演。[1]

从新诗发展的历程而言，探索新诗的形式始终是一个悬而未决的问题，尤其是 20 世纪 20 年代末的新月派，闻一多、徐志摩、朱湘等都非常自觉地进行形式实验，徐志摩在主编《晨报》副刊《诗镌》时就称"要把创格的新诗当作一件认真的事情做"，[2] 闻一多也积极提倡新诗格律，在他看来，"游戏的趣味是要在一种规定的格律之内出奇制胜"，[3] 并从诗行建设角度，提出并实践了"节的匀称，句的均齐"理论。朱湘则借鉴词的节律与图案，他的《草莽集》就被沈从文评为"保留的是'中国旧词韵律节奏的灵魂'，破坏了词的固定组织，却并不完全放弃那组织的美。"[4] 其他新月诗人如陆志苇、孙大雨、饶孟侃、陈梦家等也都在形式实验方面有所突破。新月派对新诗形式的探索，成为后来诗人创作的形式遗产，30 年代的现代派也或多或少地受其影响，而现代诗人卞之琳早期也可划归新月派的圈子。到 20 世纪三四十年代，作家们对形式也作了较多的探索，很多诗人试图进一步打破传统与现代的二元关系，尤其是北平诗人林庚、朱英诞等人对新格律诗作了较多的尝试。

吴兴华的实验差不多与林庚、朱英诞等人同时，取径也有类似处，都试图重新激活古典诗词资源，作为现代诗形式的借鉴，同时又不完全取法古人，而是有着鲜明的现代意识。对于林庚与朱英诞的创作，吴兴华也有关注，在与宋

---

① 钦江：《现在的新诗》，《燕京文学》，1941 年第 3 卷，第 2 期；梁文星：《现在的新诗》，《文学杂志》，第 1 卷，第 4 期，1956 年 12 月 20 日。

② 徐志摩：《诗刊弁言》，《晨报副刊·诗镌》，1926 年 4 月 1 日。

③ 闻一多：《诗的格律》，《晨报·副刊》，1926 年 5 月 13 日。

④ 沈从文：《论朱湘的诗》，《文艺月刊》，第 2 卷，第 1 期，1931 年 1 月 30 日。

淇的通信中，他就多次提及林、朱二人的格律体，不过评价不高，在他看来，"林×、朱××的四行，句拼字凑，神孤离而气不完还不讲，他们处理题目的手法还在原始阶段中"。[①] 在他看来，林庚等人的四行诗连形式都不完备，不具备创格的水准。

虽然吴兴华对新诗形式的强调也出自古典诗词，与林庚和朱英诞不同的是，吴兴华的诗学理论实际是来自西方诗学和现代理论。也就是说，吴兴华与林、朱等虽同时发现了传统资源的现代价值，但传统对于双方的意义并不一样，林、朱重视古典诗词的图像、音韵和氛围，吴兴华的传统则不同，他的传统实际上是经现代理论重新发现的，或者说，林、朱的传统也是在现代理论烛照下发现的，他们关注的是类似象征主义的"应和"、意蕴和韵律，而吴兴华所发现的传统，是经现代主义理论过滤和再造的传统，即便是那些古典新诠的作品，古典的内容很大程度上只是题材性的，如西施，在吴兴华这里，实际上是一个类似希腊神话人物海伦的存在，重要的是这些人物与世界的关系是引入思考的契机，而不是这个人物的具体生活，正如他所言："你必须把她和这世界分开，然后你才能猜想她和那另个世界的关系"，[②] 古事或古人提供的是个人化思考和想象的契机。

吴兴华对现代诗形式的强调，得到好友林以亮的认可。林以亮早在1953年就撰写了《论新诗的形式》和《再论新诗的形式》两篇文章，林以亮认为"新诗最为人所诟病的一点就是它没有固定的形式，而成为'自由诗'"，"在取消了这些限制之后，诗人的困难反而有增无减。形式仿佛是诗人与读者之间一架共同的桥梁，拆去之后，一切传达的责任就都落在作者的身上。究其实际，自由诗并没有替诗人争得自由，反而加重了诗人的负担，使他在用字的次序上，句法的结构上，语言的运用上，更直接，更明显地对读者有所交代。"[③] 林以亮的观点与吴兴华如出一辙，更有甚者，很多词句都是直接挪用《现在的新诗》。贺麦晓曾对照两文，发现两文颇多雷同处，认为是林以亮对吴兴华文章作了修改，[④] 如果对校《燕京文学》的原始版本，则可以发现并非是修改，而是挪用；实际

---

① 吴兴华：《吴兴华全集3 风吹在水上致宋淇书信》.桂林：广西师范大学出版社，2017年版，第77页。

② 同上，第23页。

③ 余怀：《论新诗之形式》，《人人文学》，第15期，1953年8月1日。此处引自林以亮：《论新诗的形式》，载《林以亮诗话》.台北：洪范书店有限公司，1976年版，第3页。

④ 贺麦晓：《吴兴华、新诗诗学与50年代台湾诗坛》，《诗探索》，2002年第2期。

上林以亮的诗学理念很大部分都来自吴兴华的启发，他的《论新诗的形式》《再论新诗的形式》两文，其对形式的强调与吴兴华基本上一致，正面谈论的作品也大都是吴兴华的诗歌，不仅如此，他对其他人的品评也多借鉴吴兴华的观点，如前文提及吴兴华致林以亮信中评林庚、朱英诞的四行诗"句拼字凑，神孤离而气不完"，林以亮在《论新诗的形式》中就借鉴了这种说法："林庚所写的四行诗，拼字凑句，神气孤离，只写目前所见，与旧诗的传统没有内在的联系，只套袭了古人的皮毛和外形"，[①]所列举的例句也与吴兴华一样，都是林庚的"冬天的柿子费最贱的钱"。[②]不仅美学判断上沿袭吴兴华的观点，连例证也差不多一致。从这个角度可以说20世纪50年代的林以亮在港台继承、挪用或发扬了吴兴华的诗学观，这与以梁文星为名发表的诗作相辅相成。

　　除了时在香港的林以亮之外，台湾作家中较早积极回应梁文星观点的是周弃子。周弃子，湖北大冶人，时在张群所主持的革命实践研究院任秘书，工旧体诗词，也写语体文。他的基本看法是"体有古今、诗无新旧"，"现代的人，写现代的诗，当然应该有它现代的内容。现代的内容与古代的内容不同，往昔的形式可能无法容纳或配合，而不得不寻求一种乃至多种的往昔所无的形式"，也就是说，不必刻意区分新旧，而应努力创制新体，与吴兴华寻求新形式的诉求不谋而合，因而对吴的观点颇为赞同："读到梁文星先生大作《现在的新诗》，引起我对作者的一番敬意"。不过，周弃子虽然对梁文星颇为推崇，但二人的诗学观并不一样，在周弃子这里，诗的本体还是情感，形式是情感的适当表达方式，"诗，只是一份情感；一份藉文字表达出来的情感。情感是附着，两者联结而构成诗的形式，则有赖于诗人的技巧"，随着现代人情感的复杂化，诗行也相应要变化。吴兴华的诗学观与此不同，他的诗学根底是西方的现代主义，而且对浪漫主义颇有批评，有意识地要回避才情和情感的泛滥，正如吴兴华译介较多的里尔克所言，"诗并不像人们想象的那样，只是简单的情感（感情，我们已经拥有得足够多了）；诗更多的是经验"。[③]艾略特对情感放纵的批判，也成为吴兴华等人常征引的箴言："诗不是放纵情感，而是逃避情感，不是表现个性，而是逃避个性"[④]，这与里尔克所谓的诗乃经验异曲同工。吴兴华对二人的观念是

　　① 林以亮：《论新诗的形式》，载林以亮《林以亮诗话》，第11页。
　　② 吴兴华：《吴兴华全集3　风吹在水上　致宋淇书信》，第144页。
　　③ 里尔克：《马尔特手记插图版》，曹元勇译．上海：上海译文出版社，2007年版，第24页。
　　④ T. S. 艾略特：《传统与个人才能》，载王恩衷编译《艾略特诗学文集》．北京：国际文化出版公司，1989年版，第8页。

综合性地接受，他认为要写好诗，先要接受诗的教育，"多读古今中外的诗歌"，"作品中有所谓 intellect 的成份 [分]"，[①] 强调传统与智性。

较之周弃子与吴兴华的貌合神离，夏济安虽然认为吴兴华与周弃子对新诗都过于悲观，但诗学观念与吴却有较多的契合处。夏济安的《白话文与新诗》一文，一开始就提出白话文运动的成果问题，但他主张不要在新旧这个二元框架内讨论，而应该寻找其他标准，而新标准之一就是白话文能否成为文学的语言，那么诗歌就是重中之重。沿着梁文星与周弃子对形式的强调，他将形式具体化为结构、节奏和用字三点要素。尤其是关于结构，他介绍了"近代英美批评家"的经验："一首诗不但在思想方面和音调方面是一个整体，连譬喻意象（images），都要有系统的组织起来。照这个标准来写诗，诗人除了灵魂、心和敏锐的感觉之外，还需要一幅供制衡、选择、判别、组织之用的头脑。没有这样的头脑（或者用梁文星先生的字：intellect），他仍旧可能有诗的灵感，但是很难写出好诗"。[②] 夏济安所援引的"近代英美批评家"主要指的是英美新批评，如艾略特、燕卜逊、布鲁克斯等人。就此而言，夏济安、吴兴华乃至此后部分港台现代主义诗人分享着同样的知识结构和背景。

同样出身于外文系，夏济安与夏志清几乎同时参与到当时的新批评潮流。二战后，新批评成为英美批评主力，新批评对中国诗坛的影响也是极为直接的，新批评代表人物瑞恰兹曾到燕京大学讲学，燕卜逊就在西南联大任教，夏氏兄弟与新批评代表人物兰色姆、布鲁克斯等联系密切，夏志清赴美留学期间，曾得到兰色姆和布鲁克斯的帮助。[③] 吴兴华同样如此，他很早阅读过艾略特的《传统与个人才能》一文，艾略特正是新批评的代表人物，兰色姆的《新批评》便将艾略特单列一章，称为"历史学批评家"。[④] 吴兴华《现在的新诗》一文部分受艾略特观点的影响，他认为："我们现在写诗并不是个人娱乐的事，而是将来整个一个传统的奠基石。我们的笔不留神出越了一点轨道，将来整个中国诗的方向或许会因之而有所改变"。[⑤] 吴兴华之所以看重旧体诗词，与艾略特式的传统意识有很大的关联。吴兴华所在的燕京大学，以及更广范围的燕京大学、北

---

① 梁文星：《现在的新诗》，《文学杂志》，第 1 卷，第 4 期，1956 年 12 月 20 日。

② 夏济安：《白话文与新诗》，《文学杂志》，第 2 卷，第 1 期，1957 年 3 月 20 日。

③ 季进编注：《夏志清夏济安书信集：卷一（1947—1950）》. 台北：联经出版，2015 年版，第 48、52、64—68 页。

④ 兰色姆：《新批评》，王腊保，张哲译. 南京：江苏教育出版社，2006 年版，第 87 页。

⑤ 钦江：《现在的新诗》，《燕京文学》，1941 年第 3 卷，第 2 期。

京大学外文研究圈，新批评氛围都较为浓厚，除有瑞恰兹、燕卜逊等人直接授课外，叶公超、赵萝蕤等都对新批评诗学较为关注，如赵萝蕤就在吴兴华读书并留校任教的燕京大学英语系，她早在 1935 年便应戴望舒之邀翻译了艾略特的长诗《荒原》，叶公超更是新批评理论的积极介绍者。吴兴华、宋淇、夏济安等都是从这个氛围中走出来，不免受到影响。夏济安后来在台大外文系执教，影响了一批学生。加上在冷战背景的影响下，英美现代主义文学思潮大量输入港台，英美学者的著作也成为港台学术圈的重要资源，后来香港批评家李英豪就成为个中翘楚。

　　吴兴华、宋淇等人的阅读对象多为英美文学，从浪漫主义到现代主义均有。据夏志清回忆，"先兄济安是他（林以亮——引者按）光华同学，转成好友。那几年，林以亮每来我家聊天（济安去内地后，同我独聊），我总吸收到不少知识，知道些英国批评界近况。他借给我读的书，诸如霍思曼《原诗》（The Nome and Nature of Poetry）——李维斯 F. R. Leavis《英诗重估价》（Revaluation）和墨瑞 J. Middleton Murry 的《济慈与莎士比亚》（Keats and Shakespeare），时隔三十多年，至今印象犹深"。[①] 宋淇受吴兴华影响甚深，这也一定程度上可看作他们圈子的读书倾向，在新批评之外，对人文主义颇为关注。因宋淇与夏济安早年是光华同学，后来夏济安曾在北京大学西语系任教，因而与吴兴华也是同一个圈子的人。[②]

　　人文主义是五十年代港台较为流行的文化思潮，[③] 台湾的《文学杂志》《自由中国》，香港的《中国学生周报》《大学生活》《今日世界》等，或明确提倡人文主义，或以人文教育为宗旨。从这个角度而言，吴兴华的诗论在台湾之所以能引起部分人的共鸣，很大程度上正是基于新批评和人文主义等西方理论话语和文化潮流在港台的兴起，而这些理论话语之所以在五十年代的港台继续盛行，则与冷战语境密切相关。

---

　　①清:《林以亮诗话·序》，载《林以亮诗话》.台北：洪范书店有限公司，1976 年版，第 10—11 页。

　　②按，1947 年 1 月 23 日吴兴华致宋淇书信提及夏氏兄弟去燕京大学，三人一起同游颐和园事，载《吴兴华全集 3 风吹在水上 致宋淇书信》，第 170 页。该处信息感谢孙连伍兄提醒。

　　③厦门大学台湾研究院博士生何随贤对这一问题有专门研究，其博士论文（朱双一教授指导）目前尚在撰写、修改之中。

三、反浪漫、咏史与吴兴华的遗产

20世纪40年代不少青年诗人，如吴兴华、袁可嘉等，提倡现代主义，带有反思浪漫主义的意图。正如前文所言，与周弃子的情感本体论不同，吴兴华更侧重诗歌的智性，袁可嘉则针对浪漫主义的情感宣泄，提出诗歌戏剧化的方法，其具体方法之一就是将浪漫主义的主观宣泄，转化为第三人称的戏剧化表达。[①] 袁可嘉与吴兴华所共同推崇的诗人是奥登，他抗战时期曾来中国，其《战时在中国》十四行集，经卞之琳翻译后在中国诗坛有较大的影响。更早的则有徐迟，其《抒情的放逐》就发表于1939年的香港《星岛日报》。抗战时期很多诗人在经历了抗战初期的亢奋之后，都逐渐沉稳下来，开始向精神、文化、现实等纵深领域开拓，这除了诗歌自身的衍变外，与战时的时代语境也有关，战争的残酷让诗人开始思考更为根本的问题，正如郭沫若所言"中国目前是最为文学的时代，美恶对立、忠奸对立异常鲜明，人性美发展到了极端，人性恶也有的发展到了极端，这一幕伟大的戏剧，这一篇崇高的史诗，只等有耐心的、谦抑诚虔、明朗健康的笔来把它写出"！[②] 在这种精神氛围下，诗人或深入民间，或回到传统，或转为沉思，多不愿辜负这个悲惨而壮阔的时代，像卞之琳、冯至、穆旦、阿垅等都写出了风格新颖而厚重的作品。

20世纪50年代港台的很多诗人都是从这个时代走过来的，成长于这个时代的文学氛围中，而且50年代的香港和台湾也并不安稳，很多问题都在延续，社会的、政治的，也包括文学的。林以亮、夏济安、梁实秋等对浪漫主义都有进一步的反思，并为现代主义诗歌在台湾的兴起推波助澜。加上冷战的势力划分，美国中情局和新闻处在港台推行的文化冷战政策，使港台成为有利于英美现代主义和新批评传播和发展的空间。

不过，这类主张也受到责难，尤其是蓝星诗社的覃子豪。覃子豪《论新诗的发展——兼评梁文星、周弃子、夏济安先生的意见》一文，对梁文星将旧诗的固定形式作为作者与读者沟通的桥梁的观点作了针锋相对的批判，认为这过于保守，在他看来，新诗的出现本来就是要打破这个桥梁，认为"定型的形式"，"是诗人的才智与创造力衰退的结果"，这种主张倒是与胡适等人提倡白话诗的初衷一致，他还对《文学杂志》上登载的梁文星的诗作如《给伊娃》提出批评，

---

① 袁可嘉：《新诗戏剧化》，《诗创造》，第12期，1948年6月。

② 郭沫若：《今天创作的道路》，《创作月刊》，第1卷，第1期，1942年3月。

认为"其句法的生涩与欧化，俨如译文"。① 与吴兴华、夏济安着眼诗歌形式不同，覃子豪的诗学观是从内容出发的，"一首诗的成功与否，不在形式之是否固定，而是在于诗质是否纯净与丰盈，表现是否完美无缺，形式是随内容之存在而存在，亦随内容之变化而变化"，而"诗的内容是流质"，"诗人将思想和情感的液体，随意念和情绪的波动，以严密的法则凝结成文字的固体之后，自然有其完美的形式"。② 夏济安和吴兴华认为诗的本体是结构，覃子豪则认为是人的思想和情感，既然思想和情感是流动不拘的，形式也就相应地无法定型。

在 20 世纪 50 年代台湾的三大诗社中，以纪弦为代表的现代派最为激进，以覃子豪、余光中为代表的蓝星诗社则略保守，在追求现代主义风格的同时也汲取或转化古典资源，因而也被文学史家称为"新古典主义"。梁文星、夏济安的主张主要是以西方现代主义理论为资源，与纪弦"横的移植"颇为搭调，不过与纪弦的激进现代主义不同，吴兴华、夏济安等也将传统视为不可或缺的资源，因而他们的现代主张被现代派忽略。不过梁文星的观点也被蓝星诗社的覃子豪视为保守，却有些吊诡。原因除覃子豪在不同论战中的侧重点不同外，还在于覃子豪虽也主张现代主义，但实际上有着浪漫的内核，主张情感先于形式，因而对梁文星的固定形式敬谢不敏。台湾 50 年代两个重要的诗派——现代派与蓝星诗社，其代表诗人对梁文星的这种态度，表明梁文星的苦心未被当时的诗人充分理解，或者说，台湾 50 年代的诗坛，各类观点都有些剑走偏锋，即便是蓝星诸子对诗歌形式也缺少关注，吴兴华、夏济安这类试图从古典诗歌寻找资源并兼容中西的诗学观，难以获得话语支持。

不过，吴兴华的形式实验也并非完全无功，实际上还是有余响，尤其是他的格律体和咏史诗，后来成为台湾和香港诗坛的重要流脉。

吴兴华在《文学杂志》发表的诗作中，古典新诠的作品有《岘山》《给伊娃》《览古》等，较之其他诗人的故"诗"新编，吴兴华的相关作品具有比较鲜明的个性。他并不着意还原历史事实或历史场景，而往往是切入历史的某个横断面，或事件的一个瞬间，以此进入人物的内面，重点表达的是人物内心的情感和精神世界，但又并不一定要切合人物的心理，而是借助人物的处境和口吻，发挥诗人的个人情绪与思索。如《岘山》一诗，承接了孟浩然《与诸子登岘山》

---

① 覃子豪《论新诗的发展——兼评梁文星、周弃子、夏济安先生的意见》，《笔汇》，1957 年。

② 同上。

的历史感，但与孟浩然借杜预功业浇自身胸中块垒不同，吴兴华的作品中杜预则可有可无，并不构成对话的对象，吴诗的口吻一开始就是一个不确定的个人："梦中我仿佛独一人攀登上岘山"，他也并不像孟浩然一般，因杜预的事迹起兴发历史幽情，而是个人站在山巅，对着群峰发问，"为你喝一杯，古老的山峰，在我们 / 以前谁知道曾经有多少人登临？ / 在我们以后会有多少人来凭吊？"，倒是有些类似陈子昂的《登幽州台歌》，但与陈子昂、孟浩然在面对历史洪流时的徒作兴叹不同，吴兴华的诗转向自我的拯救，"想使自己固定"，目光也转向"那些渺小的人物"，虽然结局可能是"一个失败后隐伏着另一个侥幸"，①但却透露着一种希绪弗斯式的反抗在里面。截取历史人物或事件的某个瞬间，然后切入人物的心理与命运，这是吴兴华古典新诠的主要方法，梁秉钧就曾指出："吴兴华的现代性不在现代题材的描绘或格律的创新，而在刻画人物心理的视野、角色描绘的不寻常角度、叙写熟悉事物的全新观点，以及在格律中种种含蓄的变奏"。②这种方法有里尔克的影响，同时也有何其芳的影响，何其芳的《丁令威》择取的正是丁令威回城时的所见与所感，吴兴华早期对何其芳的评价较高，在与宋淇的通信中曾提及"我觉得何其芳的《画梦录》有几篇还行"③，而且创作了《丁令威》《扇》《镜》等与何其芳同母题的诗作。

　　吴兴华的这种手法，对台湾诗坛有一定影响。余光中早期与叶维廉等人编辑《文学杂志》诗歌版，在梁文星诗作发表后不久，他便写出《羿射九日》《坐看云起时》等以古代神话为题材的诗作。与《岘山》类似，《羿射九日》也用了第一人称的口吻；《坐看云起时》则遥念阮籍，因据《世说新语》载阮籍有青白眼，对他满意的人则青眼相加，不满者则白眼相对，《坐看云起时》从眼前白云舒卷，念及阮籍品评人物的态度，复又念及他的穷途之哭。后来在现代诗论争中，余光中对超现实主义也作了较多的批判，并重新从古典诗词中寻找资源。余光中与吴兴华好友宋淇关系密切，宋淇编选《美国诗选》时应吴鲁芹介绍而认识余光中，后来余光中去香港中文大学执教，也是应时任中大校长助理的宋淇之邀；在香港期间，宋淇是余光中家的常客，被他视为沙田七友之一，据说宋淇言谈中也常提及吴兴华，"在当代学者之中，宋淇褒贬分明，口头赞美最频的，包括钱锺书与吴兴华，认为国人研究西洋文学，精通西洋语文，罕能及此

---

① 梁文星：《岘山》，《文学杂志》，第 1 卷，第 1 期，1956 年 9 月 20 日。

② 也斯：《城与文学》，第 176 页。

③ 吴兴华：《吴兴华全集 3　风吹在水上致宋淇书信》，第 6 页。

二人"①。余光中后来也以杜甫、李白、苏东坡等历史人物为题材创作诗歌。余光中20世纪五六十年代之交利用古典资源的方式与吴兴华相近，是从思想与精神领域切入古人事迹，之后则与吴兴华有所区别，更接近戴望舒和林庚，侧重古典诗词的氛围与韵律。与吴兴华形成应和的，后来还有杨牧，他早年以叶珊为笔名发表作品，诗宗现代主义，但情感颇为细腻，60年代赴美后，师从陈世骧，陈世骧早年曾在《文学杂志》发表文章，对古典诗歌颇有研究，对台湾人文主义的兴起有所贡献，杨牧也因之转向古典资源，《续韩愈七言古诗〈山石〉》《延陵季子挂剑》《第二次的空门》《武宿夜组曲》等作于60年代末的作品可视为他在这方面的成果。除此之外，钟玲、罗智成、陈大为等台湾诗人也都尝试过"古典新诠"的创作，构成一个较为显明的风格谱系。②香港诗人中，叶维廉、蔡炎培、力匡、齐桓、梁秉均等都是香港诗坛较早阅读吴兴华的诗人。其中，力匡和齐桓早年主编《人人文学》，而梁文星的诗作和林以亮（笔名余怀）的诗论最早就刊于《人人文学》，二人的创作在形式上追求形式的整饬，且在输入十四行等西方诗体方面多有贡献，这与梁文星一致；蔡炎培稍后，他的诗作在形式上近于梁文星；梁秉均是较为自觉地述及吴兴华传统的诗人，他后来写有散文《怀想一位诗人：吴兴华》和论文《1950年代香港新诗的传承与转化：论宋淇与吴兴华、马朗与何其芳的关系》，但他诗歌的形式较为自由，虽也有古事新诠的作品如《交易广场的夸父》，但近于乔伊斯的《尤利西斯》的反讽，与吴兴华的方法不太一样；叶维廉自称受吴兴华影响，他早期诗作形式都相对整齐，也曾以古典题材作诗，如《嫦娥》等即是；曾刊载梁文星《十四行》的《今日世界》，该刊后来还发表了一些学生习作，前期很多作品都追求形式的整齐，如第四十七期的三首诗《罗马诗简》《范围》《暴风》都是如此，张爱玲此时正在《今日世界》连载《秧歌》，可能是注意到这一现象，因而才有前文所引对鸣珰效法梁文星形似神不似的批评。除了梁文星的直接影响外，还需要考虑林以亮的诗论，他的论点多来自吴兴华，文中的例证更是以吴兴华为主，这对吴兴华诗歌理论在港台的传播也功莫大焉。因而，吴兴华在港台诗坛虽是短暂出现，但却成为港台文学史的重要一环，不仅具体地影响了部分诗人的创作，

---

① 余光中：《记忆像铁轨一样长》．台北：洪范书店有限公司，1987年版，第249页。

② 参考张松建《知识之航与历史想象：重读吴兴华》，《江汉大学学报（人文科学版）》，2009年第1期。按，张松建此文将包括吴兴华在内的诸多诗人的咏史之作概而观之，勾勒了一个"古典新诠"的谱系。

而且可说是港台诗坛一种创作风格的开创者。

结　语

在 20 世纪 50 年代的港台诗坛，执教于北京大学的吴兴华，以梁文星的身份出现在港台诗坛，并引起港台诗坛的诗学论争与诗艺仿效。虽然不少论者都认为因为吴兴华缺席讨论，才导致这次论争不了了之，但值得继续思考的是，吴兴华所思考的问题为何会引起回响。这主要源自三个方面，一是港台诗坛对新诗出路的继续探索，二是现代主义对浪漫主义的批判和反思，三是英美新批评和人文主义的知识背景。这使吴兴华的诗论能够切入台湾当时的知识话语场内。同时，吴兴华虽然是间接出现在港台诗坛，但他的诗艺还是影响了部分诗人，影响程度虽不尽相同，这种现象却表明，在冷战东西隔绝的情境下，吴兴华却以特殊的方式，穿透了横亘在海峡两岸之间的隔阂，这是 50 年代语境中吴兴华的独特之处，也是 50 年代梁文星现象的历史意义。

第三节　交汇与重叠：《中国学生周报》上的"台湾文坛"

港台文学往往并称，但学界对二者之前的历史关系讨论并不多，正如刘以鬯所指出的，"国内的学者喜欢将港台文学联在一起，但很少人将港台文学联在一起讨论。我认为将台港文学联在一起讨论，可以使研究工作进入更深的层次"。[①] 本节基于学界研究的这一现状，借助香港 20 世纪 50 至 70 年代重要的刊物《中国学生周报》，在史料整理的基础上，探讨 20 世纪五六十年代台湾与香港文坛之间的交流与互动。

20 世纪五六十年代，台湾与香港在政治上处于相对隔绝的状态，英国是较早承认大陆政权的西方国家，而台湾在实施戒严政策之后，很多香港书报也被禁止进入台湾。虽然政治上存在一定的分歧，两地文坛之间的交往一直较为频繁，经过 50 年代初期的试探，此后双方一直处于互动的高频期。20 世纪五六十年代港台两地的密切交往由很多因素促成，如冷战的东西格局划分、美国所主导的文化冷战政策、台湾当局为争取华侨而出台的侨教优惠政策等，都是两

---

① 刘以鬯：《三十年来香港与台湾在文学上的相互联系》，《刘以鬯研究专集》，第 92 页。

地文坛交流的利好条件。在出版与大众媒体的促动下，两地文人之间的交往逐渐增多，除了《文艺新潮》《现代诗》《好望角》等学界常提及的诗歌刊物外，其它如亚洲出版社也出版了大量的台湾作家作品，它组织的征文比赛，各大奖项也"几乎全为台湾一地作者所囊括"；[①] 同样值得关注的还有友联出版社，该社针对不同阅读群体，发行《祖国》周刊、《大学生活》《儿童乐园》《中国学生周报》和《科学月刊》等，这些刊物不仅成为香港本埠的文学食粮，其影响也远及台湾和东南亚华人社群，像《祖国》周刊就成为部分流亡文人的聚集地，而《中国学生周报》（以下简称《周报》）影响更大，它不仅一度保持两万余份的发行量，而且该报汇集了一大批港台的知名作家，成为60年代台港文坛交流的重要阵地。本节拟将《周报》视为一个独特的台港文化与文学空间，通过梳理该报上的台湾作家群，借此考察台湾文学是如何汇入香港文坛，以及香港文化人所受台湾作家的影响，香港作者面对影响的焦虑时的回应及《周报》在侨生影响下对香港文学的自我反思等问题。

一、"穗华"版上的台湾成名作家

《周报》的读者群主要定位为中学生，但文艺部分则根据作品质量，又逐渐划分为种子、新苗、拓垦、耕耘、穗华、读书研究等不同版块，其中的穗华或拾穗版，主要发表成名作家的作品。穗华版在香港作家中的知名度不低，当时大多数作家均有在该版发文的经历，较早的如南来作家中的徐速、黄思骋和李辉英等，都曾在该版发表小说。就徐速而言，虽然《周报》创刊初期他的《校花》和《慰问》刊于新苗版，但五年后即1958年，其作品再度出现在《周报》上时，就稳居穗华版了，如《樱花姑娘》《小云雀》《曙光在望》《海》《芳邻》等均是如此。在该刊发表作品更多的是黄思骋，该报创刊初期他就曾出谋划策，[②] 后来也是该报的忠实支持者，初期他还写过面向中学生读者群的系列艺术随笔，如《文艺欣赏和文艺写作》《文学要注重创造》《如何处理小说的人物》等，讲解写作小说的注意事项，借助具体例证和简要分析，深入浅出地传达他的小说理念。他的小说在《周报》的待遇与徐速一样，最初的《花开花落》《污

---

①　柯振中：《20世纪50年代香港一家出版社所做的世界华文文学工作》，载陆士清编《新视野　新开拓：第十二届世界华文文学国际学术研讨会论文集》．上海：复旦大学出版社，2002年版，第214页。

②　参考黄思骋：《为中国学生周报周年纪念作》，《中国学生周报》，1953年7月24日。

蓂》都载于新苗版，后来的小说如《牙患》《狼群》《追求——一个好少年的札记》《小团圆》《母亲》《占魁伯》等都位于穗华版。早期之所以被置于新苗版，除了作品本身的原因外，《周报》前期只有八个版，版面设计也并不完备。

黄思骋的艺术随笔，在《周报》上大量连载的时间是 1953 和 1954 年，到 1956 年，便由台湾的王平陵取代，王平陵是国民党文艺体系中的资深作家，早年曾提倡"民族文学"，①此时他从《写作的基本训练》起，谈文学创作的步骤，讲报告文学，介绍短篇小说的组织、主题和人物等，后来当《周报》十一周年纪念之际，他还撰文忆及此事，并表示要将这些文稿整理出版："《中国学生周报》创刊至今，已经十一周年了。我是它的老朋友，在它刚与读者见面的时候，就应那时候编者黄崖兄的邀请，担任一个专栏的写作——'文艺的创作方法'；现在，这些稿子，我正想加以整理，力求充实，名曰《写作艺术论》，找一个书店印出来，用以适应青年们的需要，也算是我纪念周报十一周年的礼物吧！"②

与王平陵在《周报》开设专栏差不多同时，台湾其他作家也开始在该报发表作品，早期除王平陵外，主要是郭良蕙和谢冰莹两位女作家：谢冰莹除介绍狄更斯和托尔斯泰等西方文豪外，她的小说如《故乡》《小箱子》《秀妹》等后来也断断续续地出现在《周报》；郭良蕙则不同，她出现的时间很短促，主要是 1956 年，但差不多在半年之内她就在该刊发表了四个中短篇，其中的《幻境》《一双棉鞋》《法外》还是分期连载，此后除 1958 年的《女人和花束》外，便再也没有出现。不过，虽然《周报》没有再登载她的小说，但她还是于 1956 年在友联出版社出版了她的小说《圣女》，后来也在亚洲出版社出版《一吻》等作品。

自 1958 年起，台湾作家作品在《周报》大量出现，就小说而言，以"军中三驾马车"段彩华、司马中原和朱西宁，及言情小说作家琼瑶的作品数量为最多，据笔者的粗略统计（参考附录《中国学生周报》台湾作家作品目录），段彩华、司马中原和朱西宁三人发表的小说总数当在 50 篇以上，琼瑶也有近 10 篇小说。四人与《周报》关系匪浅，除发表小说外，《周报》周年纪念时也往往应邀撰文。对军中作家而言，《周报》在海外延续斯文，是革命的火种，也寄托着他们的故国之思，如司马中原就说，"为了怀思故国，挂念那些风土、人物和许

---

① 相关研究可参考倪伟《"民族"想象与国家统制 1928—1948 年南京政府的文艺政策及文学运动》.上海：上海教育出版社，2003 年版。

② 王平陵：《祝周报十一周年》，《中国学生周报》，1963 年 12 月 20 日。

多留有我脚印的山川，我重新拾起尘封已久的笔来，学习表达我以及众多同时代人的生活和愿望，以抒发遗民之痛。这样，使我和中国学生周报有了密切的联系。我感谢社方按期为我寄报，不但我们全家抢着读它，连邻舍的小朋友们也受了惠。几年来，每当我打开中国学生周报时，就好像见到许多故人一样"。①对于司马中原和《周报》的部分作者、读者而言，他们虽身处台湾或香港这些不同的地区，但他们有着类似的移民或遗民的身份，很容易找到彼此身份上共同的历史经历、文化记忆和家国情怀。而司马中原、段彩华等人在《周报》上发表的小说，大多数也是以大陆为背景，或讲述乡野的传奇轶事，或讲述日军威胁下的乡土生活。另外，司马中原的话也透露《周报》会按期给部分台湾作家寄报，可见对台湾作家的重视。

军中三人带有传奇性的故事，与《周报》的风格有着内在的一致性。《周报》发表的香港作家徐速、黄思骋、李辉英等人的作品，也大多介于雅俗之间，小说不怎么涉及启蒙、革命、思想或政治等问题，而多以故事性见长，兼采传奇、逸闻等素材，带有通俗文学的部分特点，如段彩华的《婴儿爬坟——村野的传说》(1961年)和黄思骋的《狼群》(1957年)读起来就不无相似之处，黄思骋小说叙述的是"我"在贵州某处遇狼的经历，叙事者是个二十多岁的学生，与当地挑夫夜宿荒野的一间破房子，晚上遭到狼群的围攻，可谓九死一生；②而段彩华的小说写的则是北方两位猎狼人的传奇，二人也是藏在荒野的一间小屋，与外面的狼对峙。③两篇小说在传奇性和氛围的塑造方面，颇有相通之处。不过两篇小说的差异性也是明显的，前者的叙事者是外来者，而后者中两人都是猎狼好手，而且故事中还镶嵌着故事。而琼瑶早期的言情小说能大量登载，也与该报雅俗共赏的定位有关。

除了这几位常见作者外，《周报》还登载了七等生、蔡文甫、朱星鹤、施叔青、王祯和、黄春明等台湾作家的作品。尤其是七等生、施叔青和黄春明的作品，都具有一定的实验性，这些具有先锋性的作品的加入，一定程度上改变了《周报》兼顾雅俗的风格，这与《周报》20世纪60年代的改革有关。《周报》本来是由一些主张走第三条道路的文化人建立的，以宣扬人文主义为宗旨，因

---

① 司马中原：《为中国学术周报创刊十周年写一点感想》，《中国学生周报》，1962年7月27日。

② 黄思骋：《狼群》，《中国学生周报》，1957年5月24日、31日。

③ 段彩华：《婴儿爬坟——村野的传说》，《中国学生周报》，1961年9月8日。

而《周报》的早期编辑的思想和文学取向都偏于保守，如曾担任《周报》总编的罗卡所述，"对于一些现代派的、个人主义的、风格至上的、大多半生不熟的东西，《周报》的老板们并不喜爱"，但随着编辑的更替，新人的加入，新老之间也发生矛盾，对于新生力量而言求新求变才是关键，因而随着六十年代中期部分元老的退出，《周报》也有了一些改革，罗卡、吴平等是其中推动变革的关键人物，罗卡曾提及这个过程："其实一份已经 establish 了十多年的刊物是不应该出现这些东西的，应该是很有系统才是，但我们做编辑的就不要这样。我们看见一些叫'反小说'的东西就立刻叫李英豪也写一堆出来，这段时期至少有三四年，到六七形势又有不同。吴平加入《周报》，开始走'面向社会'的路。内容多了很多访问，讲学生的问题，讲职业青年面对社会的问题；甚至去艇户专访他们的生活、报道学生的罢课、示威、学生运动等等；七〇到七三年更走到'关怀社会、关怀生活'的方向，并且讲思想、研究中国，把层面拉得更广更阔"。①改革之后的《周报》，不仅有现代主义小说作品，也有对王祯和的报道和访谈，《周报》甚至还组织"黄春明作品讨论会"。后期的《周报》已逐渐超越通俗化，成为现代主义文学的一大阵地，20世纪60年代中后期更是从纯文学的象牙塔走向了关注社会的十字街头，尤其是保钓期间，《周报》积极跟紧、报道活动状况，发挥了非常重要的舆论作用，有力地声援了保钓运动。

二、"诗之页"上的台湾现代诗坛

《周报》穗华版以小说为主，《诗之页》则为诗歌。《诗之页》是《周报》上常设的一个诗歌专版，一般每月出版一次，力匡、蔡炎培（杜红）、西西、戴天、也斯（梁秉钧）等人都曾担任该版的编辑。《周报》创刊不久，力匡就有诗作发表，后来编辑"诗之页"，也常以自己的诗作打头。力匡的诗形式较为整饬，长句，讲求押韵，在香港20世纪50年代的文坛颇有影响，有所谓"力匡体"之称，徐速就曾"拟力匡诗体"作诗，借此可略窥力匡及香港50年代的诗风：

> 越秀山的桃花已落自枝头，
> 岛上再不见明媚的春光。
> 纯洁的灵魂蕴藏着痛苦的回忆；

①《我和〈中国学生周报〉——总编辑刘耀权的回顾》，《博益月刊》，第14期，1988年10月15日。

也给世人留下许多美丽的诗章。

在未得到圣灵前我已相信宇宙间有一个伟大的主宰，
对年轻女孩子我从不存过多的痴想！
世界上美好的大多数是空幻的遥远的，
像雨后的彩虹和天边的月亮。

安慰人家与被人安慰同样是不幸的，
深圳河的流水依然在日夜悲唱，
不要埋怨情场的誓约如同交易场的谎言，
那只是邱比特的过失偶然射错了青年人的心房。

别再一次次地向我诉说呵！
你那短发圆脸的姑娘。①

　　该诗略近西方的十四行体，徐速所拟的是力匡半月前在《周报》上发表的
一首同题诗作，句法和音韵方面拟写得较为传神，而且都是借江山起兴，又将
家国之思隐藏于青年情思之中。不过力匡的原作用了部分文言词汇，看起来更
为典雅，也更为含蓄。这大致能看出当时香港诗坛风貌，对此学者也有论说，
郑树森指出："50 年代初活跃香港文坛的诗人多为格律派。年龄较大的是徐訏
（1908—1980）和林以亮（宋淇，1919—1996）；年轻一辈则为倪匡（1927—
1991）和齐桓（夏侯无忌，1930 年生）"，"50 年代初同时有作品发表的这四位
诗人对自西方引进的十四行诗体都较为喜爱，其中徐訏和倪匡则特别重视每段
行数的对等及段内韵脚"。② 倪匡应为力匡，力匡此前曾与齐桓、黄思骋等一道
编辑《人人文学》，是香港 20 世纪 50 年代初期的代表诗人。

　　到 20 世纪 50 年代中后期，现代主义诗歌开始兴起，马朗、王无邪等创办
《文艺新潮》，并与台湾现代主义诗歌进行交流，这也影响到《周报》的编辑风
格，自 1958 年起，《周报》上开始出现台湾诗人的作品，但与《文艺新潮》上
多介绍以纪弦为代表的"现代派"不同，《周报》虽有现代派诗人，但以《创世

---

　　①　徐速：《慰》，《中国学生周报》，1955 年 10 月 28 日。
　　②　郑树森：《五六十年代的香港新诗》，《文学地球村》. 上海：三联书店，1999 年版，第
428 页。

纪》和《蓝星》诗人群为主。像痖弦、夏菁、周梦蝶、覃子豪、余光中、敻虹、白萩、叶珊、亚汀、张健、辛郁、楚戈、蓉子、毕加、桓夫、上官予、朵思等，均有诗作发表。

尤其是痖弦，1958 年他在《周报》发表了《荞麦田》《伞》《弃妇》《一只深蓝的咖啡壶》《音乐》《三色棒下》六首诗作，1959 年又发表《酒巴的午后》《小城之暮》《鬼眼》《给超现实主义者》《读〈猎人日记〉》《亡》《麦田》《剧场》《论诗》《西班牙》《弗洛仑斯》十一首诗作，远超同时期的港台诗人，加上他 1959 年在香港出版首部诗集《苦苓林的一夜》，在香港诗坛引发不小关注，并有一些模仿者，有论者称之为 20 世纪 60 年代香港诗坛的"痖弦风"：

> 现代派之外，痖弦 1959 年 9 月在香港出版首部诗集《苦苓林的一夜》，尽收 50 年代主要作品，虽然表面上不甚瞩目，但以 60 年代香港诗坛小小的"痖弦风"来看，可说是台湾诗人第一位在港较有影响的。痖弦的诗节奏铿锵、句法多姿、意象绵密、构思奇巧，又有偶作"童真"的语气，是 60 年代上半叶香港一些青年诗人模仿的对象。[1]

模仿痖弦者，一般举证也斯的《雨中书》："不能告诉你 / 羚羊的角是多么潮湿 / 在霉雨里 / 树是孤独的 哦 / 伞子一般的树 / 或者伞子一般的 / 却堡 // 而没有什么会太忙碌 / 即使是云 /（云或者什么什么）/ 或者我说的是雨 / 雨的野兽们 / 一对对走进船里 // 哦方舟 在花丛里 / 在灰色的街道中 /（顽童走在安德烈克莱因的眼睛上）/ 哦洪水的眼睛 / 可是方舟也是没有用的 / 我想 对于雨 / 这个时候在窗外的 / 我想 对于雨 / 这个时候在窗外的 / 进入白昼的所有歌声 /（破碎的山唱着）/ 歌声的长程 / 就是这样 // 这样这时候在窗外 / 忽然降下了南非的河"。[2] 该诗的句式、结构和思想都与痖弦的诗作有相通处，如戏剧化的手法，玄想色彩等都是痖弦早期诗作较为常见的，而编者西西更是加了按语，称"再摆脱不了痖弦的影子就有危险；柏美同样是。要知道：风格成为艺术家之神物利器的同时也是他自己的阴影"。[3] 学者郑树森还指出，"西西本人早年似乎也是痖弦的追随者"，她"以各种笔名发表的诗作，也有一些近似痖弦的意象和'童真'口吻的描绘。当然，这也极可能是西西、痖弦当年都喜欢绿原、王辛笛和卞之琳，继承的源头大致相同（西西笔名之一'蓝马店'，无疑来自王辛笛）。而西西对

---

① 郑树森：《五六十年代的香港新诗》，《文学地球村》，第 434 页。

② 也斯：《雨中书》，《中国学生周报》，1965 年 10 月 1 日。

③ 《雨中书》编者按，见《中国学生周报》，1965 年 10 月 1 日。

痖弦的熟悉，在 1965 年发表的《塞纳县》一诗中向痖弦的致意，可以落实"。①
西西对痖弦确实较为推崇，另外可以补充的例证是，西西主编"诗之页"期间，
曾多次介绍痖弦的作品，并给予了极高的评价，如对于他的诗作《盐》，西西就
据此称痖弦为"是我们中国现阶段的可喜的诗人"：

> 叫人喜欢得不得了的诗。读起来是可以轻松的，可是那味儿就可以要
> 人哭。简简单单的三节，简简单单的盐呀盐呀给我一把盐呀就够我们去感
> 受了。二嬷嬷这个乡下人和退思妥耶夫斯基这位俄国小说家谁也不认识谁，
> 但谁能说他们认识的苦难不一样啊！诗纯极，字朴实极，写这诗的痖弦果
> 然是我们中国现阶段的可喜的诗人。②

到 20 世纪 70 年代西西还曾写《片断痖弦诗》，记述她阅读痖弦诗的体验。③
除了西西外，也有人在《周报》发表文章评介痖弦的作品，较早者如江风的
《诗作〈苦苓林的一夜〉》，就称"在这些热心耕耘者中，我认为最成功和最有
前途的便是痖弦；从他最近出版的诗集《苦苓林的一夜》中，我们便可以看到
他的成就的一斑"。④另外还有皇甫盛的《痖弦的诗》和马觉的《释论痖弦之秋
歌》，⑤在对痖弦作品进行细致分析的基础上，对痖弦作品的评价都不低；也有
年轻诗人在诗作前引痖弦作品，如许雨石的诗作《炉火》前就引痖弦诗句："当
秋天所有的美丽被电解 / 煤油与你的放荡紧紧胶着 / 我的心遂还原为 / 鼓风炉中
的一支哀歌"，这是痖弦诗作《芝加哥》中的句子。⑥

最早指出 20 世纪 60 年代香港诗坛"痖弦风"的郑树森，既是熟悉港台文
坛的学者，同时他本身也是一个亲历者。吴平担任《周报》编辑之后，便曾委
托时在台湾政治大学西语系就读的郑树森采访洛夫，并代为组稿。后来他曾谈
及此节："洛夫专访由吴平委托笔者在台北进行，以《诗人之镜·诗人之境》为
题，在《中国学生周报·穗华》1968 年 7 月 26 日及 8 月 2 日两次刊出。7 月 26
日同时发表洛夫近作《事件——西贡诗抄之一》及《雨》……该年通过笔者邀
约在《中国学生周报》发表新作的台湾诗人依次尚有夐虹、张默、苏凌、周梦
蝶、罗门、七等生、蓉子、林焕彰、洛夫（连访问）、周鼎、余光中等，可能是

---

① 郑树森：《五六十年代的香港新诗》，《文学地球村》，第 434 页。

② 痖弦：《盐》，《中国学生周报》，1964 年 5 月 29 日。

③ 西西：《片断痖弦诗》，《大拇指》，第 1 期，1975 年 10 月 24 日。

④ 江风的《诗作〈苦苓林的一夜〉》，《中国学生周报》，1960 年 11 月 11 日。

⑤ 马觉：《释论痖弦之秋歌》，《中国学生周报》，1963 年 8 月 30 日。

⑥ 许雨石：《炉火》，《中国学生周报》，1962 年 2 月 23 日。

《周报》创刊以来最密集的一年"。①

就台湾诗人在香港的影响而言，大致经历了一个从纪弦、痖弦到余光中的转变。20世纪60年代痖弦和洛夫的影响较大，到70年代则以余光中最为知名。因他70年代曾应香港中文大学之邀，前往香港执教，切实地参与到港台文坛的交流之中。《周报》对余光中的关注力度并不低于痖弦，除刊载他的诗作外，还曾刊他的论说文《下五四的半旗》。余光中在香港文坛，除了现代诗人身份外，主要以散文家名世，如岑春晖就将他与陈之藩、思果、徐訏、梁实秋和张秀亚一道，视为当时的散文名家；②皇甫盛也认为"这是散文的歉收季，中国现代散文家中，比得上余光中、司马中原跟徐訏的是少而又少了"，③刘湘池对余光中打破现代与传统的壁垒也持肯定态度，认为他"显然的已经摸透了现代与传统的每一丝脉搏"。④

介绍余光中作品最多的是游之夏，他对余光中的作品非常熟悉，文中描述他阅读余光中的情形为："当我最近右手承着《掌上雨》，左手执着《左手的缪思》，伴着《望乡的牧神》，双目纵恣，作《逍遥游》时，我再一次惊讶于作者不可羁縻的想象力和挥洒自如的驾驭力。他把最古典的和最现代的材料合成无缝的天衣；他把中国的古文当作新娘，牵到乐声柔扬的礼堂，让欧化文作证婚人"。⑤塑造了一个熟读余光中作品的阅读者形象，又巧妙地介绍了余光中融合古今、沟通中外的文化格局。在执笔《周报》的"小小欣赏"栏目时，游之夏又接连写了《余光中的散文》《九张床》《典雅》《炫弄学问？》《辽阔的想像世界？》《诗人之路》等多篇文章，评介余光中散文的语言技巧和艺术世界，总体上他认为"余光中是一个最出色最具风格的散文家"，"将来文学史上的评语中应有如下一句：他尝试从各方面表现中国文字的性能和优点，且成功了"。⑥对余光中的用典、技巧和想像世界都给予极高评价，尤其推崇其不过问、不卷入政治的姿态："叶慈的不过问、不卷入政治，代表了一条道路。屈原的（忠言极谏）以至闻一多的（亦忠言极谏），但丁的（活跃政界，终遭放逐）以至史班德的（加入共产党，最后因希望幻灭而毅然脱离），所代表的也是一条道路。叶

---

① 郑树森：《五六十年代的香港新诗》，《文学地球村》，第439页注23。
② 岑春晖：《推荐〈北窗下〉》（《北窗下》作者为张秀亚），1966年。
③ 皇甫盛：《余光中的散文》，1967年1月6日。
④ 刘湘池：《评余光中的掌上雨》，1964年9月18日。
⑤ 游之夏：《炫弄学问？》，《中国学生周报》，1969年2月7日。
⑥ 游之夏：《余光中的散文》，《中国学生周报》，1968年12月27日。

慈、欧立德，以至余光中，所信守的，是前者。相信他们都服膺一句说话：'一个艺术家，在十分诚恳地为其艺术工作时，即等于为其国家与全世界服务了。'（欧立德语）"。①这种不涉政治的姿态，与《周报》创刊以来试图在政治立场上保持中立、追求纯文学的主张内在一致。

后来余光中应香港中文大学之邀，前往香港执教，其间在沙田与诸多台港文人往来密切，如宋淇、思果、高克毅、陈之藩、黄维樑等，他戏称为"沙田七友"，其中黄维樑就是游之夏，余光中曾撰文记其事："我和维樑相识，也是从字开始，因字而及人的。该是'文星时代'的末期，维樑还在新亚书院读书，看过我的作品，屡在香港的刊物上用游之夏的笔名撰文评介。一九六九年春天，我来港开会，绍铭邀我到崇基演讲，维樑也在座中"②。余光中的作品对香港影响较大，而且他在香港执教长达十余年，切实地参与到当地文学的进程之中，成为20世纪六七十年代沟通港台文坛的重要作家。

《周报》后期对余光中也一直较为关注，如对他1973年的访港就曾专门介绍。当时余光中应华仁书院的邀请讲现代诗，《周报》为此除配发大幅照片外，还有龙秋的《从余光中访港说起》、周求信的《读余光中诗后》两篇小文章，后者解读余光中的名作《如果远方有战争》，在分析其艺术手法后还特意强调"作者每一首诗都具有中国意识"，"当我翻读他的诗篇时，几乎泫然泪下，想起了自身处于殖民地之香港，而青年们却不知祖国为何物，说什么香港人，香港货，难道他们遗忘了中国吗？醒来吧！我们的青年，用你们圣灵的心思去歌颂余诗的民族悲剧啊！"③较之游之夏的非政治性解读，周求信则看到了余光中笔下的家国意识，并以之作为香港本埠知识分子反思殖民主义的资源，由此也可略窥《周报》前后期的转变。

《周报》对台湾诗坛的关注，其广度和深度远不止于几位名诗人，而是对台湾诗坛有着较为密切的关注，如《诗坛动态》常有关于台湾诗坛动态的报道，兹举一例：

　　《创世纪》《现代诗》《蓝星》为台湾第一流之三诗刊。近又有林亨泰主持之《笠》在六月问世，该刊唯一特色是开有专栏三个：1.《笠下影》（每

---

① 游之夏：《诗人之路》，《中国学生周报》，1969年3月7日。
② 余光中：《沙田七友记》，《记忆像铁轨一样长》．台北：洪范书店有限公司，1987年版，第274页。
③ 周求信：《读余光中诗后》，《中国学生周报》，1973年6月22日。

期评介一位诗人）2.《诗史资料》3.《作品品评》（以座谈方式评当期刊登在《笠》上的作品）。创刊号厚24面，25K本，内容计有《论诗的语言底纯粹性》《论听觉的想像》《跨在骆驼瘤上》等。

由巴黎返台执教于中国文化研究所的胡品清女士，对译介甚力，亦常有诗作发表报刊。《论现代法国文学》是彼发表在《中华杂志》上的一篇有分量的力作。

在台湾被誉为研究里尔克权威的诗人叶泥，近正忙于编出《覃子豪全集》。近又有《论现实主义》一文在《中国一周》发表。

由吹黑明等主编之《现代》诗页，六月份在高雄出版。内容有罗英，纪弦，吹黑明等人作品。

痖弦蛰居台湾北投某地补修影剧科的学分。暇时主选郑文来《青年杂志》（月刊）诗稿。本年度诗人节，痖弦撰《介绍自由中国军中廿位诗人》稿一篇，文长两万字，发表在《新文艺》，稿费台币千元（约港币百五十元），可乐坏了他美丽的桥桥吃糖的嘴。

张默毕加朵思三位蛰居台湾高雄左营。此三位时时形影不离的诗人，每每相叙，总是话不离谈诗，论诗。据云张默主持编辑之《创世纪》第21期将在双十节庆祝该社出版十周年纪念时增页出特大号，并在台北举办大型庆祝活动。

本年度诗人节台北"中国诗联会"假中山堂举行庆祝活动，并发表本年度三位诗奖人。会中有人指出诗奖人"根据何诗获奖？""由何方式产生？"话中对诗联会未事前公开选拔颇有怨欠公允之意，主持者颇为语塞。"联会"庆祝之同时，另一个"现代诗联"发起人洛夫，纪弦，痖弦，羊令野，叶泥，郑愁予，管管，梅新，黄荷生，商禽，辛郁，朱桥，张默等，确在基隆金山海滨举办"海滨小聚"，以促"现代诗联"组成。

朵思将迁居台湾中部斗南，她以为那里较静适合她写诗。

季红一直居住在风沙飞扬不息的澎湖，诗少产。①

这则报道可说极为翔实，将台湾诗坛的动态展现在香港文坛。不过该文对"中国诗联会"的报道引起了一些争议，获得奖项的温健骝就曾致信表示异议：

读八月二十九日出版之第六三二期学生周报，《诗之页》上载有毕加先

---

① 毕加：《诗坛动态》，《中国学生周报》，1964年8月29日。

生大文《诗坛动态》，文中所述，颇有不符事实之处，请代为转询毕加先生或将鄙函刊出，以正视听。

《诗》文中，自"会中有人指出……"至"主持者颇为语塞"止（可参阅六三二期学生报），笔者愿指出其谬误处：

第一：毕加先生显然并未参加该次庆祝会，因各得奖人得奖作品，均于会中朗诵，由主持人指出诗中特色。笔者忝为得奖人之一，以《星河无渡》为代表作，由余光中先生于颁奖时朗诵。（其他得奖人为古贝及黑德兰）。

第二：得奖人产生之方式乃由该会委员会之负责人各自提名其认为优秀者而由委员会遴选之。此为诗联会本身之决策。

第三：笔者参与该次大会之庆祝，自始至终，未闻有人提出"根据何诗获奖？"及"由何方式产生？"二问题，更未见有人对得奖人之得奖提出异议。《诗》文中所言，迫为毕加先生捏造者乎？

笔者并非"中国诗联会"会员，并无维护该会之意，但以《诗》文见于海外，恐不知者不察，误信其言，今特修函以正之，望毕加先生能给予满意之解说。[①]

此事虽不了了之，但也由此可以窥见台湾诗坛内部的分歧。此外，《周报》对女性诗人、本省籍诗人等议题也都有关注，如辛雷的《蓝心的缠绕者 夐虹片断》就重点介绍了台湾省籍作家夐虹，该文认为"台湾籍出现的诗人不多，除叶珊，林亨泰，古贝，桓夫这些男士诗人外，女诗人够得上称为诗人的，夐虹是少数二位之一（另一位是朵思)"，[②]《诗之页》也多次发表另一位省籍诗人朵思的作品。

从早期的力匡体，到后来台湾诗人独占《诗之页》，并引起香港诗人的模仿，可以看出台湾现代诗人逐渐在香港诗坛占据优势。不过《诗之页》的编者多为香港本地诗人，他们对诗歌的整体看法实际上还是有自身的特点，如20世纪60年代早期该版就登载过类似宣言的话：

我们要写的诗，不应该是古典主义或现代主义；我们要写的，是诗，不是主义。我们要写的诗，不应该是新诗或旧诗，或传统诗或未来诗；我们要写的，是诗，不是历史。我们要写的诗，不应该是格律诗或自由诗，我们要写的，是诗，不是外衣和大衣。诗是不分新旧，时间，形式和主义；

---

① 温健骝：《来函照登》，《中国学生周报》，1964年10月2日。

② 辛雷：《蓝心的缠绕者 夐虹片断》，《中国学生周报》，1964年8月29日。

诗只分为好的诗和坏的诗。我们要写的诗，就是好诗。古典的好诗是好诗，古典的坏诗是坏诗，现代的好诗是好诗，现代的坏诗是坏诗。[①]

不论新旧的说法可能还是针对纪弦提出的"横的移植"的主张，与蓝星和创世纪诗人群相近。惟诗为标准也是《周报》坚持的纯文学观。这种综合的诗观是香港现代主义本身的风格，从而回避了台湾诗坛内部的诸多论争和分歧，使台湾持不同观点、具有不同风格的作品都能在该刊发表。

但是，随着本土诗人的日渐成熟，面对台湾诗人的影响，也有自己的焦虑，并有摆脱外来影响的尝试，尤其是当台湾诗人逐渐退出《周报》后，香港本地诗人更是抓住机遇重新浮出水面。进入20世纪70年代后，也斯复活一度停刊的《诗之页》，他不再从台湾诗坛约稿，而是主要借助本港诗人。在他的努力下，《诗之页》发表了李国威、西西、吴熙斌、张景熊和莫美芳等诸多香港诗人的诗作，还组织了"香港专题"，发表了梁秉钧《中午在鰂鱼涌》、张景熊《三号和二十三号公共汽车行驶的新路线》、李志雄《中环》等香港诗人写香港的诗作。成为香港本土诗人崛起的重要契机。

三、香港侨生与两地文坛

《周报》的作者除香港本埠作家与台湾作家外，还有一群介于这二者之间的作家，这就是数量庞大的在台湾就学的香港侨生。1949年之后台湾当局制定了诸多优惠政策，鼓励侨生赴台就读，香港每年都有数千学生前往台湾高校"留学"，其中的部分文学爱好者，成了《周报》在台湾的读者和作者，有的甚至在学成后成为《周报》的编辑，影响《周报》乃至香港文学的走向。这个群体数量当在数十人，他们在《周报》发表了大量作品，不容忽视，已有部分文学史提及这个问题，如犁清编的《香港新诗发展史》就有《与台湾的现代诗对流》一节，提及20世纪五六十年代在台湾求学的香港侨生，主要有蔡炎培（杜红）、叶维廉、刘绍铭、戴天、王敬羲、金炳兴、温健骝、张错、黄德伟等，[②]而且这些诗人都曾在《周报》发表作品，部分更是《周报》的常见作者。仅就《周报》而言，这个诗人名单还可加上羊城、卢文敏、朱珺，除了诗人之外，还有不少的小说和散文作者，发稿较多者有符兆祥和朱韵成等人。

或许是因为这些侨生由香港赴台，而且《周报》较为关注侨生问题，并以

[①] 《诗之页》,《中国学生周报》, 1963 年 9 月 27 日。
[②] 犁青主编：《香港新诗发展史》. 北京：人民文学出版社, 2014 年版, 第 256 页。

学生为主要读者群等缘故，这些侨生作家的作品常出现在《周报》上。有写侨生在台湾的生活状态，如写离思，既有学生因台湾生活较为舒适称"在台留学没有乡愁"，[①] 但也有学生"岁暮思故乡"；[②] 更多的文章是诗歌、小说和散文等部类的文学作品，其中最引人注意的是诗歌。这批侨生在台湾求学期间，正值台湾现代主义文学的勃兴期，他们不仅由此学习写作，部分人更是参与到台湾的现代主义运动之中，如刘绍铭就曾参与《现代文学》编务，叶维廉曾参加《创世纪》编委，是港台两地现代主义发展与交汇的参与者和推手，温健骝也曾参与台湾现代主义运动，且向来被视为余光中的学生。他在台湾政治大学外文系读书时，正逢余光中在该校西语系兼课，温健骝选修他的"英诗选读"课，其早期诗风深受余光中影响，正如余光中所述"不久我就欣然发现，有这么一位高材生在我班上。翌年初夏，耕莘文教院举办'水晶诗展'，健骝以一首短诗应征，获得冠军。我不但主催其事，也在评审之列，对于高足得奖，当然格外高兴。事隔二十多年，不能确定那首佳作的题名，但是觉得应该就是这本诗集卷首的《星河无渡》，因为诗中的语法和情境，都接近《莲的联想》"。[③] 除了诗歌观念受余光中影响、诗风模拟余作外，温健骝也对李贺等古典诗人颇感兴趣。

　　除名声较著的几位诗人外，羊城、朱韵成和符兆祥是三位被忽略的侨生作家。经笔者的统计，他们单人在《周报》发文数量都在二十篇以上，羊城后来曾在《周报》开设《枨辉诗话》专栏，文章数更是多达四十余篇，在《周报》作家中尤其显眼。朱韵成的小说《桥》曾获香港亚洲出版社征文比赛学生组一等奖，1965 年其小说《在盲门外》还曾获得《周报》征文比赛青年组第二名；羊城也曾在 1961 新诗创作赛中获奖，同期获奖的还有卢文敏和温健骝。在这些侨生作家中，较为特殊的是符兆祥，他于 1939 年生于香港，1960 年曾获《香港时报》亚洲文艺征文第一名，不过他中学时就在台湾，因为 1953 年他们一家迁往台湾，他随之就读于台北的板桥中学。符兆祥很早开始写作，作品常见于港台两地报刊。因赴台较早，他对台湾社会的了解比其他侨生相对要深入一些，小说也常触及台湾的社会问题，如《我和俞理》就涉及当时的省籍矛盾，小说写一位从香港赴台的外省籍学生与台湾省籍学生，两人"打小学起便是同学"，

---

　　① 爱梅：《乡愁？》，《中国学生周报》，1973 年 9 月 21 日。

　　② 成功大学朱韵成：《岁暮思故乡》，《中国学生周报》，1958 年 2 月 21 日。

　　③ 余光中：《征途未半念骅骝——序〈温健骝卷〉》，载《余光中集》第 8 卷．天津：百花文艺出版社，2004 年版，第 63 页。

二人关系很密切，但上中学后就遭遇到了危机，"中学和小学大不一样，许多同学把外省人、本省人分得很清楚，这不是说他们故意这样分，而是不知不觉中自然形成的，外省人多数跟外省人玩，本省人多数跟本省人在一起"，[①]对台湾的社会问题观察非常深入。

这批香港侨生，大多出生于20世纪30年代，是1949年之后的第一批大学生，在冷战体制和美国东亚政策的影响下，这批人很多都有出国留学经历，如叶维廉、刘绍铭、戴天、温健骝及其后的郑树森等，求学的路径都大致经历了大陆—香港—台湾—美国这样一条路线，有些后来成为影响较著的学者或作家。他们丰富的经历，也转化为《周报》文学资源的一部分，如刘绍铭留美期间就曾在《周报》上连载《吃马铃薯的日子》，记述他的留学经历，不仅讲述他申请留学、赴美的过程及在美国的见闻，还详细讲述他赴美后与夏济安等师友的交往，[②]可划归当时颇为兴盛的留学生文学范畴，而他记述的北美留学师生的日常和学术生活，也颇有史料价值。

戴天、温健骝赴美之后，常将异域经验写成诗行寄给《周报》。但对于他们二人而言，他们的经历又有些特殊，他们在美国留学时恰逢20世纪60年代世界性的学运，并深受这股思潮的影响。60年代的学运带有一定的新"左翼"背景，主要涉及反越战、抗议环境污染等议题，这对适逢其盛的香港诗人影响深远，正如戴天所说，"我到美国去的时候，正是美国反战的时期"，"反战这种世界性的潮流，对我是有影响的，这种影响是潜移默化"。[③]温健骝在当时的"左翼"思潮影响下，也逐渐超越余光中的道路，从纯诗的象牙塔，走向革命的十字街头，重新认识中国的革命道路。对于温健骝的转变，余光中是见证者："又过了三年，我从台湾迁去香港，在中文大学的中文系任教。正巧那一年健骝也离美返港，我们又在香港见面。但是这一次的见面气氛更不同了。于私，他仍然称我为老师，曾去中文大学看我，维持了相当的礼貌和情谊。于公，则他的所交所接，所是所非，已经另有天地。这时他所是的，是鲁迅的杂文、严阵的诗、浩然的小说，而所非的，是李贺、徐志摩、肯明斯。在思想上，他认同大陆而否定台湾，在社会主义的理想和民族主义的热情之中，他断定文学的正宗

---

① 符兆祥：《我和俞理》，《中国学生周报》，1963年3月15日。

② 刘放如：《济安先生的治学方法·吃马铃薯的日子7》，《中国学生周报》，1969年4月25日。

③ 杜渐：《访问戴天》，原载《读者良友》，第18期（1985年12月），此处引自周良沛编《戴天诗选》，成都：四川文艺出版社，1987年版，第91—92页。

和前途全在大陆，所以在台湾和海外的中国作家无论怎么努力，都是徒然，不过孤芳自赏罢了"。①紧随20世纪60年代"左翼"思潮其后的，是70年代初在北美和全中国范围兴起的保钓运动。保钓最初是抗议美国将钓鱼岛（港澳台地区又称钓鱼台）划归日本，是一场政治抗议活动，发展到香港进而演化为社会运动，反帝反殖民、发扬五四精神等成为核心议题。

香港保钓运动也成为《周报》的一大转折。1971年香港保钓运动期间，《周报》发表了大量声援保钓运动的文章，甚至成为宣传保钓运动的舆论平台，登载了《七·七事件刺激下中学生保卫钓鱼台行动小组宣布成立》《请来参加九一八示威》《记"保卫钓鱼台联合声讨大会"》等支持保钓运动的消息和檄文。这对《周报》的影响是深远的，在部分编辑和保钓青年的共同促进下，《周报》开始关注反殖民议题，并呼吁客观认识中国大陆的革命，反思香港文学，提倡现实主义的创作方法等，戴天、温健骝等侨生等都是参与者，尤其是对香港文学的反思，温健骝更是主将。

1972年10月，《周报》在编辑吴平的支持下，发起"香港文学问题讨论"专题，发表了近十篇文章反思、检讨香港文学的问题。第一篇文章是时在香港大学的洪清田的《看看青年写作风气的凋零》，他当时在编辑香港大学学生刊物《学苑》，对学生写作风格较为了解，他批评了学生写作"题材多写身边生活琐事、感受，而少社会性"等问题，认为写作应关注现实、关注生活。②紧接着便是温健骝的《批判现实主义是香港文学的出路》一文，对香港的《纯文学》《文坛》等刊物几十年没什么变化提出批评，认为"当代文艺却殊不当代"，与时代或香港"毫不闹些什么意见，完全是贤妻良母型的文艺"，同时批评香港作家主观方面缺乏社会意识，因而号召"干脆就举起批判的写实主义的大旗"。③古苍梧则从客观环境检讨香港文学的衰落，这包括电视、电影等多媒体的兴起，以及出版资本的商业逻辑等原因。④

最为明确也颇具争议的是温健骝的另一篇文章——《还是批判的写实主义的大旗》，他开篇即提出，"主义，是要谈的。而且还要实行。目前，提倡批判的写实主义，大致上有一定的历史意义和因素"，开宗明义地打出批判现实主

①　余光中：《征途未半念骅骝——序〈温健骝卷〉》，载《余光中集》第8卷，第64页。
②　洪清田：《看看青年写作风气的凋零》，《中国学生周报》，1972年9月1日。
③　温健骝：《批判现实主义是香港文学的出路》，《中国学生周报》，1972年9月9日。
④　古苍梧：《为什么严肃的文艺给打入冷宫》，《中国学生周报》，1972年9月9日。

义的大旗，并进而指出中国近代作家选择现实主义道路，是基于客观的环境因素，"是历史的因素决定了创作的方向"，而1949年之后的港台"却就此成了资本主义在中国的最后的据地"，"西欧的资产者底文学，在五四时，虽只有技巧上的影响，在港台的廿多年，就进而为在思想上的，在作品内容上的影响"。①对温健骝而言，批判的现实主义不仅是文学创作态度，更是反思香港殖民历史、对抗殖民现实的历史和思想资源，因而他着重强调，提倡批判的写实不能止于"文学教育"，而应该在他们掌握了方法之后，关注他们是否能切入现实问题，能否历史地、批判地看待自己的现实处境。因而，他还具体地指出，"要走批判的写实主义的道路，首先，我们得向鲁迅先生的作品学习，向五四以来强有力的写实作品学习"，② 从而较为深入地将中国现代传统与香港的社会现实问题结合了起来。

结　论

《周报》自20世纪50年代末大量引入台湾文学，初期的选择与该刊雅俗共赏、不涉政治的追求一致，后来随着现代主义的兴起，台湾现代主义诗人成为《周报》的主要作家群。从该刊《诗之页》可见，台湾现代主义诗人痖弦、余光中等，对香港诗人形成较为深远的影响，但在70年代香港本埠作家也逐渐兴起。此外，大量赴台就读的香港侨生，也成为《周报》的作者群，他们以文学创作和社会活动推动两地文坛的交流。60年代中后期起，《周报》的编辑方针有较大的调整，从坚持纯文学理念转向关注社会现实；与此相应的是部分侨生作家，因受60年代世界性的学运及70年代初保钓运动的影响，从早期的纯文学观转向关注社会现实，如温健骝等更是提倡批判的现实主义方法，以图扭转香港的文风，引导作家关注社会问题，这成为《周报》后期转向的主要基调，也是香港文坛70年代转折的标识。从《周报》所刊载的台湾文学可见，自50年代后期起，两地文坛就保持较为密切的交流，《周报》等香港文学刊物上台湾文学，实际上等于台湾文坛在香港的投影，两地文坛也因此处于交互与重叠的结构之中。

① 温健骝:《还是批判的写实主义的大旗》，《中国学生周报》，1972年10月27日。
② 同上。

附:《中国学生周报》台湾作家作品目录
（兼录部分台湾文学评论及留台港生作品）

1953
王敬羲:《袁伯伯》11.20、11.27、12.4

1954
王敬羲:《一年另二个月》2.5
王敬羲:《病中》6.11
王敬羲:《给妈妈的信》7.2
王敬羲:《给亡友》7.16
王敬羲:《投稿一年》7.23
王敬羲:《镜子》7.30
王敬羲:《白杨树下》《贫穷》8.6
王敬羲:《不眠的夜》10.8
易君左:《革命与人才》10.8
王敬羲:《沦落人》12.10

1955
松青:《热情》10.2
台湾大学 赵静:《原野上的阳光》10.28
台湾大学 松青:《终身大事》11.11
松松:《晨光》11.11
台湾新竹 松松:《暮色》12.30
松松:《风》11.18
台湾大学 松青:《他们说我多么傻！》12.30
台湾高雄 王田:《揩掉今天的眼泪》12.30
金门中学 盲人:《誓》12.30
松青译，莎士比亚:《我的名字叫——韦廉·莎士比亚》8.26
松青译，John Morley:《什么是文学？》9.2
松青译，Viscoant Grey:《读书的乐趣》11.25

松青:《慈祥的笑》12.9

松青译，ArnoldBerntt:《生之火花谈文学修养》12.23

松青:《他们说我多么傻！》12.30

钱歌川:《思想为做人之本》2.4

郭良蕙:《金镯》8.12、8.19

王敬羲:《鼓号手——献给参议员》2.4

王敬羲:《再见！》3.4

王敬羲:《一个浪漫的个人主义者 王尔德》3.25、4.1

王敬羲:《耽误》6.24

王敬羲:《焦煤之歌》7.8

王敬羲:《我怎样开始写作？》9.16、9.23、9.30

王敬羲:《打靶》11.4、11.11

1956

台湾大学 松青:《开学》2.17

台湾成功中学 张宝乐:《晨起》2.24

台湾第一中学 松松:《早晨》2.24

松青译，Viscount Samuel:《文明的前程》3.30

台中一中 松松:《小时候的别离》3.30

松松:《夜风》4.27

松青:《万能博士》5.18

台湾大学 翠柏:《眼镜》5.18

台湾大学 承廉:《告别》5.25

新竹中学 李子敬:《午夜》5.25

成功中学 张宝乐:《倒影》5.25

永康中学 梁更生:《牵牛花》5.25

台中一中 松松:《树下的午睡》6.29

台湾师大附中 猫公:《初春》8.31

台湾大学 石夫:《感情》8.31

台中一中 松松:《小溪》8.31

松青:《七年以来》10.5

台中一中 文雄:《秋天的小溪》10.26

台中一中 松松:《武陵溪的怀念》11.30

王敬羲:《文学上的表现》2.17

王敬羲:《莫瓦达兰》4.27、5.4

王平陵:《写作的基本训练》5.4、5.11

王平陵:《我的童年时代》5.11

王平陵:《写作的步骤》6.8

王平陵:《过一场与高一峰》6.29

王敬羲:《表哥之死》8.10

谢冰莹:《迭更司和块肉余生录》9.14、9.21

王平陵:《短篇小说解剖》11.23

王平陵:《人物的类型与创造——谈短篇小说之二》12.7

谢冰莹:《托尔斯泰二三事》12.14

郭良蕙:《幻境》3.30、4.6

郭良蕙:《一双棉鞋》6.1、6.8

郭良蕙:《法外》8.31、9.7

郭良蕙:《镜》9.28

1957

松青:《老张的烦恼》1.18

台中一中 松松:《在松林中》1.11

台中一中 松松:《晨》2.22

台湾大学 若定:《凭吊》2.22

松青:《在煎熬中》3.15

台北二女中 冲凌:《我的大姊》6.21

台湾大学 申强:《雨港哀歌》7.12

松青:《莉莉》9.20

金门中学 林叶:《"的答"人生》7.19

台湾大学 公政:《初遇》8.9

台湾大学 黎嘉侬:《星星垂照》8.9

台湾大学 海客:《静静的淡水河》8.9

台中一中 松松:《太空的变换》9.27

台中一中 松松:《溪边的梦》11.29

台湾 魏彦芳:《故国的玫瑰》5.24

台湾虎尾中学 冼文台:《人生唯有读书乐》10.18

台湾师大 畅繁:《阳明山看雪记》5.24

谢冰莹:《莫泊桑的写作生涯》1.4

王平陵:《短篇故事的组织——谈短篇小说之三》2.1

王平陵:《描写格物的艺术——谈短篇小说之四》2.22

谢冰莹:《故乡》8.9

萧传文:《海和灯塔》9.6 台湾南部的风景

谢冰莹:《小箱子》10.4

王平陵:《短篇小说的主题——谈短篇小说之五》9.27、10.4

王平陵:《短篇小说的人体刻划》12.13

谢冰莹:《漫谈小品文》12.20

符兆祥:《惆怅》10.25

符兆祥:《两代》9.6

符兆祥:《黄玲》8.9

符兆祥:《小亚》5.3

1958 年

松青:《我们的班长》1.3

台中一中 松松:《雨天》1.17

台中一中 松松:《阳明山上》5.9

台中一中 伊尔:《夜雨》6.20

台湾师大 净雨:《田间》8.15

台中一中 伊尔:《小溪》12.5

成功大学 朱韵成:《岁暮思故乡》2.21

成功大学 朱韵成:《地狱相》4.11

台北一女中 依人:《偶感》4.25

成功大学 人木:《写作精神》9.12

成功大学 朱韵成:《笑吧,朋友》10.24

台湾大学 许承宗:《悼嘉恂修士》4.25

台中一中 伊尔:《三月末的抒情》6.6

伊尔:《最后的叮咛》9.12

台湾新竹中学 史瑜:《哀兵奋战》10.3

谢冰莹:《怎样欣赏世界名著》1.3、1.10、1.17

谢冰莹译,史蒂芬生:《我怎样学习写作》1.24

谢冰莹:《青年作家的修养》2.28

复虹:《冥想》1.20

朱西宁:《街头》1.10

夏菁:《海港遐思——记兰屿之行》3.21

夏菁:《独木舟》3.28

夏菁:《桌上的玫瑰》4.18

夏菁:《失乐园》4.25

夏菁:《现代书》10.24

覃子豪译,Jean Mar'es:《有人投掷百合》10.24

司马中原:《荒地》8.29

段彩华:《鸟网》,9.5

钱歌川:《魔法与文法》4.11

钱歌川:《各位女士和各位先生》4.25

钱歌川:《留学鼻祖》7.4

钱歌川:《ENGLISH COMPOSITION MADE READABLE》8.1

钱歌川译,Brent:《分身有术》9.12

痖弦:《荞麦田》6.20

覃子豪译,Jean Mar'es:《有人投掷百合》10.24

痖弦:《三色棒下》12.5

司马中原:《鸽》12.5

台湾章华工职 潮音:《静夜的思潮》3.21

金门中学 林叶:《生活和生命》3.21

谢冰莹:《追念朱湘》5.9

朱西宁:《街头》1.10

痖弦:《弃妇》《一只深蓝的咖啡壶》11.28

郭良蕙:《女人和花束》7.4

痖弦:《伞》7.4

痖弦:《音乐》10.3

郭晋秀:《路》2.6

符兆祥:《青木关》8.8

李昂:《旅客》8.8

符兆祥:《信念》5.30

符兆祥:《安平港的黄昏》3.14

1959 年

成功大学 朱韵成:《短简》1.2

朱韵成:《幻想和现实》2.13

台中一中 松松:《落叶》2.27

台湾建国中学 王葆生:《杰作诞生前夕》1.23

成功大学 人木:《春晨的絮语》3.20

朱韵成:《黄昏的田野》4.10

金门中心 林叶:《原野》5.1

台北二女中 贝贝:《我与中文》5.15

台中一中 伊尔:《炊烟》6.19

松青:《谈"守信"》6.26

松青:《谈守时》8.14

松青:《急症》8.28

成功大学 朱韵成:《我的心在高原》9.11

成功大学 鲁生:《三妹》9.18 亲情

松青:《如何安定情绪》10.2

成功大学 人木:《贡献》7.17

成功大学 人木:《茶楼里》10.23

松青:《漫谈心理成熟》11.27

台湾师大 净雨:《十字》5.22

张宝乐：《至善》12.4

台湾大学 桑雨：《秘密》5.29

台湾大学 纪：《图书馆中》5.8

台湾大学 纪：《雨中的遐思》1.23

台湾大学 虞旌：《歧视》5.15

台湾斗南中学 余梦丽：《鸟语》3.13

台湾省立苗中 袖珍：《下厨记》12.11

朱西宁：《祈春重奏曲》1.2

余光中：《冬之木刻》1.16

痖弦：《酒巴的午后》1.16

吴望尧：《空葬》1.16

叶珊：《星夜》1.16

张健：《梅雨季》1.16

胡秋原：《不堪回首，从今奋发》1.30（选自他的近作《论近世中国之没落》）

痖弦：《给超现实主义者》2.6

李昂：《辛大爷》2.13

痖弦：《诗两首：小城之暮 鬼眼》2.27

东阳：《圣诞夜》2.27

张健：《预约》2.27

复虹：《虔心人》2.27

罗门：《乱发的抱琴者》2.27

上官予：《月下》4.10

余光中：《当八月来时》4.10

东阳：《爱河之夜》4.10

痖弦：《亡》4.10

痖弦：《麦田》4.24

痖弦：《读〈猎人日记〉》4.3

罗门：《失眠的廿世纪》4.24

余光中：《三棱镜》5.22

白萩：《葬》5.22

王宪阳：《饮葡萄酒》6.19

江音：《断魂篇》6.19

李昂：《译诗两首：无题；钓》6.26

江音：《宝岛掇拾 纵贯道上 狂雨六月》7.17

周梦蝶：《囚》10.16

段彩华：《新春旅客》10.9

段彩华：《不朽烟鬼的喜剧》12.25

亚汀：《诗两首：意境，魔杯》12.25

何勇仁：《胡适的为学与做人》10.31

江音：《诗两首中秋夜黑白之间》10.16

叶珊：《你的复活》10.16

痖弦：《剧场》10.16

痖弦：《论诗》12.4

覃子豪：《诗的繁复美》10.2

覃子豪：《诗的形态》7.3

王平陵：《翻译与创作的关系》1.16、1.23

王平陵：《论电影剧本的编制》2.13

王平陵：《报告文学的特质》3.6、3.13

王平陵：《论小说的对话》5.8、5.15

王敬羲：《夜声》4.3

朱星鹤：《雨天的悼念》4.3

王敬羲：《散文两章：水；醒》7.17

王敬羲：《恨事》8.28

王敬羲：《花》9.18

王敬羲：《莉莉的故事》10.23

王敬羲：《难忘的一夜》11.27

朱西宁：《灵丹》6.5

钱歌川：《英诗鉴赏》6.19

钱歌川译，Worrall：《结婚纪念日》9.4

痖弦：《一九五八年余稿》9.18

宣建人：《邻居》9.18

周梦蝶：《摆渡船上》9.25

周梦蝶：《竹林中》9.11

叶珊：《琼斯的午后》9.11

上官予：《夏季》9.11

巴雷：《酒后的逻辑》9.11

王宪阳：《船长在夜里独步》9.11

李国彬：《饮酒之男》9.11

阮囊：《棕榈叶》9.11

符兆祥：《吊魂》10.23

符兆祥：《同情》9.25

符兆祥：《冷暖人间》7.3

郭衣洞：《丑角》7.24

郭衣洞：《双子叶》11.6

宣建人：《榜样》11.27

王宪阳：《结局》4.10

温健骝：《母亲和孩子》5.15

司马中原：《篝火》8.21

1960 年

琦君：《星》1.1

台湾大学夜间部 菁蕾：《尽忠的凯莉》1.8

成功大学 朱韵成：《一条线索——漫谈小说的构思》10.10

台北 秀外：《石膏像》1.1

宣建人：《招魂》1.15

宣建人：《洋钱与我》2.12

松松：《诗两首 墓畔；一片茶叶》4.1

成功大学 文人：《恋之曲》11.4

成功大学 人木：《灰色的早晨》4.22

台湾成功大学 人木：《野草之歌》2.26

人木：《春夜》5.20

松青：《潜水望远镜》5.27

台湾自修生 启明:《分家》6.17

符兆祥:《兄妹情深》5.6

符兆祥:《外婆》7.15

符兆祥:《坚强的斗士》10.21

符兆祥:《寂寞的好人》12.23

台湾中原理工学院 飘云:《春天来了》3.25

台北二女中 蓝竹:《春天》4.15

台湾大学 戴天:《寄云》2.26

台湾大学 曾庆良:《芝里翁河畔》11.11

永康中学 卫星:《小息速写》11.11

台湾师大 大旗:《手术台上》10.10

台湾师大 蔡茂雄:《水手狂想曲》11.4

台湾师大 黎彬:《台湾名鱼》5.6

台湾大学 竹芝:《奇异的微生物》5.6

王敬羲:《小绿谷的春天》2.19

朱韵成:《阿狗》5.13

朱韵成:《创作与抄袭》8.26

朱韵成:《海鹊》9.16

朱韵成:《一条线索——漫谈小说的构思》10.10

朱韵成:《联想曲》11.18

朱韵成:《刻画人物的高明与庸俗》12.16

司马中原:《荞麦,田鼠和癞头老王》2.5

谢冰莹:《秀妹》2.26

司马中原:《窗》3.4

宣建人《下乡》3.11

楚戈《风雨辑》3.11

司马中原:《山》5.6

宣建人:《拎鸟笼的人》5.27

段彩华:《雪夜狼打转》5.27

胡适:《中华传统及其将来》8.5（在中美学术合作会议上的讲话,友联研究
所所长史诚之先生被邀列席）

胡适:《中华传统及其将来》8.12

宣建人:《蛰伏》10.21

宣建人:《父亲》12.2

蔡文甫:《虚惊》12.23(按，蔡文甫，台湾作家，原籍江苏，1963 年在香港东方文学社出版第一部作品《解冻的时候》)

琼瑶:《阿唐和他的笛子》10.9

亚汀:《选择》2.26

王宪阳:《医院一角》4.29

王宪阳:《写我底名字》6.24

台湾师大 卢文敏:《谎言》6.24

王宪阳:《扑蝶——给茉莉》8.26

台湾 王瑜:《寻》5.27

痖弦:《诸神 海神风神》7.29

李冷:《醉与醒》9.30

台湾师大 羊城:《别离曲》10.28

王宪阳:《雨季的竹罩——给茉莉》1.25

台湾师大 穗城:《龙胆花》11.25

痖弦:《亡兵及其他》12.30

羊城:《冬的树下》12.30

江风:《诗作〈苦苓林的一夜〉》11.11

覃子豪:《日比谷公园的喷泉》8.19

宣建人:《采菱女》8.19

辛郁:《古寺外》2.19

辛郁:《夜曲》《海底梦》9.9

覃子豪:《海上的饮者》9.9

覃子豪译，C.D.Noailles:《花园与小屋》3.18

覃子豪译，C.D.Noailles:《五月之晨》3.18

辛郁:《寻》3.25

宣建人:《水车之恋》3.25

亚汀:《想像》5.13

郭衣洞:《幸福的人》11.18

戴天：《寄云》2.26

戴天：《卡夫卡及其短篇小说》3.11

戴天译，Hellen：《留辫子的姑娘》9.2

1961

符兆祥：《女儿心》6.16

钟迟：《榴莲树下》9.8

台北二女中 蓝竹：《一束旧信》1.13

台湾大学 敏真：《神仙与鸳鸯》5.20

台湾大学 吴励文：《墓地测量记》3.31

台湾政大 忆玫：《学校生活》12.1

台湾政大 英：《舞会》1.20

墨人：《水玻璃》2.24

痖弦：《夜曲：夜章 甜夜》1.6

墨人：《全世界最大的无线电望远镜》7.21

朱西宁：《未亡人》9.15

朱西宁：《风雨夜》8.18

司马中原：《童歌》12.1

台湾 蔡茂雄：《雨天的基隆港》12.29

段彩华：《插枪的枯树》11.3

段彩华：《婴儿爬坟——村野的传说》9.8

墨人：《故剑》9.1

琼瑶：《迷失》11.17

琼瑶：《夜归》9.29

琼瑶：《方向》10.10

台湾师大 穗城：《冬神》1.27

台湾师大 蔡茂雄：《小溪》1.27

台湾师大 卢文敏：《升起我们的蓝旗》5.12（诗歌创作比赛）

王宪阳：《那夜，雨落着》5.12

温健骝：《情节》1.20

温健骝：《母亲，我要航海去了》5.12（新诗创作赛十一名）

羊城:《纸花》5.26

羊城:《疤痕》8.18

羊城:《牺牲》11.17

王宪阳:《豪语——酋长的呢喃》9.29

李冷:《喷泉心语》9.29

穗城:《秋思》11.24

赤坎生:《逝去》11.24

覃子豪:《诗的密度》6.2

宣建人:《卖豆腐的人家》5.19

宣建人:《村姑》4.14

符兆祥:《梦里湖畔》3.10

符兆祥:《喜事》4.14

宣建人:《读点什么书？》8.25

宣建人:《长河》8.18

宣建人:《炉边》1.20

宣建人:《母与女》12.8

朱星鹤:《曲终梦回》6.2

朱星鹤:《沧桑》10.13

郭衣洞:《付与》7.28

郭衣洞:《屈膝》10.20

1962

李冷:《十二月的等待》1.12

李冷:《再论文学批评》1.20

朱韵成:《意外》2.2

台湾政大 英:《雨》2.16

段彩华:《塞上打雁》3.2

沈之:《胡适看中国问题》3.16

魏晋南:《从〈留学日记〉看胡适》3.16

《悼胡适之先生》3.16"悼念胡适专页"

李冷:《普鲁斯特小说的特质》3.16

符兆祥:《父亲》3.23

朱韵成:《文学与心理学》3.23

成功大学 朱韵成:《潜能的发掘》4.6

朱韵成:《毛姆名作〈人性的枷锁〉》4.20

宣建人:《桥肚下的饭摊子》4.20

台湾师大 曾祥麟:《游子心声》11.9

台湾省立苗栗中学 辰岗:《芳邻》12.21

松青:《小妹》9.21

秋贞理:《一盏自由明灯熄灭了！——悼胡适之先生》3.16

段彩华:《从我的"十岁"说起——为〈中国学生周报〉创刊十周年而写》7.27

段彩华:《营火》8.17

段彩华:《无门草屋》4.6

司马中原:《乡巴老捉贼》5.25

司马中原:《店门里外》8.3、8.10

《华侨文艺》广告 5.25（创刊号上的作家以台湾诗人为主，包括谢冰莹、墨人、覃子豪、张健、辛郁等）

段彩华:《熊的踪迹》6.22

司马中原:《为中国学术周报创刊十周年写一点感想》7.27

松青:《小妹》9.21

段彩华:《祖林的风水》10.26

段彩华:《五个少年犯》12.21

段彩华:《五个少年犯 续完》12.28

宣建人:《何教授》8.31

宣建人:《大厦与他的主人》6.15

墨人:《恭喜发财》4.13

墨人:《王平和他的狗》5.18

墨人:《艳福》7.20

墨人:《鸡梦如烟》10.12

琼瑶:《复仇》7.6

琼瑶:《谜》1.19

琼瑶:《婚事》3.30

李冷:《欲望号货车》1.26

辛郁:《军中诗选:作品岛居拾零兽皮》1.26

许雨石:《炉火》2.23（诗前引痖弦诗句）

痖弦:《盲者》2.23

温健骝:《我只愿望着你》4.27

温健骝:《雨天》6.29

亚汀:《海滨，泳场》7.27

王宪阳:《六月》8.31

王宪阳:《走索者》11.30

覃子豪:《诗的深度》8.3

王平陵:《编剧方法的商榷》6.8、6.15、6.22

王平陵:《在马尼拉三年》11.2

吴痴:《苍松》9.14

朱西宁:《三十二号法令》2.16

朱西宁:《雨》7.27

朱西宁:《三叔》11.30

羊城:《别》8.17

羊城:《归思——在离台返港途中》8.31

朱星鹤:《晚祷》6.29

朱星鹤:《姐姐》2.2

郭衣洞:《鬼屋》3.9

郭衣洞:《以文会友》7.27

郭衣洞:《夜市》9.7

钱歌川译，Senesi:《白狮》10.5

钱歌川:《视而不见》12.28

郭衣洞:《神龟》11.9、11.16

1963

符兆祥:《我和俞理》3.15

松青:《回家的时候》3.29

松青：《梅逊字典优点多》7.26

松青：《赎罪》8.23

台北一女中 颜蓓：《露营》5.3

台湾大学 欣敏：《台大工学院的女生们》11.1

台湾师大 蔡茂雄：《无梦集》11.22（包括《夜行》《散步》《一天，你不在记忆我是谁》《胡适纪念馆》《果树园》）

台湾师大 夏宗陶：《孔子对诗经的看法》10.11

谢冰莹：《我为什么写日记》3.8

王平陵：《迁家记》1.25

段彩华：《声音》1.25

司马中原：《牛》2.15、2.22

松青：《回家的时候》3.29

墨人：《除夕》4.12

朱星鹤：《小剑客》5.17

朱星鹤：《春水》9.20

墨人：《景云寺的居士》10.18、10.25

李英豪：《造物主的五月——台湾画展感言》5.10

戴天：《诺亚方舟——谈文艺批评》7.26

戴天：《醒来的时候——叶维廉的〈赋格〉读后》9.13

司马中原：《写在中国学生周报创刊十一周年纪念前》7.26

琼瑶：《写在学生周报十一周年》7.26

段彩华：《祝福和切望 中国学生周报创刊十一周年纪念感言》7.26

温健骝：《读史一首》7.26

段彩华：《江北转战》11.22

段彩华：《樱花恨》7.26、8.2

朱西宁：《海尸》6.14

朱西宁：《风雨的日子》9.13

松青：《赎罪》8.23

段彩华：《惹祸的星期天》5.31

方芦荻：《假期》12.6（按，与蔡炎培的通信，时蔡炎培在台中农学院读书，提及朱韵成、王无邪、夏济安、叶维廉、洛夫和痖弦）

方芦荻：《一个心灵的影子》11.29（评蓉子《七月的南方》）

陈友良：《高山族乐器》7.19

钱歌川：《史坦贝克的游记》3.15

钱歌川：《郝斯曼的诗》7.19

钱歌川译，Barber：《她爱亮光》10.11

琼瑶：《落魄》4.26

冰川：《诗集〈膜拜〉读后》6.14（按，《膜拜》为方莘的诗集）

楚戈：《日午》9.27

马觉：《释论管管之〈去夏〉》9.27

杜国清：《归影》12.27

辛郁：《狱中吟》7.26

马觉：《释论痖弦之秋歌》8.30

羊城：《日记》8.30

楚戈：《赠歌者》8.30

杜国清：《异乡人》8.30

沈甸：《安塔斯》8.30（按，沈甸，张拓芜笔名，1962年曾在香港出版诗集《五月狩》）

朱韵成译，Saroyan：《郭思敦》11.1

朱韵成译，Jerome：《史伟廉》12.20

马觉：《释论叶维廉之〈追〉》11.29

方芦荻：《向日葵之魂》11.29（按，论覃子豪）

周梦蝶：《落樱后，游阳明山》11.29

温健骝：《陨叶——写给一个爱上了忧郁的孩子》11.29

温健骝译：《土耳其诗选：沉默的裸像海景死后》《村中一日》7.19

张蓉：《评台湾私人画展 冬天里的五月》12.27

王平陵：《生命的最高峰》8.16、8.23、8.30

王平陵：《祝周报十一周年》12.20

王平陵：《从母教说起》5.24

王平陵：《台风之夜》11.15

温健骝：《一个孤寂的灵魂——简介哈姆生》12.6

温健骝：《钓》4.6

刘雅各，K. Wilson：《我从金门来》11.15

吴痴：《三兄弟》12.27

宣建人：《阿林》4.19

宣建人：《七月恋歌》8.9

于还素：《高克多的电影作品》11.8

于还素：《关于〈武则天〉》6.28

于还素：《新写实主义和我们》3.15

于还素：《论电影的人称》9.6

于还素：《中国的电影事业》7.26

于还素：《不用摄影机拍的电影》10.11

于还素：《反抗的诗人导演克莱曼》12.13

方莘：《色雷斯挽歌》8.31

王宪阳：《仰止在你的脸》3.22

1964

宣建人：《画家》1.3

宣建人：《孤雏》6.19

松青：《热情》10.2、10.9

朱韵成：《送行》2.21

朱韵成：《葬礼》3.13

朱西宁：《冷雨》1.24

戴天：《西班牙哲人温那默乐》11.20

戴天：《中国的现代》4.3

戴天：《cliché》3.27

于还素：《谈两部七仙女》1.3

于还素：《从两部七仙女之争 看台湾"国片"界》1.31

于还素：《电影的形式重于电影的内容》2.14

于还素：《人是怎样变成影迷的？》3.13、3.20

于还素：《漫谈法国电影》4.10

于还素：《论卡通电影》5.15

于还素：《穷摆架子的亚洲影展》6.5

刘湘池：《评余光中的左手的缪斯》7.17

刘湘池：《评余光中的掌上雨》9.18

刘湘池：《加缪〈异客〉阐微》10.2

墨人：《心声泪影》3.20、3.27

墨人：《沙漠王子》11.6、11.13

穆心流：《评李敖的〈传统下的独白〉——兼谈文化问题》2.7

伊人曲：《评介王尚义遗作〈从异乡人到失落的一代〉》9.4

钱歌川译：《穿斗篷的人》3.6

方芦荻：《悼王平陵先生》2.28

戴天：《井》《如是观》4.24

周梦蝶：《天问》1.31

戴天：《cliché》3.27

杜国清：《致》3.27

朵思：《昨》5.29

羊城：《白莲谢后》5.29

毕加：《秋》5.29（按，毕加为朵思丈夫）

叶曼沙：《月落后，我把哭留在指南山道 悼一位跳山殉情的朋友》5.29

痖弦：《盐》5.29

戴天：《南》6.26

纪弦：《阿富罗底之死》6.26

雨涛：《诗之页》6.26（按，释读《阿富罗底之死》）

余光中：《下五四的半旗》7.24

戴天摘译，MARTINE CADIEU：《杜鲁门访问记》8.21

张默：《流转》8.29

洛夫：《雾之外》8.29

辛雷：《蓝心的缠绕者 夐虹片断》8.29

毕加：《诗坛动态》8.29

温健骝：《不堪酌平仄的七言》10.2

温健骝：《来函照登》10.2

温健骝译，JackLondon：《生之法则》8.14

温健骝译，Pierre Louys：《鲁易散文诗选》9.25

魏子云:《秋声赋》8.21

温健骝:《比尔·鲁易一位不大不小的诗人》9.25

吴痴:《珍邮》11.20

吴痴:《我的写作生活》11.20

段彩华:《影子》10.9

段彩华:《观光船》12.18、12.25

宣建人:《收烂货的人》11.27

朱星鹤:《慈晖》7.31

郭衣洞:《重逢》4.3、4.10

1965 年

温健骝:《盲者》1.1

朱韵成:《河豚》1.8

朱星鹤:《终站》1.15

吴痴:《捉放记》1.29

松青:《蓝宫的早晨》2.19、2.26

松青《笑》8.20、8.27

台湾大学 黄锦满:《存在主义与二十世纪》1.21

台湾 归人:《春之组曲》3.19

台湾师范大学梅韵:《周末》3.19

大星星:《台静农的天二哥和红灯》5.14

朱韵成:《山城 献给忧郁沙龙》4.30、5.7

朱韵成:《略谈海明威的几本代表作 战争·爱情·死亡》5.28

朱韵成:《在盲门外》7.2 青年组征文第二名

温健骝译,William Saroyan:《蛇》3.5

温健骝:《印象》4.2

温健骝译,Patricia Young:《柏格里尼传》5.7、5.14、5.21、5.28、6.4、6.11

温健骝译,E.Hemingway:《巴黎杂忆第一章 AMoveablefeast part1》6.4

温健骝译,Patricia Young:《李斯特传》6.25、7.2、7.9、7.16、7.30

温健骝:《夏》7.9

于还素:《台湾的电影水准》7.2

于还素：《有关"国片"的几点》12.3

许定铭：《降调的组曲》1.1

吹黑明：《我已进入》1.1

朵思：《这路相遇》1.1

朵思：《叶飘落在叶上》2.5

吹黑明：《默片》2.5

杜国清：《祭》2.5

毕加：《死亡季》2.5

许定铭：《冷呀，冷呀》2.5

雨涛：《复虹的〈蝶蛹〉》3.5

叶曼沙：《在那冷落的渔港上》3.5

王宪阳：《湖》3.5

刘湘池：《评介朱西宁的铁浆》3.12

蓝雨：《读覃子豪之〈玫瑰〉》4.2

张默：《群楼》4.2

朵思：《浪者之歌》4.2

戴天：《如右》4.2

辛郁：《岁月哦岁月》8.6

桓夫：《雁来红》8.6

毕加：《雨》8.6

段彩华：《婴儿》3.19

祁云：《评介两本台湾诗集》5.7（张默《紫的边陲》& 洛夫《石室之死亡》）

朗天：《余光中的〈洋苏木下〉》8.27

朗天：《洛夫的〈石室之死亡〉》10.1

墨人：《天山风云》3.26

墨人：《天山风云》续完，4.2

商禽：《事件》6.25

辛雷：《闪光葡萄雨的诗心——女诗人朵思片段》7.2

吴痴：《老同学》11.12

宣建人：《前程》3.12

宣建人：《耕种季》12.24

宣建人：《五月榴火》6.25

宣建人：《街头小景》9.17

颜元叔：《释艾略托的荒原》1.22

朱星鹤：《再见，梦里桥》5.21

蔡文甫：《慷慨的捐赠》11.26

蔡文甫：《哑巴的烦恼》10.22

1966 年

台湾大学 陶奇：《飞扬啊，海峡》10.14

王陵阳：《诗的屏风 介绍风格诗刊》11.25

蔡文甫：《绕了个半弧》2.18

蔡文甫：《三杯酒》4.22

羊城：《那是奇妙的》4.8

羊城：《山》7.8

羊城：《竹影 谨以此诗追悼挚友国雄》11.11

岑春晖：《荐〈北窗下〉》7.29（《北窗下》作者为张秀亚）

尚木：《生命的狂流 谈王尚义的创作小说》7.29

戴天：《此中有真意》谈《犀牛》8.19

李昂：《撼动千万人的声音——简介纪伯伦〈圣者之声〉》4.1

叶维廉：《终句》5.6

戴天：《达达一首》5.6

郑愁予：《牵手》5.6

洛夫：《醒之外》5.6

邝文德：《弹琵琶的妇人》9.2

许定铭：《竹影 谨以此诗追悼挚友国雄》11.11

温健骝：《春天——给人木》1.21

温健骝：《逃》4.15

温健骝：《众口出象牙》1.21

温健骝：《桂冠与敝履》2.4

温健骝：《永恒》9.30

温健骝：《如题》7.22

羊城:《枨辉诗话：新诗改罢自长吟》5.5

温健骝《诗人节献诗》6.9

羊城:《枨辉诗话：白开水与柠檬可乐》6.9

皇甫盛:《痖弦的诗》9.15

皇甫盛:《余光中的散文》1.6

皇甫盛:《司马中原的散文》2.10

林平:《金门：台湾干城》3.10

晔:《〈莲的联想〉读后》5.5

温健骝:《天谴》2.24

温健骝:《一九六七年八月一日:（一）占;（二）卜》10.6

戴天:《眼睛》1.6

宣建人:《孪生儿子》6.30

1968 年

羊城:《不题》1.12

罗门:《日斑观测谈古》1.26

羊城:《枨辉诗话：作诗必此诗》3.8

羊城:《怅逝——兼悼童常》3.22

林焕彰:《一朵小小的母亲花》7.19

施叔青:《那些不毛的日子：桂花巷;空的神龛;眠月村;游戏》8.16

编者:《施叔青的〈火鸡的故事〉》12.6

施叔青:《捉虱的女孩 火鸡的故事 1》12.6

施叔青:《醉酒老韩 火鸡的故事 2》12.13

周梦蝶:《月河》4.12

周梦蝶:《折了第三只脚的人》6.7

周梦蝶:《闻雷》12.20

周梦蝶:《蜕——兼谢伊弟》7.26

余光中:《一枚铜币》7.26

蓉子:《也是月色，也是湖光——听马思聪小提琴演奏后》7.12

蓉子:《诗》8.2

蓉子:《一朵青莲》12.20

施叔青:《火鸡 火鸡的故事 3》12.20

管管:《小草》5.10

管管:《小草知己》5.24

楚老:《〈谪仙记〉与白先勇》5.24

罗行:《一个开放如花园的下午》6.7

《〈创世纪〉诗刊 28 期运港发售》

洛夫:《洛夫近作二首:事件鱼》7.26

郑臻:《诗人之镜·诗人之境(洛夫先生访问记)》7.26

郑臻:《诗人之镜·诗人之境(洛夫访问记)》8.2

戴天:《composition》8.9

张默:《浮运的水妖——致柴考夫斯基》10.11

张默:《群楼——一个小小女孩的画像》4.26

张默:《被海剥光的人》8.2

游之夏:《来到台湾的好汉》11.8(介绍王文兴的《龙天楼》)

王敬羲:《一首旧作引起的》3.24

余光中:《有一个孕妇》4.12

温健骝:《希梅涅兹的诗简介》1.5

温健骝译:《小小的绿女孩》《黄色的春天》《忧郁》《孤独的白杨》《寒》《死女孩》《绝顶》《情爱》1.5

温健骝译:《最终的旅程》《新春》《秋之序曲》《茉莉香》1.12

温健骝:《风情》2.9

温健骝译,戴刘易士:《颂歌》3.29

温健骝:《长安行》8.2

温健骝:《以己之矛攻己之盾的戴刘易士》3.29

温健骝译,戴刘易士:《从羽毛到铁》《过渡集第十五首第四节》5.24

游之夏:《陈映真和〈我的弟弟康雄〉》10.18

游之夏:《余光中的散文》12.27

七等生:《嫉妒》6.21

七等生:《俘虏》7.19

七等生:《寂寞》11.8

辛郁:《一饮者的夜歌》4.26

松青:《给谷主的一封信》2.16

松青:《熟悉的映象》4.26

1969 年

林焕彰:《气象报告》1.31

戴天:《石庭》2.14

戴天:《童话》4.25

《发扬五四精神》5.9

余光中:《我梦见一个王》5.23

蓉子:《心每》4.11

季川:《蒋碧薇回忆录》7.18

洛夫:《手术台上的男子》8.29

七等生:《我的恋人》6.6

温健骝:《日曜日 阴》5.23

温健骝:《Joan Baez》6.6

温健骝:《十二月》《初雪》《夜宴》2.28

温健骝:《神社所见》6.6

莫迅:《殷海光死了》11.7

辛郁:《青春凯歌》8.29

游之夏:《九张床》1.10

游之夏:《典雅》1.24

游之夏:《炫弄学问？》2.7

游之夏:《辽阔的想像世界？》2.21

游之夏:《诗人之路》3.7

方莘译，贝克特:《克雷布的最后录音带》11.7

思默然:《评介余光中的三首诗》12.12

石竹:《缪思在中国——简介〈中国现代诗论选〉》12.12

松青:《合时生意》1.31

松青:《人与狗的故事》4.18

1970 年

台湾师大 卢文敏：《谎言》6.24

梅享万：《我为什么介绍这十本书》9.25

袁责难：《两个和尚的故事 试评段彩华著〈花雕宴〉郑潜石著〈释善因〉》1.9

编者：《段彩华与周报》1.9

罗卡：《白景瑞的素颜 谈再见阿郎》8.14

草长青：《白辛的散文——〈轻歌〉读后》8.21

小丘：《梁实秋的讽刺》8.21

李家永：《评介〈中国文学欣赏举隅〉》8.21

戴天：《有一种革命》4.3

戴天：《完美和不完美》4.10

戴天：《我们似得这么快·读〈魔桶〉》4.17

戴天：《站立者的画像》5.1

戴天：《在墙的那一边》5.8

戴天：《一颗卫星的完成》5.15

戴天：《记一位翻译家》6.5

戴天：《月落江湖白》6.26

戴天：《介绍和翻译》9.11

戴天：《"请为生者悲哀"·悼十三妹》10.13

戴天：《蛇》8.14

戴天：《〈蛇〉的完成（创作日记）》8.14

戴天：《剖腹》7.3

戴天：《创作日记——关于〈蛇〉》7.10

戴天：《〈蛇〉的进行（创作日记2）》7.17

戴天：《一件外衣（〈蛇〉创作日记之三）》7.31

戴天：《生态学和文艺》8.28

戴天：《他周遭的沙漠》10.9

戴天：《唐僧与孙行者》5.29

戴天：《行到水穷处》10.16

戴天：《不要冷落台湾》6.12

卢苍：《春蚕吐丝》10.16（评殷海光《春蚕吐丝》陈鼓应编）

叶汉英:《无名氏（卜宁）和他的二本流行作》5.29

亦黄:《评〈悲剧哲学家尼采〉》10.9（按,《悲剧哲学家尼采》陈鼓应著）

麦默:《雪地里几点淡墨 评介段彩华短篇小说集〈雪地猎熊〉》10.9

李敖:《但愿来世是女人》7.10（录自《传统下的独白》）

林语堂:《赞成女人统治我们》7.10（录自《世界的统治者是女人否？》）

温健骝:《破鞋子》《自由的国土》《觉》《落玑山》11.20

温健骝:《夜行》7.17

《殷海光先生谈人生的意义》9.25

周梦蝶:《焚》5.15

1971 年

《〈安定繁荣〉之下的香港社会的危机》8.20

李国威:《白先勇笔下的小人物》5.21

戴天:《当然你未必知道》9.17

李碧华:《白先勇 卢燕、玉卿嫂》9.3

毛国伦:《港台电影的制作路向》12.31

《本报老友温健骝的来函》8.20

古苍梧、温健骝合译, 史格林斯:《电视诗》3.26

温健骝:《本报老友 温健骝来函》8.20

林语堂:《和英国人打交道》10.1

1972 年

李羡弦:《白先勇小说的几个特点》7.7

清玄:《病中》3.17

温健骝:《还是批判现实主义的大旗》10.27

阿奴:《我读王祯和》10.13

温健骝:《香港文学问题讨论之二·批判写实主义是香港文学的出路》9.9

邝剑馨:《暝默静观中的蜕化——周梦蝶的〈还魂草〉读后》5.5

1973

蓝凌:《介绍复刊的〈创世纪〉》1.5

蓝凌：《关于〈陈映真选集〉》2.9

《访问诗人戴天先生》5.4

永和：《台湾的乡土文学与台籍作家》1.12

白萩：《风吹才感到树的存在》《她的心》9.28

黄春明：《"阿屘"与"警察"》9.14

《黄春明作品讨论会纪录》10.19

荣辛：《幼狮文艺》6.15

余光中：《水仙操——吊屈原》《如果远方有战争》6.15

半枝荷：《诗人余光中演讲侧写》6.15

龙秋：《从余光中访港说起》6.22

容辛：《幼狮文艺》6.15

陈海昌：《夏济安先生的生花妙笔——简介〈名家散文选读〉》3.16

秋龙：《从余光中访港说起》6.22

坚道·周求信：《读余光中诗后》6.22

温健骝：《钓》4.6

叶维廉：《香港 素描三首》12.20

1974

《诗之页》3.5

七等生：《我在端午节正午看见一只亮眼的死猫》2.5

何欣：《未实现的诺言》2.5

凌冰：《无根与棕榈——〈又见棕榈，又见棕榈〉读后》2.5

山雨：《从商禽的〈眼〉说起 兼介〈中外文学〉诗专号》7.5

整理说明：

一、台湾作家部分，收录其作品及相关评论；

二、香港侨生部分，收录赴台就读后的作品；

三、数据来源于小思的香港文学资料库，以扫描版为蓝本，笔者整理中有缺漏，同时该数据库所收录《周报》也有少量残缺。

第二章　台湾与香港现代主义诗歌比较

在全球的冷战格局下，台湾与香港同属西方阵线，除了台湾的"戒严"政策外，两地文坛之间的交流并无太大的阻碍，然而，香港因其独特的地理位置，尤其英国对新中国的态度，让美国的文化冷战在此地也略受限制，研究者就曾披露这样一则美国国家档案局的材料：

> 在香港，我们必须在殖民政府政策所施加的限制下运作，这可以简单地称为"维持现状"政策。这里的官员对于与我们合作界线感到焦虑，他们特别敏感于某些可能危及他们与共产中国微妙关系的行动，或从共产党提出的要求，要求某些授与我们的便利性，但却没有授予他们。①

这是驻美国新闻处香港办事处的工作人员所写的报告，提及香港政治与文化环境的微妙之处。它既属于英美阵营，但因英政府试图在中华人民共和国成立后继续保留在香港的治权，同时也借此与内地进行进出口贸易，因而，它欲在东西之间维持平衡，不愿意过度刺激内地官方。这提请我们注意的是，在探讨港台两地的文坛交流时，要充分考虑到两地之间的差异性。本章试图借助翻译和诗歌文本解读考察两地现代主义诗歌在源流、意识形态与主题上的区别。

第一节　翻译的政治：台港对西方现代主义诗歌的译介及其差异

台湾与香港在 20 世纪 50 年代几乎同时生成现代诗潮，彼此之间也有着频繁的交往与互动，分享着近似的诗学理念。从源流而言，台湾现代主义延续了中国 20 世纪三四十年代的现代主义传统，也部分地发扬了本土的现代传统，这

---

① Foreign Service Despatch, USIS Hong Kong to USIA, "USIS Hong Kong Country Plan", August 27, 1959, Hong Kong 1959, Box3, P61, RG306, NARA。转引自王梅香：《隐蔽权力：美援文艺体制下的台港文学（1950—1962）》，第 46 页。

就是所谓的"两个根球"说，①香港也大致如此。但在注重"横的移植"的时代，两地诗人直接译介了大量的西方现代主义作品。本节试图从两地诗人对现代主义诗歌的翻译出发，既对二者的现代主义源流略作补充，同时考察两地现代主义在译介西方现代主义诗歌时的异同。

中国现代主义诗歌作为西方现代主义的衍生，翻译从一开始就扮演着极为关键的角色，冷战初期的台湾与香港诗坛也是如此。不过，翻译并非就是被动接受，译介的过程也是一个解释、接受或改写的过程。从接受理论的视角而言，接受主体对译介对象的选择、理论的诠释等，都对现代主义在接受地的具体形态有着直接影响。除了接受理论外，本节也参考萨义德（Said）所提出的"旅行中的理论"的概念。在萨义德看来，理论或观念在向新环境运动的过程中"绝不是畅行无阻的"，"它势必要涉及不同于源点（point of origin）的表征和体制化过程"，而这个过程大致需要经历三四个步骤："第一，需要有一个源点或类似源点的东西，即观念赖以在其中生发并进入话语的一系列发轫的情况。第二，当观念从以前某一点移向它将在其中重新凸显的另一时空时，需要有异端横向距离（distance transversed），一条穿过形形色色语境压力的途径。第三，需要具备一系列条件——姑且可以把它们称之为接受（acceptance）条件，或者，作为接受的必然部分，把它们称之为各种抵抗条件——然后，这一系列条件再去面对这种移植过来的理论或观念，使之可能引起或者得到容忍，而无论它看起来可能多么地不相容。第四，现在全部（或者部分）得到容纳（或者融合）的观念，就在一个新的时空里由它的新途径、新位置使之发生某种程度的改变了"②。也就是说，理论或观念从一种文化语境向另一种文化语境的旅行，会受到传播路径、接受条件的影响，并与目的地文化产生抗争或融合。这虽然是针对理论或观念而言，但对于研究现代主义诗歌在20世纪50年代港台两地的译介和传播也颇有启示，它提示我们关注现代主义传播到两地的路径、两地本土文化语境的迎拒情况以及现代主义在地生成的新形态。

一、一个现代主义诗人在台、港的遭遇

1957年，覃子豪发表《新诗向何处去》一文，引起台湾诗坛的关于现代主

---

① 桓夫（陈千武）：《台湾现代诗的历史和诗人们》，《笠》，1970年12月。

② 萨义德：《旅行中的理论》，《理论·文本·批评家》，李自修译.北京：三联书店，2009年版，第400、401页。

义诗歌的第一次论争。该文中他对纪弦所提出的现代派"六大信条"提出质疑，尤其反对其中的"横的移植"一说。纪弦在阐释六大信条的时候，曾说"横的移植，而非纵的继承"是"一个总的看法，一个基本的出发点"；[①] 覃子豪对此十分不以为然，在他看来对西方理论和诗歌流派的介绍，"应以自己为主"，"若全部为'横的移植'，自己将植根于何处？外来的影响只能作为部分之营养，经吸收和消化之后变为自己的新的血液。新诗目前急需外来的影响，但不是原封不动的移植，而是蜕变，一种崭新的蜕变"。因而，他主张"中国新诗之向西洋诗摄取营养，乃为表现技巧之借镜，非抄袭其整个的创作观，亦非追随其踪迹"，因为"技巧之借镜，无时空的限制，无流派的规范。其目的在求新诗的有正常之进步与发展"。[②] 较之纪弦的激进主张，覃子豪这种类似"中学为体、西学为用"的态度更为强调接受者的文化主体性。

覃子豪之所以对西方现代主义持批判态度，部分是基于他对现代主义的整体判断，在他看来西方现代主义是已"死去的""没落了的"，而他判断的一大理据来源于一位西方现代主义者："正当中国诗坛有人提倡现代主义运动之际，而英国现代主义诗人司梯芬·史班德（Stephen Spender）在《现代主义派运动寿终正寝》（The Modernist Movement is dead）一文中却宣布了现代主义的死亡，中国的现代主义者，欲得进步之名，反得落伍之实，这是多么残酷的讽刺"；在覃子豪看来，既然西方现代主义者自己都宣称现代主义已没落，中国诗人再以现代主义为发展目标便难免"捡拾余唾之讥"。除了从整体上反对移植现代主义外，他对现代主义的手法也颇有异议，这主要体现在两方面，一是现代主义诗歌形式不足取，二是现代主义忽略了时代性。而这也同样是以史班德的论述为依据的："史班德曾加指摘：现代主义较愚蠢的一些现象，便是意图把诗化为图形，化为报纸碎片所贴成的画，以及化为工厂气笛所鸣出的交响的旋律，可是，这些东西只不过是现代主义深一层目标的歪曲表现罢了。同时史班德认为：未来派，抽象派，超现实主义派过于理论化，同时忽视了时代的外貌"。[③]

纪弦的回应文章就自由诗和"横的移植"问题做了辨析，认为他们"是主

---

① 纪弦：《现代派信条释义》，《现代诗》，第13期，1956年2月。

② 覃子豪：《新诗向何处去》，《蓝星诗选》，1957年狮子星座号。

③ 同上，按，关于史班德此文在港台两地能引起的不同反应可参考游胜冠《前卫、"反共体制"与西方现代主义的在地化：以1956年云夫译史班德〈现代主义运动的消沉〉一文在港、台诗坛引起的不同反应为比较、考察中心》，台湾成功大学人文社会科学中心：《媒介现代：冷战中的台湾文艺学术研讨会》论文集，2013年5月。

动的创造而绝不是被动的模仿",并强调其对现代主义接受的选择性,"去其病的而发展其健康的,扬弃其消极的而取其积极的"。① 实际上是接受了覃子豪的批评,作了折中处理。此外,纪弦花了很多的笔墨谈论覃子豪所援引的史班德的文章。纪弦对覃子豪的釜底抽薪的战略颇有会心:"要攻击现代派,最好的战略就是攻击现代主义;而要攻击现代主义,则最好的战术就是走进现代主义的阵营里去挑选一种最有利的武器:以子之矛,攻子之盾。那么,什么是拿在覃子豪先生手中最有利的武器呢? 那就是发表在《文艺新潮》第二期上云夫先生所译史班德的一篇《现代主义派运动的消沉》。(是'消沉'而不是'寿终正寝'!)"② 从一开始就指出覃子豪对该文题目理解上的偏差,进而指出覃子豪对史班德的误读与选择性挪用,尤其是覃子豪对史班德文章主旨的回避。

在纪弦看来,史班德该文的主旨不仅不是反对现代主义,反而是批评现代主义因走向妥协而不够现代。"史班德的论文,对现代派的目标及其运动消沉的原因有独到的见解。他说'现代主义有两个原动力':一个是兰保的训示:'非绝对现代化不可! '另一个是'对社会及其一切制度采取一种敌对的态度'。但是前者'已失去了它的力量';后者'已被倒了转来'","他是站在一个自觉的正统的现代主义者的立场上来说话的",因而,"史班德在他的论文里,不但没有如像'宣布了现代主义的死亡'这样的字句,而且也没有这样的意思,他只是惋惜这一个运动的消沉而已,一部分人走岔了,一部分人妥协屈服,这才是使他克服不住其悲哀的原因"。③ 至于史班德所批评的未来派和超现实主义等流派对时代的忽略,纪弦则认为现代派是后期现代主义,与史班德所批评的对象无关,而且现代派的六大信条最后一条是"'爱国'、'反共'、拥护自由与民主",这充分证明了现代派对时代精神的重视。在对史班德原文主旨的理解上,纪弦比覃子豪更贴近原意。不过纪弦将史班德对现代主义消沉的批判,引申到现代派的新诗再革命理念,主张"革那些不新的新诗的命",提倡"革新了的,健康的,积极的新现代主义"④。这实际上也将史班德的诗学观窄化为一种唯"新"主义和排斥现代主义颓废消极面的诗学功利论。

正如纪弦所指出的,史班德该文的中译首先发表于香港《文艺新潮》杂志

---

① 纪弦:《从现代主义到新现代主义——对覃子豪先生〈新诗向何处去〉一文之答覆上》,《现代诗》,第19期,1957年8月31日。

② 同上。

③ 同上。按,引文中的兰保现译为兰波,法国现代主义诗人。

④ 同上。

第二期，主旨也如纪弦所指出的，是对现代主义的消沉作了批判与反思，但其标准并非是一味趋新或主张积极与健康的一面，而是要求现代主义者保持其艺术家的先锋姿态，这包括兰波式的"要无情地现代化"，即对现代工业文明也要保持足够的敏感，其次是对制度和机构的批判，但现状却是现代主义成了学院讲授的对象，从先锋试验走向了理论化和程式化，现代主义成了它自身所反对的东西，并再度表明"自己将永远不会完全向这种不可避免的事实屈服"，[①] 重申其反抗的先锋姿态。马朗对该文也是作如是观，在史班德诗歌的译后记中他曾提及该文，并指出"他更是毫不退缩的现代前卫作家"；[②] 而反观纪弦的解读，则将其理解为一种文学进化论式的求新，以及一种社会学式的积极力量，这种误读和偏差，表明纪弦所处的闽南语境，如当时对战斗文学的提倡，以及冷战背景中对自由的强调等，影响了他对史班德的理解。

《文艺新潮》刊载史班德的文章并非偶然，史班德是此时香港现代主义诗人较为关注的对象，如李英豪的诗论就常提及此人，马朗曾翻译过他的诗作，《现代诗》第 14 期就曾刊载马朗翻译的《史宾德诗二章》，《文艺新潮》第八期也有他翻译的《城之陷落》《给一位西班牙诗人》等三首诗作。马朗本人深受史班德影响，他在后来的回忆中曾经提及："那时候有几本书对我很重要……这本书可能是我来了香港以后才看的，是英国现代派诗人，最初参加共产党，后来脱离的，叫 Stephen Spender，我译过他的诗，他编的一本杂志，叫 Encounter，在 Encounter 之中，他固然提到那本书，他也讲过自己是如何脱离共产党的一些经历。现在我已不记得那本书是在大陆时看的，还是在香港看的，书名 The God That Failed"。[③] 20 世纪 50 年代初，马朗曾以华侨身份留在上海工作，后来因政治选择不同而离开大陆，到香港从事文化工作。但史班德对现代主义的鞭策，居然被覃子豪误解为宣判现代主义死刑，并成为现代派与蓝星诗群论战的一个因由，这可能是出乎马朗意料的。为了向台湾诗坛展示史班德的原文，纪弦本打算在《现代诗》上转载《现代主义派运动的消沉》一文 [④]，不过《蓝星诗选》

————————————
① 史班德著，云夫译：《现代主义派运动的消沉》，《文艺新潮》，第 1 卷，第 2 期，1956 年 4 月 18 日。

② 马朗译：《英美现代诗特辑（下）英国部分：史班德》，《文艺新潮》，第 8 期，1957 年 1 月 15 日，第 59 页。

③ 《为甚么是现代主义？——杜家祁·马朗对谈》，《香港文学》，总第 224 期，2003 年 8 月 1 日。

④ 纪弦：《编辑后记》，《现代诗》，第 20 期，1957 年 12 月 1 日。

97

第二辑已刊载余光中的翻译，因而作罢。此外，《创世纪》后来也较为重视史班德，如该刊第十六期封面就大段引述斯班德（Stephen Spender）的话，开头便是"写诗只是今天生命还活着的一种表示"，这几段引文虽未注明出处，但应该是出自其《反抗中的诗人》一文，20 世纪 40 年代袁水拍曾经翻译介绍过。

史班德之所以引起两地现代主义诗人的广泛兴趣，很大程度上是基于史班德的经历。史班德为英国人，生于 1909 年，曾参加西班牙抵抗者组织，后加入共产党，不过如纪德一般，二战后转向对共产主义和苏联的批判，他的《三十年代及其后：诗歌、政治与人民（1933—75）》（ *The Thirties and After*：*Poetry*，*Politics*，*People*（1933—75）一书回顾了自己入党又脱党的历程，对于为何离开组织，他写道："我真正在意的是个人的自由，我不可能接受共产主义对此的态度。即个人自由只是布尔乔亚的幻觉"。[①] 不仅如此，正如学者陈国球已指出的，他 20 世纪 50 年代还担任美国中央情报局出资的杂志《笔汇》（ *Encounter* ）的文学编辑，并多次发表《自由与艺术家》《艺术与集权的威胁》等为题的演讲，而主要邀请经费实际上也来自中情局的支持。因而，陈国球认为香港现代主义诗人如李英豪等试图去政治化，但实际上仍在冷战的结构之中，[②] 此说颇有见地，不过马朗与李英豪不同的是，他倒不一定是要去政治化，而是试图选择一条既不同于苏联也不同于西方阵营的政治道路，广义而言可说是第三条道路。但在冷战的二元格局中，他们似乎很难超越这个大的框架。因而，冷战格局是两地诗人在接受现代主义时的共同背景，而试图超越冷战的二元结构，可说是香港诗人不同于台湾现代诗人的地方。当然，台湾诗人也不完全如此，如纪弦 20 世纪 40 年代也曾以第三种人自居，与杜衡交往十分密切，不过在渡台之后，他便选择倒向国民政权，成了实践"反共文艺"的诗人。

二、两地现代主义的两个传统

史班德在台湾与香港两地的旅行，一定程度上说明了两地在译介西方现代主义诗歌上的交融与差异，不过这只是两地 20 世纪五六十年代现代主义译介中的一个插曲，二者对西方现代主义诗人的选择、对作品的介绍和评价等，显露

---

① Stephen Spender，*The Thirties and After*：*Poetry*，*Politics*，*People*（1933-75），London and Basingstoke：Palgrave Macmillan Press LTD.，1978，PP. 157.

② 陈国球：《"去政治"批评与"国族"想像——李英豪的文学批评与香港现代主义运动的文化政治》，《情迷家国》，上海：上海书店，2007 年版，第 166 页。

着两地现代主义来源与理念的同与异。

　　台湾与香港译介现代主义的路径部分地延续了中国大陆的现代传统。史班德被介绍到中国，并不始于云夫和马朗，此前有杨宪益对他诗作的译介，[①] 以及袁水拍对他诗歌批评的译介。[②] 类似的问题在现代派诗人那里也存在，如戴望舒就翻译过纪德批判苏联的游记《从苏联归来》，连载于《宇宙风》，20 世纪 40 年代中国知识界对纪德的浓厚兴趣，实际上也部分源自文化人如何处理个人与时代关系的问题。这个历史视野提供的是一个理解两地现代主义诗歌的更开阔的视野。尤其是考虑到两地很多现代主义诗人，如纪弦、覃子豪、马朗等都是由大陆前往台湾或香港，中国现代诗歌的视角就显得更为必要。

　　关于香港、台湾现代主义与 20 世纪 30 年代上海现代派之间的渊源，学界已有较多的研究成果，[③] 这里仅从翻译的角度略作补充。《现代诗》上登载的翻译，主要是方思所译的里尔克及英美诗人如 H.D.、滂特（Pound）、路威尔（Amy Lowell）等意象派诗人作品，叶泥所翻译的日本诗人如岩佐东一郎，以及纪弦所翻译的法国象征主义诗人梵乐希（Valery）、皮埃尔·勒韦迪（Pierre Reverdy）、保尔·福尔（Paul Fort）、立体主义诗人如阿保里奈尔（Apollinaire）等人的诗作，纪弦所译的诗人中除梵乐希外，其他人大致都可归入超现实主义的行列，他的这些译作部分以青空律的笔名发表。《现代诗》对西方现代主义诗歌的译介，较为侧重法国现代诗尤其是后期的超现实主义，此外就是英美的意象派。对比纪弦在上海时期所参与的诗歌活动，可以发现这些诗人也基本上都已在施蛰存、杜衡主编的《现代》、路易士主编的《诗志》及卞之琳、戴望舒（另有笔名陈御月）等编辑的《新诗》刊物上出现过，除戴望舒所译外，还包括安簃所译的陶立德尔（H. D.）、史考德（Evelyn Scott）和罗慧儿（Amy Lowell）三位意象派诗人作品、徐迟所译庞德（Pound）、洛威尔（Lowell）等七位意象派诗人。此外，《现代》上所刊载的日本学者阿部知二的《英美新兴诗派》和法国诗人果尔蒙（Gourmont）的作品，也都重见于《现代诗》。梵乐希的诗更为

---

　　① 杨宪益译：《英国诗抄（二）Stephen Spender》，《世界文学》，1943 年第 1 卷，第 2 期。

　　② 袁水拍译：《诗与诗论》，诗文学社，1945 年版，第 72—94 页。按，该书收录袁水拍译 Stephen Spender 两篇文章：《反抗中的诗人》和《现代诗歌的感性》。

　　③ 参考朱双一、张羽：《海峡两岸新文学思潮的渊源和比较》.厦门：厦门大学出版社，2006 年版，第 417—451 页；朱双一：《中国新文学思潮脉络在当代台湾的延续》，载《穿行台湾文学两甲子》.广州：花城出版社，2014 年版，第 160—163 页；杨佳娴：《悬崖上的花园：太平洋战争时期上海文学场域（1942—1945）》.台北，台大出版中心，2013 年版，第 406—428 页；等等。

常见，不过纪弦在《现代诗》上所翻译的是《消失的美酒》和《蜂》，前者曾发表于他抗战胜利在上海所办诗刊《异端》第二期，该诗也恰好曾经戴望舒译介，发表在纪弦所主编的《诗志》第一期上。总体而言，《现代》对现代主义诗歌的译介以后期象征主义和英美意象派为主，纪弦对此也有说明，他《五四以来的新诗》中就曾总结《现代》的诗歌风格分为法国风的象征派和英美风的意象派，① 这两派也是他主编《现代诗》的译介中心所在。不过《现代诗》对日本现代诗歌的译介，一定程度上突破了这个既有格局，这与台湾地区曾为日本殖民地的文化特征有关。

《文艺新潮》对译介对象的选择，与《现代》《现代诗》有相似的一面，译介了较多的意象派诗歌，如第一期就有孟朗（马朗）所译的《H.D. 诗二章》，其他意象派诗人如第七期素译的庞特（Pound）、第八期就有薛慧尔等；此外对法国现代主义诗歌也作了重点介绍，该刊第四期专门辟有"法国文学专号"，载有叶泥翻译的《保尔·福尔诗抄》、纪弦译的《阿保里奈尔诗选》、贝娜苔译的《艾吕雅诗选》等。选择范围也明显具有上海现代派的痕迹，实际上马朗在回忆中也曾提及卞之琳等现代诗人对他的影响，"我老早已看过现代主义，在未曾解放之前，现代主义已是一种 impact。当时中国还未曾正式介绍现代主义，但我发现有些杂志上卞之琳已译了好几人的东西，但未曾译到的 Andre Breton（布列东），后来我去译。卞之琳译了梵乐希，译了里尔克，西班牙的阿索林，全部都译了"。② 虽然在马朗的影响下，《文艺新潮》对翻译对象的选择部分继承了 20 世纪三四十年代上海现代主义诗歌的特征，不过，正如《现代诗》有译介日本诗人作品的独特面一样，《文艺新潮》自身的特色也较为鲜明，这就是在主流现代派之外，译介了希腊、西班牙、伊拉克、黎巴嫩、拉丁美洲等国家和地区诗人的作品，这种既有世界性视野，又兼顾弱小国家的眼光，无疑体现出《文艺新潮》的独创性，正如郑树森所指出的：《文艺新潮》在 1956 年至 1959 年间，肯定为当时现代派的主要阵地；对外国现代主义诗作及运动的译介，在英、美、法、德之外，尚能照应拉丁美洲、希腊、日本等地重要声音，其世界性的前卫视野，在当时海峡两岸暨香港的华文刊物，堪称独一无二"。③

---

① 青空律：《五四以来的新诗》，《现代诗》，第 7 期，1954 年秋。

② 《为什么是现代主义？——杜家祁·马朗对谈》，《香港文学》，总第 224 期，2003 年 8 月 1 日。

③ 郑树森：《追迹香港文学》. 香港：牛津大学出版社，1998 年版，第 43 页。

　　与《现代诗》和《文艺新潮》较为侧重后期象征主义尤其是超现实主义不同，《创世纪》对西方诗歌的介绍要更为多元，这与《创世纪》创刊较晚有关，它融合现代派和蓝星诗人群，因而带有一定的综合视野。不过较之《现代诗》或《文艺新潮》，它舍弃了意象派，重新介绍了艾略特、里尔克等经典诗人，并侧重介绍超现实主义，这包括冯蝶衣译的许拜维艾尔（Jules Superville）、孙蓼译的阿拉贡（Aragon）、洛夫所翻译的《超现实主义之渊源》等。许拜维艾尔是戴望舒隆重介绍过的诗人，并对他评价非常之高："二十年前还是默默无闻的许拜维艾尔，现在已渐渐地超过了他的显赫一时的同代人，升到巴尔拿斯的最高峰上了。和高克多（Gocteau），约克伯（Jacob），达达主义们，超现实主义者们等相反，他的上升是舒徐的，不喧哗的，无中止的，少波折的"。① 戴望舒不仅译介了许拜维艾尔的诸多诗作，而且在巴黎期间还曾前去拜访，双方有深入的交流，相关内容均载于他发表在《新诗》上的《记诗人许拜维艾尔》一文。《创世纪》所载译诗也有较为明晰的历史眼光，如叶泥翻译纪德《凡尔德诗抄》时就详细介绍此前该诗的译介情况："据我个人所知，他的《凡尔德诗抄》在早年黎烈文先生曾译过一首《今年不曾有过春天》发表在一卷三期的《译文》杂志上，此外他还曾译过一首题为《诗》的诗（发表于《译文》新一卷第二期），不过这首诗并不属于《凡尔德诗抄》，而是摘译自《新的粮食》"。②

　　当我们将两地的现代主义诗潮置于更大范围的中国乃至东亚20世纪20年代末以来的现代主义思潮中，可以发现台湾与香港现代诗传统的双驾乃至三驾马车格局，因为除了直接从欧美译介现代主义外，他们也受上海、北京（按，当时出现在港、台诗坛的梁文星是北平诗人吴兴华）现代传统的影响，同时本土的现代主义流脉也起着一定的作用，如在纪弦与覃子豪论战中支持前者的林亨泰，本就是光复后银铃会成员，只是这个传统当时未受到充分的重视，处于潜流状态。③ 与大陆现代传统的关系，两地诗人倒是并不讳言，如纪弦就自觉将他的现代诗置于五四以来的传统与变革的历史中，在他写的《五四以来的新诗》一文中，就回顾了五四以来的新诗传统和贡献，他开篇就反问"谁说五四以来新诗最无或最少成就？"对胡适提倡白话诗运动的革新精神、创造社的革命性

---

① 戴望舒：《记诗人许拜维艾尔》，《新诗》，第1卷，第1期，1936年10月。

② 叶泥：《凡尔德诗抄·译者后记》，《创世纪》，第11期，1959年4月。

③ 按，近来台湾文化界也开始关注台湾现代主义的本土脉络，如2015年的电影《日曜日式散步者》就以风车诗社的杨炽昌等人的经历为创作原型。

和创造性都给予了较高评价，尤其肯定了现代派的新诗实践，并在现代派的基础上进一步强调他所主张的散文的语言和自由的形式等观点。① 该文 1944 年曾发表于《诗领土》，此次是扩充重刊，不过当时台湾因戒严政策禁止大陆现代文学的流通，一定程度上造成了台湾现代文学的断层，纪弦的这种历史眼光显得颇为难得。

较之台湾在谈及大陆现代传统时的诸多壁垒，香港诗人则少了这些现实的顾虑，如叶维廉在论及两地现代主义诗歌的发展脉络时，就先追溯李金发、戴望舒和卞之琳等人，"李金发的贡献如法国象征派意象的移植"，戴望舒探索了"情绪的节奏"，而卞之琳则"强调感觉可及的诗的世界"，这是"现代诗的一个明显的特色"。② 在台湾封锁大陆现代文学的时候，香港则保持了相对的开放，如《文艺新潮》第三期曾刊载"三十年来中国最佳短篇小说选"专辑，此外，在《选辑的话》中还列了一份书目，包括"新感觉派奇才穆时英"的《Craven A》《一个本埠新闻栏废稿的故事》《白金的女体塑像》和《公墓》，施蛰存的《将军的头》《梅雨之夕》，有"中国纪德"之称的爵青的《欧阳家的人们》，萧红的《手》和《牛车上》，罗烽的《第七个坑》，陈荒煤的《长江上》等，加上专辑中张天翼、师陀等人的作品，可见该刊对"左翼"作家也有一定的开放。此后《中国学生周报》还曾出《五四·抗战中国文艺新检阅》专辑，从小说、诗歌、散文等不同方面，介绍现代作家的成就。编者在《写在专辑前面》中表明制作专辑的目的，"不敢说有什么新发现或新评价，只是希望能够提醒今日的读者们：不要忘记从五四到抗战到现在这一份血缘！"③ 而在《五四·抗战佳作一览（诗之部）》中，除了罗列五四以来重要的新诗集外，还郑重推荐了李金发、戴望舒、穆木天、王辛笛、卞之琳等现代主义诗人。

三、翻译的政治

20 世纪 50 年代台湾与香港现代诗人对上海现代派的延续，不仅是风格上的，而且也是问题上的。对于 20 世纪三四十年代的现代主义诗人来说，他们面临的问题是，在时代变局中，如何在审美主体陷于困境之后走向历史主体，即

---

① 青空律：《五四以来的新诗》，《现代诗》，第 7 期，1954 年秋。

② 叶维廉：《论现阶段中国现代诗》，《新思潮》，第 2 期，1959 年 12 月 1 日。

③ 《写在专辑前面》，《中国学生周报》，第 627 期，1964 年 7 月 24 日。

如何超越"临水的纳蕤思"这一镜像主体的封闭性，^①为此戴望舒、何其芳、卞之琳、穆旦等都通过各自的方式，展开了审美主体与时代问题的对话。如纪德的"螺旋式进步"就成为卞之琳迈向现实的方法，^②他在个人与时代、前方与后方的动态结构中再度激活审美主体的能动性；^③戴望舒后期也通过超现实主义走出了"雨巷"，等等。20 世纪 50 年代台湾和香港对现实主义的译介，经历着一个类似的过程，从早期象征主义转向超现实主义，但因为冷战与内战的框架，他们一开始就面临更为直接的困境，即他们所介绍的后期现代诗人大多较为激进，很多人都曾"左"转，如奥登、史班德、纪德、阿拉贡、艾吕雅、聂鲁达等均是如此，这些原本属于结论的问题在出发点就预先显现出来。

这其中很大一部分诗人虽然一度"左"转，但在二战之后转向对苏联和共产主义的批判，尤其是当纪德旅苏日记发表之后，其暴露的斯大林政权的专制一面，动摇了很多"左翼"知识分子的立场。对于这些再度转向的诗人，两地现代主义在译介他们时，往往对他们的转向予以特别强调，如马朗在翻译史班德的诗歌时，就强调他"却和纪德等一同转变"，"反对专制的暴政了，言行一致，部[都]表现出他是时代的号手"^④。现代派诗人方思在介绍戴路依斯（Cecil DayLewis）也是如此："提及戴路依斯（Cecil DayLewis），当记得他是与奥登（W. H. Auden），麦克尼斯（L. MacNeice）及斯班德（S. Spender）齐名的三十年中崛起的英国诗人。当时的作家多为左倾，关心阶级斗争什么的，这四位诗人亦不例外。他们以为可在集体努力中求得疗治社会病态的方法。他们并预感二次世界大战的到来。但苏俄与纳粹德国的缔盟，使他们大梦初醒，甚至感觉幻灭，对一切持一种怀疑态度，至于如戴路依斯的《战争诗人在哪里？》一诗中对二次大战的否定。他们过去，在三十年代，是在个人与社会良心间矛盾的自由主义者，今则已不信有任何社会形态的方法"，^⑤不仅将他们的左转视为一时追赶潮流的时髦行为，而且将诗人描绘成一个与集体主义决然告别的人。

对于纪德、斯班德这些转向的诗人，两地诗坛引入尚不存在政治风险，但

---

① 参考吴晓东：《临水的纳蕤思：中国现代派诗歌的艺术母题》. 北京：北京大学出版社，2015 年版，第 265—270 页。

② 李松睿：《政治意识与小说形式——论卞之琳的〈山山水水〉》，《中国现代文学研究丛刊》，2012 年第 4 期。

③ 姜涛：《动态的"画框"与历史的光影——以卞之琳的"战地报告"为中心》，未刊稿。

④ 马朗译：《英美现代诗特辑（下）英国部分：史班德》，《文艺新潮》，第 8 期，1957 年 1 月 15 日，第 59 页。

⑤ 方思：《关于戴路依斯》，《现代诗》，第 6 期，1954 年 5 月。

对于如艾吕雅（Paul Eluard）、聂鲁达这些"不思悔改"的诗人就不容易了。超现实主义代表诗人艾吕雅，20 世纪 40 年代末就由戴望舒译介到了中国，戴望舒 1948 年曾在《新诗潮》上发表过他所翻译的艾吕雅的七首诗作，包括《公告》和《勇气》等，并对艾吕雅的政治立场作了介绍："作者艾吕亚（Paul Eluard），在战前是法国超现实主义的领袖和罕有的天才诗人。法国沦陷后，即参加地下工作，实际地组织地下战斗者和地下出版社，并且和他先日的好友，那从超现实主义转到共产主义的诗人阿拉贡（Aragon）从新携手合作。在那个时期，他出版的诗集有《诗和真理》，《战时情诗七章》等，并且把法国抗战诗人的诗编了《诗人的荣誉》集。在胜利之后，他和他的好友大画家比加梭（Picasso）都加入了共产党"。① 加上他后来也未转向，因而，台湾现代主义诗坛虽然对超现实主义有着强烈的兴趣，但对这位重要的超现实主义诗人却始终敬谢不敏，此时香港体现出了它相对多元的一面，《文艺新潮》和《好望角》都登载有艾吕雅诗作的翻译，可见虽为冷战格局的同一阵营，香港的文化语境无疑更为特殊。

《文艺新潮》翻译了艾吕雅的《不朽的》《你起来》《给毕加索》和《动》，前三首均为转向前的作品，最后一首作于 20 世纪 40 年代，但也不涉及政治问题。译者在介绍中评价较高："在法国现代诗坛，四年前逝世的保勒·艾吕雅（Paul Eluard，1895—1952）无疑是最杰出和最受普遍爱好的诗人之一。他于三十年代末期转向，与阿拉贡齐名"；但对他的转向及转向后的诗歌评价却不同：

> 以一般世俗目光看，艾吕雅作为一个转向者，影响了他的诗，但严格的说，这只影响了他后期的诗，尤其是从一九四六年到死时的六年中，他的诗大部份已只是口号与习语的排列。而他早期的诗，即使由世界水准来衡量，也足以高踞第一流，它们的朴、纯、逸、三个特质，现代诗人中已没有几人可与伦比。这正是他至今能在法国诗坛屹立不坠的原因，但是这两阶段他大部分作品的价值，却是被他信仰的政党所抹煞的。

> 许多人苛责艾吕雅转向，但作为一个诗人，他的思想转变是易于了解的。以他第一次大战参战受毒气所侵而遗害终身，西班牙内战中亲睹种种不合理惨状，以及第二次大战在纳粹占领下参加抵抗运动的背景，由于对理想的强烈追求所驱策，进而产生对现实的强烈不满，在这种尖锐的矛盾

---

① 戴望舒译：《爱吕亚诗抄》，《新诗潮》，1948 年第 1 期。

下，当他发现自己的声音被人忽视，他之脱出达达主义与超现实主义的范畴，要求把自己的思想和情感寄托于实际行动，原是十分自然的。欧美许多杰出诗人、文学家、艺术家等卷入三十年代的转向热潮，原因也即在此。可惜的是，别人多及时醒觉回头（最著名的如纪德、罗素、史班德、科斯特勒、西隆涅），他却至死仍在那条歧途上挣扎，徒然地希望着这条路会通到他的理想。如果他能多活几年，今日的客观现实——例如史达林神话的揭破——一定也会消灭他的幻觉，使他惊醒过来。[①]

译者贝娜苔显然采取了文学与政治的二分法，将艾吕雅一生分为前期先锋诗人与后期共产主义者两个部分，并对艾吕雅的转向表示理解，对他未能及时再度转向表示"可惜"。文学与政治的分割处理，是为了将他的诗作从政治漩涡中"拯救"出来，使之得以在香港这个"自由"世界发表，这当然割裂了艾吕雅的完整性，也割裂了达达主义、超现实主义与激进政治之间的内在关联。译者对艾吕雅的这种理解，正是冷战意识形态的滤镜在翻译过程中的过滤和改写作用；而在匈牙利事件之后，有人更是撰文直接质问艾吕雅、聂鲁达等人："马雅阔夫斯基，你听到没有？艾吕雅，你知道没有？聂鲁达，你醒悟没有？"[②]

虽然译者将现代主义文学与激进政治作了区别处理，但在两地现代主义诗人这里，现代主义依旧发挥着重要的文化政治作用，如陈国球已指出的"宣言的诗学"，"马朗等人认为'现代主义'可以更有效地观察这个世界，这种观察带来的结果将会是'民主自由'的认识和拥戴。这种文化与政治关系的想像，以文艺力量建构一个'理想中国'的神话相像，却在华人几乎全无政治作用力的殖民地香港出现，不能不说虚幻，也不能不说悲壮，与西方'现代主义'吹着号角昂扬踏步的姿态迥异。[③]虽然在论者看来这有些堂·吉诃德的意味，但当时的现代主义诗人们多作如是想，除了各类宣言不可避免地需要"振臂高呼"外，诗人们也将现代主义的先锋性与政治变革的先锋对应来看。翼文在《法兰西文学者的思想斗争》中就指出，"在法国，由思想界而并非由政治家或军人来领导这使命是远多过任何其他的国家。法国思想界的战士在十八世纪中叶的理性思想全盛时代，使欧洲在思想上成为法国的殖民地。二百年来，法兰西一直

---

① 贝娜苔译：《艾吕雅诗选》，《文艺新潮》，第 1 卷，第 4 期，1956 年 8 月 1 日。

② 新潮社：《敬礼，布达佩斯！敬礼，匈牙利人！》，《文艺新潮》，第 1 卷，第 7 期，1956 年 11 月 25 日。

③ 陈国球：《宣言的诗学——香港二十世纪五六十年代现代主义文学的运动面向》，《情迷家国》，第 134 页。

就成为欧洲的良知，而她的思想界就是这良知的铸造者"。① 与之相似，叶维廉也将现代主义作为推动制度变革的先锋力量，② 在 10 世纪 50 年代的台湾与香港政治语境中，现代主义虽有些虚无色彩，但也寄托了部分诗人欲借此革新社会的文化政治理想。

四、现代与现实

虽然台湾与香港现代主义诗人寄托遥深，赋予现代主义丰富的文化政治内涵和意识形态诉求，但它所表现出来的与现实的距离却始终是被诟病的地方，如本章开头覃子豪就借史班德之口批判现代主义"忽视了时代的外貌"，纪弦的回应文章虽然作了辩驳，但实际上说服力有限。这个问题不仅见于现代派的写作，也见于他们的翻译中。不过对于究竟是翻译影响了诗观还是相反这个问题，似乎并不容易解答。从翻译的视角，我们可以进一步看出两地现代诗人在处理现代与现实问题上的差异。

对于翻译作品而言，除了译者对翻译对象的选择及语言上的处理外，译者所写的介绍性文字往往对翻译作品进入另一语言环境构成辅助性理解。如纪弦在介绍阿波利奈尔时，除介绍他的立体主义之外，还对他在法国诗坛的地位及其创作风格作了细致介绍："如我们要在二十世纪新诗人的群中去选举一种最适当的'现代的'气质与风格之代表，则我首先乐于投一票的便是高穆·阿波里奈尔了。他的整个生活是'现代的'，他的诗亦然。至于他在表现上的强力，明确，魅人，多变化和富于旋律，那尤其可以说是'现代的'特色之一切了。至于他的小说，则多半是带着异国情调的，神秘的和幻想的"。③ 诗人的创作风格是介绍西方诗人的重心，这是《现代诗》的特色，如方思对雪脱威尔的介绍也是强调她的诗艺，这包括"她对诗的组织（texture）的研究"，对"节奏、速度、韵与无韵、谐音与不谐音等所为之种种尝试"，使她的诗作"呈现种种细致、巧黠的模式"。④

与《现代诗》交往较为密切的《文艺新潮》则呈现出另一种面貌，译者除了关注诗人的创作形式之外，还对诗人如何处理现代与现实的关系较为关注。

---

① 翼文：《法兰西文学者的思想斗争》，《文艺新潮》，第 1 卷，第 1 期，1956 年 2 月 18 日。

② 叶维廉：《论现阶段中国现代诗》，《新思潮》，第 2 期，1959 年 12 月 1 日。

③ 青空律：《关于阿保里奈尔》，《现代诗》，第 2 期。

④ 方思：《诗人手记·译者前言》，《现代诗》，第 10 期。

如马朗对乔治·巴克（George Barker）的译介，除了介绍他是"新浪漫派的重建者"，是"热衷于个人美感的诗人"以外，还着意强调"虽然他是四十年代的新浪漫派，他仍有社会性的背景存在"！① 对卡尔·萨皮洛（Karl Shapiro）的介绍也是如此，着重介绍的是他的"新现实主义的风味"，尤其是"后来他写了不少战事诗"，"蜚声世界，被认为是二次大战最优秀的诗篇，那都是细腻地深入民间与人民大众同感共鸣的作品"。② 因为马朗对诗与现实关系的强调，使他不满足于那些过渡沉溺于辞藻的诗人，如在介绍康敏士（E.E.Cummings）和哈特·克伦（Hart Crane）时，虽对他们的诗歌技艺给予高度评价，但也颇有微词。他认为哈特·克伦虽受庞德和艾略特的影响，"事实上则是大气磅礴，气魄宏伟，有一种激烈疯狂的情绪，亦有一种强烈的象征意味"，但对他"采用包涵几重意义之怪字"，则认为"是对于辞藻的迷醉和卖弄，是为美中不足"。③ 对康敏士的评价大致类似，一方面，他认为康敏士是"美国现代派诗人中最特出的一位"，"努力于革命性的创造，譬如将十四行体拆散，插以枝节，《天真之歌》中所烘托出的童稚的梦境，逼肖现代画派中的保尔克列，的确与众不同"，"但是他不能处理伟大的题材，欠缺丰富的思想和情感，所以不够深远，同时过份沉溺于文字的搬弄，或是过份炫奇，走入极端，几乎成为字谜，所以成就上也仅止于特出而已"。④

马朗译介作品时，每每写数百字的译后记，对译介对象的风格和观念作扼要介绍，其短小而精悍的文字可视为批评文章。从他的介绍来看，他与纪弦等台湾现代派诗人只介绍对方的诗歌艺术不同，对诗人如何处理社会和现实问题也极为关注。香港学者卢昭灵曾论及《文艺新潮》对现代主义的引进"缺乏理论的支持"，也缺乏"本土色彩的时代气息"，⑤ 该说法曾有学者从香港现代诗人创作实践的角度予以反对。⑥ 从上述马朗对现代主义与社会现实的强调来看，

---

① 《文艺新潮》，第 1 卷，第 8 期，1957 年 1 月 15 日。

② 马朗译：《英美现代诗特辑（上）美国部分：卡尔·萨皮洛》，《文艺新潮》，第 1 卷，第 7 期，1956 年 11 月 25 日，第 63 页

③ 马朗译：《英美现代诗特辑（上）美国部分：哈特·克伦》，《文艺新潮》，第 1 卷，第 7 期，1956 年 11 月 25 日，第 59 页。

④ 马朗译：《英美现代诗特辑（上）美国部分：E. E. 康敏士》，《文艺新潮》，第 1 卷，第 7 期，1956 年 11 月 25 日，第 56 页。

⑤ 卢昭灵：《五十年代的现代主义运动——〈文艺新潮〉的意义和价值》，《香港文学》，第 49 期，1989 年 1 月 5 日。

⑥ 汤祯兆：《马朗和〈文艺新潮〉的现代诗》，《诗双月刊》，第 1 卷，第 6 期，1990 年 6 月 1 日。

《文艺新潮》诗人群虽然未发展出香港本土的现代主义理论，但从马朗的批评来看，从一开始他就强调现代主义与现实之间的关联，并非仅仅介绍现代主义理论而已。

马朗对现代主义的社会关怀的强调，或许与他早期在大陆的经历有关。1949 年初，他本留在大陆，后来虽前往香港，但他早期与"左翼"的接触，可能一直对他有潜在的影响。如他在介绍穆雷儿·鲁吉莎（Muriel Rukeyser）时，就强调他的"新现实主义风味"："沉着，深刻，清晰，面对现实，把握社会问题，选择朴素的题材，而且是逐渐和民众生活在一起的作品，有像电影剪裁一样的凝练和生动。鲁吉莎是非常进步的，读书时即献身社会运动，她的诗都是通过这种思虑的反映，不过都具有高度的艺术手腕，《剪短发的男孩》便是不可多得的佳作"。① 也就是说，他虽然对当时的社会主义实践保持距离，但左翼文学的方法还依旧存留着。他对阿茨波·麦克列许（Archibald Macleish）的解读也是如此，"他对社会和政治制度的兴趣，许多时都超出诗的美学范畴，他最著名的也就是这种诗，那和马牙可夫斯基等又不同，而和英国的史宾德等亦不类似，而是近乎'演说'及'广播'式的，有人认为太少艺术意味，不过就时代精神来说，他倒是鼓吹民主的前辈号手，同时也是新诗剧的前锋"，② 对他突破美学范围而参与社会活动给予积极评价。马朗的这种姿态，也被台湾诗坛所注意，如《六十年代诗选》中对马朗的介绍，就指明他早期的"抒情和纤柔"，但1957 年之后便跳出尚美的观念，"进而表现现存之生活意欲的复杂体"，"因为，他指出中国新诗今后的发展方向应是'超现实技巧和现实主题的结晶。这并非意味超现实主义那种破坏思想的实践，也不是逃避现实，而是采取该派对意象的解放，潜意识的运用，对美的内在的显露，再重以新的角度来透视人和现实的世界'"。③

除了马朗之外，李维陵也持类似的文学观，他对现代主义仅仅表达人们对外界的感觉，而对现代人的"思想出路和对于现实生活的契合方式"选择逃避的现象予以批判，认为"文学艺术不止是如实地表现作家与艺术家的自我感觉，也不止是如实地表现他们和外界的关系"，"它的现代任务是：怎样鼓励人在纷

---

① 马朗译：《英美现代诗特辑（上）美国部分：穆雷儿·鲁吉莎》，《文艺新潮》，第 1 卷，第 7 期，1956 年 11 月 25 日，第 61 页。

② 马朗译：《阿茨波麦克列许诗抄》，《现代诗》，第 18 期，1957 年 5 月 20 日。

③ 张默、痖弦主编：《六十年代诗选》. 香港：大业书店，1961 年版，第 86 页。

繁与变动剧烈的现代生活中找求他自己和其他人存在的意义，这不单止说现代文艺要帮助现代人有勇气去正视现代生活的进展，而且有把握地去改进它"。①李维陵的文学观实际上与左翼文学理论非常接近，即文学不仅来源于生活，也要高于生活，要发挥对生活的指引作用，"作为一个现代作家与艺术家，任务便非常地沉重了。他不但须具备有完善生动的文学艺术的独特技巧和特质，在观念和情感上，他还要具备有作为一个社会指导与改造者那样的职责"。当然，这只是认识论和方法上的近似，世界观则不同，因为问题实际上不在于文学是否指导和改造生活，而在于如何指导生活。

在《现代诗》和《文艺新潮》的参照下，《创世纪》对现代理论与现实关系的思考要折中一些。或许是因为《创世纪》较为晚出，很多西方现代派诗人已为两地文坛所熟知，所以该刊对他们所译介的诗人介绍较少，相关的论说比较侧重诗歌艺术，即便涉及现代与现实的关系问题，也不如《文艺新潮》那么直接，而是转化为诗歌与时代的关系，如端木虹在谈及现代主义时，也只是指出"现代主义者是站在现代的角度，而非站在十八或十九世纪的角度来看人生的"，②强调现代主义的现代性，已属老生常谈了。倒是季红所翻译的雪脱威尔（Edith Sitwell）的《诗人之视镜》，反驳了"现代派诗人与读者大众脱了节"的相关说法，认为"诗人的部分工作是要寻觅沟通现实与想像的一切线索"，③但总体而言，《创世纪》还是注重诗艺的探讨而非诗与现实的问题。虽然译介是如此，但创世纪诗人群的创作却一定程度上回应了20世纪40年代中国现代主义文人的问题，如洛夫的《石室之死亡》就将超现实主义带入极度晦涩的境地，与时代的明朗之间充满张力，商禽的带有内在戏剧性的作品，则从现代主义形式内部生出了更为丰富的歧义空间；同样地，痖弦的《战时——一九四二·洛阳》和《盐》等则带新历史主义色彩，将宏大的历史以个人化、卑微化的方式道出。无论是明朗与晦涩、还是宏大与卑微之间，都构成个人回应时代的反讽姿态。

---

① 李维陵：《现代人·现代生活·现代文艺》，《文艺新潮》，第1卷，第7期，1956年11月25日。

② 端木虹：《漫谈现代主义》，《创世纪》，第19期，1964年1月。

③ 雪脱维尔，季红译：《诗人之视镜》，《创世纪》，第11期，1959年4月。

结　语

20世纪50年代，台湾与香港现代主义诗人积极向西方现代主义取经，译介了较多的现代主义诗歌。他们在翻译对象的选择上，延续了20世纪30年代上海《现代》《新诗》等刊物的风格和对象选择，更有甚者是将在上海时期翻译的作品重新刊载，如青空律（纪弦）就是如此。当然，20世纪50年代两地现代主义诗人也直接从欧美和日本译介了不少新的作家作品，丰富了西方现代主义在地化的流播形态。

不同地域和不同流派诗人对译介对象的选择和评价不同，台湾现代派诗人在"横的移植"的口号下，对象征主义和超现实主义译介较多，侧重介绍的是他们的诗歌艺术。香港的《文艺新潮》与台湾有类似之处，对超现实主义诗人译介较多，对史班德这些曾转向"左翼"、后又背离的诗人，侧重强调他们反叛左派的一面。但与台湾不同的是，《文艺新潮》并不回避文艺与现实的问题，在20世纪五六十年代弱小民族纷纷寻求独立的全球背景下，该刊译介了较多弱小民族的诗人诗作，同时，较为强调文艺对现实的干预和指导作用，对那些一味寻求形式而忽视现实社会的诗人则有所批评。这些差异与港、台的政治背景和文化语境密切相关，二者同属冷战的"自由"阵营，在译介象征主义与超现实主义的选择上有相似处，不同的是台湾20世纪50年代初就基本肃清了"左翼"文化的影响，之后便实施戒严政策。而香港的文化环境与之相比有所不同，如其与大陆毗邻的地理位置，英国与中国政府之间颇为微妙的关系，等等，使香港在东西的冷战对峙中成为一个较为独特的地方。这在1949年文化人南下时就已显露出来，不少持观望态度或试图走第三条道路的政客或文人，都纷纷选择香港。香港的这种政治或文化氛围，对香港的现代主义诗潮也有影响。马朗本人对共产党也无不同情处，最初他曾选择留在大陆，后来虽赴港，与纪弦等从一开始就跟随国民党赴台的文化人不同，因而他们在译介现代主义诗歌时的政治立场和意识形态诉求也有差异。两地20世纪50年代的现代主义诗人，借鉴了三四十年代中国现代主义诗人的大体风格，也延续关于个人与时代关系的历史问题，并给予了不同的回应。

附：现代诗刊译介西方现代主义诗歌统计

刊名	译介对象、作品与译者
《诗志》（苏州，路易士、韩北屏主编）	第 1 期 戴望舒译，梵乐希（Paul Valery）:《失去的酒》 李子温译，W. H. Davies:《答辩》 第 2 期 戴望舒译，阿尔贝谛（Rafael Alberti）:《阿尔贝谛诗钞》
《现代》（上海，施蛰存、杜衡编）	第 1 卷第 1 期 陈御月译，阿保里奈尔:《诗人的食巾》（小说） 陈御月:《阿保里奈尔》 安簃选译:《夏芝诗抄》 安簃:《译夏芝诗赘语》 戴望舒译，阿索林:《西班牙的一小时》 第 1 卷第 2 期 陈御月译:《核佛尔第诗抄》（Pierre Reverdy） 陈御月:《比也尔·核佛尔第》 第 3 期 安簃译:《美国三女流诗抄》（陶立德尔（H. D.）、史考德（Evelyn Scott）、罗慧儿（Amy Lowell）都是意象派） 江思译:《马里奈谛访问记》 第 4 期 刘呐鸥译:《日本新诗人诗抄》（天野隆一、后藤楷根、乾直惠、大塚敬节、岗村须磨子、田仲冬一） 戴望舒:《大战后的法国文学》 第 5 期 特·果尔蒙，戴望舒译:《西茉纳集》 第 2 卷第 3 期 高明译，武田麟太郎:《浪漫的》 第 2 卷第 4 期 高明译，阿部知二:《英美新兴诗派》 第 3 卷第 1 期 徐霞村、施蛰存:《桑德堡诗抄》 第 3 卷第 2 期 戴望舒:《法国通信》

刊名	译介对象、作品与译者
《现代》（上海，施蛰存、杜衡编）	第 4 卷第 6 期 徐迟:《意象派的七个诗人》（Ezra Pound, Amy Lowell, H. D., John Gould Fletcher, Richard Aldington, D. H. Lawrence, F. S. Flint. ） 第 5 卷第 2 期 施蛰存译，陶逸志:《诗歌往那里去？》 第 5 卷第 3 期 戴望舒译，高烈里:《叶赛宁与俄国意象派》 高明:《未来派的诗》
《新诗》（上海，卞之琳、孙大雨、冯至、戴望舒编）	第 1 期 周煦良译，T.S. 艾略特:《诗与宣传》 插画：鲍雷丝画许拜维艾尔白描像 戴望舒译:《许拜维艾尔自选诗》 戴望舒:《许拜维艾尔论》 戴望舒:《记诗人许拜维艾尔》 第 2 期 戴望舒译:《沙里纳思诗抄》（Pedro Salinas） 戴望舒:《关于沙里纳思》 第 3 期：里尔克逝世十周年祭特辑 冯至译:《里尔克诗抄》 冯至:《里尔克》 孙大雨译:《勃莱克诗抄一》 梁宗岱译:《勃莱克诗抄二》 戴望舒译:《勃莱克诗抄三》 周煦良译，艾略特:《勃莱克诗论》 第 5 期 周煦良译:《霍斯曼诗抄》 林率译，霍斯曼:《纪念 AE》 第 6 期 戴望舒译:《阿尔托拉季雷诗抄》 戴望舒:《关于阿尔托拉季雷》 周煦良译，加洛德:《诗的教育》

续表

刊名	译介对象、作品与译者
《新诗》 （上海， 卞之琳、 孙大雨、 冯至、戴 望舒编）	第 7 期 艾昂甫译:《叶赛宁诗抄》 施蛰存译，曼宁:《叶赛宁的悲剧》 戴望舒译，梵乐希:《文学》 周煦良译，加洛德:《诗与真理》 第 8 期 周煦良译，加洛德:《诗与愉快》 戴望舒译，梵乐希:《文学》 第 9、10 期 周煦良译，加洛德:《诗与批评艺术》
《诗领土》 （上海， 路易士 编）	第 2 期 路易士译，黑木清次:《望乡》 紫园译，C.桑德堡:《雾:雾来了》 遇圭译，梵乐希:《殷勤》 路易士译，伊房·高尔:《乘脚踏车者》 第 3 期 路易士译，草野心平:《草野诗钞》 池田克己:《防空装》 第 5 期 方滋译，生田义哉:《风俗》 伊林译，Richard Aldington:《退避》
《异端》 （上海， 纪弦编）	第 1 期 紫园译，惠特曼:《当门庭中最后的紫丁香开花时》 第 2 期 青空律译，梵乐希:《蜂》《消失的美酒》 纪弦译，阿保里奈尔:《米拉堡桥》《被杀死了的鸽子与喷泉》

刊名	译介对象、作品与译者
《现代诗》（台北，纪弦主编）	第 1 期 方思译:《乔依思诗选》 青空律译，法国 Apollinaire:《昨日》《变化》 第 2 期 方思选译:《美国诗抄》 路威尔女士（Amy Lowell）:《夜云》 桑特堡（Carl Sandburg）:《钢的祈祷》 梯斯台尔女士（Sara Teasdale）:《我将漠不关心》 滂特（Ezra Pound）:《一个女孩子》 弗莱彻（John Gould Fletcher）:《滑冰者》 H. D.:《亡川》 青空律译:《阿保里奈尔动物诗》 章容译，萩原朔太郎:《西洋诗与东洋诗》 第 3 期 青空律译:《法国现代诗人阿保里奈尔诗十首》(《病了的秋》《狩猎的角笛》《秋》《米拉堡桥》《白雪》《一九〇九年》《被杀死了的鸽子与喷泉》《失去的韵致》《未来》《小鸟唱歌》) 章容译:《西条八十诗抄》 第 4 期 方思选译:《美国诗抄》 斯梯文士（Wallace Stevens）:《黑色的支配》 威廉士（William Carlos Williams）:《正月》 威利女士（Elinor Wylie）:《丝绒靴》 莫尔女士（Marianne Moore）:《压邪物》 章容译:《日本现代诗抄》(野口米次郎、谢野晶子、堀口大学、福田正夫) 第 5 期 梵乐希诗:《蜂》《消失了的美酒》 Jackson Matthew:《梵乐希论》 青空律:《沉默之声：保尔·梵乐希》 方思译:《劳伦斯（D. H. Lawrence 诗抄）》(《主的祈祷》《吉泼赛》) 第 6 期 社论:《把热情放到冰箱里去吧！》 方思选译:《戴路依斯诗抄》 第 7 期 覃子豪译，勒孔德·德·里勒:《象群》 叶泥译:《古尔蒙诗抄》(《雪》《落叶》) 纪弦选译:《波特莱尔散文诗》(《异邦人》《狗和香水瓶》)

刊名	译介对象、作品与译者
《现代诗》 （台北，纪弦主编）	第 8 期 叶泥选译：《岩佐东一郎诗抄》（《钓鱼》《交通整理》《金鱼》《桥》等） 方思选译：《艾略脱诗论三则》 纪弦：《关于波特莱尔及其他》 第 9 期 方思选译：《劳伦斯诗抄》（《虹》《神》《够了》《我索要的一切》） 第 10 期 方思选译：《〈时间之书〉：里尔克诗五首》 叶泥节译，片山敏彦：《关于里尔克的诗》（对里尔克诗作的简单介绍） 方思译，雪脱威尔：《诗人手记》 第 13 期 纪弦译，保尔·福尔（Paul F）：《诗王作品三章》 纪弦译，阿保里奈尔：《狱中吟》阿保里奈尔 纪弦译：《高克多诗六首》（《手风琴》《甲胄》《偶作》《舞女》《耳朵》《犬在近处吠着》） 叶泥译：《岩佐东一郎诗抄》（《湖》《假死》《航海表》《闪光》） 方思选译：《英美诗人各三家》 休姆（T. E. Hulme）：《秋》 弗林脱（F. S. Flint）：《忧郁》 劳伦斯：《觉》 杰弗士（Robinson Jeffers）：《多余的神圣的美》 威廉士（William Williams）：《韵律一型》 麦克来许（Archibald Mac Leish）：《诗艺》 第 14 期 青空律译，Marie Laurencin：《镇静剂》 马朗译，Stephen Spender：《史宾德诗二章》（《命运》《轰炸城市的杏树》） 叶泥译：《岩佐东一郎诗抄》 第 15 期 方思选译：《美国诗人二家》 威廉士（William Carlos Williams）：《红色的独轮车》《不合法的事物》《海边的花朵》 帕秤（Kenneth Patchen）：《纪念喀丝玲》《街头大学》 马朗译：《H. D. 诗抄》 第 16 期 马朗译，E.E. 康敏士（E.E.Cummings）：《E. E. 康敏士诗抄》（《我甜蜜老大的如此等等》《自然感觉第一》《水牛比尔的》《印象之四》） 叶泥译，佐藤朔：《波特莱尔的一生》（编年体式的介绍）

刊名	译介对象、作品与译者
《现代诗》（台北，纪弦主编）	第 17 期 马朗译：《T.S. 艾略脱诗抄》(《歇斯底里亚症》《晨起凭窗》《风景》《灰烬礼拜三》) 贝娜苔译，桑泰耶纳：《诗人的遗言》 青空律译，拉迪盖：《第一个字母及其他》(《第一个字母》《军帽》《石榴水》《屏风》《窗玻璃》《捕虫网》《偶像崇拜》) 第 18 期 马朗译，阿茨波·麦克列许（Archibald Macleish）:《阿茨波麦克列许诗抄》(《征服者》《遗世书》) 柏谷译，阿部知二:《英美新兴诗派之研究》（上） 第 19 期 马朗译：《奥登诗抄》(《纪念 W. B. 叶芝》《不知名的国民》) 叶冬译：《艾略脱诗三章》(《荒原》《普鲁福情歌》《大礼拜堂的谋杀》) 柏谷译，阿部知二:《英美新兴诗派之研究》（中） 第 20 期 纪弦:《对于所谓六原则之批判——对覃子豪先生〈新诗向何处去〉一文之答复下》 第 21 期 纪弦:《多余的困惑及其他（代社论三）》(回答黄用的《从现代主义到新现代主义》) 第 23 期 方思选译，里尔克:《给奥费乌斯的十四行诗》 方思:《略谈里尔克》 24、25、26 合刊 叶泥译岩，佐东一郎:《宇宙地主》 青空律译，草野心平:《富士山》 纪弦译，Yvan Goll:《十三岁》 纪弦译，Pierre Reverdy:《一切》 柏谷译，T. S. Eliot:《东方博士之旅》 35 期 柏谷译，Kimon Friar:《形上学派、超现实派与象征派诗》

续表

刊名	译介对象、作品与译者
《创世纪诗刊》（左营，洛夫、张默、痖弦编）	第 3 期 T. S. Eliot：《河马》 斯蒂芬·克朗（Stephen Crane）：《战争是仁慈的》 第 6 期 叶笛译：《堀口大学诗选》 第 7 期 覃子豪译，Albert Saman：《沙曼诗抄》（按，法国象征派诗人） 第 8 期 覃子豪译，贝蕾（Jon Chim Du Bellay）、龙沙（Piere De Ronsard）：《法兰西诗选》（按，均为 16 世纪诗人） 叶笛译，尼采：《太阳沉落着》 康琳译，Seetan Geoge（1868）、赫尔曼·海赛（Hermann Hesse，1846）：《郭欧尔格·海赛诗抄》 孙藜译，阿拉贡：《荆棘之歌》 第 10 期 范夫译，A. Donkey、J. Greshoff、Henri Marsman 等：《荷兰诗选》 叶笛译，波特莱尔：《法国散文诗抄》（《艺术家的告白》《老妪的焦虑》《愚人和女神》《沉醉着吧》，均选自《巴黎的忧郁》） 冯蝶衣译，茹勒·许拜维艾尔（Jules Superville）：《许拜维艾尔诗抄》（《肖像》《新生的女孩》） 覃子豪译：《法兰西诗选》（主要是古典主义诗人和浪漫主义诗人） 第 11 期 季红译，雪脱维尔（Edith Sitwell）：《诗人之视镜》 叶笛译，波特莱尔：《波特莱尔散文诗抄》（《柔发的半球》《异国人》《狗和香水坛》） 冯蝶衣译：《许拜维艾尔诗抄（续）》 蔡甫译述，马塞儿·雷蒙：《关于许拜维艾尔》 叶泥译，安德烈·纪德：《凡尔德诗抄》 第 12 期 叶泥译，纪德：《凡尔德诗抄》 《梵乐希纪念特辑》 秋方译，中岛健藏：《关于保罗·梵乐希》 海若译，鲁道夫·凯寨尔：《诗人保罗·梵乐希》 季红译，梵乐希：《梵乐希诗选》 齐朋译，梵乐希：《诗人手记》

刊名	译介对象、作品与译者
《创世纪诗刊》（左营，洛夫、张默、痖弦编）	第 13 期 本社:《五年之后》 《里尔克纪念特辑》 叶泥:《诗人里尔克》 叶泥译，富士川英郎:《关于里尔克的〈时间之书〉》 叶泥:《从里尔克的〈时间之书〉说起——兼及方译〈时间之书〉》 第 14 期 秀陶译，T. S. Eliot:《传统与个人才能》 纪弦译，Emile Verhaeren:《关于爱弥儿·梵尔哈仑》 第 15 期 叶泥:《展开的世界——略谈里尔克的〈给奥费乌斯的十四行诗〉》 叶维廉作品:《追》《逸》《元旦》 叶泥译，纪德:《凡尔德诗抄》 白萩译:《艾略特诗抄》(《The Hollow Man 空洞的人》) 锦连译，菱山修三:《诗两首》:《前夜》《等待》 林亨泰译，Andre Maurois:《保罗·梵乐希的方法序说》 第 16 期 封面引史蒂芬·斯班德的话。 方思译，里尔克:《旗手》 叶泥:《里尔克的〈旗手〉及其他》 戴天译，Juan Ramon Jimenez:《墓地》 叶泥译，纪德:《凡尔德诗抄》 叶维廉译，T. S. Eliot:《荒原》 林亨泰译，Andre Maurois:《保罗·梵乐希的方法序说（二）》 第 17 期 胡品清译:《法国现代诗人克莱尔戈尔诗抄》 林亨泰译，森崎和江:《女儿们的合唱》 胡品清:《我所知道的圣约翰波斯》(Saint-John Perse "法国现代诗鼻祖之一") 胡品清译:《圣约翰波斯诗抄》 纪弦:《米拉堡桥重译并记》 李英豪:《论圣约翰·濮斯的诗》 第 18 期 李英豪译，圣约翰波斯近作长诗:《年代纪》 胡品清译:《罗特阿孟（Lautreamont）诗抄》 覃子豪译:《阿保里莱尔诗选》(《安魂曲》《钟》) 李英豪:《阿波罗与戴安尼息斯——论里尔克与尼采》

刊名	译介对象、作品与译者
《创世纪诗刊》（左营，洛夫、张默、痖弦编）	第 19 期 叶泥译，Philippe Soupault:《法国诗人 P·素波诗抄》（达达主义，超现实主义） 昆南译，Thom Gunn:《英国诗人汤根恩的诗》 冰川译，Denise Levertov:《美国女诗人丹尼斯丽华杜芙诗抄》 季红译:《美国诗人 Lori Petri 近作》 王无邪译，Salvatore Quasimodo:《意大利诗人瓜西摩度诗抄》 （按，上四位诗人均是当代，诗作为近作。） 李英豪:《德国现代诗选》 第 20 期 叶泥译，Henri Michaux:《米修及其作品》 李英豪译，昂利·米修:《在魔术的土地中》 诗人书简:《李英豪致洛夫》《洛夫致李英豪》 第 21 期 洛夫译，Wallace Fowlie:《超现实主义之渊源》 何欣译，Cleanth Brooks:《作为批评家的奥登》 叶泥节译:《关于里尔克的安魂曲》 李英豪译，Georg Trakl:《特勒克尔诗选》
《文艺新潮》（香港，马朗编）	第 1 期 林靖译:《里尔克诗二章》 孟朗译:《H. D. 诗二章》（《迷魂》《歌》） 第 2 期 云夫译，史班德:《现代主义派运动的消沉》 孟白兰译，（墨西哥）Octavio Paz:《一九四八在废墟中的颂赞》 第 3 期 叶冬译，T.S. 艾略脱:《空洞的人》 贝娜苔译，（希腊）乔治·沙伐利斯:《舟子颂》 第 4 期（法国文学专号） 桑简流译，梵乐希:《海滨墓园》 纪弦译:《阿保里奈尔诗选》 叶泥译:《保尔·福尔诗抄》《古尔蒙诗选》 孟白兰译:《茹勒·苏贝维尔诗抄》 贝娜苔译:《艾吕雅诗选》 巴亮译:《米修诗文抄》 闻伦译，贾琪·普雷维尔:《塞纳路》

刊名	译介对象、作品与译者
《文艺新潮》(香港，马朗编)	第5期 罗缪译，汤马斯·曼：《艺术家与社会》 明明译：《卡夫卡比喻箴言录》 卜亮译，欧妮丝·克拉克：《休耕地》 马朗译，（西班牙）卡西雅·洛迦：《洛迦诗抄》 孟白兰译，坎纳斯·斐尔令：《美国人狂想曲》 第7期 马朗译，雷士·史蒂文斯、威廉·卡洛士·威廉斯、庞特、玛丽安妮·摩亚、艾略脱、阿茨波·麦克列许、E.E.康敏士、哈特·克仑、穆雷尔·路吉沙、卡尔哈汝洛 第8期 马朗译，叶芝、劳伦斯、薛慧尔、刘易士、麦克尼司、奥登、史班德、乔治·巴克、戴兰·托马斯、大卫·葛思康 第9期 叶泥译：《岩佐东一郎诗两章》 贝娜苔译，（西班牙）西门涅斯：《睡与归》 无邪译，奥登：《下午祷》 第10期 方思译，黎尔克：《西班牙舞女及其他》 第11期 闻伦译，（伊拉克）穆罕默·瓜辛：《给一位篮球员》 第12期 马朗译，C.M.包拉：《论现代诗和意象》 第13期 青弦译，（黎巴嫩）K.纪勃朗：《死之美》 第14期 马朗译：安得列·布勒东 穆昂译：罗贝·德斯诺斯 无邪译：《艾玛纽艾尔诗抄》

刊名	译介对象、作品与译者
《好望角》（香港，刘以鬯编）	第 2 期 《甘明新（E.E.Cummings）特辑》 第 3 期 冰川：《罗威尔·女诗人·意象派·罗威尔》 烟虹：《劳伦斯眼中罗威尔》 第 5 期 《威廉斯（William Carlos Williams）纪念专辑》 贺译，威廉斯：《刚刚要说的》 豪译，威廉斯：《快艇》 赤桦译，威廉斯：《古典风景》 冷译，威廉斯：《歌唱噢修斯》 叶冬：《谈威廉斯的诗风》 木译，T. S. Eliot：《传统之真谛》 第 10 期 《法国诗人保尔·艾吕雅（Paul Eluard）诗选》 冰川译，艾吕雅：《抵着墙的头》《恋爱中的女人》《秋水》《大气》《生存》《情欲的夜》《新夜》《忠诚的正义》 第 11 期 豪译，St. John Perse：《女诗人之语言》 第 11 期 豪译，St. John Perse：《女诗人之语言》 第 12 期 S. 史班德近著：《这时代中的代名词》 Thomas Mann：《汤玛斯曼书简》 王无邪译，Salvatore Ouasimodo：《没有死之记忆》 第 13 期 陈千武译：《日本现代诗人村野四郎诗抄》 李英豪译，Jean-Paul Sartre：《没有影子的人》

第二节　都会风景与殖民经验：
冷战初期香港现代诗的几个母题

20 世纪 50 代港台几乎同步兴起现代主义诗歌潮流，虽同处于冷战背景，也同属西方阵营，但由于具体文化与社会语境的不同，二者也呈现出不同的样貌。陈映真在批判台湾现代主义诗歌的时候，指出的一个关键点就是台湾现代主义缺乏现代社会的"客观基础"。在他看来，"现代主义文艺是现代社会底产物"，而台湾在 1945 年后资本主义发展并不充分，台湾现代主义只是徒具现代形式的"空架"，因而"在性格上是亚流的"。[①] 这种仅从社会决定论出发的批判难免机械，但他在历史现场的观感也敏锐地指出了台湾现代主义与香港的差异。相对而言，当时香港的现代化程度确实要高于台湾。而冷战初期两地的现代主义诗歌，整体特征也各有侧重，香港的现代主义诗歌更多是写现代都市经验，而台湾现代主义多为纯粹的形式试验，部分涉及现实和时代经验的诗作则侧重战争经验的书写。为充分辨析台港现代主义在冷战时期的形式创新及两地现代主义内涵的不同，有必要分别考察两地现代主义诗歌的主要特质，本节先探讨香港现代诗歌中的都市经验，以及现代诗人对都市现代性的态度。

香港现代主义诗歌对五十年代香港都会风景的书写，与当时香港社会的时代变化密切相关，无论是 1949 年前后内地人口的大量涌入、在转口贸易中的获利、本地工业的兴起，还是香港作为东西冷战线上的独特地理位置，都使香港在急剧现代化的同时又问题重重。内在于这一历史进程的现代主义诗人，很敏锐地捕捉并表达了他们所体验的都市经验，在他们笔下，常被视为都市现代化标识的景观如咖啡馆、电车、巴士、人群等母题，不仅是街头流动的现代风景，而且还蕴含着丰富的身份政治和文化政治功能。

一、都会风景

东行的，西行的，迴行的

电车巴士的士

都有着吆喝与软语，都有着

---

① 陈映真:《现代主义底再开发——演出〈等待果陀〉底随想》,《陈映真作品集》,第 8 卷.台北:人间出版社:1988 年版,第 5 页。按,该文初刊于 1967 年 3 月号《文学季刊》。

拥挤以及扑鼻的汗息，鬼区

千万个温柔的幻梦：家，孩子

灰色的人群：男、女、老、幼

也有着轻佻的浮躁，这时刻

谁会珍惜那远天一抹燃烧的桃红

于是，知道了，一个城市的脉搏在动

Say one for me

As long as I have you

哼着，让流行的曲谱摊在膝上

多说一句洋文，有羡慕的赞美

都愿意子女穿着雪白的书院制服

蓝 X 书、西 X、小说 X……

十分钱也该有十分钱的刺激底代价[1]

　　这个片段选自《城市的雕像》，是香港现代主义代表诗人昆南的作品，它让人很直观地感受到香港作为大都市的时代脉搏，也捕捉了香港的都市性格：喧嚣而杂乱，充斥着繁忙的人群、流行的文化，还有中西杂烩的文化景观。20 世纪 50 年代香港出现较多书写这个都市的诗作，如现代主义诗人杨际光（在《文艺新潮》发表诗作时用笔名贝娜苔）和现代诗理论家李维陵在 1951 年就曾合作《香港浮雕图录》，由杨际光（用笔名麦阳）作诗，李维陵（用笔名唯陵）作画，在《香港时报》上连载三个多月，每幅作品都是一处香港的都会风景，如跑马地、医院、教堂、墓地、木屋、穷巷、车站、十字街等，在书画的配合下，既有画作的形象展示，也有诗作的内在视角，从广度上较为全面地反映了香港都会的各类景观，也从心理层面表达了现代诗人的都会体验。

　　经过 20 世纪上半叶的发展，香港已成为东亚集金融、贸易于一体的重要港口城市，正如 1954 年的《香港年鉴》所指出的，"香港是时所公认的远东交通最繁忙的第一口岸"。[2]1949 年之后，大陆人口的大量南迁，让香港人口激增；韩战之后，欧美施行对中国大陆的禁运政策，这虽然影响了香港的转口贸易，但也让香港的本土工业开始发展，而由内地前来的难民则为香港工业的起

---

① 昆南:《城市的雕像》,《文坛》, 第 175 期, 1959 年 10 月。

② 吴灞陵编:《香港年鉴 第 7 回 1954》. 香港：华侨日报出版, 1954 年版, 第 65 页。

步与发展提供了大量的劳动力和资本，为香港工业的发展提供了基础和动力。[①]
随着香港工业的起步，香港在运输、贸易和金融之外，有了更为坚实的现代化
基础。南来人口除带来劳动力和资本外，也带来了独特的文化，尤其是上海文
化工业和资本的进入，如电影产业、戏院等，让香港的商界与文化精英在 20 世
纪 50 年代经历了一个"上海化"的过程，[②]使上海—香港这个双城格局，从 40
年代张爱玲在上海的香港书写，转化为上海文化进入香港并融合为香港文化的
组成部分，如 1949 年的《香港年鉴》在介绍香港的上等舞场时就有"北角的龙
池，中区的百乐门和中华，东区的巴喇沙，戏曲的凯旋和仙乐"等，[③]其中百乐
门就是上海娱乐业的地标性场所，它于 1933 年开业后，便成为众多名流的休闲
场所，颇负盛名，也不乏传奇，而在 20 世纪 50 年代，香港逐渐替代上海成为
东亚最为重要的港口城市，这些娱乐场所从上海到香港的迁移既是两地地位消
长的结果，也是香港现代化兴起的表征。

较之白昼大街的喧嚣，现代主义诗人往往更倾心于都会的夜场，如舞场、
电影院、戏院或咖啡厅等。这些带公共空间性质的文化场所，是香港现代主义
诗人经常书写的对象。如昆南的《布尔乔亚之歌》所写的：

> 一个光管的夜
>
> 华尔兹的夜
>
> 茄士咩的夜
>
> 我走进夜
>
> CINEMASCOPE 55
>
> EASTMANCOLOR
>
> STEREOPHONIC SOUND
>
> 早已失去趣味和刺激
>
> 可是为了贪婪看玛丁嘉露卖弄风骚
>
> 我踏进戏院，充满着不安定的情绪

---

① 苏珊·博尔格（Suzanne Berger），理查德·K. 李斯特（Richard K. Lester）主编；侯世昌
等译：《由香港制造 香港制造业的过去·现在·未来》. 北京：清华大学出版社，2000 年版，第 15—
18 页。

② 李欧梵：《双城记》，《李欧梵自选集》. 上海：上海教育出版社，2002 年版，第 253 页。

③ 香港华侨日报出版部编：《香港年鉴 第 2 回 1949》. 香港：华侨日报出版社，1949 年版，
第 22 页。按，该书页码采用千字文与阿拉伯数字相结合的标注方式。

黑暗中，世界静止，每个人窒息，醉倒……[①]

这首诗里面有很多时兴而流行的文化符码，如 CINEMASCOPE 55 指宽频电影，1955 年好莱坞 FOX 电影公司开始大范围推广，玛丁嘉露为 Martine Carol，1955 年上映的《娜娜》让她红极一时，是香港当年的娱乐话题。昆南该诗发表于 1956 年，可见身在香港的诗人对全球娱乐热点的关注与及时反映。在其他诗人笔下，舞场也是打发"歇斯底里的夜"的必要去处，"在不规则的音乐里／跳着／不规则的舞蹈"，让"疯狂的音乐声遮盖了本来的人性"，[②] 紧绷的神经在这里获得暂时的放松、慰安与满足。舞厅与戏院的这重"净化"的功效，揭示的是在现代资本主义社会里文化消费的社会区隔和心理疗救功能。

在香港的资本社会，舞场、电影等空间为人们提供了休闲娱乐的场所，其社会意义在于它们为中产者的身份认同提供了阶层区隔的地理和文化标签，同时这些空间提供的文化产品，也成为白领阶层释放焦虑的场所，是劳动力再生产的必要组成部分。香港现代诗人在主动参与这个过程的同时，也反讽地揭露了这个过程。昆南的《布尔乔亚之歌》正是借布尔乔亚的夜生活，表达资产阶级文化消费背后的精神虚无，以及为白昼的经济繁荣所掩盖的中产阶级的精神空虚。这种带反思性的批判视野是诗人昆南在历史现场的自觉认识，体现在该诗前他引用的两则题记，一是由内地迁港小说家卜·无名氏的话："这个时代，没有悲观，只有毁灭。毁灭不需要你有任何观念和情绪，只许你两件事：腐烂和死！……越是伟大的时代，个人越平凡！……反正要沉到海底了，喝最后一滴酒吧！和女人睡最后一夜吧！这份沉沦，是时代的玫瑰，知识份子襟上不插一朵，就不算真知识份子"。[③] 另一则是艾略特（T.S.Eliot）的"I have measured out my life with coffee spoons"。[④] 无名氏的话出自其小说《金色的蛇夜》，该书于 1949 年由上海真善美公司出版，是"无名书初稿"第三卷，该小说写的是主人公为摆脱人生的幻灭而于"九·一八"事变之后投身抗日运动，后来再度走向幻灭，最终在上海沉沦的过程。反映了现代知识分子社会出路的缺乏，以及精神上的绝望，缺乏救赎可能的困境，这也是 20 世纪 50 年代香港知识分子的精神状态。艾略特的话出自其诗作《阿尔夫瑞德的情歌》，是艾略特对中产者空

---

① 昆南：《布尔乔亚之歌》，《文艺新潮》，第 1 卷，第 7 期，1956 年 11 月 25 日。
② 木石：《歇斯底里的夜 外三章》，《文艺新潮》，第 1 卷，第 11 期，1957 年 5 月 25 日。
③ 昆南：《布尔乔亚之歌》题记，《文艺新潮》，第 1 卷，第 7 期，1956 年 11 月 25 日。
④ 同上。

虚的精神生活的反讽式书写。艾略特的作品在 50 年代的港台诗坛颇为流行，很多现代主义诗人如叶维廉、马朗等都曾翻译他的作品。他对资本主义文化的批判、对现代人精神荒原的书写，对港台诗人影响颇大，如当时香港小说中就有这样的话："艾略脱的《普鲁弗洛克先生的恋歌》，不时在我的心里回响"[①]；昆南的《布尔乔亚之歌》很明显受《阿尔夫瑞德的情歌》影响，都是借一个带有反讽色彩的中产者的视角，表达现代社会中人们的精神状态。

二、看风景的视角：电车 VS 巴士

香港的夜场充满了空虚而堕落的寻欢客，但都市的白昼似乎很快就抹去了夜晚的印记，恢复了它惯有的机遇和活力。总是有人为了实现理想前赴后继地涌往都市，有的人冒险成功，更多的人则走向幻灭，一如诗人笔下的"卖梦的人"。昆南的《卖梦的人》写一位有赤子之心的人在都市的遭遇，开始是"在幼稚里我开始对一切期待"，后来却是"向诗里找，向梦里找，只找到永恒的悲剧"，"尝试过，失败的痛苦不能使我升起再一次的欢欣"，[②] 最终却是欲卖梦而不得的经历。香港这个都市充满了机遇，但同时也是埋葬梦想的地方，昆南这首诗形象地写出了香港这个现代都市的双面性。

> 第一个站，停了！我完全没有迟疑
>
> 售票员响钟吧，我是刚上车的。我奇怪：
>
> 我周围的人一点也不理会我，独自去抽烟、看报
>
> 我怎会习惯寂寞，怎会把苦闷在时间里好好地安排？
>
> 不能够抵受也要抵受，窗外、人，一样来去
>
> 没有阳光，也一样活动。唉，街永远是街！
>
>
> 第四个站了，什么呢？窗外的角式继续上演
>
> 肮脏、恶臭、腥味！我躲避苍蝇、躲避幼虫
>
> 驶到第五或第六个站呀，已经容忍和谦逊也没用的时候
>
> 我不愿下去，它们会渐渐诱惑地劝我恋上彩虹
>
> 那一个脸孔才是神圣？神圣本来可以搏取什么？
>
> 我猜测错了世界：我曾自负是一条创世纪的彩龙

---

① 叶冬：《穷巷里的呼声》，《文艺新潮》，第 1 卷，第 7 期，1956 年 11 月 25 日。

② 昆南：《卖梦的人》，《文艺新潮》，第 1 卷，第 5 期，1956 年 9 月 10 日。

现在我才想到：当到达了总站，路程就立即回转

还不就是重复的开始和重复的终结？不？

要回转，我看到了那铁轨，那时钟，那电线

我不得不下车，唔，"希望的终极"！我恍惚

我望着档档小贩，都是失望，失望，失望，失望

那边教堂上的十字架那么孤独，宗教不能给我理想的物质 [1]

　　从最开始上车的"完全没有迟疑"，到最终的绝望，连宗教也"不能给我理想的物质"，先后经历的是周围人的冷漠，窗外的肮脏与混乱，认识到"容忍与谦虚"的无用，终于走向自我否定；更让人绝望的是，当想重新开始的时候，发现新路也只是再一次的循环。诗作对当时都市的人际关系和都会景观作了极为尖锐的批评。

　　除了都市批判的主题外，该诗的形式颇有意味，借助了当时电车的移动视角与车站的变换以象征人生路途中的不同际遇。20 世纪 50 年代的电车虽然不是什么新生事物，但它依旧是现代都市最显明的标志，也是认识香港百态的最佳窗口，当时有不少诗作写到电车或巴士这类公共交通工具，如马朗的《北角之夜》起始就是"最后一列电车落寞地驶过后 / 远远交叉路口的小红灯熄了"，对于很多都市人来说，末班车让人印象深刻，而从马朗的诗来看，末班车甚至成为某种特定时刻的标志，成了都市人日常生活的参照，它意味着一天的结束，也意味另一种生活的开端，他后面写的便是"夜歌"，"玄色在灯影里慢慢成熟 / 每到这里就像由咖啡座出来熏然徜徉"。[2] 昆南的一篇小说《夜之夜》也写到一位喜欢乘巴士看风景的都市白领，这篇有些近似散文诗的小说，写的是"一位洋行的会计师"，在工作的压力和办公室政治的影响下，"白天反是他的一个梦"，只有在夜晚他才能找回自己的一切：

　　下了班，吃过了晚饭，许多个夜晚，他喜欢出外逛逛，或坐坐巴士兜风。

　　每在巴士里的时候，他不愿动。他闭上眼睛。

　　机器，不分日夜向前奔吧！奔过极乐、天堂、蓬莱、净界、理想国、乌托邦……奔过黑森林、大戈壁、吃人岛、神秘湖……甚至奔过巫洞、魔

---

①　同上。

②　马朗：《北角之夜》，《现代诗》，第 19 期，1957 年 8 月 31 日。

穴、蛇窟、地狱……我不愿停下。让我无限地流放，让我无限地安息……

他不喜欢乘电车，它太缓慢了。而这缓慢激怒了习惯匆忙的他。使他最耐不住的，是车后铁轨上的另一辆电车，他称它做绿色的怪物，称它是不可抗拒的难题，毫不留情地追着他。[1]

急驰的巴士，让他暂时脱离生活的烦琐与工作的压力，巴士为他提供的是一处飞地，一个异托邦的空间，让他像孩童游览童话公园一般，经历一次梦幻。他之所以不喜欢电车，就是不喜欢电车后面还有一辆跟着，这会打破他想象的壁垒，让日常生活中的焦虑再度袭来；同时，巴士的速度更快，可以提供更为刺激的乘坐体验。移动的巴士为都市人提供短暂的精神救赎，同时也是一次自我流放。

电车与巴士是 20 世纪 50 年代香港街头最常见的现代景观。据统计，"战前电车公司拥有电车一百一十二辆，每天派出行驶的电车经常有九十三辆至九十五辆，搭客每天平均约有二十二万人"，二战期间香港电车遭受了较大的破坏，只剩下四十多辆，但战后恢复较快，到 50 年代中期，"电车公司拥有电车一百三十多辆，每天派出一百二十五辆电车在市面行走，打破了战前的记录"。[2] 可想见 50 年代初香港街兴电车的繁忙景象，较之电车要走固定的轨道，巴士确实如昆南所写要自由一些。"港岛陆上交通的主要干线，除了电车以外，便是巴士，电车只行走坦途，贯通东西两端，巴士的行走范围较广，更连接市中心区、半山区、和市郊各线"。[3] 此外，电车与巴士也带有不同的阶层属性，电车是普通工薪阶层上下班的必然选择，比较拥挤，"因为香港人口增加比一九四一年时还要利（厉）害，所以，虽然电车公司不断的努力来拓展他们的业务，增加每日行走的车辆，但事实上，每天来往市面的电车都挤得要命，尤其是在上下班时间里，电车厢里简直活像'装沙甸鱼'"[4]。像沙丁鱼一样挤在狭窄的车厢内，肯定不会舒服，所以《夜之夜》中的银行会计绝不会选择电车去兜风，他选的是巴士，而《卖梦的人》初来乍到，注定只能一站一站地挨过去。可见，同样是在现代都市生存，不同阶层的烦恼显然并不一样；同样是看风景，背后却存在着阶级的分野，电车与巴士也因此成为阶层区隔的差异性空间。

---

[1] 昆南：《夜之夜》，《文艺新潮》，第 1 卷，第 8 期，1957 年 1 月 15 日。

[2] 吴灞陵编：《香港年鉴 第 7 回 1954》．香港：华侨日报出版，1954 年版，第 71 页。

[3] 同上，第 67 页。

[4] 香港华侨日报出版部编：《香港年鉴 第 2 回 1949》．香港，华侨日报出版，1949 年版，第 1 页。

带有部分底层视角，这也是香港 20 世纪 50 年代现代主义诗歌的一个特点，如王无邪的《一九五七年春：香港》结尾：

> 永远有一边享受着汽车和洋房，
>
> 当一边流离失所而无人相救，
>
> 另一边饥寒交迫，呼唤着死亡。①

除了昆南、王无邪和马朗等现代主义代表诗人诗作带有底层视角，他们的翻译的部分作品，如克伦的《隧道》、穆蕾尔·鲁吉莎的《剪短头发的男孩》等也都带底层视角。《隧道》是克伦的现代都会史诗《布鲁克林大桥》的片段，其中就写到一位洗地妇人：

> 魔车有没有也把你带回家呢，
>
> 包着头发的北欧籍洗地妇人？
>
> 走廊扫净以后，还有痰盂——
>
> 凄怆的天空似的营房如今已经清洁，精赤，
>
> 日内瓦人呵，你有没有带母性的眼和手
>
> 回家给孩子们和给金发的？②

地铁是现代都会的标志性产物，每天都有无数上班族乘坐地铁，但却无法为一位洗地妇人找到归宿，现代都会的繁荣不仅遗落了这些底层人，甚至反而要以他们的劳作为代价才能发展。《剪短头发的男孩》写的是一对失业的姐弟，为了让弟弟有机会找到工作、姐姐为弟弟理发的过程。③底层视角对于读者了解 20 世纪 50 年代的香港必不可少，香港虽然是金融中心和贸易港口，但依旧有着大量的体力劳动者，而 1949 年中国内地南来的难民，除了部分携带资本前来的人外，大多数处于社会的底层，只能居住在穷巷、简易木屋或地下室，这些人是香港不可回避的存在，而诗人的底层视角，则揭示了香港繁荣面纱下的另一重面目。同时，这也是香港现代主义诗歌与台湾现代主义的重要区别。

三、人群

香港的都市的风景除了穿梭的车辆，中产阶级常光顾的咖啡厅、电影院等

---

① 无邪：《一九五七年春：香港》，《文艺新潮》，第 2 卷，第 1 期，1957 年 10 月 20 日。

② 克伦作，马朗译：《隧道》，《文艺新潮》，第 1 卷，第 7 期，1956 年 11 月 25 日。

③ 穆雷尔·鲁吉莎作，马朗译：《剪短头发的男孩》，《文艺新潮》，第 1 卷，第 7 期，1956 年 11 月 25 日。

以外，还有一个非常显著的存在，这就是人群，昆南《城市的雕像》在写了电车、巴士以及拥挤的贫民区之后，紧接着便写了人群："灰色的人群：男、女、老、幼"。①人群在现代都市书写中一直占据非常重要的位置，或者说现代都会最具代表性的景观就是形形色色的人群，人群带给都市无穷的问题，同时也蕴藏着新的可能，正如论者所指出的，"城市经常以换喻的方式现身，比如体现为人群。我们通过人群看见城市，不论是艾略特和波德莱尔笔下的僵尸般的行路人，还是狄更斯、左拉、德莱赛、韦斯特（West）和艾里森笔下充满暴力的乌合之众。无论群体的性质有多大的差别，那些人群都占据着 19 世纪和 20 世纪都市小说的中心位置"，②可以说现代都市写作有写人群的传统。香港现代主义兴盛于 20 世纪 50 年代，此时正值香港人口急剧增长的时代，虽然 1945 年抗日战争结束后香港人口一度降到 60 万人左右，但自 1946 年开始，香港人口就开始再度急剧增加，到 1947 年已达 175 万人，1949 年部分人口再度涌入香港，使香港人口达到 220 万，而 1952 年至 1955 年，因内地的反右运动，又使大批内地人迁往香港，短短十年时间便让香港人口翻了数倍③。人口的急剧增长给香港的容纳能力带来了挑战，他们将逐渐被香港这个现代机器消化到各个行业之中。人口的陡然增长带给诗人最直观的视觉冲击，就是街上行人的增加，如蔡炎培就以潮水来形容上下班期间街上的人群：

　　　街上正涨退着人海的黑潮

　　　五点钟了，渴望这一个时间

　　　像死囚绝望地期待大赦的一天

　　　——多年来如此寂寞地耕耘④

　　上下班时的黑潮与上文所提及的电车里的"沙丁鱼"呼应，这是都市里独特的生活节奏，大部分都受制于八小时工作制，只有在五点之后才如遇到"大赦"一般，经过繁忙的街区，成为拥挤的人群的一部分，然后回到各自的私人空间。

　　在香港现代主义诗人笔下，人群并不仅仅是都市里的风景，而是具有独特

①　昆南：《城市的雕像》，《文坛》，第 175 期，1959 年 10 月。
②　理查德·利罕著，吴子枫译：《文学中的城市：知识与文化的历史》.上海：上海人民出版社，2009 年版，第 10 页。
③　参考国务院人口普查办公室编：《世纪之交的中国人口——香港卷》.北京：中国统计出版社，2005 年版，第 140—141 页。
④　蔡炎培：《小憩》，《文艺新潮》，第 8 期，1957 年 1 月。

的含义或特定的意识形态内涵。如蔡炎培所选择的意象"人海的黑潮"便给人恐怖而无法约束的印象，还有更为直白的诗作，如徐訏的《眼睛》：

　　不知从哪一天起，我顿看到

　　人人的脸上有一对可怕的眼睛，

　　圆的、方的、三角的、六角的、

　　他们在教堂中出现，在庙会中出现。

　　于是在拥挤的街衢，杂沓的市场，

　　在戏院中，在饭馆中，在商店中，

　　我发现了到处是残忍的眼睛，

　　冷酷的眼睛与贪婪的眼睛。①

人群是贪婪、冷漠与残忍的负面形象，对个人形成了某种潜在的威胁。人群在现代主义作家笔下，很少带给人归属感，它显得神秘、无理性而又陌生，让人感到威胁，在这种个人与人群的对立关系中，个人感受到的是疏离感，如昆南诗作中人与人群的对立关系：

　　至夜，街灯凝视着我踟躇的足音

　　同时，影子拉长了我的孤傲

　　每逢在喧攘的人群里站住

　　一种力量在胸中唤起②

在喧嚣的人群里站住，一种力量在胸中唤起，并不是说人群赋予个人以力量，相反，人群让个人的孤独更为凸显，在这首诗中，诗人在人群中站立则是为了突显或确证他的个人意志，这是一个带有悖反性的逻辑，即越是置身群体，主体越是孤独，也越是个人化。这倒是印证了现代主义与个人主义之间的历史渊源，因为现代主义的出现很大程度上是基于启蒙运动之后的个人主义，正如丹尼尔·贝尔所指出的，现代主义精神，"它的根本含义在于：社会的基本单位不再是群体、行会、部落或城邦，它们都逐渐让位给个人"；③香港现代主义理论家李维陵也指出，"现代主义的本身，一出现便彻头彻尾地是个人主义的。它的胜利，几乎完全凭借现代作家与艺术家们自我意识的高扬与他们对现代生活

────────

①　徐訏：《眼睛》，《时间的去处》。香港：南天书业公司，1971年版，第165页。按，该书初版为1958年香港亚洲出版社，该诗作于1956年7月17日香港。

②　一羚（昆南）：《抱负》，《中国学生周报》，第348期，1959年3月20日。

③　丹尼尔·贝尔：《资本主义文化矛盾》，第61页。

所加的极端主观的理解"。^①现代主义艺术与个人主义思想之间的这个渊源，也使人群这类与集体相关联的意象与个人往往处于对立的结构之中。当然这也不是绝对的，很多现代主义诗人如艾吕雅、奥登等在20世纪30年代转向"左翼"。香港现代主义诗人之所以对人群持疏离甚至恐惧的态度，与当时的冷战语境不无关系。

在东西阵营对垒的冷战格局下，香港与台湾一道为"自由中国"一方，对大陆持保留态度，尤其对苏联的集权体制持激烈的批判态度，人群这个与集体主义有关联的意象，也不免被打上了特定的意识形态标签。如马朗《太阳下的街》就形象地传达了个人与群体之间的矛盾：

> 那是十月的一个大节日，在九龙半岛的一角，人群如潮水，那是一阵又一阵的怒潮，或者说，是一排又一排的狂涛，一千数百的聚在一起，汹涌，汹涌，没有固定的目标，但是周而复始，凶猛地叫嚣，搏斗，冲撞。头，一颗颗的头，满天满地都是，跳跃着，转动着，也像是一团团的浪花，他看过去，只见布满血丝的眼睛，散乱的头发，张大了黑洞似的口，仿佛其他一切都看不见了，一切都被这些人潮吞噬了，这些人群那样的敏感，天上跌下来一些飞絮，也有人抢上去把它扯来撕碎。有时候根本没有什么异动，不过有人呼叫了一声，一唱百和，立刻就有千百个干嚎的声音跟着嘶喊起来；于是，后面的人由于一些好奇心，便从后推动拥挤，被推的惟有向前推，四周扩展开去，有些站在街沿上观望的路人也被这澎湃的狂涛卷了进去。^②

这是一个群众游行的场面，但从马朗笔下来看，人群显得充满暴力、非理性，后来的游行场面甚至演化为一场闹剧，这难免让人想起勒庞（Le Bon）所指出的乌合之众："群体中的个人不但在行动上和他本人有着本质的差别，甚至在完全失去独立性之前，他的思想和感情就已经发生了变化，这种变化是如此深刻，它可以让一个守财奴变得挥霍无度，把怀疑论者改造成信徒，把老实人变成罪犯，把懦夫变成豪杰"，^③在勒庞看来，群体中的个人如同被催眠一样失去了个人理性，只具有破坏力。马朗笔下的群众正是如此，虽然被卷入运动的

---

①　李维陵：《现代人·现代生活·现代文艺》，《文艺新潮》，第1卷，第7期，1956年11月25日。

②　马朗：《太阳下的街》，《文艺新潮》，第1卷，第7期，1956年11月25日。

③　勒庞著，冯克利译：《乌合之众：大众心理研究》.北京：中央编译出版社，2004年版，第19页。

人一度将这视为实现个人理想的契机，但最终发现这只是为少数人利益所驱使的运动，最终幡然醒悟，远离了人群。

马朗将香港街头的人群描述为非理性的暴力群体，一定程度上忽略了五四运动以来群众运动在中国现代社会变革中的积极作用，对群体自身的社会身份和政治诉求视而不见，也将香港 20 世纪 50 年代的群众运动作了去政治化的处理，以至于群众运动完全成了少数人牟利的工具，或完全出自本能的欲望宣泄。实际上现代看待人群的方式有多种，除了勒庞所指出的"乌合之众"以外，据研究者的归纳至少还有另外两种："通过弗洛伊德的方式，我们看到群体会发展出属于自己的意识和无意识，并呈现出返祖的现象；而通过伊利亚斯·卡内提（Elias Canetti）的方式，我们看到群体创造出一个力场，领袖被带入其中，是群体创造领袖，而不是相反"。[①] 较之勒庞对群体运动发生的社会原因和政治诉求的忽略，弗洛伊德、荣格等心理学家对集体无意识的研究，揭示了群体意识的内在延续性；卡内提则认为群体并非毫无理性的暴力之群，相反，群众运动有内在的逻辑和运作方式。此外，还有为论者和现代主义诗人所忽略的"左翼"视野中表现为历史意志的群众运动，据此群众是社会变革的积极推动者。马朗笔下的人群之所以完全呈现出负面的形象，与他所处的冷战语境有关，同时也与他对左派主导的群众运动的历史认知相关，他对这种带集体主义色彩的群众运动的否定性表述，可说是香港现代主义特定的文学意识形态。

马朗及其他现代诗人对人群的这种负面观感，与他们诗歌的底层视角呈现出一个张力结构，也就是说，他们看到了底层的苦难，但在面对群众的自我解救时又心生恐惧，这正是香港当时独特的时空使然，即香港作为英国殖民地，政治氛围较之大陆和台湾有所不同，现代诗人既部分地受革命传统或左翼文学的影响，但同时又受冷战意识形态的制约，形成这种既同情又拒斥的矛盾心态。

四、欲望

现代主义诗人面对人群时的疏离心态，除了意识形态的偏见外，也源于诗人对都市现代性的负面观感。虽然现代主义文化是现代性的一部分，但与政治、经济现代化之间却并非完全合拍。在面对都市现代性的时候，现代诗人并不像商人或政客一般对都市现代化抱着乐观的态度，往往是带着质疑或批评的眼光。

---

① 理查德·利罕著，吴子枫译：《文学中的城市》，第 89—90 页。

如力匡所写的《我不喜欢这个地方》：

　　　　除了空气和海水，

　　　　这里一切都可以卖钱，

　　　　橱窗里陈列着奇怪的商品，

　　　　包括有美丽的女人的笑脸，

　　　　廉价的只有人格与信仰，

　　　　也没有人珍惜已失去的昨天。①

　　较之政客或商人对都市各项发展指标的关注，诗人更看重都市现代化带给人心理和精神层面的深层影响，尤其是在伦理、价值观和信仰等层面所建立的新的标准，这些新标准在破坏既有伦理和价值观之后，新建立的完全是基于商业交换逻辑的新规则，漠视人的价值，导致人际关系的疏离，因而诗人"不喜欢这个地方"，从精神上逃离都市现代化，这也催生了艺术上的颓废风格，较之白昼的快节奏与进步神话，诗人往往执迷于夜晚，留恋于咖啡馆、舞厅和影院这类较为慢节奏或阴暗的地方，过着"自甘堕落"的生活：

　　　　RHUNBA SLOW

　　　　MODERATO MAMBO

　　　　TEMFO DI CHA CHA

　　　　习惯了的音阶和步伐

　　　　可是欲望制造机会碰触舞女的胸脯

　　　　我踏上那熟悉而豪华的"迷楼"

　　　　音乐下，每个人的火焰在燃烧、渐渐升高……②

　　"迷楼"是隋炀帝所建造的一座专用来享乐的迷宫，③在现代诗人看来，20世纪50年代的香港无疑也是这样一座"迷楼"，是欲望的迷宫：

　　　　在异地，与在战争不同的谣言中，

　　　　　我们的彷徨早已经成为了习惯，

　　　　　不记得或甚至嘲笑它；每个夜晚

　　　　人人同梦着廉价的马票的美梦——

　　　　唯一的寄托，纵然还有着其他

---

① 力匡：《我不喜欢这个地方》，《星岛晚报》，1952年2月29日。

② 昆南：《布尔乔亚之歌》。

③ 可参考宇文所安著，程章灿译：《迷楼：诗与欲望的迷宫》.北京：三联书店，2004年版。

已经不足挂齿了；一年复一年

　　冲掉了多少信仰，而除了金钱

没有什么能支持此地的生涯。①

　　发展主义的受益者毕竟只是少数，更多的"卖梦的人"要靠廉价的希望来维系，而现代都市本质却是连希望也显得虚妄，像香港一度流行的赛马、彩票等，实际上都是在人为地制造奇迹，让无数人将希望寄托在偶然之上。但这个机制却是有效的，它不断地生产着人们对于金钱、对于权力的欲望。欲望和欲望的生产与再生产成为现代都市的主导者：

即使是幽灵的行列，你们所伫立

　　是一个更为凄厉的世界，接受

　　欲望的君临如一头疯狂的野兽，

有时随垂死的路灯为明朝饮泣。

绝望中自己是盲目，追寻生活

　　而被它奸污。谁能够从脂粉的重帘

　　认出了罪人的另一面？苍白的颜脸

微笑的石像，若浑然不知哀乐。

城市以黑色的背景向你们支持；

　　这样夜夜的待罪，像一群羔羊，

但羔羊也可以任意的挣扎和哭啼。

惟有强颜欢笑地为世纪的弃妇，

　　阳光射不透这些阴影和高墙，

你们只能够把耻辱带到坟墓。②

　　欲望在成为个人生存的内驱力的同时，它更像一头肆虐的野兽，将人驱向现代这个庞大的机器之中。而对那些失败者，城市则以"黑色的背景"提供支持，让他们从地上走入地下，从事最肮脏的活计，直到走向生命的尽头。无数的失败者，或精神上的虚无者，则在自我麻醉中继续："倾酒吧！有些生物正需狂醉 / 注他们以紫色虚无的杯 / 或用缠绞成束的槁灰缚住一个时刻的跳跃 / 嵌在这里或那里作一袭暗红的标本"。③

---

① 无邪：《一九五七年春：香港》。

② 同上。

③ 流沙：《在虚无的行星上》，《文艺新潮》，第 1 卷，第 12 期，1957 年 8 月 1 日。

　　香港 20 世纪 50 年代所呈现的这种现代文化与经济之间的矛盾，并非香港所独有，而是整个资本主义文化的固有矛盾，正如论者所指出的，现代社会可分解为三个领域，即经济—技术体系、政治与文化，这三个领域之间"并不相互一致，变化节奏亦不相同"，"它们各自有自己的独特模式，并依此形成大相径庭的行为方式。正是这种领域间的冲突决定了社会的各种矛盾"，① 比如说资产阶级企业家在经济领域是积极进取的，但并不妨碍他们在文化上和政治上是保守的，而文化人也同样如此，他们在文学形式的变革上是先锋派，但道德伦理方面则可能趋于传统。波德莱尔很早就指出现代美具有双重性，较之古典时期的"永恒的、不变的"的美，还可以有"相对的、暂时的"，后一种"可说它是时代、风尚、道德、情欲，或是其中一种，或是兼容并蓄"。② 这位现代主义的开创者从一开始就认识到了现代审美与现代化之间的矛盾与差异。香港现代主义诗歌的颓废风格，正是香港都市发展过程中所必然出现的文化现象，颓废伴随现代化而产生，但从现代主义美学的角度，颓废也是现代之美，正如马觉所写的："夜都之工业乃制造更多的颓唐 / 而夜，是一幅浓郁的顾绣"。③

　　不过，颓废并非与进步对立，二者实际上处于更为复杂的辩证关系之中，正如论者所指出的，"对进步神话的批评在浪漫派运动中发端，在突起于十九世纪末并一直延伸到二十世纪的反科学与反理性运动中增强了势头。结果是——如今这已成为老生常谈——高度的技术发展同一种深刻的颓废感显得极其融洽。进步的事实没有被否认，但越来越多的人怀着一种痛苦的失落和异化感来经验进步的后果。再一次地，进步即颓废，颓废即进步"。④ 进步带来的后果并不一定指向理性，有时恰好相反。当然，颓废本身与进步之间也有更为辩证的关联，正如前文所提及的，都市的夜场看似与白昼的进步背道而驰，但都市夜晚的放纵往往成为白领阶层释放焦虑、劳动者恢复体力的过程，是现代劳动力和精神力再生产的主要环节，从这个角度而言，现代的颓废与进步处于一个共谋的关系中。不过现代主义诗人在参与这个过程的同时，也敏锐地揭示了这个过程，

---

　　① 丹尼尔·贝尔著：《资本主义文化矛盾》，赵一凡，蒲隆，任晓晋译. 北京：三联书店，1989 年版，第 65 页。

　　② 波德莱尔著：《1846 年的沙龙：波德莱尔美学论文选》，郭宏安译. 桂林：广西师范大学出版社，2002 年版，第 416 页。

　　③ 曹明明（马觉）：《夜街》，《中国学生周报》，第 378 期，1959 年 10 月 16 日。

　　④ 卡林内斯库著：《现代性的五副面孔》，顾爱彬，李瑞华译. 北京：商务印书馆，2002 年版，第 167 页。

如王无邪就指出电影工业对人的训导与教育作用：

> 他们都受着电影的训导，教育
> 　再不能有同等的力量，无论过去
> 会怎样，他们信任目前所把捉
> 　是更为正确，对未来不怀恐惧
> 正如许多西部的英雄，固然
> 他们再不会承认是黄帝的子孙。[①]

20 世纪 50 年代的香港电影院，除了少数刚兴起的港片外，基本上被好莱坞影片占领。好莱坞生产了一批又一批的银幕英雄，宣扬着美国式的冒险主义价值观，在潜移默化中改变着人们的思维方式和价值认同，为都市现代化提供源源不竭的投机主义和消费欲望，这是现代都市运转的重要内驱力。也就是说，香港现代诗人所处的都市，既是现代主义发展观所生产的欲望机制，同时这种现代机制又受到冷战政治文化的加持，形成相互纠缠的双重压力。

五、殖民创伤与破碎的主体

在欲望的蛊惑下，诗人穿着夏威夷衫，进入的是有 "Air-Conditioned 的地方"，消费的是舞女的身体，听的是 "MODERATO MAMBO"，跳的是 "TEMFO DI CHA CHA"，唱的是 "If I give my heart to you"[②]……这类娱乐词汇在昆南的《布尔乔亚之歌》中俯拾即是，而且没有任何注释，在诗人看来这些时尚和潮流的符码是部分读者所应该熟知的，是 "布尔乔亚" 的文化标识；这种语言习惯也是一种 "现代" 文化，中英文混杂是港口城市习见的语言现象，甚至可以说，这种语言混杂的现象正是香港这个现代都市的特性，它有着独特的生成背景，关联的是香港被殖民的历史与文化经验，是香港都市化的又一重历史语境或者说重压。

所谓现代，不仅是一个较之传统或古代而言的时间概念，还是一个地方概念，部分意指较之东方文明显得更 "先进" 的现代西方文明。或许正因如此，现代学界在探讨中国的现代性问题时，首要的研究对象是香港、上海这类沿海城市，因为在西方列强用坚船利炮叩开中国国门之后，这些沿海城市能得风气之先，率先接受了西方现代文明。而香港更是在第一次鸦片战争之后，就沦为

---

① 无邪：《一九五七年春：香港》。

② 昆南：《布尔乔亚之歌》。

老牌殖民帝国英国的殖民地，这更为西方文明的输入提供了绝佳时机。而1949年之后，西方国家对内地的封锁，也使得上海的国际地位大为衰落，香港从20世纪50年代起则异军突起，逐渐替代上海成为东亚的重要港口城市。香港的殖民地身份导致它的现代文化在具有其他资本主义都会的特征外，也具有鲜明的殖民统治痕迹。殖民统治不仅决定了香港的发展模式，其影响还深入到都市的建设、人们的日常生活、精神和语言等各个方面，可说这是殖民统制留下的物质和精神的双重创伤。

就语言而言，除了昆南的《卖梦的人》《布尔乔亚之歌》《悲怆交响乐》《丧钟》《城市的雕像》等诸诗作外，其他诗人笔下也多此类语言现象，如木石的《R·O·C·K》:"回旋着:/R·O·C·K·Rock……// 一波动 / 一沸腾"，^①还有海绵的《女人：子宫、乳房》等，都夹杂着异国语言。这是殖民文化在现代诗中的具体体现，宗主国对殖民地的统治，除了政治、经济和军事力量外，更为深入的是通过文化传播和语言变革实现，如日本占据台湾地区后就规定日语为官方语言，皇民化运动中更是禁止汉文通行。香港的宗主国为英国，英语自然是官方语言，学校尤其是教会学校须推行英文教学。经殖民文化熏染和殖民教育培育出来的香港人，部分也以会讲宗主国的语言为荣，不会讲英语也往往像部分上海人一般会诌几句"洋泾浜"。在部分人的心里，会说宗主国的语言也似乎高人一等，正如诗人所观察到的，"多说一句洋文，有羡慕的赞美 / 都愿意子女穿着雪白的书院制服 / 蓝X书、西X、小说X……"。^②因为宗主国为了便于统治，往往在殖民地寻找各类代理人，包括商业代办、文化代言和政治傀儡等，这也就是现代中国文学中常出现的"西崽"或"假洋鬼子"形象。不过香港现代主义诗歌中的语言混杂现象，除了殖民地经验外，与现代主义本身的西方源头以及现代主义诗歌自身的文学特征也不无关系。现代主义诗歌本身就有混用语言的传统，如艾略特的《荒原》、庞德的《诗章》等都夹杂多种语言，而香港现代主义诗歌思潮一开始也是以译介西方现代主义诗作开始的。

除了语言现象之外，香港现代诗也反映了香港的殖民文化地貌、诗人身处殖民地的生活经验、文化记忆与精神创伤。香港沦为英国殖民地后，便孤悬海外，成为一个华洋杂处的世界，这可能是香港作为一个现代都市，在世界都市之林中最显明的特色，正如诗人所写的：

① 木石：《歇斯底里的夜·外三章》。
② 昆南：《城市的雕像》。

这里有飞机如梭巨轮艘艘匆匆停留，
霓虹灯下徜徉着非洲黑人澳洲白种；
这里有俄罗斯大菜还有九龙寨香肉，
贸迁有方的三朝元老暗藏脸谱百宗；
这里有伸手乞儿失败霸王判刑囚人，
阻街女郎豪华远去伴着墙边的夜虫。

一岛一角遍处是华洋杂还欧亚聚荟，
百年开埠一度陷落揉成这奇异杰作；
说甚么昼夜临界文野接壤阴阳渡头；
没有化为神或圣却不再是兽的境域；
这里是人的社会人的家庭人的灵性，
有北来寒气阵阵凝住暗澹上弦夜月。①

　　正如语言混杂的文化一样，香港还是一个人种、文明混杂的地方。殖民统治孕育了独具地方和时代色彩的中西汇流文化，成为一个"有俄罗斯大菜还有九龙寨香肉"的国际都市，但这毕竟是一个被动的殖民化过程，外来文化一度成为凌越本土文化之上的存在，本土文化主体缺乏完全整合外来文化的能力，从而形成的是现代奇迹，是被"揉成"的文化奇观。

　　殖民统治造成的奇观远不止生活和语言，它往往深入到个人的精神世界，在价值和认同层面造成个人精神的撕扯，如王无邪为1957年香港所做的素描中，就写了欧美文化在香港的盛行，这些舶来品不仅以大众消费文化的面目进入香港，成为消费的对象，同时它们也携带着西方国家的价值体系，在无形中塑造着香港人的价值观，甚至包括西方国家的文明等级观，"出现以勇士的形态，那舶来的精神／足以将整个世界践踏于脚下"，在欧风美雨的敲打下，有的甚至"再不会承认是黄帝的子孙"。②让本土文化和价值观屈居于宗主国文化之下，几乎是所有殖民者在殖民地采取的统治策略，在宗主国的教育、文化等全方位的培育下，殖民地知识分子往往成为类似法农所指出的"黑皮肤白面具"③的情形，外表与心理处于两个不同的世界，这或许是殖民地人们感受最深的生

---

①　凡蒂：《香港之夜》，《人生旬刊》，第6卷，第10期，第70号，1953年12月11日。

②　无邪：《一九五七年春：香港》。

③　弗朗兹·法农著：《黑皮肤白面具》，万冰译．南京：译林出版社，2005年版。

存境遇和精神体验。文化、价值和精神的撕裂，无疑让殖民地知识分子饱受创伤，如在昆南笔下，被殖民的经验便成为知识分子走向"自戕"的精神原因。[①]在西方文明的冲击下，知识分子要在二者之间承受双方的压力：

> 我没有第三个以外的想像
>
> 我没有第三个以外的力量
>
> 我没有第三个梦层的光芒
>
> 宇宙，无数的星球！多么伟大！多么无涯！
>
> 孔子，人类的才智！多么伟大！多么无涯！
>
> 走入科学和哲学中间的方格
>
> 我眩惑我眩惑我眩惑我眩惑
>
> 角尖上我似伏在偶像前的人
>
> 我给撕成几份我给撕成几份
>
> 我不能皈依——[②]

在香港这个华洋杂处的地方，文化人看似可中可西，但在现实中往往是不中不西，不仅成了历史的中间物，更是成了文化的中间物和地理上的中间物，既无法完全认同西方的科学与文明，与中国传统之间也有分歧，成为两头悬空找不到皈依的存在。

殖民统治导致的精神上的撕扯与认同上的矛盾，造成了香港现代知识分子文化主体的自我拉扯与分裂，但除殖民统治外，香港知识分子还要承受冷战、内战等时代巨变的压力。当时便有作家指出："我们是处于一个极复杂——史无前例的时代里。在任何地方，任何时间，人，可给撕成几份。脑袋是国家的、党派的、派系的、主义的、教条的；手是朋友的；脚是敌人的……至于良心和理想，只能在一天之三分一（甚至六分一）的时间在梦里尝试跳动和建造。仍然不少人，睡眠里也没有梦的。没有。对于他们，梦也单是现实的场景的重

---

① 昆南：《自戕》，《创世纪》，第16期，1961年1月。

② 昆南：《卖梦的人》。

演"。^①冷战初期的香港处于一个前所未有的分裂时代，较之大陆和台湾所各自据有的政治确信，香港容纳了左右双方的思想，因而要承受双方的斗争和压力，正如当时有的作家所写的："这个地方，（不知是'幸福'还是'苦难'），我们有两个国庆日。到那两天的来临，每一面旗帜的升起，我相信会感到那些'红'，就是黄帝子孙的血！在'歧途'上，已有不少有思想的青年踏错不少步"^②。20世纪五六十年代的香港人确实要过两个"国庆节"，而且同样在十月，不同立场的人悬挂不同的国旗，在同一条街争奇斗艳，这是内战延续所造成的政治认同的差异、思想界与文化界的分歧。当然，不少知识分子也试图走出内战格局，甚至试图打破冷战的二元格局，让香港乃至整个中国走一条不同的道路，正如他们所质问的："为什么我们在异族的统治下才肯驯服地过活？为什么单为了死板的主义，我们要左手劈右手？为什么我们不团结一起，反分别依赖别国的力量？"^③在作者看来，香港如果突破左右之分，就有可能团结起来突破殖民统治，同样的，中国如果和平统一，也可能走出冷战的框架，不依附任何超级大国，成为世界之林中的独立存在。在世界性的冷战格局中，这种努力自然难以收到实效，实际上20世纪40年代末中国部分自由知识分子如萧乾等便曾提倡"中间道路"，战后张发奎、顾孟余等人在香港主张走第三条道路，^④但其实质也只是美国所扶植的另一支政治力量，并得到部分文化人如邵澄平、燕归来的支持，50年代美国对香港"反共文学"的支持也在此脉络之中。

五、结语

香港五十年代的都市诗歌，在香港急剧都市化进程中产生，同时也回应了当时香港面对的历史和现实问题。诗人观看都市风景的眼光，除了捕捉流动的风景、光怪陆离的现代奇景外，也部分带着底层眼光，揭示香港社会的阶层区隔，不过，他们虽看到了人群或底层民众的苦难，当他们看到街头的人群以集体运动的方式寻求出路时又满怀恐惧，诗人的矛盾心态生成为诗歌内在的张力结构，由中国20世纪上半叶的革命传统和20世纪中期的冷战共同挤压形成。

---

　　①　叶冬：《穷巷里的呼声》，《文艺新潮》第1卷，第7期，1956年11月25日。

　　②　卜念贞：《把你的愁苦，当作我的愁苦！》，《文艺新潮》第1卷，第7期，1956年11月25日。

　　③　叶冬：《穷巷里的呼声》。

　　④　张发奎：《蒋介石与我——张发奎上将回忆录》.香港：香港文化艺术出版社，2008年版，第479—490页。

20 世纪中期，香港的地理位置具有特殊性，较之大陆与台湾，50 年代的香港是多种思潮的混杂之地，同时，作为冷战的前沿，它又深受美国文化冷战的影响，加上殖民地的独特处境，使诗人要承受多重意识形态的挤压和撕扯，这些政治和文化冲突以压缩的形式蕴藏于香港现代诗歌话语中，无论是现代都会的繁荣外表与阶层区隔的本质、欲望驱力与主体自觉、殖民与反殖民、革命与冷战，以及冷战不同阵营间的角力等，既是香港独特的历史时空，也以充满张力的形式同时印刻于当时香港现代诗歌话语，这种蕴藏多重张力的高密度形式，是五十年代香港现代主义诗歌的独特面貌。

第三节　冷战中的热战：20 世纪 50 年代的台湾战争诗

　　较之香港现代诗歌以都市诗为主，20 世纪 50 年代台湾现代诗很大部分与战争有关，原因很简单，港台同处冷战的格局之下，台湾海峡与三八线、柏林墙一道，是东西冷战阵营间具有标志性的分界线。除了冷战的结构外，两岸之间还有内战的结构，20 世纪 50 年代台湾海峡的两次危机，都使台湾海峡处于热战之中。战争所带来的生存、精神与文化危机等，也是台湾现代诗发展的内在因由，在台湾军旅诗人笔下，除了具有时代色彩的战斗激情外，也有很多诗作透露着他们的孤独、绝望和忧郁的精神世界。台湾战争诗为反思现代性及其后果提供了可能，现代性与战争从一开始就纠缠在一起，现代民族国家的格局是由战争所奠定的。拿破仑摧毁了欧洲封建帝国，现代东亚的格局也直接受鸦片战争、甲午战争、二战、国共内战、抗美援朝等战争的影响，反过来也成立，很多战争是由现代思想和观念所催生，这提请我们注意的是，现代性在带来另类文明的同时也内含了暴力因素。台湾 20 世纪 50 年代的战争诗，正处于多种观念交锋、多种力量角逐的场域之中，冷战意识形态的对峙、内战中的家国认同，以及西方霸权在台湾地区、朝鲜半岛与台湾海峡的强势介入等，这不仅是台湾战争诗生成的大背景，更是他们直接面对的现实问题。因而，50 年代台湾战争诗承担着怎样的时代使命，在形式上有何独特性，诗人在战时的生存与心理状态，以及他们如何看待战争等是我们要探讨的问题。

一、冷战时期的热战

　　台湾战争诗大量涌现的时间是 20 世纪 50 年代中期，但 50 年代初就有出现，在 1951 年由纪弦和覃子豪主编的《自立晚报·新诗》周刊上，就有吕兰、墨人、沙牧等人写关于战争的诗作，吕兰将诗喻为"号音"、小说喻为"重兵团"①，呼吁诗人们以笔为武器战斗。这类诗作看起来并不陌生，它直接延续了此前抗战文学和国民党"戡乱文学"的特征。抗战时期集合了左、右翼知识分子的"中华全国文艺界抗敌协会"会刊《抗战文艺》在发刊词中，开篇就是"文艺——在中国民族解放斗争的战场上，一位身经百战的勇士！"乃至有著名的"文艺的队伍""笔的行列"的说法："在震天动地的抗战的炮火声中，必须有着和万千的武装健儿一齐举起了大步的广大的文艺的队伍；笔的行列应该配布于枪的行列，浩浩荡荡地奔赴前敌而去！满中国吹起进军的号声，满中国沸腾战斗的血流，以血肉为长城，拼头颅作爆弹，在我们钢铁的国防线上，要并列着坚强的文艺的堡垒"，②内战期间，张道藩等国民党文人开始提倡所谓的"戡乱文艺"，不过反响并不大，国民政府败退台湾之后，在反思败局中的文艺政策失利因素后，开始大力提倡"反共文艺"和战斗文艺，除孙陵、张道藩等主管宣传与文艺的人士大力提倡和鼓吹外，相关部门还组织了各类的作家培训班和文艺奖助活动，战斗文艺与"反共文艺"逐渐成为 20 世纪 50 年代台湾的主流，后来的《现代诗》《创世纪》等现代诗刊也都旗帜鲜明地提倡战斗诗。

《现代诗》的创刊《宣言》中，就将诗人作了"敌我区分"，区分的根据正是冷战与内战双重结构中的西方立场："我们是自由中国写诗的一群。我们来了，站在反共抗俄的大旗下，我们团结一致，强有力地举起了我们的钢笔，向一切丑类，一切歹徒，瞄准，并且射击"；在纪弦等人看来，他们提倡战斗诗不仅是源于政策的需要，也是文学本身的内在要求，这就是王国维、胡适等一再强调的"一时代有一时代之文学"的观点："我们认为，一切文学是时代的。唯其是一时代的作品，才会有永恒的价值。这就是说，对于诗的社会意义和艺术性，我们同样重视；而首先要求的，是它的时代精神的表现与昂扬，务必使其成为有特色的现代的诗，而非远离着今日之社会的古代的诗"。③在文学适应时代的逻辑中，既然 20 世纪 50 年代台湾诗人处于战斗的时代，那么诗歌相应地也要为战斗服务，因而写作战斗诗也是现代诗人的信条：

　　我们的短诗是冲锋枪，我们的长诗是重磅炸弹。

---

① 吕兰:《致诗人们》,《自立晚报·新诗》周刊, 第 4 期, 1951 年 11 月 26 日。

② 《发刊词》,《抗战文艺》, 第 1 卷, 第 1 期, 1938 年 5 月 4 日。

③ 《宣言》,《现代诗》, 第 1 期, 1953 年 2 月 1 日。

　　诗是艺术，也是武器。①

　　后起的《创世纪诗刊》在提倡战斗诗歌方面不落人后，较之《现代诗》，它刊载了更多的相关诗作，如第四期就专门辟有"战斗特辑"，登载了数十首战斗诗，在该特辑前还载有《诗人的宣言》：

　　　　为响应当前自由中国正在积极推行的战斗文艺，本刊特于这期出刊《战斗特辑》，这是理论后的实践，是本刊作者忠于战斗，忠于诗的表现，也是自由中国诗坛的创举。

　　　　诗的本质原就是战斗的，因为它与生俱来就具备了一种反黑暗、反残暴、反丑恶、反虚伪的本能。凡是美的、人性的、自由的都是诗的，都是战斗的。

　　　　一个民族的诗代表这个民族的精神与气质，诗的声音是民族灵魂的呼喊：当民族的生机被绞杀时，第一个感受到痛苦与愤怒的是诗人，第一个站起来迎战的也是诗人，因此战斗诗必须是以民族意识为中心。

　　　　今天诗人的战斗任务是双重的，一方面对外要与毒素的思想，残酷的暴政，消极的情绪，颓废的意志搏斗，一方面对内要与腐恶的主题，低级的风格，陈滥的形式，以及一切不严肃不健康的情感与语言撕（厮）杀。②

　　该宣言非常明确地交代了战斗特辑与当时正在推行的"战斗文艺"政策之间的关系，同时从诗的本体论的角度指出，诗歌本身就具有战斗性，因为它天然地反对黑暗、残暴等负面力量。这个见解继承了浪漫主义的诗学传统，对浪漫主义诗人而言，他们向往的是人格的淳朴、乌托邦式的社会，在时代变动之前，敏感的天才诗人便能预先感受到变革的要求。《现代派》与《创世纪诗刊》在提倡战斗诗歌时的浪漫主义色彩，表明虽然台湾现代主义诗人一再强调西方的现代主义风格，纪弦甚至一再批判浪漫主义，但实质上20世纪50年代初台湾现代主义诗歌吸纳了浪漫主义的传统。或者说，浪漫主义对待战争的积极态度，弥补了现代派在这方面的不足。以表现西方现代文明的危机，以反思的面目出现的现代主义，在面对战争时更多的是从揭示战争的残酷性出发，如毕加索的《格日尼卡》就是典型代表，除了未来主义外，现代主义艺术大多对战争持批判态度；但浪漫主义则不同，因为西方浪漫主义是在法国大革命时期生成的，因而浪漫主义与革命者的解放意识、战斗性与乌托邦观念连接在一起，像雨果就

---

①　同上，1953年2月1日。

②　《诗人的宣言》，《创世纪诗刊》，第4期，1955年10月。

有多首正面描写革命者战斗的诗作，如《啊！两年的战士，啊，战争，时代！》①
《为国而死的人》《巴黎之围》等均是如此，这些诗作在 20 世纪 50 年代初就被
覃子豪译介到了台湾，刊载在《自立晚报》的《新诗》周刊上，是台湾诗人早
期写战斗诗歌的重要参照。

　　在经历抗日战争时期的大规模的文章下乡、作家入伍运动之后，台湾 20 世
纪 50 年代的战斗诗算不上文艺新现象，从文学史的角度而言，它只是国民党在
大陆失利之后，在进一步加强文艺统制，确立文化领导权之后的产物。但台湾
50 年代的战斗诗歌，从中国现代诗歌源流来看，也有其独特之处，这就是前线
诗歌的大量出现，很多诗人本身是军人，诗歌写作的场地是前线，而诗歌的内
容也与战争密切相关。抗战时期虽然也有大量的战斗诗，但大多数是大后方文
人的作品，虽然也有前线作家，如丘东平等，但并不是主流。50 年代的台湾则
不同，因为当局对部队文艺的重视，军人文艺成为当时十分重要文艺现象。仅
就诗歌而言，台湾现代主义的重镇《创世纪诗刊》，其作家群大多数是现役军
人，从该刊所载的《本刊作者介绍》可略窥一斑：

　　　　杨振瑛，服务空军；

　　　　痖弦，海军陆战队队员；

---

　　① 雨果著，覃子豪译：《啊！两年的战士，啊，战争，时代！》，《新诗》周刊，第 17 期，
《自立晚报》，1952 年 3 月 3 日。全诗如下：
　　　　　　啊！你们在格斗中是多么伟大！
　　　　　　士兵们在黑色的旋风里，乱发覆面，
　　　　　　　眼睛里充满了光辉，
　　　　　　他们兴奋，直立，激烈的抬起了头，
　　　　　　当北风呼啸，如像群狮
　　　　　　　在暴风雨中怒吼。
　　　　　　他们，在他们可歌颂的剧烈的行动中
　　　　　　迷惑地，他们创造了一切英雄的声音，
　　　　　　　铁和铁的相击
　　　　　　马赛曲的羽翼在战争中飞腾，
　　　　　　鼓，手榴弹，炸弹，铙钹，
　　　　　　啊！克莱伯和你的疯笑声！

　　　　　　革命在呼叫他们！义勇军，
　　　　　　死是为了解放所有的人民，你们的兄弟！
　　　　　　　满足地，你们都说是好的
　　　　　　去吧！我年老的战士，年轻的大将
　　　　　　人们看着这赤足的骄傲的步伐。
　　　　　　　在光辉的世界上！

依穗，军报编辑；

唐静予，青年军人；

嫉夫，军报记者；

崔焰焜，上士大兵；

辛郁，青年军人；

黎冰，青年军人；

张拓芜，陆军三级下士官；

季红，服务海军的青年军官；

单人，青年军人；

章斌，海军陆战队队员；

鲁蛟，陆军某部中尉副连长；

贻芬，海军官校学生；

杨卓之，某军校上尉区队长；

邱平，青年军人。①

此外，洛夫、张默、商禽、郑愁予、余光中、管管等也都是军旅出身或曾在军事机关服役。他们的亲身经历和他们与身其间的战争环境，即便在后方，也不免耳濡目染，这些经历让他们的战斗诗歌不同于流俗的标语口号诗，而是带有鲜明的切身性和时代性，如较早写战地经验的沙牧，1951 年就发表了《永恒的脚印——唱给战斗的伙伴们听》：

残酷的严冬

不分白昼或夜晚

蜷伏在：

　充满着恐怖和死亡

弹痕　的战壕里

肆虐的狂风

　像千万枝无形的箭

刺着每一张

　疲惫而愤怒底脸

大片大片的雪花儿

---

① 《本刊作者介绍》，《创世纪诗刊》，第 3 期，1955 年 6 月。

　　染白了我们的征衣

　　疯狂暴乱的搏斗中
　　　为了守住：
　　神圣的土地
　　　多少亲爱的伙伴
　　光荣地倒下了
　　　血！
　　流进泥土里……[1]

　　同时期身居台湾岛的诗人在写战斗诗作时，多洋溢着盲目的乐观情绪，身在前线的沙牧则不同，他的诗歌写出了战争的残酷性，蜷缩在战壕之中，时刻面临着死亡的威胁，虽然结尾处仍特意拔高了情绪，但掩不住战争影响下的心理阴影。沙牧当时戍守金门，写有较多类似的诗作，后结集为《永恒的脚印》，与他同为"金门诗人群"的鲁蛟，较为恰切地指明了该诗集的时代特色：20 世纪 50 年代，他是我们把酒论诗的'金门诗人群'中的一员，这本书就是在那个时候送我的。三十一首诗中，半是铿锵的战斗高歌，半是抒情的生命吟咏。是一本有血有泪的时代之作。值得一提的是，由著名画家梁云坡所设计的封面，那风雨欲来肃杀孤寂的夜哨景色，让人感受到，所谓的前防或战地，竟是这般的恐怖和无奈。不过，在当时，这是很符合时代趋势的"。[2]身历其境与隔岸观火是两种完全不同的经验，前线战士因他们所在的位置，使得他们成为两岸冲突的最直接的承受者，当后方知识分子在冷战的框架下呼号着"反共反苏"时，殊不知前线已是炮声隆隆，热战正酣，而承受战争后果的首先便是前线的士兵。正因如此，当部分兵士能拿起笔来记录他们在前线的所见所闻、所感所想，无论是积极乐观还是苦闷颓废，都提供了现代中国文学史上不可多见的前线经验，正如纪弦所指出的，"正因为这都是他们亲身和实地的体验，所以真实而有分量，有力，有热，有一种强烈的闪光，远非那些空喊喊口号的所谓战斗诗人的战斗诗所能够拿来相提并论的"。[3]

---

　　① 沙牧：《永恒的脚印——唱给战斗的伙伴们听》，《新诗》周刊，第 7 期，《自立晚报》1951 年 12 月 17 日。

　　② 张腾蛟：《书注》. 台北：尔雅出版社有限公司，2013 年版，第 22—23 页。

　　③ 纪弦：《金门特辑·前言》，《现代诗》，第 21 期，1948 年 3 月 1 日。

二、民众动员与战斗诗

战斗诗的大量出现，与现代战争性质的转变有关。在西方的历史脉络中，现代战争肇始于美国革命和法国革命，著名战争理论家克劳塞维茨指出，"在其（引者按：指法国大革命）以后，战争就开始变成了人民的事情，而人民总数多到以百万计，每个人都自认他是国家的公民，……但参加战争的是全国人民，而不仅是一个内阁和一个军团，于是整个民族及其天然重量也就都被投在天平之上。因此，其可用的工具，其可作的努力，也就不再有任何固定的限制；战争本身的精力发泄不再受任何限制，所以其对于双方所构成的危险也就会升到极限"，[①]美国革命和法国革命之后，现代大规模的人民战争取代了此前的王朝战争，战争参与者从职业军人扩展为全民族人民。而到了 20 世纪，随着第一次世界大战和第二次世界大战的爆发，战争更是全方位地扩展为总体战，正如史学家霍布斯·鲍姆所指出的，"第二次世界大战将大规模战争升级发展成总体战"，[②]其特征是"总体的冲突变成了'人民的战争'"。[③]二战的这种性质对中国的影响是尤其深远的，中国军民从抗日战争一开始也认识到了现代总体战的性质，七七事变之后，蒋介石在庐山发表的谈话中，也作如是观："战端一开，则地无分南北，人无分老幼，人人皆有守土抗战之责、皆应抱定牺牲一切之决心"，[④]这正是总体战的设想，文化工作者如郭沫若等也都撰文指出，抗日战争是一场"立体战争"："这种现代的立体战争已经不是单独的军事上的事体。这儿是把全国的力量集中了起来。全国的学术、产业、政治、经济、教育、训练等等。在平时都要有充分的素养。而且是有系统有计划的素养。然后才能结晶成为现代的立体战争。"[⑤]总体战或立体战都表明现代战争不仅仅是军事领域的对抗，其他领域如政治、社会、文化等都是双方角逐的战场。

内战紧接抗日战争而至，战争模式也延续了此前的全面战争的经验，以至于国民党当局在退台后，蒋介石在反思战败的经验时，认为共产党推行的普罗文艺和"左翼"文艺在战争中起着非同寻常的作用，以至于"至今回忆检讨"，"痛定思痛，我们在文化与文艺战线上的失败，乃不能不说是'一捆一条痕'的

---

① 克劳塞维茨著：《战争论》，钮先钟译．桂林：广西师范大学出版社，2003 年版，第 163 页。
② 霍布斯鲍姆：《极端的年代》，马凡等译．南京：江苏人民出版社，2011 年版，第 27 页。
③ 同上，第 35 页。
④ 《蒋在庐山谈话会席上阐明政府外交立场》，载《中央日报》，1937 年 7 月 20 日。
⑤ 郭沫若：《全面抗战的再认识》，《申报》（沪版），1937 年 9 月 17 日，第五版。

切身的经验教训"，^① 直到 20 世纪 60 年代末蒋依旧持这种看法，可见战败后他对文艺阵地的重视。50 年代初，蒋介石对文化、教育等领域的意识形态斗争更为重视，为此还专门增补了《三民主义》，新增的《民生主义育乐两篇补述》成为台湾教育和文艺的新纲领，如张道藩的《三民主义文艺论》就据其精神展开。如果说三民主义文艺重在确立文艺领域的意识形态领导权的话，之前的"战斗文艺"和"反共文艺"除了意识形态斗争外，还发挥着更为直接的国民精神动员、社会动员的作用。《创世纪诗刊》就曾发表社论，指出时代对新诗提出的新需要，其中第一条就是"激发民气的史诗"，第二条则是"鼓舞战斗的朗诵诗"，对那些无病呻吟的作品或是口号诗，则"必须毫无顾忌地集中战力，一致行动，向其喷火、拼杀，直至彻底歼灭为止"，"俾能扭转自由中国当前颓废的诗运，进入诗之辉煌期，直接参与战斗，主宰时代，深入生活内层，深入游击区，深入每个人的心灵，一鼓作气，恢复故土，真正做到诗的时代性、战斗性、革命性。达成'诗是大众的语言，人类的心音'"。^② 诗歌不仅是丕振文运的关键，更是动员民众、鼓舞军人士气的重要方式。

　　20 世纪的战争诗，在"反攻大陆"的主题下，在民众动员方面以精神动员为主，但也有不少诗作直接呼吁人们奔赴前线，如一戈的《诗人，到战地去》，就要求诗人从书斋走向战场，从个人的抒情世界走向集体的战斗：

> 不要在湖水上划梦，在流云上写诗，
> 勇敢地走向充满火药味道的战场上去吧！
> 不要呆坐绿影翳翳的窗前歌咏个人的小调，
> 学一个战斗中的大兵诗人狂歌慷慨激昂的满江红！
> 不要做一只躲在幽暗中的怯懦夜莺啊！
> 以生命的彩笔到战地去写活生生的诗吧！
>
> 勇敢地走向战地去吧！
> 今天，是以火以铁膺惩顽敌的时候了！
> 没有徘徊，没有等待，
> 加入大时代的行列吧！

---

① 国民党中央文工会编:《第二次文艺会谈实录》, 1977 年版, 第 13 页。
② 本社:《论诗的时代性》,《创世纪诗刊》, 第 2 期社论, 1955 年新春出版。

......

到前线去掇取写作的题材。

然后，我们鼓舞，我们高歌：

真理与我们同在，胜利与我们同在。①

在战争年代，"呆坐绿影翳翳的窗前歌咏个人的小调"在面对烈烈战火时似乎显得尤其苍白，奔赴前线才能体验时代的脉动，才能与身时代的洪流。一戈当时身在金门前线，他的这种观感既有自己的经验，也是从精神和情感上动员后方的知识分子。

除了前线的诗人外，后方的知识分子在时代征召下，也以笔部队、诗联队自称，以拟军事化的形式从事文学活动，或借军事术语作为刊物的名词，如1951年9月底台北诗人就曾筹备《诗联队》诗刊，作为组织后方诗人的文艺形式，不过后来因故搁浅②。军事术语大量入诗就更不必说，即使说当时诗人基本上都写过战斗诗歌也不为过。诗歌作为战争动员的文艺方式，除了宣传主流的"反攻大陆"的设想，激发战士的斗志，号召后方军民支援前线外，也积极配合着阶段性的政策，如当局在提倡"克难运动"之后，不少诗人如纪弦等人笔下就常见此类语汇，相关诗刊也可见与之相关的诗作，如《保健餐》就写当时军队中的"什锦汤"，虽然只是"白菜、豆腐、豌豆苗"，③但在诗人笔下却是充满了生机和活力。军旅诗人和战地写作的大量出现，使台湾战争诗从后方的战争想象，转向对军人生活和情感状态的深入书写。

从新诗史的角度而言，20世纪50年代的台湾战争诗的特别之处，既在于延续抗战时期以来以诗歌动员民众的传统，进一步打破文学、社会与军事之间的壁垒，让文学成为现代总体战的有机部分，成为精神动员、情感动员和社会动员的重要方式，同时，50年代台湾战争诗的成就还在于从诗歌美学的角度有所创新，诗人所处的时代语境、他们在前线的切身经验、独特的体验也催生了独特的诗歌形式，这些都为新诗注入了新的经验，纪弦就曾指出，"他们不只是表现了这个大时代的精神，而且也完成了独自的艺术。作为一位军人，他们固当以服从为天职，但是作为一位诗人，他们必须打破传统，追求新的表现和独

---

① 一戈：《诗人，到战地去》，《创世纪诗刊》，第8期，1957年3月。

② 墨人：《诗联队》附注，《自立晚报·新诗》周刊，1951年12月17日。

③ 李乐薇：《保健餐》，《自立晚报·新诗》周刊，1951年12月31日。

创：而这一点，正是他们的可贵处"，[①] 不过，前线诗人的军人身份和诗人身份并不是二元的，战地生活和战斗固然是其军人生涯的中心，但诗歌写作带来的并不是另一种人格，而是现代人身份的进一步完成。

三、暴力美学

从诗美学的角度看诗歌的形式创新，战争诗最突出的特点就是暴力美学，20世纪50年代台湾社会整体上处于军事化状态，整个社会几乎都在为军事服务，文学也成为意识形态斗争和社会动员的一环，军队和前线更是如此，人们时刻都生活在战争的阴影中，而战争的本质就是暴力，正如论者所指出的，"战争就是一种以迫使对方实现我方意志为意图的暴力行为"。[②] 对于置身军旅的诗人来说，触目就是武器、阵地、杀戮、死亡等与暴力直接相关的事物，耳闻的则是当局关于"防守""反攻"的战略部署和与"敌人"搏杀、战胜对方的斗志，无一不与暴力相关，形诸笔墨，往往如机关枪扫射般刺激眼球，像钟雷的《勃朗宁俺的好朋友》就直接写杀戮的场面：

> 打打打打打……直怒吼，
> 吐出了子弹，
> 像是一串红火球，
> 穿透了敌人的胸膛，
> 敲碎了敌人的头[③]

勃朗宁重机枪是20世纪初以来美军的重要装备，在美国的支持下，国民党军队在20世纪40年代后期部分地配备美式装备，这个本来充满杀戮色彩的武器，却成了诗人的朋友，并形象地描摹了机关枪扫射的情形，暴力因战争的敌我之分而被合理化了，在战争的框架内，面对"敌人"时的生存危机，让暴力具有相对的伦理合法性。当时两岸常见的是炮战，有关炮战的诗作也尤其多，如鲁蛟就直接写有诗作《炮战》，从如何瞄准，到复仇的决心和恨意，"伴155的炮弹破膛而出"，"呼啸着，高歌着，笑着，怒着……"，[④] 炮战的情形和战士的心理如历历在目，飞驰的炮弹，这个随时可能夺走多人生命的致命武器，反

---

① 纪弦：《金门特辑·前言》，《现代诗》，第21期，1948年3月1日。
② 克劳塞维茨著：《战争论》，钮先钟译.桂林：广西师范大学出版社，2003年版，第1页。
③ 钟雷：《勃朗宁俺的好朋友》，《现代诗》，第24、25、26三期合刊，1960年6月1日。
④ 鲁蛟：《战地诗抄》，《创世纪诗刊》，第7期，1956年9月。

而成了达成心愿的方式。同时加入进来的还有"装甲、战舰、机群……"等杀伤力巨大的现代武器和装备，① 在诗人"发动吧，跨海吧，高翔吧！"的高呼声中集结前行。远距离的射杀是现代战争的主要方式，但近距离的短兵相接，更是让士兵直接感受战争的暴力本质，如《夜战斗》：

> 悠长的子弹凶险的口哨，
> 破裂的大炮血色的惨笑，
> 无舌的战角抖颤的凶歌，
> 战斗的律动被燃烧似地醒了！
>
> 横过来的火网似染血的竹帘，
> 弹烟腾涌似悬空的苍白堡垒……
> 蜡烛般溶解了呀，那敌阵！
> 如燃烧的夜雨声而复归于晴寂的战场。
>
> 腥风掠过钢盔。
> 腥风掠过马蹄。
> 又一次我看到寂寞的战神的面孔。
> 又一次我读到捷报的骄傲的微笑。②

悠长的子弹、破裂的大炮，这些战争的绞肉机让士兵承受着血腥和死亡，无论敌我双方，血肉之躯在面对这些暴力武器时都是如蜡烛般融化，而反讽的是，一场夜雨之后，吞噬无数生命的战场却像什么也没发生过一样，唯一让人期待的反而是关于战斗的捷报，这一纸关于胜负的评说。

在战场上，似乎越是具有杀伤力的武器，越能承载士兵的期望，因而在前线诗人笔下，对暴力的拥护与他们对胜利的渴望往往成正比。台湾 20 世纪 50 年代有大量军中诗人，他们笔下的战争诗多具有这个特点，因而可以说，这批军旅诗人的写作，彻底打破了传统诗人的温文尔雅，将"怪力乱神"中的"力"发挥到了极致。对此，即便是没有上过战场的诗人，也能模拟一二，如现代派的代表人物纪弦的诗作：

> 我把喝空了的酒瓶，这代表的手榴弹，

---

① 林泠：《北望集》，《创世纪诗刊》，第 2 期，1955 年 2 月。
② 王禄：《夜战斗》，《创世纪诗刊》，第 7 期，1956 年 9 月。

使劲地，朝西一甩，说：看啦！

……

我将武装起来，随着王师百万，飘洋过海，

乒乓劈拍哒哒哒哒哒轰隆隆地打回来。①

连向来温和的覃子豪，也写有《纹身战士》《炮兵的幻觉》等战争诗作，其中不乏"愤怒在血管中爆炸，神经和心脏全都在呐喊 /——射击！射击！射击！射击……"这类暴力诗句。②

战争的暴力本身不是目的，而是达成政治目的的手段，部分战争诗虽然充满了杀戮和暴力，但少有纯粹宣扬暴力的诗作，更多的是在当时的历史语境下做出的，带有鲜明的时代色彩，如《七月的金门》《挺进》等诗作就是其中的代表。金门岛多植高粱，也是当时的主战场，在诗人笔下，这一切都有着非同寻常的意义，如鲁蛟《七月的金门》就将岛上的高粱比拟为列阵的士兵，让自然景物披上战争的狂热色彩。③ 相比而言，王禄松《挺进》的艺术水准就更高一些：

挺进着……把大纛插入高空，

拨落那呜咽着大黑风的夜，

然后，抖一抖残留在肩上的粗糙的霜粒。

看！队伍是背负着大风和黎明前进的。

携着浓烈的飞尘，尺般量尽几条山脉。

这铁的行列，使高山低头，江河让路。

大马群横扫过去了……地膜犹微微震动着。

哦队伍，已落向万重山外的苍茫里……④

与《七月的金门》第二节近乎口号式的写作不同，王禄松的《挺进》以蒙太奇式的镜头语言，捕捉了军队挺进过程中的多个画面，以特写镜头的形式，表现了军队的精神和气魄。结尾是默默景语，却也是情语脉脉，生成的是关乎力量、姿态、决心与斗志的"崇高美"。

---

① 纪弦：《饮酒诗》，《现代诗》，第24、25、26三期合刊，1960年6月21日。

② 覃子豪：《炮兵的幻觉》，《覃子豪全集》.台北：覃子豪全集出版委员会，1965年版，第一卷，第404页。

③ 鲁蛟：《七月的金门》，《创世纪诗刊》，第7期，1956年9月。

④ 王禄松：《挺进》，《现代诗》，第15期，1956年10月。

战争的暴力本质、战士的牺牲精神，形诸诗学是暴力美学与"崇高"美，行军、战斗的过程带来的则是情绪的紧张与独特的节奏感，像《夜行军》《海上胜利圆舞曲》等是这类诗作，前者写夜晚急行军，人衔草，马衔枚，散发出的是低沉而又厚重的节奏：

> 粗糙的万重山影
> 锁住了枭鸟的凶梦，夜莺的低啭。
> 凌空纵横起万钧风暴，
> 无限江山，落在荒夜苍古的噩梦里。
>
> 马腿的大森林移动着，鸣响着，
> 踏击着关岭的脊椎前进，犁平崎嵚……
> 看我们的大纛，呼唤天风，招引战斗，
> 古青龙剑似的行列，直刺夜的心脏。①

如果说夜行军是紧张的、低沉的，那么到了海上，尤其是可称之为战役的宏大场面，则是完全另一种面目：如张默《海上胜利圆舞曲》。诗，通过"海，咆哮吧！咆哮吧！"与"扫荡，扫荡，扫荡"等诗句的不断重复，让整首诗显得整饬，富有极强的节奏感和韵律美，充满了力量，如一首铿锵激昂的圆舞曲。②但这首诗生成的背景其实并非这么乐观，而是国民党海军在两岸交战中受到巨大的打击，损失了主力舰太平舰。太平舰原为美军护卫级驱逐舰，二战后赠送给国民党，是 20 世纪 50 年代国民党海军的主力舰之一，在 1954 年浙江海域的海战中，被解放军的鱼雷击沉，震惊当时的台湾社会。张默的这首《海上胜利圆舞曲》就是在这个语境下写出的，他将战争的失利转化为悲痛的力量，一定程度上纾解了"太平舰事件"带来的悲观与沉郁。

《海上胜利圆舞曲》在战事不利的情况下，以诗歌的方式想象了另一幅胜利图景，发挥了诗学的政治功能，不过，正如圆舞曲这个音乐词汇所显示的，作者将战争作了艺术处理，激烈的海战被想象成了一出音乐演奏，战争也有被美学化的嫌疑，战争的残酷性被屏蔽了，只剩下浪漫主义式的抒情。这类对战争的美学化书写，在当时也颇具普遍性，很多诗人笔下都曾出现，如辛郁的《讯号》《旗语》《信号弹》，单人的《号外（致金门大陈友人）》等，以《号外》

① 王禄松：《夜行军》，《现代诗》，第 15 期，1956 年 10 月
② 张默：《海上胜利圆舞曲》，《创世纪诗刊》，第 3 期，1955 年 6 月。

为证：

> 九月的报社发出号外
> 说：前线的艺术家忙于创作
> 忙着雕一尊时代的神像
> 写一首创世纪的自由诗
>
> 以正义的小刀和信仰的泥土
> 以魔鬼的骨骼筑坚固的基
> 这雕像高大参天光辉如太阳
> 诗人们将诗写在历史的纸幅上
> 以意志的笔，蘸血的墨汁
>
> 将诗句写成铿锵的立体的发光体
> 每一个字都如同一颗炮弹等比
> 这不是骑牛勇士的绝句
> 纯粹的，现代人的现代诗
>
> 如今，我急切地盼望，盼望着
> 雕像和诗的完成的捷报
> 内心复有吵闹着不能参与创作的哀怨[1]

诗人想象独特，与其他诗人号召诗人前往前线不同，这首诗却是将前线将士比拟为诗人，在"写一首创世纪的自由诗"，手中的武器是如椽大笔，硝烟弥漫的战场是等待落字的纸幅，形象而具有视觉冲击力，更为关键的是，诗人在现代的战争中看到了现代诗的本质，现代立体战的光与色，力量与节奏，与现代诗尤其是未来主义、超现实主义的诗学主张有着内在的契合性，因而诗人说这是"纯粹的，现代人的现代诗"。但与《海上胜利圆舞曲》一样，这首诗将战争想象成了艺术行为，海边无数战士在死亡面前的挣扎，被想象为一个巨人在海边写作，看起来崇高无比，却让战争的沉重轻盈化了，战争的现实性也虚幻化、审美化了，这种情形也出现在诗人对战地的实地观感中。

---

[1] 单人：《号外（致金门大陈友人）》，《创世纪诗刊》，第 2 期，1955 年新春出版。

四、战地的风景

台湾 20 世纪 50 年代战争诗的独异性得益于一大批前线诗人的切身体验与战地写作，他们对战争和战地的观感，与后方诗人的浪漫化和审美化想象不同，而是呈现出更为复杂的景观，他们笔下的战地，既有豪放、激越的一面，但也有细腻、生活化的一面，战地不全是青面獠牙式的战争机器，而是有着较为丰富的内部景观。后方诗人在想象战地的时候，因缺乏切身感，往往将前线想象为另一个空间，是一个不同于日常世界的"异托邦"：

> 镇上小学校的围墙是矮的
>
> 矮矮的红围墙
>
> 是这个绿色童话王国的边疆
>
> 此时，在边疆外踱着的我
>
> 捋胡遐思着，有一种美的感觉
>
> 似乎是在一个边境上戍守着
>
> 让我永远戍守
>
> 微笑着默默度过……①

将学校的围墙想象为边疆，在外踱步者似乎是戍守这个王国的守卫者，这个有些超功利的想象，确实"有一种美的感觉"，故而能"微笑着默默度过"，但真实的前线决不会如此平静，那些战地的士兵，不知是否能如此好整以暇，如果面对的是死亡的威胁，心理感受可能难以"有一种美的感觉"，而战地是否完全与后方不同，是一处异托邦式的飞地也是颇有疑问的。

20 世纪 50 年代的金门和澎湖都是前线，尤其是金门，因与厦门隔海相望，成为两岸争夺的焦点，当时的不少诗作描写金门，如平沙的《金门小辑》，就从听觉和视觉等不同角度描写金门独特的战地景观，如《我听着金门的大合唱》顺次写到了"海岸的哨兵""岛上的炮兵""地下的坦克""海上的军舰""空中的军刀机"，还有课堂上的小孩，插秧的农人，"妈妈的洗衣声""祖母口里的催眠歌"，② 等不同的声音，各个兵种的罗列，如在接受读者的检阅，还有象征亲情的声音，各类声音意象交叉在一起，异彩纷呈，前线看起来也确乎和谐而美好；

---

① 史伍：《戍守》，《创世纪诗刊》，第 7 期，1956 年 9 月。

② 平沙：《我听着金门的大合唱》，《现代诗》，第 15 期，1956 年 10 月。

另一首《是》则更为侧重金门的战地色彩：

　　是炮火响在海上的声音，

　　是爆裂的石块碰在地上的声音，

　　是拳头槌在桌上的声音，

　　是脚步踏在草上的声音……

　　是——

　　是金门岛上千千万万的怒吼！

　　等待着一个命令。①

　　同样是声音的呈现，但已不是前一首诗那么和谐了。诸多声音最终都聚焦到了一个点，在等待一个进攻命令，舒缓与紧张的节奏转换，表达的正是金门的独特性，这里看似平静，却是随时都可能被卷入战火的前线。不过，同样是在这组《金门小辑》中，当诗人的目光转向岛屿周围的海面时，除了战舰外，还有另一幅景观：

　　海，在跃动。

　　帆，在起落。

　　还有空中凝定的

　　万朵水花，在心上

　　孤悬着；

　　像虹，

　　像影，

　　又像遥遥的白雾……②

　　一切与战争相关的意象都消失了，诗人眼中只看到海、帆、水花等常见的海洋风景，这些意象激起的也不是与冲锋相关的勇气或士气，而是一种说不清道不明的情感状态。与之相似的诗作很多，其他如李春生的《潮音》：

　　远远地

　　传来了

　　海的急喘的声音

　　仿佛瀑布的倾泻

---

① 平沙：《是》，《现代诗》，第15期，1956年10月。

② 平沙：《又像遥遥的白雾》，《现代诗》，第15期，1956年10月。

　　万马的奔腾

　　在颤抖的夜里
　　潮以勃壮的力
　　冲击岩石
　　搏击黑暗

　　啊啊
　　听子夜的潮音
　　披衣独坐
　　焦灼地期待黎明 [①]

　　诗末作者注明写作的时间与地点是"三月于澎湖",属于典型的战地写作。当时写海洋的诗人很多,最知名的诗人是覃子豪,覃子豪的《海洋诗抄》都是以海洋为对象的诗作,他笔下的海是自由的、母性的,但战地诗人笔下的海洋则不同,平沙笔下的海是让人迷惘,李春生笔下的海充满力量,但也让人感到压抑与焦虑。因金门近大陆,这些以外省籍为主的士兵,在"观海"时往往涌起更为复杂的家国情感:

　　在紫葡萄色的乱石间,
　　我低头拾捡了
　　观海亭畔一个无迹的黄昏。
　　打海面滚滚而来的风,
　　亲密的缠绕住我,
　　像条饿够了的毒蛇,
　　这次,我又经过了一场爱的搏斗,
　　剩下了怨魂似的黑影子,
　　和切不断的大石块和海,
　　酿成八月之哀情。

　　我的头发也乱了,

---

① 李春生:《潮音》,《新诗》周刊,第 25 期

我的衣衫像一面

展扬在狂风中的大旗，

当我隐约看到大陆的时候，

我心之沸腾一如

晚汐卷过来了之澎湃。

我又瞧见几只小渔船，

在波涛辽阔里张起了网，

飘呀，悄悄地被海给吞去了，

我随手掐下一根狗尾草，

摇划着圈儿

我接受了白浪给观海亭边

那几个看风景的人专门造出的

浩浩无垠的乡情。

…………①

诗末作者写了较为详细的注解，交代其在金门的所见所感，以及诗歌写作的语境和情感状态：

> 一九五二年八月，我乘船飘海，到了金门。那时遍岛植种的高粱已如青纱帐，蓝天澄碧，起伏的黄色土坡，似大地的波浪。仿佛身边就是海，稍为登高，那碧翠的波浪就卷入了我们的眼帘了。除了古宁头曾称为民族圣战之基地，另有名胜一曰鲁王墓，一曰鲁王饮马处或观海处，亦即本诗所吟之观海亭。实际上，并看不见亭子，倒有一座石头宝塔，那只是象征式的，不可攀登，上刻有"闽台宝塔"四字。极目四望，海的各隅都有一片陆地的影子，就是我们魂牵梦绕眷念的乡土，当时心境已如诗述，不赘。是日落日夕阳，为我眼前渲染出无垠苍然之古意，我又想起自该塔至鲁王墓当中，一块石上镌刻的"汉影云根"四字，凄凉与磅礴，共同揉进我心，我无诗当愧对眼前江山，故以诗志之。一九五二年八月五日作于金门水头村，八月十六日补记于澎湖岛马公镇滨海"渔民之家"木屋中。②

作为战地的金门，并不是一处化外之地，而是有着悠长而深厚的文教传统，

---

① 公孙嬿：《观海亭的黄昏》，《现代诗》，第2期，1953年5月1日。

② 同上。

从朱子讲学的燕南书院，还有鲁王墓、观海亭等遗迹可略窥一斑。公孙嬿拜谒的鲁王墓，是明末流亡皇室朱以海的墓地，这与台湾有较为复杂的历史关联，因为郑成功就是奉明为正朔，一生都以恢复中原为念。鲁王墓勾起的不仅是一段兴亡史，更是关于流亡、南渡与收复失地的抱负与情感结构，因而，当公孙嬿看到鲁王所题写的"汉影云根"四个字的时候，感到的是"八月之哀情"，是"凄凉与磅礴"共同揉进心怀，战地体验也是伤感的乡愁的，这乡愁也要在特定时空背景中来看，它不是单纯的思亲，而是被嵌入了国民党对大陆的政治之中，成为发动战争的情感动力。

战地经验一般给人的印象是雄壮的、粗犷的、豪迈的，在面临生死威胁时，战士似乎也没有精力去体验或表达纤细的情感，但事实有时并非如此，台湾20世纪50年代的战地诗歌就有一些写得极为细致的诗作，如钟雷这个曾写出《勃朗宁俺的好朋友》这类暴力诗作的诗人，在战地也有极细腻的一面，他的诗作《战场之春》《夜行军小吟》等就写出了战地的另一种风景：

> 从曾经凝结着我们血汗的
> 而已开始解冻的泥土里，
> 有熟悉而浓郁的芳香洋溢了；
> 于是，在岑寂已久的战场上，
> 乃听见了种子破土的爆响。
>
> 春，来自掩体石缝里的草芽，
> 来自刚爬上鹿柴的藤萝须；
> 而溪旁的杨柳枝也抽出了新叶，
> 该为我们的发亮的钢盔上
> 用绿色编缀着伪装的桂冠了啊！
>
> 在使人发懒的阳光下，
> 靠着抢，畅快的苏苏胡须吧！
> 而当没有风的夜晚到来时，
> 再让我们迎着澈蓝的星空。

好好的做一个旖旎的乡梦。①

岑寂的战场可听见"种子破土的爆响"，发现"掩体石缝里的草芽"和溪旁杨柳枝的新芽，观察可谓细致入微，写出了前线诗人婉约的一面，发现了战地在战争间隙日常化的风景。《夜行军小吟》也是类似的作品，与王禄松《夜行军》的那种紧张感不同，钟雷的夜行军是舒缓的，充满了诗意：

> 钻透沉睡的暗夜，
> 踩着呓语的原野，
> 看眨眼的星，为我们打着灯号；
> 握紧一个永恒不变的方向，
> 让新的道路在我们的脚下踏出。
>
> 那躲在一丛丛大树后面的，
> 该是一座酣眠的村落吧！
> 唉唉，我想它会有家酒坊的，
> 而在那家酒坊内，半夜里
> 或许正已蒸出上好的白干酒……
>
> 披着夜寒与不眠的困顿，
> 倾听饥肠的不耐的咕噜，
> 我将抱着晃动的马头而入睡了：
> 啊……何处的一声鸡唱，
> 又为夜行者带来黎明的讯息！②

在夜行军途中，周围是静谧而沉稳的，"沉睡的暗夜""呓语的原野"和"眨眼的星"营造的是一个亲和的环境，诗人面临的似乎并不是生死搏斗，假想敌消失了，注意力也转向了对普通生活的期许，想象中的"酣眠的村落"，诗人细致描绘的酒坊，正是战士的精神软肋，它带给疲惫的行旅以精神的慰藉和生活的调剂，饥饿与寒冷虽然时时侵袭而来，但抱着马头入睡的情境还是显得颇有田园牧歌的情调。

钟雷在前线看到了战地日常化风景，这里不只是威武雄壮，战士的生活除

---

① 钟雷：《战场之春》，《创世纪诗刊》，第4期，1955年10月。
② 钟雷：《夜行军小吟》，《创世纪诗刊》，第4期，1955年10月。

了操练或战场的生死搏杀夜行军外，也有个人化、日常化的情感，有对远方亲人的思念，战友之间的友谊，对战地的细致感受等，如银喜子就将《升旗》《跑步》《开饭》《午睡》等日常作息写入了诗作，这些战地的内景，都是外部视野很难体察的风景。更有甚者，阵地前陈列的武器，也是一种风景：

> 大海是碧绿的原野，
>
> 白浪是盛开的花，
>
> 战舰在散步——抽着香烟，
>
> 战舰在散步——吹着口哨。①

与对战争的审美化想象一样，对战地的风景化观看，扭转了战争与日常生活之间的定势思维模式，20 世纪 50 年代的台湾社会都在努力地将日常生活军事化，将整个社会动员起来服务于军事，战争一时成了很多人生活的目的，而身处前线的诗人，则带来了另一种观看战争和战地的眼光，这就是将战争从目的还原为手段，将大海的还给大海，凯撒的归凯撒。

五、战士的心理：仇恨及其他

如何看待战争，如何欣赏战地的风景，背后关联的是观看者的政治立场、心理状态和情感结构，对于战地诗人而言，当他们在大肆歌颂战争的暴力时，充斥于心间的多是试图战胜敌人的昂扬斗志，在蒋介石所提出的"反攻大陆"的计划中，很多随国民党前往台湾的外省籍士兵也是如此期许的，在两岸的敌对状态下，战士往往被唤起仇恨的情绪，正如张航《仇恨的心》所表达的：

> 愤恨熬枯了的心怀，
>
> 被静寂点燃了，
>
> 疾风使劲地助威；
>
> 像岛上的凤凰木盛开。
>
> 映红了周遭的海空。②

战争的暴力，"迫使敌人向我方意志屈服才是最后目的（object）"，③ 在敌对双方的零和对峙下，仇恨是难以避免的。但需要追问的是这种仇恨是如何产生，在什么结构框架下生产出来的。如纪弦的长诗《向史达林宣战》，就在诸多二元

---

① 张航：《战舰》，《创世纪诗刊》，第 3 期，1955 年 6 月。
② 张航：《仇恨的心》，《现代诗》，第 9 期，1955 年春出版。
③ 克劳塞维茨著：《战争论》，钮先钟译 . 桂林：广西师范大学出版社，2003 年版，第 2 页。

对立的框架中，号召从肉体到精神消灭斯大林（史达林）。①斯大林当时是红色政权的领袖，纪弦对他的宣战表明，这场战争是意识形态之战，是在冷战的框架内，自居西方自由主义阵营的诗人向红色政权发出的，也就是说仇恨的一大来源是冷战的结构。当然，对于渴望回归家园的士兵来说，他们仇恨的对象是将他们赶出大陆的力量，在他们看来是内战导致了他们的流亡。也就是说，20世纪50年代双方之间的仇恨实际上来自于冷战与内战，这个被陈映真称作"双战"结构的框架。国民党利用"双战"的框架，将红色政权和解放军天然地当作了台湾的敌人。但对于大陆，对于共产党而言却并非如此，在阶级革命的框架下，普通军人并不必然构成敌对势力，更有可能成为阶级盟友，解放台湾，恢复领土主权也并非最终目的，最终目的是解放台湾人民。比较而言，两岸在20世纪50年代虽然处于敌对状态，但双方之间的仇恨却是错位的。大陆是从阶级的角度仇视资产者，而台湾则是意识形态的角度仇视无产者的代表共产党。但实际上，国民党也无法回避岛内的阶级议题，在阶级矛盾的压力下，台湾当局甚至主动进行了土地改革，将公有土地分给人民，缓解岛内的阶级矛盾，并将原本的阶级矛盾转向对外，加上冷战语境下对共产党的妖魔化宣传，进一步扭曲了"解放"的意义，使仇恨进一步巩固，成为主导台湾对大陆政策的依据。

仇恨的政治，本是台湾当局为统制全岛所启用的手段，但在戒严体制的高压统治和宣传下，却逐渐成为人们心底根深蒂固的情感结构，到当前依旧发挥着重要的作用，很多人可能并不知道大陆或共产党是何面目，但却并不影响他们先入为主的成见，造成这种后果的历史根源就在冷战初期国民党的仇恨政治中。

仇恨政治的最大特点是以敌我二元的标准，划分阵营，作为政治动员和统治的手段，在二元对立的思维下，台湾人民不仅视对岸为对立面，同时在内部也以敌我二分的思维加以区别，而区分的标准则是当局的意识形态和主流的价值观，如张默就有《宣战篇》：

落伍的，腐化的，因步自封的，停滞于十字路口的
给我滚开去，给我滚开去
前进的，乐观的，勇于战斗的，鄙视名与利赛跑的
跟我们来，跟我们来

---

① 纪弦：《向史达林宣战》，《现代诗》，第1期，1953年2月1日。

> 一切墨守于旧的惯例和现实的，都是我们应该宣战的
>
> 来，慑服于创世纪的凛凛的威仪下，你这——
>
> 诗坛的败类，无耻的叛军 ①

前进、乐观和勇于战斗的人是同路人，反之则是要被排斥的敌人，对于当时大多数人而言，这是不言自明的，自居前进者阵营的人，也就占据了道德和历史的制高点，对非议者采取排斥政策。张默所在的文艺圈或许只是观点上的相互商榷与批判，但如果在政治领域，对于意识形态上的异见分子国民党当局会毫不犹豫地采取肉体消灭的方式，当时台湾的共产党和"左翼"知识分子基本上就是这样被扑灭的。如果联系到当局所一再宣称的自由与民主，这些因信仰不同而被消灭者，不得不说是对当局的讽刺，这也表明，当时大多数人据以划分敌我的标准看似不言自明，但这个标准恰恰是需要批判与质疑的，像自由、民主这些具有普适性的概念和价值，当时是部分知识分子选择赴台的原因，也是他们反对大陆新政权的义理所在，但为他们所忽略的，是这些概念本身已被冷战和内战结构中的二元模式扭曲了，它们成了西方世界的冷战意识形态，而当台湾部分知识分子在接受这些概念的时候，忽略的正是这些概念本身的政治含义，即在冷战的结构中，它们也成为排他性的了。

战争是需要仇恨的，仇恨能激起士气，不过在经历 20 世纪 50 年代初期的高潮之后，随着两岸战事的僵持，"三年准备、五年反攻、十年成功"的计划变得像一张无法兑现的支票，允诺的实现更是遥遥无期，士兵的心理也随之有较大的改变，歌唱暴力的诗作逐渐让位于描写战地风景和战士内心的作品，战士和前线诗人也从早期激昂状态，转化为更为细致多样的情感样态，出现了与时代潮流并不太合拍的悲观、迷惘乃至虚无等精神气质和情感状态，如景祥在金门附近的大担岛所写的《大担岛夜吟》和《十一月》，前者为：

> 狂风怒号凌空驰奔而过
>
> 破棉絮裹着我底灵魂
>
> 狂狂然在燃炽熊熊烈火
>
> 逼视对岸那窒息棉（绵）亘地山岳
>
> 黎明迟迟不来——

---

① 张默：《宣战篇》，《创世纪诗刊》，第 4 期，1955 年 10 月。

躺在护鞘里的刺刀

做着渴血漫漫底长梦

木栓的战马，竖起长鬃

烦躁地枭枭长啸……①

这首诗单独看，可说表达的是一个渴望战争的士兵的心声，但长久的等待也让战士心理疲惫而躁郁，如果置于作者同时刊载的其它诗作中，便可发现该诗所渴望的战争，可能并不是为了抽象的黎明，而是为了改变自己的处境，改变被破棉絮裹着的灵魂，改变烦躁地萧萧长鸣的战马，他的另一首诗作《十一月》如是写：

十一月，岛上有风的响铃滑过

蓝空追逐的彩云，

一如无数幽灵催赶的宝车

输向遥远缥缈的帝座②

与当局目标确切的宣传不同，诗人观察到的是被风不知吹向何方的云彩，它就像被幽灵驱赶着，目的只是"遥远缥缈的帝座"，前途虚无缥缈。同一年，同样在前线烈屿驻防的沙牧，也写了一首看似与战争无关的诗《时间不为什么地流着》：

许多教堂的钟很好听地响着

许多许多人在胸前认真地划着十字

好些和尚们在敲木鱼

好些尼姑和老太太们在数念珠

很多穿长袍子的牧师在念祭文

很多戴白帽子的助产士在忙碌

很多很多的士兵们在射击

有些小男孩们在滚铁环

有些小女孩们在堆积木

---

① 景祥:《大担夜吟及其它》,《创世纪诗刊》, 第 8 期, 1957 年 3 月。

② 景祥:《十一月》,《创世纪诗刊》, 第 8 期, 1957 年 3 月。

　　　　结婚进行曲这里那里庄严地奏鸣着
　　　　而一些男人和女人们在吵架
　　　　并撕毁了请法官先生朗读过的证书

　　　　夜如此深了，而所有的酒店仍未打烊
　　　　（一些歪斜着走出来的醉汉们都喝的回不去家啦）
　　　　你眼圈儿发灰，狂吸着纸烟的诗人在伏案涂些什么

　　　　送殡的喇叭又在哭了
　　　　而已退休了的喇叭手正静静地蹲在骨灰罐里
　　　　侧着耳朵欣赏他的后起的同行们演奏呢
　　　　这世界是多么地苦闷而又忙碌的呀
　　　　而时间流着，不为什么地流着

　　　　像破灭了的肥皂泡泡般的往昔呀
　　　　啊，今日也即将逝去
　　　　而明天又是什么日子呢
　　　　我心上装的东西太多，不能载负啦
　　　　（一九五七年于烈屿）①

　　烈屿就是小金门，位于厦门与金门之间，就台湾而言可说是前线的前线。该诗中，士兵的射击，是混杂在和尚敲木鱼、小孩滚铁环等日常琐碎之中的，整体看起来忙忙碌碌却又杂乱无章，佛教、基督教轮番上场，人们却找不到生活的信念，找不到归属和救赎。结婚进行曲还在奏鸣，但吵架的男女已撕毁了证书，只有醉汉和送殡的喇叭成为这个世界恒常的风景，一切价值似乎都崩解了，世界充满了苦闷，往昔像破灭的肥皂泡毫无意义，未来也找不到出路，唯有彷徨于无地。

　　无论是景祥诗中虚无缥缈的目的，还是沙牧笔下不为什么地流着的时间，都透露着前线诗人别样的心理状态，在大时代的冲刷下，前线诗人除了引吭高歌以外，也不免徘徊、苦闷，找不到出路。这不是偶然的现象，从根本上说，

---

　　① 沙牧：《时间不为什么地流着》，《现代诗》，第21期，1948年3月1日。

源于台湾政治前景的缺失，它无法给人们提供一个具有光明未来的政治图景，它所赖以激发士气的，仅仅是仇恨，回到故土的渴念，或是收复中原这类传统的文化价值，而没有一个立足时代需要、建立在现实需要基础之上的政治方案，因而导致前线士兵眼中有敌人，无战友；有暴力，无救赎。当最初的激情过后，经历漫长的间歇，留给人们的就只剩下挫败感：

就说，我是个败者，

但我无权逐我离开，

这属于你也属于我的世界。

莫笑我终将为黄土掩埋，

这不过是旅途暂歇的驿站，

明天，腐朽的尸体上，

不又有草长，又有花开？ ①

孙家骏这首诗题为《我的存在》，实际上是不存在，现实中没有出路，没有宗教的救赎，也找不到政治的前途，诗人最后仰赖的是艺术，其他诗人也是如此，"匍匐在战壕边缘，从上衣左口袋取出皱了角的拍纸簿，/用劣等自来水笔写我自己的诗句吧！"② 艺术似乎超越战争，成为前线诗人自我确认的救命稻草。彼此之间也因写诗而熟识起来，孙家骏有首《寄辛郁》，写二人因诗结缘的友情："站起来吧，歌吧，唱吧，朋友，/跳舞，而且干杯吧！/难得的浓郁的友情如酒。/握紧，握紧呀，/战斗的铁的手！//置所有的谩骂与嘲笑于脑后吧！/这于我们的独立的宇宙何损？/窒息自己的歌的，将是自己的忧郁。/对那些张牙舞爪而来的，/掷出去，诗的匕首！"③ 这首诗值得留意的地方在于，"诗的匕首"不是掷向军事意义上的敌人，而且投向精神的对立者，是为了维护诗人的"独立的宇宙"，也就是说，因为诗歌，战友之间生成了一个逸出战争的友谊共同体，这个亚共同体是由诗歌维系的，军旅诗人似乎因写作，而突破了战地语境，获得了另一个天地，痖弦有首《碉堡里》表达的是类似的意思：

在碉堡里掘一口小小的井吧。

当火花的日子

---

① 孙家骏:《我的存在》,《现代诗》, 第10期, 1955年夏出版。

② 曹继曾:《歌唱在妈祖岛》,《现代诗》, 第12期, 1955年冬季出版。

③ 孙家骏:《寄辛郁》,《现代诗》, 第10期, 1955年夏出版。

　　　跳跃在射口外面；
　　当敌人的尖兵
　　　封锁了那遥远的流泉的时候。

　　而除了足够的马铃薯和菜油灯之外
　　克劳塞维斯的《战争论》,《孙子兵法》
　　和雷马克悲壮的著作
　　也是必要的呀！

　　绿帆布的弹夹是最好的枕头——
　　上面没有 Sweet Dream 的祝福
　　也没有你小恋女的蓝刺绣
　　你梦的青鸟儿
　　　会不会飞向南方的樱桃园呢？ ①

　　在碉堡里读书，如果说克劳塞维茨的《战争论》和《孙子兵法》尚可称之为正业的话，那么"雷马克悲壮的著作"则是副业了，雷马克的《西线无战事》正是反战小说中的经典之作。在碉堡这个战略要地阅读，本身就显得有些反讽，作者的思绪却进一步飞到了"南方的樱桃园"，这个充满诗意的乌托邦世界，由此可见前线诗人对眼前战事的消极态度，他们以自我疏离或者说是自我放逐的姿态，保持着身处战争框架内的人格独立。

六、前线与后方

　　部分前线诗人的自我放逐姿态，并非完全是出于厌战，而是出于对当时社会的整体认知，是在看到当时社会结构和社会现象的诸多弊端的基础之上萌生的退摈心态。从社会结构而言，20 世纪 50 年代的台湾当局虽然采取高压统治，但社会矛盾依然激烈，从"二·二八"事件、刘自然事件到《自由中国》事件等，都是社会矛盾激化的表现；而从社会现象看，在全民备战的时代，前线士兵固然要积极备战，但后方很多有产者却过着纸醉金迷的生活，底层人民的生活依旧艰难，这无疑让前线归来的军人愤怒而失望，如孙家骏回到台北后，就

---

① 痖弦：《阵地吟草》,《创世纪诗刊》, 第 4 期, 1955 年 10 月。

写了组诗《台北街头行吟》，他以三轮车夫、擦鞋童、酒女和乞丐等为书写对象，描绘了一幅后方底层的生活图谱，其中《三轮车夫》是：

> 挥单骑以冲锋陷阵的，
> 又有谁欣赏你这英雄之姿？
> 叮叮当当的车铃，你这哑了的歌，
> 原比不上那高视阔步的汽车喇叭神气。
>
> 伸长着脖子挣扎于生活线上，
> 你一如蜗牛探索的触角。
> 而驼在背后的驱（躯）壳啊，
> 竟没有自己遮风避雨的余地！ ①

街头的三轮车夫，有"挥单骑以冲锋陷阵"的英雄之姿，这既是诗人眼中三轮车夫所应有的地位和形象，但也不无身为军人的自我身份的投射，表达了英雄归来无人识的悲凉。而这种况味是生成于前线与后方的位置转换中的，同时也带有阶层的视野，与三轮车夫相对的，是"高视阔步的汽车喇叭"，三轮车夫出卖自己的劳力，风雨无休，却仍挣扎在生活线上，没有片瓦来遮风挡雨。与三轮车夫有着类似命运的，是被"繁华的都市"遗弃的擦鞋童、被"君子"们闻声尝肉的陪酒女，"希冀着人人有所爱怜""接受的是人人鄙夷的眼色"的乞丐，诗人在台北街头看到的是"被侮辱与被损害的"一群，作者虽未明确道出，但内在的阶级视野是鲜明的。

前线与后方，对于前线诗人来说，不仅是地域的划分，更是代表着两种身份，两种价值观。对于习惯前线生活的士兵来说，战地的生活是有节奏的，精神是紧张的，人生也有较为确定的目标和意义，最起码他们是在保卫疆土，让后方的人们享受和平的环境，但回到后方却发现他们为之付出甚至献出生命的人们，既不珍惜来之不易的和平，对归来者也缺乏理解和认同。这让归来者感到，从前线归来，不是回家，而是到了一个陌生的地方，自己像个异乡人一般。当时很多诗中都有"归来者"的形象：

> 我如微尘，降落在这里
> 不曾带来震动，不曾带来声色

---

① 孙家骏：《台北街头行吟》，《现代诗》，第11期，1955年秋出版。

默默走过陌生的闹市
你不知道我，正如我不知道你

别向我投射生疏的流盼好吧
我刚从远方来，那地方你也生疏么
唉唉，怀着无限的心思
你被我拒绝了，我被你拒绝了

我不怪你，我们的距离原是遥远的
我有着深深的失悔，不该贸然来此
在前线，我有着自己的存在
而现在，我如搁浅在沙滩的游鱼
焦渴，更疲惫不堪

我要尽速的遗忘你并离你去寻回自己
怅然若失，我在那儿呀？……①

本雅明曾提及，"远行人必有故事可讲"，但他也同样提到，经历第一次世界大战，"战后将士们从战场回归，个个沉默寡言，可交流的不是更丰富而是更匮乏"②，原因在于人们已不再重视经验，而是趋向政治权术或经济投机。20 世纪 50 年代从战地归来的人，也遇到了类似的现象。不仅没有人关注他们，没有人要倾听他们在前线的经历，都市里的人们行色匆匆，忙着赚取生活之资。陌生的闹市、陌生的眼光，这个地方让他们格格不入，找不到归属和位置，在前线至少身份是确定的，到后方却"如搁浅在沙滩的游鱼"，找不到去路，最终只能再度离去。

当然，后方并非对前方不感兴趣，很多人会捐款支援前线，也有名人前往前线劳军，公孙嬿所在的小金门，在炮战之后，就迎接了大批的劳军队伍。这次前线受到关注的背景公孙嬿有所交代："一九五五年'九三'纪念之次日下午，小金门炮战忽起，我炮猛轰厦门，为年来最激烈者，余亦躬与其盛。一时满天炮弹齐飞，烟尘四起，海岛为之震撼，罕见也"，"是夜台湾劳军团恰来，据闻

① 风铃草：《我从前线来》，《现代诗》，第 17 期，1957 年 3 月 1 日。
② 阿伦特编：《启迪：本雅明文选》，张旭东等译.北京：三联书店，2008 年版，第 96 页。

有自立晚报及中央日报记者、妇女会代表、军友社总干事与大专学校男女同学等等先生女士，曾驾莅余属阵地，观弹痕累累，证之炮战猛烈不觉感激泪落"。[①]

除了纪事外，公孙嬿也有诗作记述其事：

海的声势是磅礴的
浪花会洗去心上新秋的预感
都市人的乡愁乃被讪笑了
任白云驮走凝固的愤恨
不必再眷念江山旧梦
虽说小金门像家里仅有的摇篮

今天我们开始歌颂枪
炮、刺刀、和碉堡
如果有谁厌弃这些名词
说是像科举时代的八股
则我们愿献上满腔的鲜血
当作金门特产的高粱美酒
不是希望醉后忘却天地窄
而是啊，它可使冰冻的心
逐渐地融化，融化……

也许遥远处有人看到
海岛士气如长虹，贯穿云霄
总不至于是妄想着血光剑影
用以点缀新世纪的歌舞升平吧
征戍在小金门最前线
我们用力高举起粗手
为沉湎于青春的儿女们祝福
…………

---

① 公孙嬿：《九月的小金门》，《现代诗》，第 12 期，1955 年冬季出版。

> 谢谢劳军团的先生女士们
>
> 唯有你们敢来呀，来了
>
> 又走了，唉！感激的泪
>
> 曾使弟兄们热血煎沸
>
> 我们不是健忘的
>
> 但国仇家恨早磨得我们坚强
>
> 请捎回去战地的激昂吧
>
> …………①

该诗有些流于应景，艺术性并不高。诗人虽然对劳军的队伍充满感激之情，但细读也不乏讽叹的意味。诗人从一开始就大肆描述前线的风景，"海的声势是磅礴的"，与都市人顾影自怜式的乡愁形成鲜明的对照，前线的风景是"炮、刺刀、和碉堡"，这些被很多文人视为文章禁忌的内容，诗人却信手拈来，这表明诗人是自觉地在前线与后方的结构中来看待这次劳军行为的。诗末一节，作者虽对劳军队伍满怀感激，但"唯有"这些人敢来，"来了，又走了"，是感激，是留恋，但也不免让人失望，很多劳军者如观光客一般，走马观花，来前线巡视一番复又回到后方，又旧态复萌，前线的经历在他们的生命中到底能留下多深的印痕，实际上是充满疑问的。

正是后方民众对前线的隔膜，他们对前线的看风景的姿态，使前线与后方从地域区隔转向道德和价值的区分。"归来者"固然在后方找不到归属，但他们在面对大后方的丰富时，却不是迎合或自卑的姿态，而是以批判者的眼光来审视：

> 给你们，这忘记了战斗的一群
>
> 战鼓敲不开你们的心窍，
>
> 炮弹也惊不醒你们罪恶的灵魂，
>
> 这现实里的现实啊：
>
> 水蛇腰，狐步舞，威士忌。
>
> 美钞，黄金……②

在与后方的对照中，前线紧张、拮据的生活，军队的纪律和军人的精神气质，构成了评判大后方的标准，成为社会批判的资源，如纪弦就指出，"毋庸讳言的

---

① 公孙嬿:《九月的小金门》,《现代诗》, 第 12 期, 1955 年冬季出版。

② 依穗:《给你们、忘记了战斗的一群》,《创世纪诗刊》, 第 4 期, 1955 年 10 月。

是今天的社会风气太淫糜了，太教人看不下去了。哀莫大于心死！"①前线诗人既有诗人的敏锐，又经历军旅生活的锻炼，对后方弊端的反应自然尤为激烈。

归来者对后方纸醉金迷的生活的批判，与前文提及的诗人对后方底层的同情，是一体两面的。他们虽然是通过前线—后方这个地理性结构发现问题的，但他们所看到的问题实际上已超出单纯的地理性区别，而是深入到了社会结构的层面，看到了因阶层分化所导致的社会矛盾，说到底，普通士兵的命运与三轮车夫是一样的，都是被侮辱与被损害的。当统治者在反帝的名目下宣传"反苏"，在自由的名义下宣传"反共"的时候，却并不妨碍这些统治者接受另一方帝国的军事和经济干预，也并不妨碍他们对内施行白色恐怖统治。从这个角度而言，前线与后方的结构，实际上也是台湾社会结构的一个重要组成。

七、超越内战/冷战之框

20世纪台湾诗人的战争书写，是由冷战与内战的框架激发的，在这个双战结构下，诗人视对岸的政权和人民为双重"敌人"，既是冷战格局中颜色革命的对象，也是内战结构中重新恢复政权的阻碍。因此，当时战争诗充满了"反攻大陆"的口号，充满了歌颂武器和暴力杀戮，这是国民党片面宣传的结果，也是时势使然，但由此形成并积淀下来的仇恨政治模式、憎恨的情感结构，依旧是当前台湾人民在面对大陆时的某种潜意识。或者说，虽然内战和冷战都结束了，但我们依旧未走出内战和冷战的战争之框。所谓的"战争之框"，这里是借用台湾社会学家汪宏伦的相关说法，在他看来，"作为一种人类集体暴力的极端形式，战争深刻地形塑着人们看待世界的方式；反过来说，人们看待世界的方式与价值观，也决定了战争的发生与否，以及战争的形态与进行方式"，他用"战争之框"来指称这种认知方式，"战争之框有两层意涵。第一个意涵，是由战争所创造出来的结构框架；第二个意涵，则是关于战争的认知框架，透过这个框架，战争被赋予意义、并根据此框架被加以诠释与记忆"。②汪宏伦的这个说法，理论背景来自于符号学和结构主义以来对人类认知结构的探索，战争之框就是一个影响人们价值判断和认同的知识框架。这个观念经历了从克劳塞维茨到福柯对战争与政治关系探讨的理论衍变，在克劳塞维茨看来，战争是政

---

① 纪弦：《金门特辑·前言》，《现代诗》，第21期，1948年3月1日。

② 汪宏伦：《东亚的战争之框与国族问题：对日本、中国、台湾的考察》，汪宏伦编：《战争与社会：理论、历史、主体经验》.台北：联经出版社，2014年版，第161、162页。

治的手段，是政治的延续，而福柯的看法则相反，认为政治是战争的延续，他试图看清的是，"战争、斗争和力量冲突的图式在什么范围以内实际上可以被定位为社会内部的基础，是政治权力运行的原则和动力"。[1] 二人并非对立，而是看待战争与政治的角度不同，克劳塞维茨的重点在于战争与对外政治，而福柯的重心在于战争与社会内部的治理问题。汪宏伦则将福柯理论的适用范围予以扩展，置于东亚的整体格局中，借此考察东亚社会局势与战争之间的关系，在他看来，"政治是战争的延续，这里的战争不仅仅是个隐喻，而是实实在在发生过、历史上的战争。如本文一开始所述，当今东亚各国内部与外部之间所存在的重大分歧，其实都与 19 世纪以来的各场战争有着密不可分的关系。在这个意义下，我们可以说，当前的各国内部（国族）与外部（国际）的政治，都是过去战争的延续"。[2] 正因为他认识到现代战争对东亚格局的决定性影响，这主要是指由二战所奠定的东亚局势，除了中日关系外，还有台海内战影响下的两岸局势，韩战影响下的朝鲜半岛局势，以及钓鱼岛问题等。也就是说当前东亚的诸多问题实际上仍未走出二战及其后的冷战范围，实际上还应包括他未提及的鸦片战争和甲午战争，这两场战役的幽灵也依旧在东亚游荡。鉴于此，他一再呼吁"把战争带回来"，当然这不是要重启战端，而是要重新研究、反思战争与当前社会的关系，这实际上也是本书的研究初衷之一，除了研究双战结构下前线诗人如何看待战争，探讨他们的心理结构和情感状态外，也试图从中找到台湾如何走出仇恨政治、如何超越冷战与内战之框的历史资源。

正如前文所述，虽然面临着国民党当局的高压统治，但前线诗人的心态和姿态也并不完全与主流意识形态合拍，而是有着疏离和自我放逐的一面。当时国民党当局对文艺的大力扶植，对军中文艺的提倡，立意是总结大陆失利的教训，扩大意识形态斗争的战线，但事与愿违的是，文艺反而成为部分军人情感宣泄的工具和途径，诗歌和小说等艺术形式在成为斗争武器的同时，也为他们提供了一个美学的乌托邦，一个精神的遁逃薮，一些难以归入宏大叙事的个人化的、碎片化的经验，形成了他们诗歌的另一个面孔。如《现代诗》第 21 期曾组织"金门特辑"，发表了九位驻守金门的诗人的十四首诗作，借用主持人纪弦的话说，其中很多是"抒发了内心的苦闷的"，像沙牧的《时间不为什么地流

---

① 福柯著：《必须保卫社会》，钱瀚译. 上海：上海人民出版社，1999 年版，第 16—17 页。

② 汪宏伦：《把战争带回来！——重省战争、政治与现代社会的关系》，汪宏伦编：《战争与社会：理论、历史、主体经验》. 台北：联经出版社，2014 年版，第 14 页。

着》、蜀弓《散步的马》、梅新的《主峰》《城》、辛郁的《堡》等，都与前文提及的战争诗作不太一样。如梅新的《城》：

　　　　我在城的阴影里走着，
　　　　显然城的延伸是在继续了。
　　　　他们在我的阴影里走着；
　　　　他们在他们的阴影里走着，
　　　　啊，城墙的世界，世界的城墙。

　　　　现在我才看清：
　　　　那重叠又重叠的云层，
　　　　海上接连又接连的波澜，
　　　　有其对立的美，我站在这边。①

　　这首诗置于《金门特辑》之中，但具体内容却与战争旨趣相隔甚远，"城的阴影"更像是一种被围困的经验，人与人之间相互影响，又彼此隔膜，整个世界也如一座被城墙围困的监牢，这是一种近于存在主义的生存体验，战士有这种体验，看似荒谬，但却又合情合理。对于小人物来说，在面对战争这个庞然大物时，他们的命运如风中之芦苇，不正如逃不出的城墙世界吗？第二节中诗人发现了对立之美，并借此确认自己的位置和存在，是经艺术而达到短暂的解脱与救赎。20 世纪 50 年代后，很多战争诗一改早期的暴力因素和乐观色彩，表现出忧郁和迷惘色彩，这正是时代精神转换的先兆。

　　除了利用诗美学消极地逃避战争外，当时也有反战诗出现，如《创世纪诗刊》所载的译诗《战争是仁慈的》：

　　　　不要哭泣，少女，因为战争是仁慈的。
　　　　即使你的恋人向苍天攀起狂野的手臂，
　　　　惊恐的坐骑独自飞驰，
　　　　不要哭泣，
　　　　战争是仁慈的。

　　　　粗犷的，轰鸣的军鼓，

_____

① 梅新：《城》，《现代诗》，第 21 期，1948 年 3 月 1 日。

　　渴求战争的渺小的灵魂

　　这些人生来就是为了操练，为了去夭亡。

　　不可能的光荣在他们头上翱翔，

　　战争之神是多么伟大，他的疆域又是多么辽夏，

　　　千万具尸首纵横的战场。

　　不要哭泣！孩子，因为战争是仁慈的，

　　即使你的老父在战壕的黄土中跌撞，

　　抓着他的胸，喘气，死亡，

　　不要哭泣，

　　战争是仁慈的。

　　　军旗招展，火焰似的飘扬，

　　　头盔上饰的金色鹰，

　　这些人生来就是为了操练，为了夭亡。

　　告诉他们知道，屠杀是道理的，

　　　解释给他们听，杀人是美丽的，

　　　还有那千万具尸首纵横的战场。

　　母亲的心像一颗无足轻重的纽扣

　　挂在儿子的光荣的军装上，

　　不要哭泣，

　　战争是仁慈的。[①]

　　在"战争是仁慈的"声音环绕下，少女失去了恋人，孩子失去了父亲，母亲失去了儿子，没有比这更具反讽意味的现象了，没有人"生来就是为了操练，为了去夭亡"。这类诗作出现在 1955 年的台湾诗坛，显得极为另类。进入 20 世纪 50 年代末 60 年代初，台湾诗人也开始创作类似的诗作，如痖弦的《战时——一九四二·洛阳》和《盐》就是其中的代表作，其中，《战时——一九四二·洛阳》从题目看是一首典型的战争诗，但诗人着笔却全不在战场：

---

　　① 斯蒂芬·克朗（Stephen Crane）:《战争是仁慈的》,《创世纪诗刊》，第 3 期，1955 年 6 月。

春季之后
烧夷弹把大街举起犹如一把扇子
在毁坏了的
紫檀木的椅子上
我母亲底硬的微笑不断上升遂成为一种纪念

细脚蜂营巢于七里祠里
我母亲半淹于、去年
很多鸽灰色的死的中间
而当世界重复做着同一件事
她的肩膀是石造的

那夜在悔恨与瞌睡之间
一匹驴子竟夕长鸣而一列兵士
走到窗下电杆木前展开他们的纸张
石楠的繁叶深垂
据说是谁也没睡

而自始至终
他们的用意不外逼你去选一条河。
去勉强找个收场
或写长长的信给外县你瘦小的女人
或惊�骇一田荞麦

不过这些都已完成了
人民已倦于守望。而无论早晚你必得参与
草之建设。在死之营营声中
甚至——
已无须天使①

---

① 痖弦:《战时——一九四二·洛阳》,《创世纪诗刊》,第 17 期,1962 年 8 月 1 日。

1942 年正值中国的抗日战争时期，题目是宏大叙事，但诗作却写中原某县的日常生活，烧夷弹毁坏了街道，带走了很多生命，但并没给县城带来多大的改变，生活依然继续，仍旧是蝇营狗苟，这个世俗世界等待着救赎，但似乎又无须救赎，就这么按自己的节奏残喘着。从写法上而言有新历史主义色彩，从思想而言，在面对抗日战争的历史时，该诗无疑带有历史虚无主义色彩，但如果将这首诗置于 20 世纪 50 年代以来的台湾战争诗序列，则又有完全不同的意义。对此，可参照同时发表的另一首作品《盐》：

> 二嬷嬷压根儿也没见过退思妥也夫斯基。春天她
> 只叫着一句话：盐呀，盐呀，给我一把盐呀！天
> 使们就在榆树上歌唱。那年豌豆差不多完全没有
> 开花。
>
> 盐务大臣的骆队在七百里以外的海湄走着。二嬷
> 嬷的盲瞳里一束藻草也没有过。她只叫着一句话：
> 盐呀，盐呀，给我一把盐呀！天使们嬉笑着把
> 雪摇给她。
>
> 一九一一年党人们到了武昌。而二嬷嬷却从吊在
> 榆树上的裹脚带上，走进了野狗的呼吸中，秃鹫
> 的翅膀里；且很多声音伤逝在风中：盐呀，盐呀，
> 给我一把盐呀！那年豌豆差不多完全开了白花。
> 退思妥也夫斯基压根儿也没见过二嬷嬷。[1]

这首诗有些超现实主义的意味，二嬷嬷是谁，为什么是陀思妥耶夫斯基，看起来似乎全无章法。但如果对照阅读痖弦的这两首诗作，可以发现他写出了台湾战时诗歌的另一个重要面向，诗人不再纠缠于敌我双方的战斗，而是从现实回望历史，从战士走向普通人，写普通人在战争中的生活，从他们的视角反思战争的暴力与残酷。通过强烈的反讽结构，诗人试图指出，无论是世纪初的革命战争（一九一一年党人们到了武昌，指辛亥革命），还是后来的反侵略战争，底层人民的生活似乎并未得到多大的改善。这无疑有些政治不正确，但联

---

① 痖弦：《盐》，《创世纪诗刊》，第 17 期，1962 年 8 月 1 日。

系到台湾当局当时仍念兹在兹的"反攻大陆"，就不无讽刺意味了。

　　进入 20 世纪 60 年代，台湾社会内部发生了很大的转变，当局从 50 年代的军事斗争，转而开展经济建设，台湾地区经济在美国、日本等国家的支持下开始起飞，文艺也有复兴的迹象，[①] 年轻人的注意力开始从"反攻"转向西方。在这样的新语境下，诗人到前线的观感已不同于往昔，如叶珊（杨牧）在金门服役时，他笔下的战地就与 50 年代诗人笔下的战地不同：

> 那兵士回来的时候，天已经黑了
> 他轻轻叩门，叩下一些树枝
> 臂上停驻一只受伤的鹌鹑
> 拘谨而抱歉地笑着
>
> 雁子落在水沼边，冰寒的水沼
> 而帐幕，所有的帐幕
> 都在天亮前撤走了
> 我只看到一条淡绿的影子
> 躺卧在水气里，他说
> 像期待着什么——躺卧在
> 拔营后的惆怅里
>
> 那是一个站赤
> 总有些人在黄昏时坐下歇脚
> 看天色，看明天的风向
> 生火煨干身上的衣裳
> 并寻找一些粮草
>
> 那兵士回来的时候
> 酒已经好了
> 搓着冻红的双手，凝视
> 他沉睡的军官，拘谨地追问

---

　　① 　参考郑鸿生：《陈映真与台湾的"六十年代"：试论台湾战后新生代的自我实现》，《台湾社会研究季刊》，第 78 期，2010 年 6 月。

> 你期待什么？你也爱着
> 天色和腊月的风向？
> 我抖索地抬起树枝
> 拨弄快熄灭了的炭火 ①

20 世纪 50 年代钟雷等人笔下的战场也偶尔充满诗意，但依旧显得厚重，是紧张间隙中偶得的轻松，但到了 60 年代的叶珊等新一代诗人笔下，战地完全风景化、日常化了。起始句——"那兵士回来的时候，天已经黑了"，是很平缓的叙事语调，跟平时谈及邻居家的事没什么区别，从"臂上停驻一只受伤的鹌鹑"可见，战地生活惬意而愉快，战争似乎已经是很遥远的事了；"你也爱着 /天色和腊月的风向？"虽然有些文艺腔，但这表明战地生活的重心已从对敌转向在战地发现风景之美。另外像管管 60 年代的诗作如《住在大兵隔壁的菊花》《祖父与书》《三朵红色的罂粟花》等，也都以日常叙事的笔调处理战地生活。

到了 20 世纪 60 年代，台湾现代诗人已开始自觉地反思既有的战争之框，他们借助自身的资源反抗战争话语，这包括延续钟雷等人的个人化、日常化的观看方式，也有如余光中《双人床》一类的以私人情感作为反抗资源，也有痖弦式的对战争和有关战争的宏大叙事的解构，等等。这表明，在当局积极将两岸关系引入双战格局的仇恨政治结构时，台湾部分诗人也在尝试着超越这个战争之框。

---

① 叶珊:《寒天的日记（金门初辑）》,《创世纪诗刊》, 第 19 期, 1964 年 1 月。

第三章　编辑、刊物与文化场域的互涉

从某种意义上说，只有基于差异的交往才是具有生产性的，如果交往双方没有足够的差异，双方的交往便是同质性的相互印证，是对既有话题和形式的消费，难以彼此激荡产生具有创造性的成果。基于差异的交往则不同，这让彼此的沟通成为扩展自我的契机。

台湾与香港的现代主义文学之间，虽然具有明显的差异，但这并不妨碍两地之间的交流，相反，交流与互动丰富了两地诗坛。如马朗、昆南等刊载于《现代诗》上的诗作，都是写香港的都市经验的，这为台湾读者提供了较为陌生的经验，也为台湾诗人提供了可资借鉴的想象和表达方式。同样，痖弦、余光中等人刊载于香港《中国学生周报》上的诗作，因其形式复杂，如诗歌形式的戏剧化，为香港新诗作者提供了效法的样板，使香港的现代主义诗歌更快地走向成熟。也斯等新一代的诗作者正是阅读这些台湾诗人的作品才具有日后的成绩的，更不必说叶维廉、温健骝等曾留台的学生，他们在台湾接受的教育成为他们文学成长的有效资源，即便他们日后可能会背离或超越既有的创作方法和观念，这些异地学习的经验也不容忽视。

传统的文学交往是以文人之间的宴饮、集会和诗词唱和为主，现代随着印刷文化的兴起，报刊等媒介在文学传播与交流中起着越来越大的作用，报纸编辑或期刊编辑也成为文学生产和流通环节中的重要中介，像纪弦、马朗、易君左等，几乎是以个人之力编辑刊物，他们的文学观和社交圈对刊物风格和流通几乎起着决定性的作用。编辑不仅是名词，更主要的是动词，编辑过程不仅受编辑者主观的知识结构和社会角色制约，也受时代影响，如《中国学生周报》的编辑方针就受时代语境影响，像 20 世纪 50 年代美国文化冷战的制约，60 年代世界性左翼思潮的影响，同时还受台湾当局"侨教政策"的影响，在为台湾"侨教政策"做宣传的基础上，推动香港文化人向台湾的流动，促进了两地文坛之间的融合。

交往并非是无目的的，它最终指向的是彼此沟通和承认。冷战时期港台文坛之间的交往，是基于地域上与大陆暂时隔离、历史上与五四传统割裂的背景，港台两地之间的交往，可以说是在文化中国的大框架内寻求友声，部分香港文化人将台湾视为中国传统的延续，部分台湾人则从香港寻找五四及新文化运动的历史踪迹，两地文化的沟通，成为弥合两地不足的关键；同时，20 世纪 50年代港台文坛的互动，虽然是两者间的，背后实际上还有大陆尤其是上海的影子，如纪弦、马朗、易君左等都曾在上海从事文学和编辑工作，这对他们之后的文学生涯有着长久的影响。本章借助《莱花》《诗志》《新诗周刊》《现代诗》《中国学生周报》《新希望周刊》等期刊，在重新呈现两地文坛来往的原貌的基础上，探讨两地文人如何彼此呼应，在海外的冷战语境中共同维系文化中国，以及大陆三四十年代的文学思潮或个人的文学经验如何延续到他们五六十年代的文化活动中。

第一节　作为编辑的纪弦（路易士）

纪弦是台湾著名的现代派诗人，他原名路逾，纪弦是他 1945 年开始使用的笔名，此前叫路易士。纪弦 1948 年底赴台之后，继续他的诗歌生涯，他创办的诗歌刊物《现代诗》被视为台湾现代诗的滥觞，如尉天聰就认为，"纪弦创办《现代诗》季刊，是台湾现代派的启蒙者"。[①]洛夫在《诗坛春秋三十年》中将纪弦创办《现代诗》季刊那年作为"中国现代诗的历史"的起点，认为他所倡导的现代诗运动，"将中国新诗的现代化全面推展为一项影响不仅限于台湾一地的文学运动"，并且认为纪弦所发起组织的"现代派"，"确曾为 20 世纪 50 年代的中国新诗开创了一个新局面，对日后中国新诗的发展具有决定性的影响"。[②]可见纪弦及其所创办的《现代诗》在台湾当代诗坛和诗歌史上的贡献和地位。

就目前的纪弦研究着眼，台湾学界较为侧重其台湾时期的诗歌创作与实践，或者是从现代诗的源流出发，探讨纪弦所提倡的现代诗运动与他上海时期诗歌活动之间的关联，尤其是与戴望舒、施蛰存等《现代》诗人群之间的历史延

---

①　尉天聰：《回首我们的时代》.新北：印刻文学生活杂志出版有限公司，2011 年版，第283 页。

②　洛夫：《诗坛春秋三十年》，《中外文学》，第 10 卷，第 12 期，1982 年 5 月。

续。① 大陆学界除这种思路之外，也关注其早期诗歌的风格，以及抗战时期他的政治立场问题。② 就整体而言，两岸学界还是分别有侧重路易士或纪弦的分野，即便是谈现代主义的脉络问题，背后实际上也预设了路易士与纪弦的割裂式存在。本节拟突破纪弦与路易士之间、纪弦的上海时期与台湾时期之间的分裂叙述，将其视为一个具有历史连续性的诗人或诗歌实践者，考察其诗歌活动与诗学理念之间的前后关联，以及变化的内在逻辑；同时，较之学界对他现代诗理念和主张的研究，本节以他的诗歌实践为主，借助他所创办或参与编辑的报纸和刊物，在钩稽相关史料的基础上考察作为编辑的路易士／纪弦，以丰富我们对纪弦的认识；其次从文学社会学的角度，将编辑视为文学生产与传播的一个环节，进而探讨纪弦周边文人与文学团体的诗歌创作和社会位置，及其交际圈的连续与变更。③

在探讨其编辑情况之前，先回顾其编辑生涯。

一、美术、诗歌与编辑

纪弦以诗人名，编辑经历未受到充分关注。考诸其生平可以发现，他筹办、编辑了一系列的刊物，不仅如此，他还具有较为专业的编辑素养，如亲自设计封面、排版、插画等。这或许与他的专业出生相关。纪弦早年学画，曾先后就学于武昌美专和苏州美专，学的是西洋画，学画的经历不仅让他由西方美术史而了解到现代派运动，为他后来转向现代诗创作提供了理论基础和美学素养，他的美术功底也为他此后的编辑工作提供了条件，可以说他一开始就兼有诗人与美编的双重身份，如《现代诗》封面上的椰子树就成为纪弦主编的独特标识。而他的第一次编辑实践也与他的美术生活有关。据纪弦回忆，1933 年他曾与妻舅胡金人等联合举办画展，并取得了成功，这被他视为"毕业后的第一件大事"，"而这一年的第二件大事"，就是他"第一部诗集的出版"，④ 这本诗集为《易士

---

① 代表性论文有陈义芝：《纪弦与新现代主义》，载《声呐：台湾现代主义诗学流变》. 台北：九歌出版社，2006 年版；刘正忠：《主知·超现实·现代派运动》，载陈大为、钟怡雯编《20 诗集台湾文学专题Ⅰ：文学思潮与论战》. 台北：万卷楼图书公司，2006 年版。

② 按，两岸学者对此都有关注，台湾学者刘心皇、刘正忠，大陆学者陈青生、古远清都有相关文章。

③ 按，台湾学者曾提及从社团、文学传播等角度研究纪弦所编刊物的面貌。参见须文蔚：《点火者·狂徒·叛徒？战后纪弦研究述评》，载须文蔚编选《台湾现当代作家研究资料汇编 09 纪弦》. 台南：台湾文学馆，2011 年版，第 96 页。

④ 纪弦：《纪弦回忆录》第一部 . 台北：联合文学，2001 年版，第 57 页。

诗集》，是自费出版，而整个编辑基本上由他自己负责，据他所说，"这个诗集的封面，当然也是我亲自设计亲手画的。一个学画的人，却不能替自己的画画封面，那多么丢人！"该诗集的封面是"易士诗集"四个美术字，镶嵌在几何图框中，极具视觉冲击和现代感。此后他的诗集大都由他自己设计，且有着鲜明的特色，如多以几何字体题名等。除了封面外，装饰扉页的也是他自己的木刻作品，"题为《自画像》，穿着大衣，戴着呢帽，背着画箱，就像我平日出去写生时的那种样子。六十四开袖珍本，横排，全书厚约七十多面"。①自画像从此也成为纪弦各类诗集的常见封面或插画，如 20 世纪 50 年代初出版的《纪弦诗甲集》《纪弦诗乙集》都是以他的自画像作封面。

纪弦真正开始他的编辑生涯，可能还是要从他自办诗刊《火山》开始。纪弦从苏州美专毕业后，曾前往镇江的大港担任乡村施教所的干事，但不到半年便因病去职。病愈后去上海，正式开始其卖文生涯。去上海后他便独资创办诗刊《火山》。该刊封面设计延续了《易士诗集》的简约风格，也是"火山"二字的几何构图，两个美术字构成火山的图案，文字与图案互为一体。此外，该刊的其他编务也都是路易士一人负责，"编辑、校对、跑印刷所、登广告以及一切有关发行的业务，都是我一个人一手包办，这叫作单枪匹马闯天下"。②对刊物编辑、出版流程的熟悉，无疑为他此后办刊积累了经验。

在上海期间，纪弦逐渐融入以施蛰存、戴望舒和杜衡为中心的现代派诗人群，随后参与到他所说的"第三种人文艺运动"。这主要包括三个领域：一是在《现代》停刊以后，参与杜衡所编的《今代文艺》，从"今代"与"现代"的时间关系上也可推测二者之间的延续性；二是组织"星火文艺社"镇江分社；三是出版"未名文苑"丛书，路易士的《行过之生命》便是该丛书之一，该诗集前有杜衡的序，后有施蛰存的跋。

1936 年纪弦曾短暂东渡，归来后与韩北屏、常白、沈洛组成"菜花诗社"，出《菜花》诗刊。之所以名"菜花"，盖"菜花四瓣，属于十字花科，借以象征我们'淮扬四贤'之合作"。③不过该刊只出一期，接着改出《诗志》，路易士都是编辑的核心人员。抗战时期路易士经云南赴香港，经杜衡的介绍接编《国民日报》副刊"新垒"，并借此出《文萃》旬刊。香港沦陷后返回上海，于 1944

① 纪弦：《纪弦回忆录》第一部，第 57 页。
② 同上，第 75 页。
③ 同上，第 100 页。

年独资创办《诗领土》，同年夏，与杨之桦、南星等合办《文艺世纪》。日本投降后，路易士开始用纪弦的笔名，并于1948年创办《异端》，这是继《火山》《菜花》《诗志》《诗领土》之后，纪弦创办的又一份诗刊。

1948年底，纪弦与杜衡同船赴台。在台期间，纪弦继续在刊物编辑方面着力。先是编《平言日报》的副刊《热风》，"除了画版外，算字数，亲自校对，有时还到排字房里去帮忙工友拼版和检字"。[①]1951年他与钟鼎文、葛贤宁合作，借《自立晚报》副刊出《新诗周刊》，该刊登载有纪弦、钟鼎文和覃子豪等人的诗作，可说是20世纪50年代初台湾最为重要的诗歌刊物。翌年，在潘垒出资的情况下，纪弦创办暴风雨出版社，主编新的《诗志》。这份学界并不太重视的刊物，在纪弦看来却很关键，他认为这"是台湾有史以来第一份以杂志形式出现的诗刊"，"其文学史的地位实不下于《新诗周刊》；而作为《现代诗》的前身，那更是有起开路先锋的重要性了"。[②]

而纪弦编辑刊物中影响最大的当然是《现代诗》，用他自己的话说是其事业的"顶点与高潮"。与此前办刊相似，《现代诗》不仅是他独资承担，编辑、发行等也几乎又是他"一手包办"。在他的回忆录中，他曾详细地记载了这份刊物诞生的过程：

> 于是第一步，我决定名这即将诞生的季刊为《现代诗》。不出月刊而出季刊，那当然是因为诗的读者毕竟属于少数，而诗乃少数人的文学，不可能大众化的。第二步，我试着用二号画笔（画油画的，而非中国毛笔）写了"现代诗"三字，觉得还不难看，就制好了一块锌版备用。第三步，写信征稿。其实我手头《诗志》的存稿尚多，出一两期不成问题。第四步，动手编辑，起草宣言，一鼓作气，接着就发排了。我的编辑方法与众不同，可称之为"克难式"。十六开本，十六面，篇幅虽然不多，然而容量很大，有的直排，有的横排，有的加框，有的嵌线，排得密密麻麻，不留一点空白，然而版面美观，标题醒目，看上去并不觉得拥挤，因为我本来是学画的，对于"构图"大有研究。[③]

美术专业出身的优势再度凸显，为他编辑《现代诗》提供了条件，而后来《现代诗》封面上的槟榔树也成为一个独特的标志。此外，为了筹措出版经费，

---

① 纪弦:《纪弦回忆录》第二部．台北：联合文学，2001年版，第24页。
② 同上，第41页。
③ 同上，第48页

他还四处去拉广告赞助，征求订户；"还有买纸，车纸，跑印刷所，搬运诗刊，邮寄诗刊，以及亲自送书到订户家里去"。"是《现代诗》季刊的发行人兼社长"，同时，"也是编辑兼校对，经理兼工友"。① 对纪弦来说，此时诗人与编辑的身份可能是二而一、相互融合相互支援的；而他能胜任这些工作，也得益于他长期以来的编辑工作。此外，在台期间纪弦还出版了大量的诗集，如《在飞扬的时代》《纪弦诗甲／乙集》《槟榔树甲／乙／丙／丁／戊集》等，这些诗集的封面设计都较为独特，或以纪弦的自画像为封面，或与《现代诗》一样，以槟榔树为封面，印刻着纪弦的诗思与美术眼光。

经由上文简单的梳理可以发现，编辑是纪弦诗人身份之外最为重要的身份标识，甚至可以说，办刊与编刊与纪弦进入文坛、融入现代派文人圈密切相连，是他最终组建自己的诗人团体的重要凭借与方法。如《火山》的创办很大程度上就是为了解决自己作品发表的出路问题，该刊登载的诗作以路易士自己的诗作居多，其他则是其弟路迈与友人林家旅的作品。从某个角度来说，纪弦与同在上海滩的邵洵美有些相似，二人都算是世家子弟，家境不错，邵洵美家族本颇有资产，又娶盛怀宣的外孙女，纪弦的父亲则是北洋军界的高官，正是有这些条件，二人进入文坛的方式，才避免了大范围的投稿的"走出去"的战略，而是选择了一种不计成本的办刊的方法，以"引进来"的方式进入文坛，这与同时期其他众多亭子间作家迈入文坛的途径不同。因为较之投稿，办刊本身也是一种话语权，这是编辑路易士／纪弦带给诗人路易士／纪弦的隐性资本加持。为融入现代派文人圈，纪弦不仅资助戴望舒出《新诗》，也与杜衡合作编辑刊物，切入现代派的编辑环节，也让路易士更深度地参与了现代诗潮。而当他在文坛有一定的地位之后，他所编辑的刊物便逐渐成为他个人诗学观念的试验场，进而以个人的诗学观为号召，形成一个颇有影响的诗歌流派，这也是《现代诗》后来成为"现代派"的同人刊物的内在原因。

二、以刊物为交流平台的诗歌圈

学界在考察路易士／纪弦前后期诗学观念的历史连续时，多从现代派这个视角出发，考察其后来的现代诗理论和主张与20世纪30年代施蛰存、戴望舒等为代表的现代派诗学观念之间的关系。这种叙述解释了路易士／纪弦前后期

---

① 纪弦:《纪弦回忆录》第二部，第48—49页。

的连续性，甚至解决了台湾现代诗的历史源流问题。就纪弦这个诗人或诗歌活动家来说，这种从《现代》到《现代诗》的飞跃论述，可能相对遮蔽了他的丰富性。实际上这种从现代派到现代诗的论述，也是纪弦自己所看重的，如他在回忆录中就说："和我最要好的也最受我重视的，就是徐迟等'现代派诗人群'，同以杜衡为中心的'第三种人集团'各位作家；而在这个圈子以外的文艺界人士则属泛泛之交；至于那些'左翼'诗人'左翼'作家，我是不往来的"。[①]这或是事实，但如果回到20世纪三四十年代上海、扬州、江苏的文化场域中，我们也不难发现，对于现代派诗人群来说，他远算不上核心成员；而在他与现代派诗人群保持密切互动的同时，他与另一些青年诗人群倒是有着更为密切的关系，也有更为一致的文学诉求。因而，本节将进一步探讨20世纪四五十年代之交纪弦的诗歌活动，一方面是为了将其历史延续性落实为更为具体的层面，另一方面则是还原诗人纪弦诗歌实践与诗学理念的丰富一面。

纪弦与现代派诗人群的接触，是从他携稿前往《现代》编辑部拜访施蛰存、并得到施蛰存的指点开始。此后他的诗作便偶见《现代》，并与施蛰存、杜衡等时相过往。但与此同时，他还与其他几个诗歌团体往来较为密切。

第一个是"星火文艺社"镇江分社及其后的"菜花诗社"。星火文艺社是杨邨人、杜衡、韩侍桁等组织的文艺团体，发行《星火》杂志，提倡自由主义文艺。但就目前所见的前三期，尚未看到路易士的作品。不过纪弦曾组星火社镇江分社，并借镇江《苏报》副刊出《星火》周刊，主要作者有常白、沈洛、韩北屏、向京东等，都是刚出道且名声不显的诗人，他们虽然也出《星火》周刊，但实际上最多算是星火文艺社的外围组织。而此后路易士所组织的菜花诗社，也正是以纪弦、常白、沈洛和韩北屏四人为核心。常白原名完常白，当时是镇江某小学教师；[②]韩北屏是扬州人，时任扬州《江都日报》记者编辑；[③]沈洛资料不详，但据纪弦所写《记常白和沈洛》一文，可知沈洛也是镇江人。[④]因而，菜花社可以说是一个基于地缘的诗人小团体。

---

① 纪弦：《纪弦回忆录》第一部，第64页。

② 关于常白生平可参考吴心海：《鲜为人知的现代派诗人常白》，载李果编《海上文坛掠影》．上海：上海科学技术文献出版社，2013年版，第234—240页。

③ 《韩北屏生平》，载韩北屏：《韩北屏文集》（下）．广州：花城出版社，1997年版，第901页。

④ 纪弦：《记常白和沈洛》，载杨之华编《文坛史料》．上海：中华日报社，1944年版，第356页。

《菜花》诗刊只出一期，路易士等接着出《诗志》，二者的作者群基本上一致。诗刊之所以由《菜花》更名为《诗志》，据《诗志》创刊号上《编者的话》所说，是因为林丁与欧外·鸥两位诗人来信，认为《菜花》"不大好听"，"有小家碧玉气"，[①] 因而改为《诗志》。《菜花》的作者群除了纪弦所谓的"淮扬四贤"之外，还有蒋锡金、刘宛萍、甘运衡、蒋有林、吴奔星、李章伯、南星、侯汝华、欧外·鸥、李心若、史卫斯、宋衡心、徐迟等。这个作者群值得注意的地方在于，这些诗人来自不同的城市，且大多在主编诗刊。其中，甘运衡、蒋锡金和刘宛萍其时都在武汉，蒋刘二人本就是《火山》第二期的作者，因投稿相识，蒋锡金是江苏宜兴人，曾与厂民在上海合编过《当代诗刊》，去武昌后也参与蒋有林等在宜兴办的《中国诗歌》；甘运衡曾在武汉主编《诗座》。吴奔星、李章伯与南星等在北京，吴、李合编《小雅》诗刊。宋衡心在福州，与宋琴心合编诗刊《诗之叶》。欧外鸥与李心若在岭南。查阅这些诗人及其所编诗刊可以发现，不仅他们在路易士所编的《诗志》上发表作品，路易士的作品也见于这些诗刊。或许是因为有戴望舒或徐迟的作品，新诗研究界目前多将这些诗人归为现代派范围，而当时戴望舒等编的《新诗》，也发表路易士、侯汝华、南星等人的诗作，二者之间的确有很大的重合度。

不过比较而言，《诗志》《诗之叶》等刊物的作者知名度还是远不及《新诗》，与《新诗》涵盖北京、上海等地诸多已成名的诗人不同，《诗志》等容纳了更多的青年诗人和边缘诗人。而这些在不同地方发行的诗刊，其发表的诗作风格也比较多样，并不完全是现代诗，加上它们分布的广泛性和各自的相对独立性，就更不是现代派所能容纳。毋宁说，到 20 世纪 30 年代中期——新文化运动二十年的时候，新诗进入了建设期与收获期；而更为重要的是，此时涌现的大量的文学青年为新诗提供了新的动力。这些青年学生和文学青年在步入诗坛后，一度追赶、模仿现代派诗人的作品，如果不是日本的入侵，可以预见一个新诗创作的鼎盛期，但随之而来的战争，让这批诗人辗转各地，逐渐分化，诗歌风格变了，政治选择也不同，纪弦等选择赴台，蒋锡金等倾向"左翼"。但不可否认的是，在战争到来之前的 20 世纪 30 年代中期，中国诗坛确曾出现一个所谓的"黄金时代"。实际上路易士等人对此也有所觉察，后来他在回忆录中就写道："我认为，一九三六、三七这两年，乃是中国新诗的收获季：诗坛上，新人

---

① 《编者的话》，《诗志》，1936 年创刊号。

辈出，佳作如林，呈一种五四以来前所未有的‘景气’”。①不过纪弦在叙述这段文学史时，将现代诗与新月派作了截然对立的划分，认为“中国新诗的收获季，同时也就是自由诗运动的成功，南方精神的胜利”，是因为打破了新月派的格律诗，才取得如此成就。纪弦此说还是有些历史后设的意味，且不说参与《新诗》编辑的孙大雨、卞之琳本就与新月派有着很深的历史渊源，单就《新诗》所发表的林庚、罗念生、吴兴华、陈梦家等人的作品来看也依旧带有新月派的痕迹，其实《新诗》原本就是新月派与现代派诗人合作的产物，这显示了20世纪30年代中国诗歌的融合，不仅是南北地域之间的交流，也有诗歌风格的融合，这也是30年代中期诗坛呈现“景气”状态的内在原因，而并非如纪弦所说是自由诗替代格律诗的结果。而纪弦也并未外在于这个潮流，他与北平吴奔星、南星等诗人之间的交流与互动，也正是内在于这一时代大潮之中的。只是在后来提倡现代诗的情况下，纪弦才从中离析并特意强调了现代主义一脉，而相对忽略了其他诗风的存在。实际上无论是早期的《火山》，还是《菜花》与《诗志》，都没有发刊词，内容基本上都是单纯的作品，连论说文字都没有，可见此时的编者纪弦也尚未形成较为固定的诗学观点或编辑理念，刊物主要承担的还是为作品提供发表园地，为诗人间提供沟通平台的功能。

路易士与北方诗人之间的交往，在他1944年创办《诗领土》时得到了延续。《诗领土》为同人刊物，在该刊第二期上登载了《诗领土同人录》与《社中记事》介绍同人情况：

　　　　路易士、董纯瑜、南星、石夫、田尾、叶帆、陈孝耕（以上核心同人即最初之出资者）、隐心、白莨、何穆尔、秦家洪、穆不已、胡大麦、契夫、萧雯、徐扬、枫叶、林纯瀛、徐宁摩、穆穆、张正、紫园、遇圭、方滢、沙丘、刁陵、TE、新同人续在扩大征求中。②

　　　　现在我们的同人，已经有三十个左右了。而在这三十个左右的同人之中，除了少数的几个之外，差不多全是二十岁左右的青年，就中年仅十七岁的董纯瑜，乃是我们这一群里的最青春的一个。南星和方滋在北京。穆不已在天津。石夫在镇江。陈孝耕在太仓。叶帆、秦家洪、徐宁摩、穆穆、遇圭，在南京。其余的在上海。③

① 纪弦：《纪弦回忆录》第二部，第106页。
② 《诗领土同人录》，载《诗领土》，第2期，1944年4月。
③ 《社中记事》，载《诗领土》，第2期，1944年4月。

就横向关系而言，该刊为沦陷区诗人提供了发表与交流的平台，已有论者指出这个作者群与以汪伪政府中人为主的《风雨谈》作者群有较大的重叠，[①]与胡兰成所编《苦竹》也存在关联。从纵向联系来看，该刊作者群与《菜花》《诗志》也存在一定的延续，除了路易士、南星之外，还有石夫、田尾、方滢等。其中石夫就是"淮扬四贤"之一的常白，[②]田尾是路易士之弟，方滢为《诗志》作者史卫斯。[③]此外，《诗领土》也延续了《诗志》作者群的一些特点，如地域分布比较广泛，除了南京、上海等江浙地区的诗人外，也有北京、天津等地诗人，这延续了《诗志》南北交流的特点，这或许要归功于南星在北方的组织。此外就是作者群都是年轻人，这表明这些诗人是在上海、南京等沦陷后成长起来的新诗人，这种出身让很多诗人后来也选择了赴台。

三、编辑理念与诗学观

如果说此前路易士的编辑理念尚不明确的话，在编辑《诗领土》的时候，因为战时诗人大量迁移，留在上海的路易士已隐隐有沦陷区上海诗坛领袖的意味，他对新诗的前途问题也开始频频发言，还提出"诗素"的概念，以解释他的诗学观。他首先从从历史的视角检讨五四以来的新诗，否定了新月派的格律诗，认为"格律至上的新月派是白话诗的反动"，而在他看来以"象征诗"和"意象诗"为代表的现代派，"在作品上的成就远比新月派为大"，对现代派给予了较高的评价，但他也认为"站在今日全新的立场是，总之，现代派，还是不够'新'的"。[④]对现代派也是作了选择性的接受。那么他所谓的"新"指什么呢？在《社论三题》的"什么是全新的立场"中，他给出了简明的回答：内容与形式都新，但更强调内容的新，"首先要有一个新的内容，然后就不愁没有新的形式了"。这虽是"内容决定形式"的老调，但路易士此说还是有一些新意，这要与他所提出的诗素结合起来看。这意味着诗素主要由内容决定，其次，内容的诗素又通往普遍的形式："诗素"提炼自现代生活之体验，一面追求那最

---

① 杨佳娴：《悬崖上的花园：太平洋战争时期上海文学场域 1942—1945》.台北：台湾大学出版中心，2013 年版，第 576 页。

② 纪弦：《纪弦回忆录》第一部，第 129 页。

③ 参考吴心海：《揭开诗人史卫斯之谜》，《档案春秋》，2016 年第 1 期；吴宗锡：《史卫斯、田多野的点点滴滴》，《档案春秋》，2016 年第 4 期。

④ 路易士：《五四以来的新诗》，《诗领土》，第 4 号，1944 年 9 月 15 日。

纯粹的永久之姿，普遍之姿，一面踏巡其最尖端的未拓的处女地"。① 与此相关的有两个问题：一是路易士继承了早期《现代》诗人群对所谓"现代"的说法，二是他的现代诗学又掺杂了瓦雷里（梵乐希）等人的纯诗观念，而更为关键的是，他受到废名有关内容与形式论述的影响。对于纪弦所受瓦雷里的影响，学界已有论述，另外还可以为证的是在《异端》中，他曾以青空律的笔名翻译梵乐希的诗作，② 与叶儿家译 Jackson Matthew《梵乐希论》一起发表。而对于纪弦诗学观念所受废名的影响，学界关注还不多。战前废名曾在北京大学开设新诗研究的课程，其讲稿后来以《谈新诗》发行。他是从形式与内容二分的角度来谈新诗的，在他看来，新诗与旧诗的区别在于，前者形式是散文的内容是诗的，后者则相反。纪弦关于诗素的说法与废名所说的"诗的内容"近似，实际上纪弦此时对废名的诗作极为推崇，他用来说明"真自由诗"诗素馥郁的例证就是废名的《街头》。在他看来，"一首伪自由诗，往往可以还原为一篇散文。但是一首纯正的艺术品的自由诗，就无论如何也不可能还原为一篇散文了"，而《街头》正是这样一首无法还原为散文的诗，"我们不得不叹服于它的完美的，不可分割性，因为它是一个整体，一个系统，一个秩序，一个创造的宇宙，一个理想的世界"……"不押韵，无格律，以散文的句子写，然而是充满了'诗素'的"……"照原来的样子排列，固然是诗而不是散文，即改为散文的排列式，它也还是诗啊"。③ 后来他还专门写了一篇《从废名的〈街头〉说起》，将《街头》作为具有诗素的新诗典范。④ 这种秉持诗与散文截然二分的新诗观，以及他对纯诗的追求，当他后来在台湾倡导现代主义的时候依旧是核心思想。

日本投降后路易士改笔名为纪弦，并一度为生计奔走，直到 1947 年被上海一家教会学校聘为教员才安定下来。紧接着他又创办《异端》，"《异端》的作者，除老友石夫、林栖（即南星）、胡启、谢野、仁予、蓝本及其他'诗领土社同人'外，也有几位新发现的青年诗人，如洪华、奥耶等，都写得很好"。⑤ 在《异端》的出发号上有纪弦撰写的《宣言》，该宣言除了宣扬文学艺术的纯粹化以外，就是对左翼文学的批判。⑥ 这篇宣言与其说是在阐发一种诗学观，不如说

---

① 路易士：《社论三题·什么是全新的立场》，《诗领土》，1944 年第 5 期。

② 青空律译：《梵乐希诗》，《异端》，1948 年第 2 期。

③ 路易士：《社论三题·伪自由诗及其他反动分子之放逐》，《诗领土》，1944 年第 5 期。

④ 路易士：《从废名的〈街头〉说起》，《文艺世纪》，1944 年第 1 卷，第 2 期。

⑤ 纪弦：《纪弦回忆录》第一部，第 148 页。

⑥ 《宣言》，《异端》出发号，1948 年 10 月 10 日。

是在表明其反共的政治立场，而这与此后现代派第六条宣言也是一致的。不过《异端》仅出两期，纪弦便带着第三期的稿子赴台了。台湾之行与他的文坛交往有一定的关系，邀请他前往的是穆中南，便是《诗领土》的同人穆穆，与纪弦的内兄胡金人相熟，他邀请纪弦前去担任《平言日报》副刊《热风》的主编。

纪弦所编的《热风》是综合性副刊，也登载诗歌，如果仅从诗歌的角度而言《热风》可说是《异端》的直接延续，这不仅在于主编是一人，有时连稿件也是直接借用《异端》存稿："《热风》的稿源，除了来自一般投稿，还有我从上海带来《异端》备用的大批存货，我有的是办法"。① 可以说《热风》是纪弦两岸诗歌活动的中介与过渡，纪弦也由此认识台湾诗人方思，方后来成为现代派骨干成员。而他到台湾后办的第一个诗歌栏目应该是《诗歌周刊》，是由纪弦、钟鼎文与葛贤宁共同发起，借《自立晚报》副刊发行。钟鼎文与纪弦早就相识，此前他用笔名番草，在《诗志》上曾发表《跋涉》《为白杨而歌》《年老了的枫树》等诗作，而在《新诗周刊》上他不仅以原名发表了《诗的渊源》《论诗人的"节"》等文章，也继续以番草的笔名发表《白色的花朵》《东港的过访》等诗作。而在该刊发表诗作的还有覃子豪、上官予、李莎、钟雷、林亨泰、彭邦桢、古之红、公孙嬿、墨人、杨念慈、亚汀、李春生、罗行、叶泥、郑愁予、杨允达等。其中覃子豪与纪弦相识最早，他1936年去日本时便与覃子豪相识；而林亨泰是台湾人，光复后曾与陈千武等组织银铃会诗社。由方思与林亨泰的加入可见，纪弦此时所编辑的诗歌刊物，也部分地成为大陆诗人与台湾诗人交流融合的渠道。该年纪弦还在潘垒的资助下编《诗志》，作者群大抵也是这些。

不久纪弦便创办了《现代诗》，创刊号的作者便几乎由《新诗周刊》作者组成，如蓉子、彭邦桢、李莎、杨念慈、上官予、墨人、亚汀、郑愁予、罗行、李春生等均是。只是在后来才逐渐分化。先是纪弦等退出《新诗周刊》，该刊由覃子豪、李莎接编。在纪弦创办《现代诗》的第二年，覃子豪与钟鼎文、余光中等人筹组"蓝星"诗社，并借《公论报》副刊出《蓝星》诗歌周刊。当纪弦于1956年组建现代派，并抛出现代派"六大信条"后，台湾诗坛的分化便愈加明显。因对诗歌见解的不同，覃子豪与纪弦之间还爆发了关于现代诗的论战。《新诗周刊》的部分作者选择了态度较为中和的蓝星诗社，部分则选择了中立，如彭邦桢就是如此，也有部分诗人不仅加入了现代派，而且还成为其中的核心

① 纪弦：《纪弦回忆录》第二部，第24页。

成员，这包括叶泥、郑愁予、杨允达、罗行、林亨泰等，他们均为现代派第一届年会的筹备会成员。这些经由《新诗周刊》延续而来的作者群，为纪弦创办《现代诗》并最终组建现代派提供了最为基础的人脉资源，这也是纪弦的现代诗运动能取得如此大反响的社会因素。

　　反观上海与台北时期的纪弦，编辑刊物尤其是诗歌刊物，是他文学生涯中极为重要的部分。从他编的第一份刊物《火山》到最为辉煌的《现代诗》，中间跨越长达二十年的时间，而且经历了抗日战争，从空间上也经历了从上海、香港到台湾的地域跨域。从上文详细罗列的各时期刊物的基本作者群可以发现，虽然他早期所编的《火山》《菜花》等诗刊，与后来的《现代诗》并无明显的作者重叠，但如果连续地看，他各时期的编辑工作，其基本的作者团队却是有连续性的。无论是从《火山》到《菜花》，从《诗志》到《诗领土》，到《异端》，从《异端》到《热风》《新诗周刊》，到《现代诗》，任意两个相连的刊物均有作者的重叠与延续，这些相对稳定的作者群，既是纪弦能不断编辑新刊的人力资源，同时也一定程度上保证了纪弦编辑风格的稳定性，这也可作为台湾现代主义诗歌与大陆20世纪30年代现代派之间历史渊源的佐证。另一方面，不同时期的作者群也有不少变化，有时是作者群的扩大，如从《火山》、《菜花》到《诗志》，就增加了来自北平、福州等地的作家；《诗领土》则增加了大量的南京作家，这与路易士在沦陷区上海的政治立场有关；而有时则是作者群的分化，如《新诗周刊》由纪弦、钟鼎文、覃子豪等共同编辑，也因此包容了较多的诗歌流派。但在创办《现代诗》之后，纪弦便转而提倡现代主义，尤其是现代派的成立，更是将"现代"的诠释极端化，因而导致了诗人团体的分化与重组。与作者群的分化与重组相呼应的，是作为编者的纪弦，其编辑理念和诗学观也是有所变化的，早期是在现代派诗人后亦步亦趋，到40年代中期则借鉴瓦雷里的纯诗与废名有关"诗的内容与散文的形式"等观点，形成了一种既新且杂的诗学观，这也成为他后来提倡新诗的再革命提供了丰富的理论资源。不过正如胡兰成所指出的，纪弦对政治问题和诗学理论的思考并不深入，"很少研究，也不想研究"，[①] 这也导致他对多种诗学资源并未充分融汇，导致他的诗学观内部时相龃龉，但也正是这种矛盾性或者说是复杂性，显示了路易士/纪弦尝试超越《现代》诗人群的努力，而他40年代的诗学面貌，也表明他后来提倡的现代

---

① 胡兰成：《路易士》，载杨之华编《文坛史料》. 上海：中华日报社，1944年版，第271页。

主义虽然很大部分源自 30 年代现代诗人群的遗产，但其中也不乏纪弦个人独特的理论思考和写作实践。

第二节 《中国学生周报》与冷战时期港台的学生文学与教育

《中国学生周报》是香港 20 世纪 50 年代初到 70 年代初影响极大的报纸，曾一度保持两万多份的实际发行量，共发行 1128 期，在冷战前期的港、台乃至东南亚华人社会有着较为重要的地位，尤其是对当时的大、中学生有深入影响，正如该报编辑罗卡日后所言："因为她（指《周报》——引者按）做得很有诚意和热情，又能面向读者，是以读者成长后仍对《周报》有深刻的印象。所以你问起现时四十岁左右的人，他们也会提起《周报》，如靳棣强、陈冠中他们现在也时时提及，很多在文化圈中有成就的人都会偶尔提起，甚至很多导演或管理阶层如吴宇森、刘天赐、邓伟雄也常提起《周报》，因为他们十来岁的时候受了影响，留下了深刻的印象。到他们出来社会工作，影响力便一传十，十传百了。当时销量有二万份，但接触到的人应该有四万人，影响力真不小！"[①] 据其他编者介绍，该刊曾长期保持二万左右的实际发行量，可见其社会认可度和影响范围。除了对香港本埠的影响外，该刊也辐射台湾与东南亚华人社群，如此影响，以至于后来者几乎有将该报"神话化"的倾向。[②]

学界对该报的研究，目前主要还是文学视野下的研究，[③] 本节则从该刊以学生为阅读受众这一特点出发，从文学教育的角度考察该刊如何通过大众媒体影响并引导大中学生，分别从教育方式、教育理念与意识形态等方面进行分析，既总结其在学生教育方式方法上的历史经验，也探查该"神话"背后的政治与经济关系，尤其是该报背后的冷战印痕。

一、学生的报纸

《中国学生周报》为香港友联出版社的出版品，一度有着明确的目标市场定位，该报曾经的总编辑刘诒恢介绍："友联出版社是一群一九四九年从大陆迁港

---

① 《我和〈中国学生周报〉——总编辑刘耀权的回顾》，《博益月刊》，第 14 期（1988 年 10 月 15 日）。

② 参考也斯：《解读一个神话？》，《读书人》，第 26 期（1997 年 4 月）。

③ 王艳丽：《文学视野下的〈中国学生周报〉研究》，山东大学博士论文，2013 年。

的知识份子所创办，所办刊物有针对各年龄阶层一系列的刊物，有适合社会人士的《祖国》周刊（后改为《中华月报》)，适合大学生的《大学生活》月刊，适合中学生的《中国学生周报》，适合儿童的《儿童乐园》半月刊，刊登娱乐消息的《银河画报》月刊，其后出版《科学月刊》"。[1] 以中学生群体为接受对象，同时也让学生参与编辑工作，如当时尚在新亚书院就读的余英时就曾担任该报部分版面的编辑。

该报虽然以中学生为阅读对象，但实际上也承担着关注中学教育的社会责任，对 20 世纪五六十年代在艰苦环境下坚持办学的教育人士予以鼓励，并揭露教育弊病以引起社会和有关部门的重视，如该报第十一期就指出，因 "最近两年间，本港工商业日趋衰退，市民生活亦因之日形窘苦"，以致很多市民 "无力负担子女学费，不遑顾及其子女学年，迫得中途辍学"，据教育界人士估计，面临辍学的学生数 "最低限度在二万人"，"其中尤以十二三岁以上早应就学之贫寒儿女，数字最多"，[2] 呼吁当局采取相应措施以 "救救孩子"。

既以学生群体为阅读受众，该报还是主要发挥学生课外阅读和教学辅导的功能。该报从最初的四个版面，扩展到后来的十二版，内容逐渐丰富，版面分工渐次完善，每个版面均有不同的分工，除了文艺栏外，尚有英文、物理等其他学科的版面。这些版面的内容往往深入浅出，如日常生活中物理现象的介绍和解释，英文栏则有习惯用语的介绍等，都可说是为中学生量身打造的内容。

较之知识的介绍和普及，《周报》还为学生提供了一个阶梯式的发表园地。该报辟有各类文艺版面，如种子、新苗、穗华、科学世界、诗之页，后来还有读书研究等风格各异的版面，为不同水平的读者和作者提供了各自的平台。刘诒恢就指出："《学生周报》的文艺版，分拓垦、耕耘、种子、萌芽、新苗、拾穗，除拾穗供成名作家发表作品外，其余各版都供学生投稿，分不同水准刊登在各版。写作水平不成熟的文章，可以在拓垦发表，依次是耕耘、种子、萌芽和新苗，让不同程度的学生作品，都有机会在报刊上发表，这也是鼓励学生写作的一个方法。文章刊登了，虽然有稿费，但不多，不过学生都以自己的作品能在《学生周报》上发表为荣"。[3]

《周报》的这个版面划分，不仅为中学生提供了作品发表的平台，实际上也

① 刘诒恢:《〈中国学生周报〉杂忆》，香港《文学评论》，第 14 期（2011 年 6 月 15 日）。

② 《本港教育问题严重 二万儿童面临失学》，《中国学生周报》，1952 年 10 月 3 日。

③ 刘诒恢:《〈中国学生周报〉杂忆》，香港《文学评论》，第 14 期（2011 年 6 月 15 日）。

成为他们学习写作的激励机制。不少日后成名的作家，早期都曾在《周报》发表文章，像昆南、李英豪、温健骝、戴天等后来香港文坛的重要诗人和批评家，他们早期的发表园地就是《周报》。如该刊前几期就有时在华仁书院就读的昆南的《路》（第2期）、《笔和我》（第4期）、《静》（第6期）等，此时他作品尚较稚嫩，但到了20世纪60年代，其《老而弥坚的弗罗斯特》（第552期）、《端午节话诗人》（第672期）等就发表在读书研究版甚至头版位置了。虽然昆南在其他刊物也发表作品，并与王无邪、李英豪等人自办刊物，但《周报》是他步入文坛的起点，此后也见证了他的成长。

《周报》早期主要锚定中学生群体，曾在该报担任主编的盛紫娟就说，"《中国学生周报》的读者多是中学生，有人写成《中学生周报》，也未尝不可"，但也有编辑持不同意见，如陆离对此说法就很生气。[1] 该报的范围后来日渐扩展，风格也逐渐调整，除登载部分适合中学生口味的文章和知识外，也有不少内容是针对大学生乃至成人读者的，如社会问题的讨论，文艺版块的现代主义文学等，这种变化从作者群的扩展也可以看出，很多大学生和成名作家成为该刊的常见作者，如20世纪60年代该报就刊载了大量的现代主义作品，除对卡夫卡、普鲁斯特、乔伊斯、艾略特等西方现代主义作家作品的翻译与介绍外，还登载了许多台湾现代主义诗人的诗作。

除了阅读群体的扩大外，发行范围也逐步扩展，从香港本埠扩展到台湾、东南亚等华人社群。虽然《周报》最初申请入台一度受挫，但台湾岛内能订阅和阅读到该报。如台湾著名的通俗文学作家琼瑶，就曾提及她接触《周报》并最终成为该报作者的过程："远在六年前，我第一次在一位友人家里见到一份学生周报，内容之丰富，印刷之精美，是我首次发现的最有分量的一份学生刊物。当时就曾问那位朋友借了五期，回家细读"，[2] 可见在台湾也能读到《周报》，可以相佐证的还有成功大学一位学生所写的《茶楼里》，该文记述了他在茶馆阅读《周报》的情形："从口袋里掏出一张学生周报——其余的几张昨天旅行时弄丢了——穗华版上登的是郭衣洞先生写的《丑角》，我记得郭先生在成大教书，虽然不曾见面，也算有师生之谊！于是，我一行又一行地看下去，心里总在说：'到底人家老练多了，我可真写不出这样的文章呢！'"[3] 郭衣洞就是柏杨，常

① 盛紫娟:《〈中国学生周报〉点滴》,《文学评论》,第12期（2011年2月15日）。
② 琼瑶:《写在学生周报十一周年》,《中国学生周报》,1963年7月26日。
③ 成功大学 人木:《茶楼里》,《中国学生周报》,1959年10月23日。

在《周报》写杂文。琼瑶后来成为《周报》的常见作家，在上面发表了《迷失》《夜归》《落魄》《复仇》等十余篇小说。在琼瑶看来，在台湾"实在找不出一份可以和周报相提并论的学生刊物"。台湾并非没有专门的学生刊物，像《幼狮文艺》就专以学生为对象。但对于琼瑶这样的通俗文学作家而言，她更看重的是《周报》兼容并包、雅俗共赏的特点，所谓"科学与文艺并重，娱乐与研究共存，再加上学生园地和漫画版，已经是应有尽有了"。[①]除了琼瑶外，台湾很多学生和知名作家都是该刊的作者。

可以说，台湾作家作品占据了该报文艺栏的半壁江山。据笔者粗略统计（参考附录），台湾学生与作家在该刊发表作品数当在700篇以上，其中学生作品、现代诗人诗作与其他成名作家作品三分天下：初期以学生作品为主，尤其是自1955年起，台湾学生作品开始在该刊大量出现，学生的来源十分广泛，有台北一中、台北一／二女中、台中一中、新竹中学、苗栗中学、金门中学等不同地区的学校，此外还有来自台湾大学、台湾师范大学、成功大学等高校的学生。除学生外，知名作家就更多，台湾现代主义诗人几乎都曾在该报发表作品，像痖弦、洛夫、周梦蝶、张默、余光中等，都是该刊"诗之页"的常见作家。除诗人外，台湾其他作家的作品也很多，早期王平陵曾在该报开辟关于短篇小说写作的专栏，谢冰莹、司马中原、段彩华、朱西宁等在该报也都发表了十余篇作品，无论是质还是量均不容忽略，事实上，该报后来走向衰落也部分源于台湾作家的淡出。台湾学生与作家的广泛参与，表明该报的影响范围已远远超出香港地区，在台湾有着较为广泛的影响。

二、《周报》与台湾的侨生教育

除了为港台学生提供发表园地外，该报还承担着学校介绍和招生信息发布等功能。在披露香港本埠信息如招生、会考、开学等信息之外，该报最大的特色在于它发布了较多台湾高校招生的信息和政策，成为台湾在香港和东南亚招收华侨学生的重要宣传平台。1949年之后，台湾为了与大陆争夺华侨资源，"争取广大海外华人认同"，[②]对侨胞前往就学的问题制定了诸多便利政策，这包括1950年的《侨生投考台省专科以上学校优待办法》，1951年制定的《反共抗俄

---

① 琼瑶:《写在学生周报十一周年》,《中国学生周报》, 1963 年 7 月 26 日。
② 蔡雅薰主编:《师大校史丛书 师大七十回顾丛书 师大与华侨教育》.台北:台湾师范大学出版社, 2016 年版, 第 13 页。

时期的侨务政策》等，为侨生去台湾省就读提供了许多优惠政策。后来在美国的资助下，还设置了"侨生助学金"，"以补助清寒侨生生活费"，另外还采取侨生入学条件适当放宽等措施。在这些优惠政策下，侨生大量赴台就读，台湾大学、成功大学和台湾师范大学等都吸纳了大量侨生，仅台湾师范大学一年就要接纳数百侨生。据统计，至1960年，该校总计的3753个毕业生中，有1212名侨生，占总数的三分之一左右。[①] 而台湾大学的侨生则更多，"港澳地区在台大念书的约有两千人，他们是保送或参加专上院校联合招生考试及格后，请求分发来台升学的"。[②] 台湾"侨教政策"在海外的宣传，《周报》发挥了较大的作用。

《周报》对侨生的服务是多方位的，从侨生政策解读到台湾学校的介绍，乃至入学注意事项等都有详细介绍。侨生入学考试之前，《周报》一般会发布相应消息，[③] 此后也会有一些相关的入学须知介绍。[④] 对于台湾大学、台湾师范大学、成功大学等较为知名的台湾高校，《周报》几乎每年都有专文介绍，包括学校的历史沿革、学科设置、经费、学生活动等内容，尤其要重点强调对侨生的优惠政策，如台湾大学的相关政策介绍："台湾大学每一个学期的收费，计学费一百五十元（新台币，下同，合港币约二十五元）、宿费六十元，加上杂费等，全部不过三百元台币，就只有港币五十元。而且台湾的生活费用较低，连膳费及杂用在内，一学期只要花上四百至五百港元，便可解决了。而且除设有多项的奖学金外，侨生在学校，还会受到各方面的优待呢"。[⑤] 对于成功大学的介绍，还尤其强调华侨的革命传统："目前，在成功大学就读的侨生约占全校学生总数百分之二十，'侨联社'是侨生课外活动的中心，也是成功大学最大的一个学生社团，它的社员包括来自东南亚每一个角落的华侨青年，他们在课余的时候，除了参加各种康乐活动外，并经常举办专题讲座和各种座谈会，借此交换意见和学业上的心得。'华侨是革命之母'，在成功大学的侨生继承了华侨在革命上的优良传统，对各种爱国活动，更从不后人，而他们在学业方面也有卓越的成绩

---

① 参考蔡雅薰主编：《师大校史丛书 师大七十回顾丛书 师大与华侨教育》.台北：台湾师范大学出版社，2016年版，第13—15页。

② 通讯员·三一〇：《台湾大学简介》，《中国学生周报》，1962年7月20日。

③ 如《投考台湾大专院校 本月四日开始报名》，《中国学生周报》，1960年7月8日。

④ 《往台湾升学及其他问题》，《中国学生周报》，1966年5月20日。

⑤ 刘怡：《台湾大学》，《中国学生周报》，1958年5月30日。

和优良的表现"。^①自从晚清康有为等人的变法开始，孙中山、黄兴等人领导的辛亥革命，到后来的抗日战争，海外华侨都发挥着重要的作用。该文所谓"华侨是革命之母"的说法也不为过，这也正是 20 世纪五六十年代两岸均重视华侨的历史原因。

《周报》对台湾侨生教育政策的宣传，不仅仅是政策方面的，而是深入到习俗、生活和情感等具体层面。它往往借助已在台湾的侨生现身说法，具体而微，从经济、生活习惯等方面介绍在台就学的体验。如《赴台前应有的准备——怎样行？买什么？带什么？》一文就介绍在台湾的衣着服饰问题，"台湾衣着比较朴素，太鲜艳，太招展的衣服不宜带，在那边或许你有这种勇气穿出来，但总给同学看不顺眼"。^②20 世纪五六十年代，较之香港的繁荣，台湾还是显得较为落后，赴台就读甚至可以缓解经济压力："在这边，你不配说愁，不用辛辛苦苦的在餐馆侍候洋人，不必担心金钱，而港台两地相距只一小时的飞机便到了，而且侨生在此受到的优待真有如洋人在香港般，况且我们香港侨生尽管在家里怎样穷，在这边总比一般台生经济卓裕多了，我们的港币一块钱便换他们七块四台币了，而台湾生活水准也不高"。^③

除了经济因素外，台湾学校吸引香港学生的另一个因素是这里的"革命"气氛，较之香港社会的消费景观，台湾的战时氛围为部分香港学生提供了与身时代潮流的经验和想象，如《华侨新家·难胞乐园 台湾省立员林中学简介》对员林中学的介绍："台湾省立员林实验中学，是一所与一般学校不同的中学，这里有来自香港和澳门的难民子弟，也有来自韩国、缅甸、印尼等地的侨生，更有曾为台效力的退伍官兵，当然亦有本地的同学——他们构成了这个大家庭。在这大家庭里没有纷争，因为大家都是朝向共同目标而奋斗"，^④描绘了一个类似革命共同体的侨生团体，这种紧张而向上的氛围对当时身处消费社会的香港青年不乏吸引力。

台湾的侨生教育，对《周报》也有切实的影响，这主要来自两个方面，一是部分侨生回港后加入了《周报》的编辑团队。《周报》编辑盛紫娟就曾提及谭

---

①　遂留：《成功大学》，《中国学生周报》，1960 年 6 月 17 日。

②　台湾大学 宇文俊：《赴台前应有的准备——怎样行？买什么？带什么？》，《中国学生周报》，1955 年 9 月 2 日。

③　爱梅：《乡愁？》，《中国学生周报》，1973 年 9 月 21 日

④　余国旋：《华侨新家·难胞乐园——台湾省立员林中学简介》，《中国学生周报》，1960 年 4 月 29 日。

松寿、林树勋和程瑞流三位台湾大学、政治大学高才生的加盟，影响更大的则是刘诒恢，他从 1957 年起经另一位台大校友刘国坚介绍加入《周报》，在该报工作了五年，"从试用编辑到通讯部主任，到总编辑"。[①] 侨生也为《周报》提供了新的作者，很多来自香港的侨生，因从中学期间就阅读《周报》，在台湾求学期间也自然成为《周报》的读者或作者，如刘绍铭、蔡炎培、叶维廉、郑树森等，他们参与了台湾的现代主义文学的发展，也为《周报》撰稿或组稿，成为沟通台港文坛的重要力量。另外还有戴天、温健骝等，他们后来不仅成为《周报》的编辑，也是引导《周报》走向改革的新生力量。这些作家既是台湾"华侨教育"政策的成果，也是沟通台港文坛的重要力量。

三、人文教育的理念与实践

占据《周报》半数版面的文学，不仅是培育新作家的平台，更是传播其教育理念和文化精神的媒介。文艺除了具有娱乐的功能外，还具有审美教育的功能，这就是如蔡元培所指出的"美育"。较之其他教育方式的直接与生硬，美育较为间接，却往往有着润物细无声的效果。曾任该刊编辑的小思（卢玮銮），后来在回忆《周报》时，就将《周报》与现代叶圣陶等人主编的《中学生》杂志相提并论，认为"三十年代四十年代，中国青年有《中学生》作导航，五十年代到七十年代，香港青年有《中国学生周报》作导航"，[②] 评价不可谓不高。

《周报》作为导航的思想和理念是人文主义。在题为《负起时代责任》的发刊词中，《周报》宣扬了一条不关政治、从文化寻找出路的路径："中国学生周报是属于我们学生自己所有，是由我们学生自己主办，是为海内外全体中国学生而服务的。因此我们可以不受任何党派的干扰，不为任何政客所利用。在这里，我们可以畅所欲言，以独立自主的姿态，讨论我们的一切问题；从娱乐到艺术，从学识到文化，从思想到生活，都是我们研究和写作的对象。只有在这种自由的园地里，才可以充分表现我们的意志，才可以充分阐扬我们的理想，才可以充分发挥我们的智慧，并且使我们与各国学生之间得到充分的了解与情谊，进而沟通中西文化，替未来的中国摸索出一条正确的出路来"！[③] 试图超

① 刘诒恢：《〈中国学生周报〉杂忆》，香港《文学评论》，第 14 期（2011 年 6 月 15 日）。

② 卢玮銮：《青年的导航着——从〈中学生〉谈到〈中国学生周报〉》，《香港文学》，第 8 期（1985 年 8 月 5 日）。

③ 《负起时代的责任！》，《中国学生周报》，1952 年 7 月 25 日。

越党派之争的独立立场，强调文化对于复兴国家的重要性，这是人文主义的基本思路，而该报主编罗卡在日后的相关说法也证实了这一点："开编辑工作会议，友联社长爱宣扬一下人文精神、传统精神、科学民主"，该刊主编胡菊人到20世纪60年代还在提倡新人文主义文学。①《周报》的基本面貌也是人文主义，"总结来说，《周报》很人文精神，或人本精神，这是中国传统文化中好的一面，《周报》至少在六十年代时在这方面很强烈"。②

人文主义是西方文艺复兴以来的文化思潮，本身有一个历史演变的过程，它原指对古典文学的研究，近代以来则扩展为强调人的尊严的思潮。香港当时的刊物《六十年代》上有一篇题为《什么是人文主义》的文章，对这个概念作了言简意赅的解释：人文主义除指对古典学艺的研究外，"近代的学者"，"给人文主义赋予以广义的意义"，"认为人文主义的要素，就是对于人的尊严的一种新生有力的自觉，把人看成是超脱神学统治之外的理性动物；同时，还将古文学看作是在自由而和谐的社会环境中产生的，惟其如此，才能充分发挥人性。从这里我们看出人文主义兼有两种意义：一是对于中古时期具有绝对权威的宗教的反抗精神，强调人的尊严和现世生活；一是反抗中古时期封建制度的独立运动，强调个性的尊严和自我发展。古文学复兴是人文主义所赖以表现的方式，同时也为人文主义提供了一条发展的途径和新文化运动的方向"。③人文主义的基本精神是人的尊严和自由，方法是重新阐释古典文学。

中国现代知识分子对人文主义并不陌生，五四时期就有梁实秋、吴宓等宣扬白璧德的新人文主义思想；到冷战时期，港台学界再度兴起的人文主义，则主要有以唐君毅为代表的新儒家、以钱穆为代表的文化守成主义者。20世纪50年代唐君毅先后发表多篇文章，阐释孔子等儒家思想，在中西文化对比的格局中，重新发掘儒家思想的现代价值，这些文章后来结集为《人文精神之重建》。④钱穆所主办的新亚书院也以发展人文教育为宗旨，唐君毅也在该校任教。《周报》是以人文主义为宗旨的媒体，就曾多次引新亚书院为同志，对该校在非常时期坚持人文教育的精神予以报道和宣扬，如"历史上的伟大事业在其创立的开始都是多磨多难的。正当我们国家在风雨飘摇的今天，我们该是如何高兴地

① 胡菊人：《新人文主义文学》，《新生晚报·新趣》，1965年6月20日。
② 《我和〈中国学生周报〉——总编辑刘耀权的回顾》，《博益月刊》，第14期（1988年10月15日）。
③ 欧阳文：《什么是人文主义》，《六十年代》，第40期（1953年9月1日）。
④ 唐君毅：《人文精神之重建》.香港：新亚研究所，1955年版。

看着新亚书院把人文主义的旗帜插在这自由的海岛上呵","新亚书院担起了人文主义的旗帜，在无声无息中悄悄地渡过了两年，在过去的日子中，虽则受尽了种种艰难，然而，今天它已在苦难中慢慢地成长了，以往它是被社会人士所漠视的，现在已引起了广泛的注意，而它那为文化而奋斗的目的和人文主义的理想，亦已渐渐获得一般人士的了解"。①将新亚书院的人文教育视为人文主义的社会实践，对该校的人文教育充满了期待。台湾20世纪50年代中期则有夏济安主编的《文学杂志》，现代与古典并重，梁实秋也为之撰稿。此外有《自由中国》的文艺栏，也具有自由人文主义的精神气质。②可见在20世纪五六十年代的港台，提倡人文主义并非个别现象，而是一种比较普遍的人文思潮，是知识分子身处时代变动、革故鼎新之际，试图从传统文化寻找出路的尝试。

《周报》的人文主义理念，政治上体现为自由、民主，文化上兼容中西，文学上则是非政治的纯文学。这些理念通过编辑选稿、用稿及自己写稿等方式，体现在报纸的编辑实践中，对读者形成后续影响。不仅中学生，连成名作家也受其影响，如司马中原就曾写道，"周报的每一版，对我而言，就像一位位不同的导师，给予我许多新的知识和新的激发"，他尤其强调秋贞理的影响，"像秋贞理先生等人忧国忧时的文章，真是一字一泪，发人深省，使我们久久难忘"！③秋贞理就是胡若谷，他另一个笔名司马长风可能更为读者熟知，他任《周报》主编期间，常撰写文章，他后来撰写的三卷本《中国新文学史》正是以纯文学为评价标准的文学史写作尝试。

《周报》为了充分展开对青年的教育工作，除通过用稿、发稿的方式外，还定期举办征文比赛。较之在《周报》发表文章，征文比赛无疑具有更大的诱惑。《周报》创刊不久，就筹划奖学金征文比赛，而且起始规模就较大，如评审团的分量就极重，由钱穆、唐君毅、谢扶雅、张丕介等十位知名学人组成，④此后，遍及港澳台地区的征文比赛，成为该报每年定期举办的活动。对《周报》而言，这是宣传其理念，扩大影响的时机，对于应征者来说，要想获奖则需要符合主

① 见新:《在苦难中成长的新亚书院》,《中国学生周报》,1952年8月1日。
② 参考朱双一:《〈自由中国〉与台湾自由人文主义文学脉流》(载朱双一《穿行台湾文学两甲子》.广州:花城出版社,2014年版)、《当代台湾文学的人文主义脉流》(《厦门大学学报(哲学社会科学版)》,1995年第3期)。
③ 司马中原:《为中国学生周报创刊十周年写一点感想》,《中国学生周报》,1962年7月27日。
④ 《本报征文评议委员会成立 敦聘钱穆教授等十人主持》,《中国学生周报》,1952年10月3日。

办方的意志,在获奖作品中,常见以人文主义为标准批判唯物主义或批判大陆官方的文章,如获奖作品陈伟权的《什么是民主》一文,就写道:"今日人性尊严正面临来自唯物主义的破坏与威胁,唯物主义者盲目崇拜物质的结果,支持人类尊严的内在精神,大大地被否定了",[①] 且不说他对唯物主义的误解、对辩证法的忽略,仅从字面而言,也是以人文主义为准绳臧否马克思主义。除了征文比赛以外,《周报》还举办了诸多线下活动,如夏令营、读者俱乐部等等,以各种方式增强该报与读者间的亲和度,争取青少年的认同。

《周报》的读者对象为青少年,这个年龄段是人成长过程中最为关键的时段,也是心理学家所指出的"精神上的断奶期",处于该阶段的青少年,思想和情感会出现较大的变化和调整,慢慢从幼稚走向成熟,因此,对这一时期青年的教育和引导,不仅意义重大而且容易获得长期的认同。段彩华就曾指出,"她(指《周报》——引者按)是办给学生读的刊物,适合初中到高中的青年阅读。人生在此一阶段,正是发奋上进的时期,身外虽无忧虑,前途却有重大的责任。中国学生周报恰好在此时拿一些学校以外的东西,给他们深切的启发和诱导"。[②]从本节开头所引罗卡的话,不少人在成名之后依旧屡屡提及《周报》的现象,可见《周报》对青年的引导和教育是有一定成效的。

四、"第三条道路"的理想与困境

《周报》在发刊词中强调不受任何党派干扰、不受任何政客利用的独立自主精神,这代表了相当一部分留港知识分子的文化与政治姿态,他们当时既不认同大陆的政治走向,也对以蒋介石为代表的国民党失望,因而试图走一条新的道路,这种思路可以追溯到20世纪40年代中期,当时不少民主人士与国民党持不同政见,纷纷在香港组党,尝试走中间道路,后来国共内战期间,一部分知识分子选择超党派的独立道路,如以《观察》《时与文》等刊物为中心的储安平、张东荪、王芸生、萧乾等人,后来则在香港以《大公报》为阵地,宣扬中间道路,而到了50年代,张发奎、顾孟余等人,在美国的支持下,提倡"第三条道路",得到青年党谢澄平、友联出版社燕归来等人的响应。由于美国的大力支持,加上当时香港有一大批对国民党不满的人士,因而"第三条道路"在50

---

① 陈伟权:《什么是民主》,《中国学生周报》,1962年5月18日。
② 段彩华:《祝福和切望 中国学生周报创刊十一周年纪念感言》,《中国学生周报》,1963年7月26日。

年代的香港颇有市场。

《周报》所属的友联出版社，实际上就是由几位主张走中间路线的知识分子赴港后所创办的，刘诒恢就明确说明，"当时友联出版社有三大理念，即：民主政治，公平经济，自由文化（可能记有错）。由于这三大理念，和当时国民党执政的中华民国，共产党执政的中华人民共和国的理念不大相同，一度被视为第三势力。其实'友联'并不是一个政治组织，更没有政治行动，只是提出的理念和中国海峡两岸的政治理念不同而已"。[①] 较之台湾的自由主义，香港因为独特的地理位置，与政党距离确实要远一些。《周报》为了贯彻其人文主义思想和第三条道路的政治理想，提倡非政治的纯文学，这类主张直到20世纪70年代依旧存在，如《评介几份中文文艺刊物》一文，对海峡两岸的文艺刊物略作介绍和批评之后，便再度提出创办不隶属任何权力的纯文学杂志的设想："目前如果有人要办，仍可以也仍需要办文学杂志，比方办一份不隶属于任何机构或团体的，没有门户之见而有严格选稿标准的，既回顾过去的文学而又不是无条件地接受旧东西，既介绍外国文学而又不是盲目崇洋，写作属于我们这时代的作品而不必唤什么口号，踏实地整理、创作、推广……"，[②] 并且认为香港是一个比较适宜的地方，因为当时有更为宽松的环境。

除了纯文艺的主张外，《周报》也偶尔会批评台湾的政治，如对于台湾压制自由主义的做法，《周报》就颇有微词，"国民党号称民主宪政，但未实行，虽反对自由，（今年曾围剿自由思想）但尚未全面压制自由"，"台湾当局在军事上经济建设上有若干进步，但在政治上依然缺乏进步的表现。例如学生周报这样的刊物，申请三年到现在仍不准进口"。[③] 秋贞理在社论中偶尔也会批评国民党，认为国民党当局"在某种程度上，也可以说是一党专政，也可以说是个人独裁"。[④] 那么，《周报》是否真能坚持第三条道路呢？

秋贞理对国民党偶尔"略有微词"，但综观《周报》，这种微词实际上并不多见，偶尔见到也是类似"但尚未全面压制自由"式的批判的肯定。但即便是这种"微词"，似乎也会遇到问题，刘诒恢曾追忆他当总编期间的两则故事，可略窥《周报》第三条道路的困境。一是某年双十节，秋贞理所写的社论"对台

---

① 刘诒恢：《〈中国学生周报〉杂忆》，香港《文学评论》，第 14 期（2011 年 6 月 15 日）。

② 《评介几份中文文艺刊物》，《中国学生周报》，1973 年 9 月 28 日。

③ "大孩子信箱"：《国家在民主体制下个人牺牲才有价值》，《中国学生周报》，1957 年 10 月 18 日。

④ 秋贞理：《"中华民国"民主化》，《中国学生周报》，1955 年 10 月 7 日。

湾当局作了比较严厉的批评"，但刘诒恢考虑到"当时香港中文中学，大部分在政治上都是偏向台湾的"，如果在双十批评国民党，他"觉得会开罪这些学校"，"影响《学生周报》跟这些学校的合作"，于是就私自撤换了这篇社论。第二件事是另一个双十节，《周报》把台湾当局的旗帜印错了，"报贩顿时很有意见，更有人准备到报社抗议"，①《周报》只能马上收回报纸重印。两件琐事，表明《周报》实际上无法坚持其标榜的第三条道路，而是选择向市场和国民党当局的立场妥协。

相反，在面对共产党或大陆官方时，《周报》的态度反而是异常激烈，报上常常可以见到"反共八股"类文章。《周报》虽以中间道路自许，但在具体处理国共分歧时，却往往执行片面批判的路线，如同样是侨生教育，对台湾的政策则积极宣传，对大陆的相关政策则极力诋毁。即便是20世纪60年代中期的"五月风暴"之后，在面对引发该运动的劳资矛盾时，《周报》也单方面斥责集会群众为大陆煽动，并一度刊出维护资方的文章："我们必须认清我们所处的社会是个工商业社会，工商的枯荣影响着这个社会的盛衰。惟有促进工商业才可维持香港的存在和发展，否则我们的社会将失去凭借。基于此种认识，我们不能任由劳资纠纷动摇我们生活的根基"。②这种观点实际上是不问是非的拉偏架，与《周报》"中立"的态度难免自相矛盾。

从总编辑刘诒恢的说法，可见《周报》是不能保持中立，实际上《周报》也不愿保持中立，它本身就是美国文化冷战的受益者，曾直接接受美国新闻处的资金援助。"第三条道路"在20世纪40年代末期就受到美国的支持，如驻华大使司徒雷登就曾撰文《告中国人民书》，对中间势力颇有期许；③1949年之后，在世界性的冷战格局下，美国对亚洲地区除了武力威慑外，也积极布局文化冷战，这是如论者所指出的："美苏两国为建立霸权，掳获世人的'心'，不仅在政治、经济、军事领域，甚至在艺术、教育、娱乐以及生活形态上，也展开了文化、情报、媒体战略工作。文化冷战不光只是运用言语上的宣传，也包含了秘密情报工作、文化交流、教育交流、科学技术合作、出版与翻译、原子能发展、缩减军备以及战争等，涵盖了所有影响国际舆论的各个领域"。④处于冷战

① 刘诒恢：《〈中国学生周报〉杂忆》，香港《文学评论》，第14期（2011年6月15日）。
② 刘子光：《五月的风暴》，《中国学生周报》，1967年6月2日。
③ 司徒雷登：《告中国人民书》，《大公报》，1948年2月2日。
④ 贵志俊彦、土屋由香、林鸿亦编：《美国在亚洲的文化冷战》，李启彰译.台北：稻乡出版社，2012年版，第3—4页。

前沿的台湾与香港，正是美国实施文化冷战的重要基地，美国新闻处（United States Information Service，USIS）通过教育、出版等方式，全方位建立冷战文化体制。[①] 在这个过程中，美新处以类似亚洲基金会等形式，将资本注入出版社、报社、杂志社等机构，使其最终成为文化冷战的力量，香港的友联出版社就是其中之一。

对于《周报》曾受美元资助的事实，香港不少文化人都较为清楚，如古苍梧就指出，"所谓中间偏右的，就是《中国学生周报》。偏右，因为他属于友联出版社，本身是美元机构，是亚洲基金会津贴的一个机构，他比较有规模，有研究所、资料库、出版社，有几种很重要的刊物"。[②] 对此，《周报》的编辑也并不否认，罗卡就指出，所谓的《周报》神话，实际上是美元支持的结果：

> 六十年代《周报》会出现黄金时代，影响力能那么大，那是因为有基金津贴的缘故。整个"友联出版社"受了亚洲基金的支持，不必走商业路线，所以才设有青少年活动中心（有北角场地，也有弥顿道六六六号的场地）。每个星期日也有活动举办（这些东西都是花钱而不赚钱的），目的旨在宣扬文化、政治观念。我们喜欢谈什么便谈什么，这样谈文说艺而又没有商业压力的情形到了七十年代已不能维持下去了，《周报》得自负盈亏。六十年代真的没有那份刊物可以以文化为任务，又得到经济的支持，一如现在市政局支持文化活动那样的。[③]

在美元的资助下，《周报》只需以意识形态为导向，而不必汲汲于盈利，从这个角度而言，当下不少人回忆中的文艺神话，本质上则是美国冷战文化工程的产物。在意识形态的导向下，该报不仅极力"批判"共产党，而且一度将共产党"妖魔化"，其所表现出来的偏见与不见，表明其独立自主的"第三条道路"也只是虚妄而已，或者说，该报独立自主的诉求，在冷战时期二元对立的整体格局下，显然并无多大的生存空间，最终还是被冷战势力所裹挟、归化。

当然，撇开政治而言，该报刊载的文艺创作还是颇有特色，如对中国20世纪三四十年代文学的重新发现，对西方现代主义文学的介绍等，都极大地丰富

---

① 参考王梅香：《隐蔽权力：美援文艺体制下的台港文学（1950—1962）》，台湾清华大学博士学位论文，2015年。

② 杜家祁、古苍梧：《回首云飞风起——谈六七十年代的香港文学》，《香港文学》，第229期（2004年1月1日）。

③ 《我和〈中国学生周报〉——总编辑刘耀权的回顾》，《博益月刊》，第14期（1988年10月15日）。

了冷战时期的香港文坛。尤其值得一提的是，《周报》虽然一度成为香港"绿背文化"的一环，但它本身也有变化，20 世纪 60 年代中后期它逐渐开始关注社会问题，尤其是对香港本埠的社会问题颇有介入。之后中美关系的调整，美国在亚洲的文化冷战力度有所减轻，友联出版社也因此失去美元资助，但也正因如此，《周报》后来得以走出冷战意识形态，开始客观看待大陆的变革和发展。而经历 70 年代初的保钓运动，该刊更是登载了大量反思英国对香港的殖民统治、美国对香港的文化殖民的作品，成为延续五四反帝精神的重要平台。温健骝、戴天等人则由此反思《周报》乃至台港的文学，温健骝所提倡的批判现实主义道路成为其中的最强音，[①] 成为《周报》后期的一大转折，开启从文化冷战的一环到积极反殖民的自赎之路。

第三节　上海、台北与香港：《新希望周刊》的三个阶段

1948 年底易君左从兰州回到南京，旋即到上海，创办《新希望周刊》，居然一纸风行，"畅销二万余份"。[②] 不久易君左前往台湾，并在台北继续出版该刊，不过易君左在台湾也只停留了八个多月的时间，随即去了香港。据他自己所说，去香港的目的便是要出《新希望周刊》香港版，但直到 1954 年才终于达成这一愿望。因而，《新希望周刊》便随易君左流亡的轨迹，有上海、台湾和香港三个不同的版本。这份刊物的特殊之处在于，它的不同版本见证了 1949 年前后中国知识分子"聚散离合"的过程，同时也记录了这些知识分子的心路历程，以及他们对时局的回应。本节试图以该刊的三个不同版本为对象，在描述该刊特色的基础上，也将该刊置于 1949 年前后的历史语境，探讨该刊在流亡过程中的主要关注议题及其前后变化，并探讨该刊所反映的大时代中读书人的境遇变化等问题。

一、非常时期的"新希望"

1948 年，国共和谈已无法继续维持，内战在更大范围展开，文化人的政治

---

① 温健骝：《批判现实主义是香港文学的出路》，《中国学生周报》，1972 年 9 月 9 日；温健骝：《还是批判的写实主义的大旗》，《中国学生周报》，1972 年 10 月 27 日。

② 易君左：《复刊词》，《新希望周刊》，（香港）创刊号第 1 期，1954 年 2 月 15 日。易君左：《烽火夕阳红》，台北：三民书局，1971 年版，第 165 页。

理想无疑遭到挫败。易君左本来在兰州主持《和平日报》，在时局的变动下也是匆促回到上海，面对当时东南文化界的氛围，他创办了《新希望周刊》，其用意大致是在兵荒马乱的时代唤起人们新的希望，正如他所说："圣经罗马书：'我们得救是在乎盼望他。只是所见的盼望不是盼望，谁还盼望他所见的呢？但我们若盼望那所不见的，就必忍耐等候……'（八章、廿一至廿五节）圣经上这几句话，完全把我当时在上海办刊物的心理写出来了。我在当时一百个拟名中选用了《新希望》（New Hope）这名字，通俗、大方、明朗、有力量。而且，那时正是徐州会战末期，兵荒马乱的时候，全国人心惶惶然，觉得没有一点希望了，我们想替民心、士气打气，给一点新的希望给大家，不要心灰，不要气馁，国家民族遭遇无穷的灾难，必有复兴的一天。就在一九四九年二月十四日，新希望周刊在上海崭然出世。这刊物的封面旁边印有一行长字：'建设和平、民主、自由、进步的新中国，实现安定、康乐、富强、大同的新希望。'这就是我们的新希望，也就是大家的新希望'"。① 易君左这个日后的回忆有更为鲜明的政治立场，但他依旧把握到了内战时期惶惶然的时代心理，不过在1949年的上海，民众之所以陷入困境，首要原因倒并不是战争，而是国民政府内政的失败。

日本投降之后，国民政府接收失地，但接收实为劫收，贪污腐败，可谓乱象丛生，金融失序，物价飞涨，加上战争的威胁，人民确实处于绝望的边缘，当时《新希望周刊》编者对此也极为清楚，正如该刊发刊词所指出的，"站在一个中国人的立场，一个中国的老百姓的立场，我们应先痛切感受的是受着生存的威胁，简直叫我们大家不能再活下去。政治是这样的糟，差不多是'凡官皆贪无吏不污'了，而豪门巨富逍遥海内外，坐视国家穷苦患难而一毛不拔，穷奢极欲度其荒淫的生活，有钱的纸醉金迷尽量享受，真正为国家担负重任的公教人员啼饥号寒，真正为国家主人的人民为征兵征粮及各种摊派弄得焦头烂额，战区的同胞流离死亡，一片愁苦惨淡！经济状况又是怎样？金圆券的发行丧失了政府的一切信用，害死了多少人，法币还勉强挣扎了几年而金圆券不到五个月便已宣布破产，以及金银兑现的翻来覆去百般欺诈，这叫做什么'经济政策'？物价直线的飞腾上升，除开极少数有钱的人满不在乎外，大多数人民实在没有方法再活下去"。② 这些因素既是国民政府战争失利的原因，更是人民生活濒于绝境、精神陷入困境的原因。《新希望周刊》的"新希望"也是立足于

---

① 易君左：《烽火夕阳红》，第163—164页。
② 编者：《我们的新希望求生存求和平求建设》，《新希望周刊》，第1期，1949年2月14日。

人民的需要："今天是什么世纪？是人民的世纪，而最大多数的人民在今天只有死亡一条道路可走，人类天然的生存权利被恶劣的经济政治剥削干净，毫无一点希望，一点前途和一线生机，叫人民怎样拥护政府？政府若不改弦更张，澈底革新，则不待军事的失败亦将全面崩溃，反之，政府如果把握这个最后时机，犹有可为"；[①] 五四时期与易君左一道参与新文化运动的陈顾远也撰文呼吁政府改革，"不能革故，何能鼎新；不能新生，何能求存"？变革的方略是"把握时代精神""接近人民"："在政治集团的生命方面，也不用说是要能时时适应人民的期望与需求，使人心所向，有如形影不离，自然不会鱼烂草腐以终。若再就集团的各个分子说，不仅要接近人民，还要与人民为伍，与大众同休戚，同甘苦，若离开人民的立场，自外于大众而有其优越感，在民主世纪的今日，必然影响到集团的命运"。[②]

易君左等人的新希望是："我们反毁灭，反战乱，反破坏。我们求生存，求和平，求建设。我们要求国共两党以人民为重，彻底觉悟，精诚团结，立刻同时停战，拿政治的方式来解决国是，决定政权"。[③]这是从反思国民政府积弊的基础上，所提出的新希望，这种革新的呼声在当时并不偶然，实际上差不多同时，蒋介石便已宣布下野，由代总统李宗仁接任。李宗仁上台后试图重新恢复和谈，《新希望周刊》对新的和谈虽然密切关注，但也意识到局势不容乐观，好几篇文章都指出和谈的困难，认为即便达成协议，也可能只是"间歇性的武装休战"，透露着文化人对当时政治的失望，也透露着文化人在政党政治面前的无力感。[④]从这个角度而言，"新希望"之求和平实际上并无可能，至于生存和建设，在战乱年代更是无法得到保障。

二、文化与政治

因密切关注时局，《新希望周刊》登载了大量的时政文字，这跟易君左的人脉圈也有关系，他本来就是学法政出身，周边很多知交也是经济、政治等领域

---

① 编者：《我们的新希望求生存求和平求建设》。

② 陈顾远：《新血液新生命——有了新生命才有新希望》，《新希望周刊》，第2期，1949年2月21日。

③ 编者：《我们的新希望求生存求和平求建设》。

④ 茅以思：《和谈有没有希望》，《新希望周刊》，第1期，1949年2月14日；何美羽：《和谈究竟有没有希望》，《新希望周刊》，第7期，1949年3月28日；端木进：《和使北飞·看和平》，《新希望周刊》，第9期，1949年4月11日。

的专业人士，如罗敦伟是经济专家，在《新希望周刊》常撰文谈论经济问题。易君左、罗敦伟等虽都术业有专攻，但在文化领域又能取得沟通。此处的文化主要是指传统文化，如传统诗词和绘画等；诗词、艺术是《新希望周刊》的重要组成，不仅仅是作为时政的点缀，也是文化人表达心迹、回应时代以及彼此交流的重要方式，文化内容与政治内容之间构成有效的互文与补充。

面对波谲云诡的政局，文化人虽多方奔走，但都无济于事，尤其是面对国共之间的斗争，文化人也面临左、右之间的抉择，这对他们的出处进退构成新的挑战，如自以为持中立态度的曹聚仁，因在香港《星岛日报》发表文章，也不免遭到批评，他在《新希望周刊》上登载的回应文章《今日知识分子自处之道》指出，"星岛走的是中央偏左的路，和大公报差不很远，尤可取者，他们的政治气息比较单薄。我以为既非同人办的报纸，自难尽如人意，退而求其次，只要不牵入政争的圈子，也就可以让我们来自抒所见了"，最终也只能再度强调自己的立场："无论环境变化至如何程度，我依旧株守'孤独'的圈子，决不投机！决不投入任何政治圈子去！"[1] 由此可见当时知识分子所处的语境。后来易君左等人赴台，在台湾这个由国民党当局执政的地界，自然一度免除了左右之争，但后来他到香港，却再度面临着比曹聚仁更为复杂的思想分界："由于世界新潮之激荡，人类思想之分野，壁垒森严，色彩鲜艳，非左即右，非白即红，已无中间路线。偏偏又有不左不右不红不白者，夹在这两大夹缝之中，事齐乎？事楚乎？舍鱼乎？舍熊掌乎？双方皆不愿事，两者皆不得兼，于是乎难矣。于是乎就有'中间偏左'或'中间偏右'，还有'中间稍稍偏左'或'中间稍稍偏右'。但，不管你'稍稍'也好，不'稍稍'也好，只要是向那一面偏，则另一面便会把你骂得狗血淋头，如果中立，则两方面都会攻击你体无完肤；如果一概不管，超然物外，又会被骂为冷血动物，或讥为落伍分子，至于此极"！[2] 这是易君左在香港时期所感受到的困境，1949 年之后，较之上海、台湾较为单向的政治姿态，香港相对来说是一个更为多元、同时斗争也更为激烈的地方，易君左在这里感受到的政治和思想立场上的挑战，在当时有不少文化人遇到类似的困境。

在一个剧烈转折的年代，各派思想之间的斗争也相对激烈，易君左等一开

---

① 曹聚仁：《今日知识分子自处之道》，《新希望周刊》，第 1 期，1949 年 2 月 14 日。

② 易君左：《乱世一切难》，载易君左《君左散文选》.香港：大公书局出版，1953 年版，第 167—168 页。

始并未选择依附某一特定阵营的文化人，自然会感到不适。不过，这群文化人的书写却从未离开政治，而是从一开始就有着强烈的淑世情怀，易君左办这份综合性刊物这种行为本身就表明了他的政治关怀，除议论时政外，他们的诗词也同样如此。

《新希望周刊》一开始就辟有《艺苑》专页，但前期主要是国画，后来才间或登载诗词，如第八期的《西湖专页》就登载了易君左的游记《山外青山楼外楼，西湖歌舞几时休？》和《谒岳王墓》《登六和塔》等五首词，虽然身处危难之际，但易君左游兴不减，除上海时期外，他在台北不足一年，但台湾的风景名胜大都有他的足迹，在香港十八年更是遍游香港。这固然是个人爱好，不过也可看出易君左的名士气。在战乱频仍、政治混乱的年代，有时看山也不是山，从"西湖歌舞几时休"这个题名便可看出易君左对时代现状的讽咏，对执政者的不满溢于言表，文中他更是直接写到，面对岳王这样"万古千秋不爱钱的伟人"，"今日发国难财接收财胜利财什么什么财者应愧死之后再愧死！"①他的诗词更是直斥"应愧死巨奸大蠹，鸡鸣狗盗"；②除直接呵斥发国难财的党国大佬以外，词中也表露了对时局的忧虑："华夏万年悲楚汉，春秋一部翻吴越。忽帘前铁马响丁当，西风烈！"③

如果说上海时期还是风雨欲来的时代感受，到了台湾和香港，便让人切实地体验着战争所带来的离乱之境。尚在赴台的飞机上，易君左便拟想到台湾后的心境作诗一首："烽火红逐万鸦飞，茫茫云海渡台北，陆阻山陵水阻湖，漂泊离家归未得。名城呼吸迫存亡，繁华寂灭几沧桑？平生行脚皆沉重，唯兹一次稍轻狂。赤嵌楼外海波碧，我来重踏先人迹，煮豆燃箕事太哀，惊涛骇浪情何急！誓将豪气尽销除，顶礼焚香读父书，愿随日月潭中水，常伴花莲港里鱼"。④存亡之际，有家不能归，只能渡海赴台，心中况味可想而知。不过台湾虽是异地，但毕竟与作者有渊源，其父易顺鼎在甲午之后，极力反对割台，积极为台湾奔走，曾多次前往台湾援助抗日，或许是因这层历史渊源，易君左在面对即将到达的台湾时，并无太多的焦虑与不安，故诗末转为冲淡。这是抵台前的拟想，赴台后诗人的心情是复杂的，虽常去草山、北投、碧潭、日月潭等名胜游

---

① 易君左:《山外青山楼外楼，西湖歌舞几时休？》,《新希望周刊》，第 8 期，1949 年 4 月 4 日。

② 君左:《谒岳王墓》,《新希望周刊》，第 8 期，1949 年 4 月 4 日。

③ 君左:《登六和塔》,《新希望周刊》，第 8 期，1949 年 4 月 4 日。

④ 易君左:《台湾诗情》,《新希望周刊》，第 12 期，1949 年 5 月 14 日。

历，但他诗词中却常有天涯漂泊之感，正如《泛舟碧潭》所写："身是鸾飘兼凤泊，梦回虎踞与龙蟠，可怜玄武湖边客，万里投奔小碧潭"，[1] 同时对"游人逍遥荡桨去，不记烽火逼江南"的现象也有所批评，人们逃难到台湾，却"直把杭州当汴州"，在短暂的安逸中忘却了江南的烽火。易君左的这两首诗，在士林引起了较大的回响，很多诗人有唱和之作，表达的也是类似的家国之感，如罗敦伟和作中就有"匹夫无力问兴亡，诗情不复感沧桑"。[2] 时客居高雄的王奋也有和诗，诗中有句"百二河山尽血腥，漫说桃源不可得。中原岂仅是诗亡？有人东望叹扶桑，欲挽天河洗瘴疠，忍看花酒事清狂"。[3]

为躲避战乱一路南下，易君左也体验到历史上无数流亡者的苦况，所谓"伶仃江上客，海上又伶仃"，[4] 便是化用文天祥"零丁洋里叹零丁"句，表达其仓惶南下、羁旅天涯的心情；刚逃亡到台湾的罗继永也写诗表达其兴亡之感："衣冠祖国终思汉，雕犬仙源且避秦。水隔雪封成世外，渔舟未许问前津。谁为斯民解倒悬？神州无处不烽烟。红羊劫又余生历，青鸟书难一字传"；[5] 时代转变之际，士大夫往往面临出处进退的选择，那些对新政有所怀疑的人，便只能选择追随旧政权行在或选择自我流放，前往台湾的文化人自然是追随国民党当局，前往香港从某种程度上可说是自我流放，或者说是选择观望。易君左在台湾生活不到一年，便前往香港，在《旅港杂咏》一诗中他写了"旅港生活艰难而心情抑郁"的情形："楚尾吴头客，天涯海角人。乾坤双袖泪，疆土百年尘。剑外难闻讯，桃源误问津。等闲成白首，犹是晋流民"。[6] 相对上海或台北，香港这个现代都市显然让易君左更感孤寂。

《新希望周刊》上虽然刊载的都是旧体诗词，但却真实记录了转折时代文化人的心路历程，从他们的诗词中不仅可以窥见时局的变动，也可追溯文化人的流亡轨迹和心态，因而有诗史的意味，而《新希望周刊》很早也有这种自觉，如易君左就曾介绍诗人薛大可的建议："老诗人薛大可告我，刊物所登诗词必备左列条件：（一）感伤时事者，（二）有惊奇性者，（三）有趣味性者，（四）具地方性者。除此而外，凡一切模古滥调试帖对句，均不宜登录，以免读者生

---

① 君左：《清幽的碧潭》，《新希望周刊》，第 15 期，1949 年 6 月 4 日。
② 君左：《台湾诗情》，《新希望周刊》，第 12 期，1949 年 5 月 14 日。
③ 易君左：《台湾诗情（四）》，《新希望周刊》，第 15 期，1949 年 6 月 4 日。
④ 易君左：《易君左四十年诗》，第 330 页。
⑤ 罗继永：《旅台逢诗人节书感》，《新希望周刊》，第 15 期，1949 年 6 月 4 日。
⑥ 易君左：《易君左四十年诗》，第 388 页。

厌"。①赴台后《新希望周刊》便辟有两个专栏，一是曾今可的《台湾诗史》，较为详尽地介绍台湾诗歌的源流；另一个便是易君左的《台湾诗情》，与《台湾诗史》主要介绍台湾历史上的著名诗人诗作不同，《台湾诗情》主要是介绍同时代诗人的经历和写作，这种同时代人的眼光，是《新希望周刊》诗歌具有诗史价值的重要原因。

该刊介绍的很多诗人，都是在戎马倥偬或流亡期间的创作，如朱铭新的作品，便是"在上海战事最紧张的时候，从上海写信来"，在炮声隆隆中写作并随即寄往台湾发表，诗为"不辨雷声与炮声，惊回残梦一灯清。天心难挽东南劫，山雨欲来草木兵。万里投荒怀故友，一筹莫展困危城。英雄逐鹿民生苦，家国何年罢党争"。②炮声依稀可闻，而更重要的是诗人所表露的济世情怀以及个人在大时代中的无力感，因为在面对政党斗争时，文化人实际上显得微不足道；另外还有从沈阳一路逃难南下的诗人之作，"从他的信上看，是一位军人，而诗甚凄怨，反映时事，读之辛酸"，《新希望周刊》一共载其诗九首，仅举前两首略窥全豹：一、"马骨填壕人骨横，野风吹过尚含腥。一身不怨流离苦，只恐山河面目更"；二、"茅店鸡声月正明，匆匆推枕又长征。榆关道上人如水，半是流民半溃兵"。③诗歌写从东北到台湾的逃难经历，不仅写逃亡军人的所思所感，更有沿途的所见所闻，写出了从北到南的社会现状，是时代的真实见证，可谓诗史。

除了诗词外，《新希望周刊》还刊载有易君左的回忆录《三十年沧桑》，回忆他自留学日本早稻田大学以来的文学活动和革命经历；还有罗敦伟的《台湾杂缀》、左舜生的《万竹楼随笔》等，前者多写初到台湾的见闻，记录了光复初期台湾的社会现象，后者则是关于人物的掌故，有助了解民国历史人物；此外还有钱歌川、谢冰莹等人的散文和游记，对台湾的社会和名胜作深入介绍。从这个角度而言，与政论多关注宏观议题不同，《新希望周刊》的人文书写从微观的层面，记录了1949年前后的社会心理和文人生存状态。

三、从内战到冷战：地点转换与风格变迁

《新希望周刊》对时事的关注，以及他对同时代人生活和心理状况的及时反

---

① 易君左:《台湾诗情（四）》,《新希望周刊》, 第15期, 1949年6月4日。

② 同上。

③ 易君左:《台湾诗情（五）》,《新希望周刊》, 第16期, 1949年6月11日。

映，使它在不同时期呈现出不同的面貌。周刊在上海出十一期，易君左赴台之后复刊，续接此前刊期继续出版；后在香港复刊时，刊期则另起炉灶。

《新希望周刊》之所以能在上海、台北等地相继出刊，除了易君左的个人努力外，也源于实业家的赞助。在上海时期得到橡胶厂老板徐中和的资助，徐中和与易君左和罗敦伟是旧识，"自动愿意全力支持"，并当发行人；[①] 在台北期间，易君左结识台北烟厂厂长任先志，"他与我是湖南同乡，兼有世谊"，与徐中和一样热情赞助并担任发行人。[②] 香港期间略有不同，因《新希望周刊》在上海和台北的畅销，易君左实际上已积累了部分资本，加上在港的稿费和字画收入，故能独资经营。[③] 因而，虽然刊物辗转三地，但易君左一直发挥着关键的作用，这使刊物一定程度上保持了前后的连贯性，如易君左回忆录《沧桑三十年》就一直在周刊连载。值得一提的是，易君左的人脉关系对《新希望周刊》有关键性影响，除了出资人大多是他的朋友外，周刊的作者群也多是他的圈内人，这也决定了周刊的基本面貌，如易君左擅诗词书画，且有家学渊源，故周刊的文艺部分主要是传统文艺；他的朋友中不少人学经济和法政，所以周刊对时政始终较为关注，且不乏深入的分析。虽然如此，周刊在不同地方还是要照顾当地的读者，并且随着时间的推移，关注的问题也不同，因而前后还是呈现出较大的差异。

上海时期，《新希望周刊》持较为中立的立场，对国民党当局的施政措施多有批评，尤其对国民党的劫收、贪污，及其后物价飞涨等政治和社会问题，作了尖锐的批评，认为出路在于立足人民的需要进行改革，实际上是部分地借鉴了"左翼"知识分子对人民议题的关注；其次是讨论和谈，1949 年李宗仁任代总统之后，重启和谈，虽然《新希望周刊》同仁对此并不乐观，但依旧还是抱着和平的希望，在得知重启和谈之后，易君左自己也去访问了章士钊和江庸两位和谈代表，面对江庸的消极情绪，易君左还劝他"不管谈什么，怎样谈，总得先去谈，一谈就会有办法"，文末也表达他的期待："祝福我们和平使者，为人民，为国家，赶快地去，赶快地回，带着春天的好消息给我们吧！"[④] 对时局尚抱着和平的希望，对共产党的态度也并不太激烈，反而是批评国民党较多，

---

① 易君左：《烽火夕阳红》，第 165 页。
② 同上，第 203 页。
③ 易君左：《天涯海角十八年》. 香港：大明王氏出版有限公司，1982 年版，第 46 页。
④ 易君左：《章士钊与江庸敲吧！和平之钟响了。》，《新希望周刊》，第 1 期，1949 年 2 月 14 日。

希望国民党通过改革获得新生。上海时期周刊专门辟有文艺版，主要刊载书画、摄影、游记等，如溥心畬的画、郎静山的摄影、易君左的游记等，与时局的关系还有些游离，带有明显的士大夫文化趣味。

台湾时期则不同。士大夫趣味逐渐让位于家国危机，从薛大可的建议，以及易君左所写的《台湾诗情》可以看出，诗人的目光转向更切近时代的问题。易君左也更为积极地向国民党建言献策，如在接受陈诚的问询之后，便写出《战斗的台湾文化建设论》，提倡"建立一个台湾的战斗文化体系"，"最重要的一点在以共同的心和力建筑一座精神的、心理的、思想的、无比坚强的堡垒"，"我们当前主要的工作，可以集结在以下三大类来开展：第一是针对当前国际环境和岛内局势来剖解分析，指出其真实症结，判断其必然趋势，以坚定一般人的心理，加强其对台湾前途的信念。第二是针对中共的'谣言攻势''匪谍攻势'而予以驳斥纠正。第三是针对台湾的需要，一方面是配合台湾省防务与各项建设的需要予以文化上的协助，一方面是配合台湾人民生活（包括政治的经济的教育的社会的）的需要而同他们密切的合作"。①

相应地，《新希望周刊》的时政也转向讨论国际局势，这包括与台湾命运密切相关的两大问题：一是当时讨论较多的第三次世界大战议题，一是冷战问题。对于前者，当时有论者撰文称，"和平业已绝望，世界正在向战争迈进途中"，认为"关于第三次大战是否必定发生的问题，由于近一年来时局演变的结果，似乎渐渐已经获得了肯定的答案"；②对于冷战问题，常在周刊发文的宋文明便指出，随着美苏在欧洲势力划分完毕，必然转移到东方，"西方不再有熊，猎熊者要到东方。西方细雨霏霏，而东方正山雨欲来"，因而"亚洲必然展开冷战，正如欧洲必然冷战一样，是勿可避免的"。③热战与冷战，虽然看似是两种完全相反的预测，但思维格局是一样，都是在美、苏争霸的世界格局下思考中国问题，而周刊同人的立场自然是支持以美国为首的西方势力。

香港时期的周刊，处于冷战已成定局的时期，正如该刊所载穆骏的文章《热战暂停，冷战加剧》所显示的一样，当时冷战已成为主导性议题。④实际上香港版周刊能够顺利出版，便与美国主导的文化冷战政策密切相关。易君左赴

---

① 易君左：《战斗的台湾文化建设论》，《新希望周刊》，第17期，1949年6月18日。

② 翔实：《透视第三次世界大战》，《新希望周刊》，第58期，1950年4月5日。

③ 宋文明：《冷战到亚洲》，《新希望周刊》，第17期，1949年6月18日。

④ 穆骏：《热战暂停，冷战加剧》，《新希望周刊》香港复刊号，第26期，1954年8月9日。

港之后，便在自由出版社出版了好几本著作，自由出版社当时由青年党负责，青年党很多成员与易君左有旧，如左舜生等与易君左早期都是"少年中国学会"成员。此时自由出版社是由美国在香港设立的美国新闻处资助的，对此易君左也心知肚明，他的回忆录就直言不讳："最初有一家'自由出版社'，拥有实力相当雄厚的'美援'，规模相当大，主其事的是青年党的朋友，实际负责的是谢澄平先生"；^① 此外，易君左后来也直接参与到"美援"文化体制中，当时美国在香港设立了多种基金以开展文化冷战，除了亚洲基金会外，还有一个"救助中国流亡知识分子协会"（Aid Refugee Chinese Intellectuals Inc.），易君左便在这个机构担任文艺组主任，据他介绍，"这个机构完全由美国方面主持，有两位美国重要人士总揽会务，一位的中国名字是费吴生，一位中国人欧伟国先生负实际推动会务的责任，下面有一部分工作人员"，^② "因为这个机构的经费来源是'美援'，所以工作人员的待遇相当高，例如我们几个组主任的月薪是港币一千四百元，这个数字在当时港九一般公务员中是不小的，尤其在一般难胞眼中看来简直有些惊慕和嫉妒"，^③ 正因如此，易君左得以积累部分财资作为《新希望周刊》出版的费用。

不过尚需注意的是，虽然易君左本人在港期间深入地参与到了美国的文化冷战中，连《新希望周刊》的出版费都部分地来自他参加美国设立的"救助中国流亡知识分子协会"（ARCII）所获得的薪金，但就《新希望周刊》本身而言，这份刊物的香港版的政治性较之上海和台北时期反而更为淡化，与之前主要谈政治、文学仅作为点缀的整体编排不同，香港时期基本上是以文学为主，较少谈论政治问题。仅以复刊第一期而言，除左舜生《我对目前政治主张的摊牌》与曹聚仁《产生新希望之时代与环境》外，其他均为文学或掌故类作品，如王平陵的《拔牙记》、南宫搏《突厥皇后与中国音乐》、南山燕《明初文坛的两大领袖》、卫聚贤《谈谈过午》、郑学稼《记北洋两军阀》、鹿萍《林语堂与〈论语〉》、郑水心《诗钟全貌（一）》、易君左《访新娘潭》等均是，此后陆续还有钱穆、毛以亨、钱歌川、苏雪林等人的作品，可见其作家群以文史为主。

当然，不直接谈政治并不意味着是非政治性的，它所刊载的部分文学作品也带有政治倾向，如吴万谷的旧体诗《遥寄黄陵》就写"一自山河改，黄魂与

---

① 易君左:《天涯海角十八年》，第 70 页。
② 同上，第 59 页。
③ 同上，第 61 页。

陆沉"，^①是冷战意识形态的更婉曲的表达。

香港时期的《新希望周刊》延续了上海、台北时期的作者群，这包括两类人：一是早期在上海、台北曾为周刊写稿，而后也到香港的作家，这包括雷啸岑、马汉岳、左干忱、曹聚仁、李毓田、左舜生、黄陆平等；^②二是彼时身在台湾却在周刊发文的文人群体，正如易君左所介绍的："可以说：在自由区域的中国第一流作家学者差不多都为本刊集体执笔了，这是本刊最大的荣幸，也是读者最优的享受。从台湾寄来的专稿，除掉本期所登王平陵郑学稼两先生的大文外，尚有苏雪林、谢冰莹、钱歌川、罗敦伟、李辰冬、阮毅成、盛成诸先生的力作，都将逐期刊出"，这些作家大部分在台湾，也有的往返于台湾、东南亚和欧美之间。^③当时在该刊发文的香港文化人则有钱穆、毛以亨、易文、黄梦华、郑水心等，多较为知名。因而，港版《新希望周刊》是20世纪50年代中期连接港台文坛的重要传媒，其作者的所跨地域的广度，也使它成为50年代初部分中国知识分子流亡轨迹与心态的历史在场者和见证者。

结　语

创刊于1949年上海的《新希望周刊》，随后辗转台北、香港，是转折时代文化人流亡的见证者。它所刊载的时政文字，是文化人面对时代变局，所作出的积极回应，从早期关注和谈，到后来关注冷战等国际局势，都是试图在大时代中找到国家和个人的出路。除了政论外，周刊还刊载了大量的书画、诗词、散文等文艺作品，其基本面貌经历了从早期的士大夫趣味，到后来关注社会问题的转变，记录乱离时局的诗词、散文等也具有诗史的内涵，它们是了解大时代社会心理和个人心理的一手资料，为我们还原转折时代文化人的心路历程提供了可能，尤其显示了那些跟随国民党前往台湾的文化人心态的转变：上海时期对国民党当局的批评，赴台后转为支持和声援国民党，前往香港则提供了一个跳出内战视野的空间，但从易君左而言，他看似跳出了国共内战的框架，却又成为美国文化冷战政策的一环。易君左作为该刊主编，其人脉资源和个人文化趣味是影响该刊的主要因素，他早年参加五四运动，后又参加北伐，但同时

---

① 《海外诗坛》，《新希望周刊》香港复刊，第49期，1955年1月17日。

② 易君左：《发刊词》港创刊号，第1期，1954年2月15日。

③ 易君左：《编余小记》港创刊号，第1期，1954年2月15日。

又有传统诗书画的家学渊源，因而是一个兼容新旧的人物，这也决定了周刊的综合性面貌。

第四章 港台传统文人圈的聚散：
以易君左为中心

现代主义诗人之间的交往是 20 世纪五六十年代港台文坛的重要现象，这也是学界较为关注的内容，相对而言，港台两地的传统诗人或者说古典诗词领域之间的交往，受到的关注比较少。新文化运动以来，新诗成为新文学的主要文类，但到抗战时期，在民族危机的促动下，很多人又转向传统资源寻求出路，不仅是那些被大众读者忽略的传统文人的诗词重新受到关注，不少新文化人也转而写作旧体诗词，像郭沫若、老舍、田汉、易君左等都是其中的代表。旧体诗词之所以在抗战时期再度复兴，首先是民族危亡之际对传统的再发现，在外敌入侵的时代，写作旧体诗词本身便是一种反抗的姿态，带有家国情怀，是延续斯文的方式，且不说 1937 年之后中国文人旧体诗词中的家国意识，实际上早在 1895 年之后，台湾地区文化人就在以这种方式抵抗日本的殖民统治；其次，文化人在遭遇危机时向传统寻求文化与心灵的救赎，旧体诗词有大量的关于危机的叙述，这为文化人在危急关头的出处进退提供了伦理借境；[1] 同时，从文学功能的历史沿革来说，较之新诗，旧体诗词具有更强的社交功能，诗人之间的修禊宴集、酬答唱和等，既是文学行为，更是社会交际的需要。那么，问题在于，旧体诗词这种在社会交往领域带有优势的文体，在 20 世纪五六十年代港台诗坛的交往中发挥着什么作用？或者说在冷战时期的港台文坛，传统文化人的生活和交往情形如何？彼时新文学与旧文学之间处于什么关系？本章将以易君左为中心讨论这些问题。

之所以选择易君左，原因首先在于易君左是活跃于 20 世纪五六十年代港台文坛的代表性作家，他早期立志从事新文化运动，有新文学创作的经历，也一

---

① 参考拙作：《危机与救赎：一个新文化人的"南渡"》，《中国现代文学研究丛刊》，2016 年第 1 期。

直写作现代散文，与很多新文学作家关系密切。在 20 世纪 20 年代中后期，他转向旧体诗词写作，晚年在港、台期间更是创作了大量的旧体诗词，与诸多旧派文人唱和往来；此外还有一个重要的原因是，他长期从事编辑工作，作为编辑，他与诸多文化人交往密切，这不仅包括台湾的文化界，在香港期间他更是参加了多个文人集会群体。易君左文化身份的这种多元性，以及他晚年经历的丰富性，这有助于我们借以观察和讨论 20 世纪五六十年代港台新旧文坛的状况及两地旧派文人的交往情形。

第一节　兼容新旧：易君左的文人圈

易君左，原名易家钺，现代著名文人，其最大的特点在于兼容新旧。因家学渊源，他早年浸润传统诗文，曾参与传统文人的雅集，五四运动后，转向新文化运动，主办《奋斗》《家庭研究》，提倡新道德、新伦理，后与郭沫若、郁达夫等一道为泰东书局编书，曾写白话小说；参与发起"少年中国学会"，为《孤军》社一员，与左舜生、周佛海等关系密切；大革命期间投笔从戎，在北伐军政治部工作；后应周佛海之邀去江苏镇江教育厅工作，抗战期间前往四川，曾与卢冀野等办《民族诗坛》；抗战结束后一度赴兰州创办《和平日报》，1949 年在上海办《新希望周刊》；不久赴台，继续出版《新希望周刊》；同年底转香港，任《星岛日报》副刊编辑，复刊《新希望周刊》，后任浸会学院文学教授；1968 年再度赴台，直至 1972 年去世。

与 20 世纪很多知识分子一样，易君左在时代的动荡中经历了诸多曲折，但与大多数新文化人不同的是，他的文化活动不时出入于新旧之间。他时而是旧式文人，与名士才子诗酒唱和，时而是现代作家，参与新文化运动，与现代作家田汉、郁达夫、谢冰莹等相交莫逆。1949 年赴台、港之后，他创作了大量的旧体诗词，参与旧派文人的修禊活动，但也创作了为数不少的白话散文，即便是旧体诗词也保留着现代意识。本节主要以易君左的晚期活动为研究对象，兼及早期的经历，勾勒其交往的人际圈，借鉴文学社会学的方法，从社会交往的角度考察其文化归属，尤其是在离乱之际的文化活动及其心态，同时也考察人脉关系对他文化事业展开的作用。

一、传统文人圈

易君左于 1949 年 4 月赴台，在前往台北的飞机上他拟想赴台后的情形写了一首诗作：

> 烽火红逐万鸦飞，茫茫云海渡台北，陆阻山陵水阻湖，漂泊离家归未得。
>
> 名城呼吸迫存亡，繁华寂灭几沧桑？平生行脚皆沉重，唯兹一次稍轻狂。
>
> 赤嵌楼外海波碧，我来重踏先人迹，煮豆燃萁事太哀，惊涛骇浪情何急！
>
> 誓将豪气尽销除，顶礼焚香读父书，愿随日月潭中水，常伴花莲港里鱼。[1]

诗从描摹个人经历出发写离乱之思，先是动荡之际匆匆离家，渡海漂泊，由此反观一生似乎都在离乱中走来。不过这次逃难的心情与之前的沉重又有不同，作者未尝没有企盼，原因便在于作者祖上与台湾的渊源，所谓"赤嵌楼外海波碧，我来重踏先人迹""誓将豪气尽销除，顶礼焚香读父书"都有具体所指。易君左的父亲易顺鼎，在甲午中日战争期间，是坚决的主战派，当时他为刘坤一幕僚，议和消息传来，他上书请求罢和议，后听闻唐景崧等在台坚持抗日，于是决意亲身赴台参与抵抗。但抵达厦门时便听闻唐景崧已回内地，黑旗军刘永福尚在台南坚持抵抗。于是赶赴台南，领三营兵力守台中，因军饷缺乏，乃回内地筹饷，及筹得饷银返台，台中已陷落，见大势已去方折返厦门，有《四魂集》述其事。易君左在香港期间曾写《四魂血泪记》详述其父保台的经过。[2]

易顺鼎晚年以遗民终老，常出入京城遗老圈子，与诗友组寒山诗社，年幼的易君左也常随他参与诗社活动，如诗社的撞诗钟，易君左就曾摘得过头名，还曾参与著名的万牲园修禊，即民国二年的"癸丑修禊"。该雅集由梁启超发起，"故都名诗人几乎全体参加"，易君左是最年幼的参与者，[3] 晚年他在香港，还曾"收到万牲园修禊旧照"。[4] 易顺鼎，湖南人，在清末民初诗坛颇有影响，

---

① 易君左：《台湾诗情》，《新希望周刊》，第 12 期，1949 年 5 月 14 日。
② 易君左：《四魂血泪记》。香港：自由出版社，1954 年版。
③ 易君左：《大湖的儿女》。台北：三民书局，1969 年版，第 246 页。
④ 同上，第 249 页。

与陈三立、陈衍、樊樊山等人交往颇多，这些诗名家也成为易君左孺慕或交往的对象。1949 年易君左在《新希望周刊》上刊布的回忆录就忆及他在镇江期间拜访这些"老叔老伯"的经历："每次到苏州去，总是去拜访几位前辈：一是陈衍，一是张一麐，一是章炳麟。那时苏州几位国学大师如章炳麟（太炎）金松岑等设立了一个国学会，我偶在国学会出版的一本杂志上写文章；又因这几位老人和我父亲都是好朋友，是我的父执，在礼节上应该对他们尊重"。[①]家学渊源为他提供了较广的社交网络。从文学史的角度来说，易佩绅在近代诗史中被归于"中晚唐"一脉，与之同列的是樊增祥，[②]二人合称"樊易"；虽然易佩绅诗风近中晚唐，但他与宗宋的同光体诗人如陈三立等又关系莫逆；同时与追慕汉魏六朝的王闿运等也有交往。因而，在现代不同的诗歌流派中，易佩绅实际上与各派都有深入的交往，这既为易君左提供了较为开阔的视野，同时也为他提供了超越派系的人际关系。易君左在镇江期间，之所以能与陈衍等前辈往返，与易佩绅的这种格局不无关系，到港、台后也同样如此，他所交往的诗人，往往是跨越不同的流派，写作风格也是各异，这并不妨碍他们之间的唱和交往。如易君左在香港期间曾多次赴东南亚，其间便曾结识谢雪声，并与之多有诗词、书信交往。谢雪声原籍厦门，为陈衍高足，与易君左也是世交。[③]

赴台后，易君左便在《新希望周刊》上开辟《台湾诗情》专栏，即时介绍台湾诗人的活动和作品，其涵括的范围从一开始就极为广泛，包括台湾本地诗人和渡台的内地诗人，按易君左自己的概括：

> 台湾本地的诗人如林献堂、黄纯青、魏清德、谢雪渔诸位，我之所以结识他们是由于曾今可先生的介绍，我一到台北就在微雨中到金门街去访曾今可，以后迭有唱和。内地来台的名诗人如丁治磐、曾今可、薛大可、罗继永、钮先铭、闵孝吉、许君武、李翼中、包天笑、秦靖宇、张佛千诸先生，皆一代诗坛重望，流离来台，爱时爱国，吟咏甚多，也都纷惠诗作，登在本刊。[④]

林献堂、黄纯清、魏清德等是台湾当时最知名的诗人，是栎社、瀛社等著名诗社的执牛耳者，在曾今可的介绍下，易君左与他们结识并迭有唱和；渡台

---

① 君左：《老叔老伯之类——三十年沧桑之三十五》，《新希望周刊》，第 44 期，1949 年 12 月 24 日。
② 钱基博：《现代中国文学史》．长春：吉林人民出版社，2012 年版，第 231 页。
③ 易君左：《天涯海角十八年》．香港：大明王氏出版有限公司，1982 年版，第 312 页。
④ 易君左：《烽火夕阳红》．台北：三民书局，1971 年版，第 201—202 页。

诗人就更多，这些诗人来台之前与易君左大多相识，如李翼中，抗战前就是易君左在江苏省政府的同事，"那时就有唱和"。① 当这些文人流离到台湾之后，更是同气相求，延续此前的诗酒交往。在港十八年也同样如此，易君左与郑水心、梁寒操、陈其采、张维翰、史剑、张大千、陈孝威、毛以亨、黄宇人等人，便常有诗词往来，或修禊，或聚餐，或旅行，活动频繁，形式多样。②

二、个人经历与社交网络

虽然父辈的社交圈给易君左提供了诸多便利，但易君左20世纪五六十年代之所以能在台港文坛有一定的影响力，主要还是基于他此前所从事的文化运动和政治活动，这包括五四时期参与新文化运动的同仁，北伐期间认识的军事、政治人物，及其后在镇江、成都、重庆等地工作时结识的文化与政治领域的朋友。

易君左晚年在港、台期间，与很多军旅诗人有交往，像钮先铭、丁治磐、陈孝威、张佛千、关汉骞、闵孝吉等均是。《台湾诗情》就曾多次介绍他们的作品，如在介绍钮先铭时易君左就说"现代军人能诗的甚多，如程潜的古体，罗卓英的近体，李铁军的七绝，都不可多得"，③ 还有以作对联知名的张佛千与他也有交往，台湾《新希望周刊》曾载其军中诗作，易君左评价甚高："久未见面的张佛千兄忽自凤山寄精忠报来，许多文艺作品是士兵的新作，充满军中文化气氛，佛千不大写诗，最近有随孙立人司令赴马场观马四绝，可入现代军中诗选首页也"，其诗为："浅草秋郊映落晖，一鞭群马去如飞，牧人慷慨谈蒙古，绝塞无垠草正肥"。④ 二人交往颇多，笔者曾见到张佛千所藏的《琴意楼词》《天涯海角十八年》等书，里面还夹有印着"上尉"军衔的易君左名片；《畅流》载有易君左《赠关汉骞将军》一诗。⑤ 易君左晚年与这些军中诗人也颇有诗词往来，这当然与这些军人晚年多已赋闲，或转而从事文化工作有关。如陈孝威便在香港办报，熊式辉也一度寓居香港，不过易君左与他们熟识还因他本人也多次参加军旅工作，北伐时期在政治部工作，抗战时期政治部恢复，易君左也是再度加入这个机构，这与郭沫若的经历颇为类似。这些经历让他们积累了较多的军

① 易君左：《台湾诗情（五）》，《新希望周刊》，第16期，1949年6月11日。
② 易君左：《天涯海角十八年》，等26页。
③ 易君左：《台湾诗情（六）》，《新希望周刊》，第19期，1949年7月2日。
④ 同上。
⑤ 易君左：《君左近诗》，《畅流》半月刊，第1卷，第1期，1950年2月16日。

中人脉，像张佛千很长时间都在政治部任职。

除了军中诗人之外，在当局相关机构任职的官绅，也是易君左常往来的对象。陈果夫就曾应易君左之邀在《新希望周刊》发表《回忆江苏二三事》，第一节便是写"君左夫人是母教比赛第一名"；[①]方希孔、潘公展、闵孝吉、沈雷渔等也与他关系不坏，至于身为"监察院长"并作为20世纪50至70年代台湾文坛领袖的于右任，[②]易君左与之也多有诗词往返。易君左与于右任也是故旧，于右任之前也比较照顾易君左，易君左回忆录《三十年之沧桑》便多次提及他与于右任的交往，如抗战时期在重庆，他就常出入叶楚伧、于右任等国民党元老宅邸，"髯翁常常约我去吃便饭，借此谈谈政事，和诗歌"。[③]易君左后来还曾担任"监察院"专门委员。说起来，易君左在1949年赴台机票极度紧张的情况下，能顺利到达台湾就与这重身份有关，他后来就曾说明："因为我的'监察院'专门委员那份职位并没有取消，就以这种身份，透过人事关系，居然派到了三张机票，喜出望外"。[④]

此外还有新闻圈。作为现代文化人，除作品发表外，他本人也先后在多个报社工作，早年曾编《国民日报》，后来更是去兰州创办《和平日报》，在上海、台北和香港出版《新希望周刊》。在香港期间，还一度主编《星岛日报》的副刊，因此与新闻界有较深的关系，如著名报人龚德柏和名记者薛大可，都是易君左文中和诗中常提及的对象。而香港的《星岛日报》，也为易君左联络香港文化人提供了媒介，如该报的"作者联欢会"上，参加者就有张大千、陈方（芷町）、郑水心、高逸鸿、陈荆鸿、黄天石（杰克）、曹聚仁（笔名乌鸦）等。[⑤]面对1949年的动荡和变局，这些昔日的同事或后来的诗友，与易君左有着类似的遭际和感慨，如《台湾诗情》就曾记载曾任《申报》《中央日报》《大公报》等报驻镇江记者包明叔的来访，因易君左曾在镇江工作，二人"相逢同深感慨"。[⑥]在香港期间与易君左唱和极多的郑水心，也是早年易君左在湖南《国民日报》

① 陈果夫：《回忆江苏二三事》，《新希望周刊》，第29期，1949年9月10日。
② 参考黄美娥：《战后台湾文学典范的建构与挑战：从鲁迅到于右任——兼论新/旧文学地位的消长》，《台湾史研究》，第22卷，第4期，2015年12月。
③ 易君左：《文章与气节——三十年之沧桑四十七》，《新希望周刊》，第59期，1950年4月14日。
④ 易君左：《烽火夕阳红》，第170页。
⑤ 易君左：《天涯海角十八年》，第50页。
⑥ 易君左：《台湾诗情（三）》，《新希望周刊》，第15期，1949年6月14日。

的同事。①《和平日报》有不少旧人滞留香港，他们之间也保持着联系，如易君左诗集中就有《植庭邀饮和平日报诸旧友》，其中有句："乱世重逢意倍亲，沧桑几度幻浮尘"。②

提及新闻圈，易君左在上海、台湾等地办期刊，实颇赖几位商人资助。在上海时期主要得益于橡胶厂老板徐中和，"当时上海有一位实业家徐中和先生，苏北人士，乃一家大橡胶厂的老板。他也就是上海和平日报'海天联谊会'席上常常光临的嘉宾，和我及罗敦伟熟识，家财富有，生性豪爽，听说我想办刊物，自动愿意全力支持，经协商下，决定出版新希望周刊，他当发行人，我主编，社址就在他的家里；上海市中正路福明村四十号"。③后来到台湾，则遇到台北烟厂厂长任先志，"到了台湾办刊物，又遇着一位'台北的徐中和'，一样热心的赞助，那就是任先志。我请先志担任本刊常务社务委员即发行人。他与我是湖南同乡，兼有世谊，保持湖南佬的坚强正直的性格，而又在台湾社会非常活跃，当时他任台北烟厂厂长，家住在烟厂附近的承德路四号，广院幽花，对朋友热情款待，我们刊物的社务会议就经常在他家里举行，叨扰茶饭多次。由于有任先志与台北各界的人事关系，所以刊物一出版即甚畅销"。④任先志家不仅成为召开社务会议的场所，也是台北文化人聚集之地。

易君左人际网络中的另一个重要因素是乡谊，正如任先志是他的湖南同乡一般，易君左很多文友都是湖南人，如被易君左戏称"大头诗人"的许君武，⑤就是湖南湘乡人，与易君左、沈曼若并称"湖南三才子"。许君武笔名止戈，有《双青阁诗词集》，易君左《台湾诗情》有介绍他的诗作。此外，邹谦、钱歌川、谢冰莹等与易君左关系密切的文化人，也都是湖南人。

三、兼容新旧

易君左晚年写了大量的诗词，主要来往的对象也是比较倾向传统诗词的老派文人，但易君左与新文化人之间也有密切的交流。实际上易君左接触的文化人一直是新旧兼容的。如他所办的《新希望周刊》，旧体诗词实际上占据的篇幅并不大，虽然没有小说，但现代散文的分量并不少。易君左自己也称，"避难来

---

① 吴伯卿：《易君左、郑天健与湖南国民日报》，《传记文学》（台湾），1981年2月。
② 易君左著，易鹏编：《易君左四十年诗》，台北自印本，1987年版，第374页。
③ 易君左：《烽火夕阳红》，第165页。
④ 同上，第203页。
⑤ 易君左：《台湾诗情（二）》，《新希望周刊》，第14期，1949年5月28日。

台的大批高级知识分子，包括大学教授、作家、文人、诗人等，许多都是我多年的老朋友，也有一批比较年青的新朋友，我请他们写文章，他们是乐于接受的"。① 这些旧人和新人，实际上还是以现代作家为主：

> 当时承蒙诸友好的热情支持，已经回归自由祖国怀抱的第一流文人都欣然不断的惠给稿子，例如：左氏叔侄：左舜生和左干忱、叶青（任卓宣）、郑学稼、钱歌川、谢冰莹、罗敦伟、尹雪曼、蒋君章、包明叔、诸位先生是经常执笔的。②

除了《新希望周刊》外，易君左在台还参与《畅流》杂志的编辑，较之《新希望周刊》，《畅流》的文学性更强，其作者群也是新旧夹杂，常见作者有易君左、谢冰莹、罗敦伟、钱歌川、邹鲁、何志浩、罗敦伟、陈定山、傅红蓼、吴恺玄等。虽有国民党西山派元老邹鲁、何志浩，更多的则是谢冰莹、钱歌川等以现代散文见长的作者。谢冰莹是典型的新文学作者，她与钱歌川一样是易君左的同乡，其现代散文和小说都曾引起文坛关注。在台港期间，易君左与谢冰莹一直保持着较密切的联系，二人的作品常见于同一刊物。

作为新文化人的易君左，在现代文学史上也值得关注。除了在北大就读期间办刊物外，他还曾参与"少年中国学会"和《学艺》，这两个团体对他后来有很深的影响，像《新希望周刊》上常见的作者左舜生便是"少中"同仁。此外，易君左在香港期间与由"少中"分化出来的青年党成员关系也较为密切。他初抵香港，便寄居左舜生处，后来二人还合开一个小商店，可惜以亏损结束。青年党其他成员如谢澄平等在香港办有自由出版社，初到香港的易君左便在该出版社出版了好几部作品。台北版的《新希望周刊》曾刊载易君左的《忆少年中国学会》，文中他如是介绍"少中"：

> 在泰东书局当编辑和在中国公学教语文的一段时期，我们一班自命为"新中国的青年"的青年发起了一个"少年中国学会"。这一个少年中国学会不可忽视，它在现代中国思想史上应该占着重要的一页。我可以告诉你：中国国民党，中国共产党，中国青年党，乃至时下许多所谓民主党派的前身的重要份子，都曾为少年中国学会的会员。这一个会是五四运动直接孕育出来一个宁馨儿，是新中国新思想的凝结体。……
>
> 试举一二实例：如段锡朋罗家伦周炳琳熊梦飞等即属第一部分，如张

---

① 易君左：《烽火夕阳红》，第200页。
② 同上，第201页

国焘黄日葵恽代英刘仁静等即属第二部分，如曾琦左家舜（即左舜生）余家菊陈启天等即属第三部分，如李希贤何公敢阮湘涂开舆等即属第四部分。①

虽然"少中"后来分化，而且易君左也提早退出了该会，但这个团体中的部分成员依旧是他日后人生中的重要资源，如上文提及的左舜生，终其一生都与易君左关系莫逆，香港期间二人除合开商店、后又同在"救助中国流亡知识分子协会"供职外，彼此也常有诗词往返，如易君左便有《沁园春·戊戌除夕大雨，简怀舜生山居》一词：

> 风泊鸾飘，远海遥山，岁暮更阑。念千万生灵，水深火热；两三故旧，影子形单。纵酒谈诗，登坛论证，坦荡心胸天地宽。愁抛去，看花随人艳，燕带春远。烟峦，美景如环，好伺候高贤松石间。幸多余精力，无妨小病；艰危时日，反得粗安。我本轻狂，君非落寞，卅载知交真几难。今何夕？但云迷白下，雨打红礁。②

"少中"是"新中国青年"的自我宣言和集结，会员的专业也是分属不同领域，但都以新思想相标榜。易君左晚年写了大量旧体诗词，但他的思想观念依旧保持着新文化人自觉，如在香港期间，他便从绘画的角度表达了他在古典与现代之间的取舍：

> 山顶上有摩天大厦并不比有小亭茅舍难看，而夜间的电灯灿若繁星，繁星比起电灯来暗无无光。整个太平山的灯光辉煌好像一顶嵌满明珠宝玉亮晶晶的冠冕，仍然是一幅绝好的画图。我们不要太迷恋古典型的美了。现世纪的山还是要和科学和人生结缘。③

传统文人画多是古典素材、意象和意境，易君左当时除了写诗，也创作了较多的绘画，并举办多次画展，他对最具现代性的摩天大厦的正视，从传统文人画来说无疑有些离经叛道，但这正是易君左双重文化身份的复杂性所在。

从创作的角度而言，易君左少承庭训，在传统诗词氛围浓厚的家庭成长，自小就接受诗词歌赋的训练；稍长不仅去国赴日本早稻田大学接受新式教育，更在新文化运动中积极发声，办刊物提倡新伦理道德，并与郭沫若、郁达夫等

---

① 易君左：《忆少年中国学会——三十年沧桑之十一》，《新希望周刊》，第19期，1949年7月2日。

② 易君左：《琴意楼词》.香港：吴兴记，1959年版，第68页。

③ 易君左：《天涯海角十八年》，第123页。

一道经营新文学。这种经历，使易君左极广地接触到了新旧不同的文化领域，同时也使他成为一个兼容新旧或者说不新不旧的文化人。他写了较多的游记散文，但其中往往夹杂诗歌，现代散文与旧体诗词两者似乎都顺手拈来，正如他所言："我一生喜欢写诗，一半由于遗传，一半由于兴趣，因之往往在我所写的散文里不知不觉的夹带一些诗歌"。[①]

这种兼顾新旧的创作，与他往来于新旧文人圈的社会关系是相辅相成的，他一手写现代散文，一手吟诗作对，因而也就可以一边与新文化人结社，同时也与传统文人修禊唱和。这种双重性在他晚年显现得尤其明显，其主要原因还在于港台新旧文化冲突并不如大陆那么激烈。还需提及的是，这种兼容新旧的文化身份，不仅见之于易君左，几乎可以说是他们这一代多数文化人的整体形象，易君左的特殊性在于，作为一个新文化人，他因家庭渊源，与旧派文人之间的关系比一般新文化人要深入得多，甚至可以说是现代文人中一个曾深度参与传统文人活动的诗人。

第二节　想象河山：易君左与 20 世纪 50 年代台湾的纪游写作

易君左一生主要文学成就是旧体诗和游记散文，尤其晚年在台湾和香港，他在报刊上登载了较多的旅行游记，并印行《西北壮游》《祖国江山恋》等近十部以纪游为主的散文著作，其纪游散文在港台颇受欢迎，香港有论者将他与周作人、林语堂并列，称其为"中国现代游记写作第一名家"，[②]虽有些过誉，但易君左的散文确具有鲜明的时代症候性，颇值得讨论；与易君左交好的文友如钱歌川、谢冰莹等，当时也多有纪游之作。作为 20 世纪中期新到台湾、香港的文化人，他们对当地名胜充满热情，笔下常见对台湾、香港风物的描写，同时，作为从大陆南来的逃难者，对家乡、对故土的怀想也常诉诸笔端。因而，20 世纪五六十年代台湾和香港曾兴起游记写作的热潮，报纸杂志上常见这两类纪游作品。易君左是五十年代较早从事游记写作的文化人，而且数量较多，影响也颇大，本节以易君左为中心，借助《畅流》《新希望周刊》等学界关注较少的资料，考察易君左及同时代人纪游写作的主要特点，探讨游记背后的家国情怀、流亡文化人在观看风景时如何处理记忆与现实处境之间的关系，以及意识形态

---

① 易君左：《大湖的儿女》. 台北：三民书局，1969 年版，第 23 页。
② 梁石：《易君左游记精选·序》. 香港：颂文出版社，1961 年版，第 2 页。

因素如何影响风景观看等问题。

一、记忆里的旧山河

易君左后期的大部分作品是回忆祖国大陆的风景，如 1949 年在台北出版的《西北壮游》，之后在香港出版的《祖国江山恋》《祖国江山恋续集》《祖国山河》《伟大的青海尽头》等，在港台期刊发表的诸如《西溪看芦花》《东西岳探胜》等纪游散文均是如此，这些作品主要是写祖国风物，或昔日游览大陆名山大川的所见所闻。

易君左早年便写有不少游记，如《西子湖边》《江山素描》《战后江山》等。1949 年他到台湾后，很快便在台出版《西北壮游》，这是易君左策划的"新希望丛书"之一，不过该丛书也只出版了这一本。该书虽在台北出版，初稿却写于兰州，写他在兰州办《和平日报》期间，游览关中、敦煌、酒泉、天山等西北风景名胜的经历，在台重新修改后出版。正如他在后记中所言："来台湾是一个偶然的机会，临上飞机前才决定行止的，所以什么东西都没有带来。住下去以后，常常怀念着西北。在西北写了一些游记和诗歌，本来作为和平日报丛书之一的，我既回南，当然搁浅。我想东南的人士一向对西北是相当隔阂的，实际上，西北是我们中华民族的发祥地，中国文化的摇篮。不到西北，真不知中国之伟大。我就仍想把那本书出版"；[①] 于是将原稿二十余万字精减到七八万字，并请于右任题写书名，在台湾由他自己办的新希望周刊社印行。

正如"壮游"所显示的，《西北壮游》写出了西北的宏阔壮美，无论是悠远深邃的历史，还是壮美的塞外风景，都让易君左这个以东吴游客自许的南方人感慨颇深，他《酒泉吟》一诗就写，"人生优乐何处寻？酒泉羁旅发长吟，西北之行参得失，老人颜色壮人心"。[②] 易君左的游记，不仅写个人旅途所见所闻，往往还追溯历史，在丝路文明的映照下，让眼前之景具有历史的纵深感，加上现代散文与古典诗词的融合，易君左的纪游之作不仅仅是旅途杂记，还夹杂着思古之幽情，这在动荡的 20 世纪 50 年代，不无维系世道人心的作用，正如郑学稼《〈西北壮游〉及其作者》一文所指出的，西北张掖、敦煌等地"不仅是我们历史上光辉的地名"，"而且可以鼓励每个有民族思想，英雄观念的青年。在

---

①　易君左：《西北壮游》. 台北：新希望周刊社，1949 年版，第 209 页。
②　同上，第 39 页。

斯拉夫民族已南下而牧马的今日，出版《西北壮游》是有重大的意义"。[①] 易君左好游，每游必有记，而他所游之地，又多为名山大川，或人文胜景，祖国江山在他笔下各具格调，西溪芦花、南湖烟雨等莫不如此，如他写西溪："全是水乡风味，溪水清澄，一条弯弯曲曲的小河，忽而穷塞，忽而开朗，沙明水净，远岸平林，小岫含烟，平湖滴霞，港汊分歧，时见小舟来来往往，就像柳荫中梭织的黄莺，渔歌一曲，太上忘情，两岸桑竹遍野，鸡犬相闻，三五茅舍人家，点缀其间"。[②] 极富诗意，惹人向往。

游记写景，但不纯粹是景，往往夹杂着游者的个人经历，因而游记也带着自传色彩，易君左的游记，很多篇幅都是记自己的游踪，如《西北壮游》在写西北之美时，也多写他在西北的交游，写西溪芦花时更是写与友人的交游。除了易君左之外，当时不少作家都有类似作品，或写抗战时期的重庆，或写故乡风物等。如丽婉《淡水河边忆重庆》、桐雨《回忆重庆的春天》、吴恺玄《夜雨忆巴渝》、谢冰莹《忆爱晚亭》等便是如此。谢冰莹是湖南人，她写爱晚亭便犹如一个地道的当地导游，在给外地人讲述爱晚亭的历史、传说和她个人的经历，爱晚亭寄托着她的离愁[③]。文章虽写昔日游踪，更像是写给故人的信。

较之故乡风物，当时最常见的游记种类是关于中国名山大川的，尤其是关于五岳的游记十分常见。易君左曾写东西岳，写黄山之奇、青城之幽等，如写华山之险："华山最危险处可以'鹞子翻身'与'念念喘'二地为代表。什么叫鹞子翻身呢？就是一座山峰上有一个下棋亭，亭中一盘棋子，是铁铸成的，传说是陈抟老祖与仙人对弈处。那一个能偷去一粒铁棋子，其人即可长生不老。可是这偷旗子并不容易，毋宁说是太艰难了：要由第一座峰头，把身子一扁，然后倒翻下来，就像鹞子翻飞那种微妙的姿势，才能降到山的另一面，然后攀附摇摇欲坠的铁链，慢慢地梭下来，这铁链是垂直的，下临无底深壑，还得把铁链一摆，跳上那座铁棋亭的山顶，去偷棋子"。[④] 惟妙惟肖，非亲见者不能为，类似的还有《长相忆：九华山》等纪游之作。[⑤]

如果说故土风情多关个人离愁别绪，名山大川便常与家国这类大问题联系在一起。如陈定山写《五游黄山》时，便认为黄山最具代表性，应是中国的国

---

① 郑学稼：《〈西北壮游〉及其作者》，《新希望周刊》，第 41 期，1949 年 12 月 3 日。

② 易君左：《西溪看芦花》，《畅流》半月刊，第 2 卷，第 1 期，1950 年 8 月 16 日

③ 谢冰莹：《忆爱晚亭》，《畅流》半月刊，第 1 卷，第 7 期，1950 年 5 月 16 日。

④ 易君左：《东西岳探胜》，《畅流》半月刊，第 2 卷，第 2 期，1950 年 9 月 1 日。

⑤ 易君左：《长相忆，九华山！》，《畅流》半月刊，第 2 卷，第 11 期，1951 年 1 月 16 日。

山，^① 祖国山川寄托着他的家国认同。居港期间，易君左出版了《祖国江山恋》《祖国山河》等多部游记，多是写祖国名山大川，这些游记在当时极有市场，往往一版再版，或改头换面重新出版，这类书畅销的原因，从社会心理学的角度而言，与人们对故土的思恋不无关系，正如易君左在回忆录中所说：

> 《祖国江山恋》是我在香港最初写的游记专书，正因当时一般逃难来港的人们对多难的祖国江山的怀恋，这本书之所以畅销到十余版，书名富有吸引的力量也是一个重大的原因；又因为内容全是生动、流丽，而富有热情的游记短篇，作为中学生的国文教材是再适合没有了，因此几乎全港九的中学生人手一册，销数可观亦复可惊。^②

20 世纪 50 年代初，海峡两岸之间内战还在延续，香港与大陆之间也有重重阻隔，而到 50 年代中后期，在内战和美国文化冷战影响下的宣传中大陆革命被妖魔化，^③ 很多南来的难民虽然对故土极为思恋，但在两地隔绝的情形下也只能通过想象来重温旧时家山，文人则通过纸上的行旅，既驰骋想象，也寄托故园之思、家国之情，这是 50 年代忆旧纪行文字兴起的原因。

二、在台湾发现风景

20 世纪 50 年代初的台湾游记，除了写昔日大陆游踪者外，写台湾、香港等地方风物者越来越多。尤其是赴台的文化人，到达台湾之后，常会四处观光，加上台湾当时交通较为便利，很多人都曾遍游台湾，游踪所至，留下不少纪游之作。

不过，对于观览过名山大川的人而言，对台湾的山川往往有"曾经沧海难为水"之感，尤其是在与五岳等大陆山川的比照中，台湾山川往往不占优势，当时人们在游览台湾山川时不免常由此及彼，由眼前之景念及记忆中的名山，或是不经意中流露失望之意，这是 20 世纪 50 年代初台湾纪游写作中常见的现象。不过易君左倒是个例外，针对这种现象，他写了好几篇论如何欣赏山水的文章，尤其批评"曾经沧海难为水"的心态：

> 古人说："曾经沧海难为水，除却巫山不是云"。又说"五岳归来不看

---

① 定山：《五上黄山》，《畅流》半月刊，第 1 卷，第 1 期，1950 年 2 月 16 日。

② 易君左：《天涯海角十八年》，第 70—71 页。

③ 关于美国文化冷战的研究可参考王梅香：《隐蔽权力：美援文艺体制下的台港文学（1950—1962）》，台湾清华大学博士学位论文，2015 年。

山"。我对于这种说法表示异议。我觉得:"曾经沧海亦为水,除却巫山也是云"。五岳归来,还是要看山。古人的意思是说:看过海的就不愿意再看河里的水了,看过巫山云彩的就不必看其他山上的云彩了,游了五岳也就不必再看什么山。这是一种固执的成见。

我来台湾后,就想到各地区观光。也有人劝我说:"你是一个游踪遍天下的人,又何必来看台湾的山水风景呢?"这就是中了上面说的"五岳归来不看山"的毒,漫说台湾有很好的山水和很好的风景,即使台湾无一草一木,而一憧憬着大海中的孤岛,便自然现出一幅海景画。可以说:台湾的本身就是一幅山水画。所以我一到台湾,就开始漫游。①

在易君左看来,看风景正如读诗,不同的山川有不同的风格,观看者要放弃成见,从不同的对象领悟不同的意趣,"每一处山水佳胜各有各自的风格和神韵。正如中国的诗词,有杜甫的沉雄,也有李白的超脱;有苏轼的豪放,也有柳永的绮丽。懂得这个道理,便自然会生出以下两种境界:一是小山小水不一定比不上大山大水,大山大水有它的独具的姿态,而小山小水也有它的特有的意味"。②新到台湾,易君左的游兴确实很高:"一到台北,就到附近名胜去观光。一月之间,两游北投,三上草山",③易君左出游,常呼朋引伴,沿途吟诗作赋,与友好相互唱和,碧潭、乌来山、阿里山、日月潭、赤嵌楼等风景名胜,在台不到一年时间他都去游过,且留下了不少文章、诗作。他的游踪和诗作都及时在他所编《新希望周刊》上披露,如《北投初写小诗》与曾今可的唱和,④《淡水之游》写淡水河"浪花奔腾震岩石,南风五月鼓雷鸣。浩浩荡荡十万里,前推后拥互纵横",⑤极力描摹了淡水河的壮阔;写碧潭"游鱼可数碧波清,始信舟如镜里行,容与中流飘一叶,人心潭影共空明",⑥等等。

除了个人纪游,易君左在台所编刊物《新希望周刊》,早期也刊载了不少纪游作品,如谢冰莹的《花莲纪行》(第23—25期)、《阿眉少女的情歌(台湾情调)》(第28期)、《阿里山纪游》(第44—49期);钱歌川《日月潭探幽》(第30期)、味橄(钱歌川)《南台双泉试浴记》(第18期);此外还有黎仁《台北

---

① 易君左:《海天飞絮——论欣赏山水的佳趣》,《畅流》半月刊,第1卷,第2期。

② 同上。

③ 易君左:《烽火夕阳红》. 台北:三民书局,1971年版,第188页。

④ 易君左:《台湾诗情(一)》,《新希望周刊》,第12期,1949年5月14日。

⑤ 君左:《淡水之游》,《新希望周刊》,第16期,1949年6月11日。

⑥ 易君左:《烽火夕阳红》. 台北:三民书局,1971年版,第190页。

近郊六胜》（第 13 期）；阿黎《台湾的健美地带》（第 17 期）；尹雪曼《小城风味（台湾地方速写）》（第 18 期）；《红毛城畔海浴记》（第 20 期）；清霜《台中浮雕（台湾地方速写二）》（第 18 期）；孛云《高雄：绿洲中的沙漠（台湾地方速写之三）》（第 18 期）；郑大珪《台湾桥（名胜介绍）》（第 20 期）；庄甲《日月潭的一夜和一晨（名胜介绍）》（第 22 期）等，除了介绍自然风景外，也不乏人文景观，如高莫野的《访台湾的"阿房宫"（台湾情调）》（第 29 期）；亚平《台北的摊贩（生活素描）》（第 21—22 期）。其中，台湾的"阿房宫"即指板桥林家花园。这些作品主要发表于 1949 年，大陆文人刚来台湾，对台湾当地风情满怀兴趣，到台北附近的草山、北投，到中部的花莲、日月潭，及南部的赤嵌楼等处旅行，这都是时髦的话题，正如谢冰莹《花莲纪行》起始所说，"来到台湾，每一提到花莲，便听到朋友的赞美：'花莲是好地方，不可不去游一次'"。① 当时很多游记，不仅记录自己的游踪，还起着为赴台民众导览的作用，如黎仁《介绍你游台北》就从一个长居台北的人的视角，为读者介绍市区不为人熟知的景点。②

1945 年台湾光复之后，很多大陆文化人便前往台湾，并写了一些旅途杂记和游记，1949 年左右兴起的游记，规模更大，几呈井喷状态。而要讨论易君左与 20 世纪 50 年代的台湾纪游写作，则不得不提《畅流》半月刊这份杂志。《畅流》创刊于 1952 年 2 月，由台湾铁路管理局国民党党部主办，吴恺玄主编，常见作者有易君左、罗敦伟、陈定山、钱歌川、谢冰莹、傅红蓼及著名摄影家郎静山等。易君左虽赴台不足一年便前往香港，但这份刊物上一直有易君左的作品，可以说是他与台湾文坛持续交往的见证。

易君左在《畅流》上发表了较多的游记，初期他发表了《海天飞絮》系列，分别讲如何欣赏风景，如前文已提及的极力主张破除成见，以陌生的眼光去发现台湾的风景；此外要求人们发挥主观能动性，要通过自然风景提高个人的修养。③ 除这类从理论上探讨旅行和游记的作品外，易君左在该刊还有不少风景散文，如《森林·云海·樱花——象征江南三月的阿里山》对阿里山林场的介绍，④

---

① 冰莹：《花莲纪行》，《新希望周刊》，第 23 期，1949 年 7 月 30 日。
② 黎仁：《介绍你游台北》，《新希望周刊》，第 12 期。
③ 易君左：《关于游历三章》，《畅流》半月刊，第 1 卷，第 6 期，1950 年 5 月 1 日。
④ 易君左：《森林·云海·樱花——象征江南三月的阿里山》，《畅流》半月刊，第 1 卷，第 7 期，1950 年 5 月 16 日。

《香港风景线》对香港浅水湾、宋王台等景点的介绍等。①易君左之外，钱歌川、谢冰莹等人都常有纪游之作发表。

对于易君左等人而言，《畅流》不只是一份杂志，也是一个相互交流的平台。《畅流》的常见作家大多是易君左好友，他曾写《为畅流作家画像》一文，文前就说"《畅流》不但是我们大家的一块公开的园地，而且已象征我们的一个温暖的家庭"，"不但有文章优美的气氛，而且有道义联系的亲谊"，②他详细介绍了郎静山、罗敦伟、钱歌川、谢冰莹等作家，连自己在内一共八位，他戏称为"畅流八仙"。因而，《畅流》是了解易君左及周边文人写作的重要资料。

《畅流》作为铁路部门的行业期刊，其目的是加强铁路员工与一般人士的交流，唤起人们对交通运输重要性的认识，正如《发刊辞》所言："我们除开作为全体员工与一般人士乃至人民大众交换意见，联络情感的工具以外，同时还有一个更大的目的，即是唤起对'货畅其流'的更高的认识，加强对铁路运输的理解，以期逐步实现民生主义的最高理想"。③因是铁路部门主办，《畅流》具有很强的行业特色，这主要体现在两个方面：一是有很多关于铁路运输的专业信息，这包括铁路线的介绍、台湾铁路建设史、铁路时刻表以及铁路养护等专门知识的讨论，如《刘铭传与铁路》就介绍了刘铭传在台修建铁路的历史；④一是文学作品以游记为主。这两个特色有内在关联，因为旅行往往离不开交通，而现代交通在改变人们出行方式的同时，也改变着人们观看风景的方法和视角。

现代铁路为人们观看在地风景提供了新的交通方式和新的视角。台湾铁路建设是比较早的，晚清台湾巡抚刘铭传在任时，便开始兴建铁路，日本占领台湾地区后为充分利用台湾资源，也积极修建铁路，使台湾铁路贯穿南北。因而，1949年前后很多赴台的大陆人都对台湾铁路的便利印象深刻，他们往往选择乘火车从台北南下，到南部观光，《畅流》作为铁路部门的行业杂志，对铁路沿线的风景更要作重点宣传，为此专门辟有"铁路风光"专栏，介绍铁路沿线站点和风景，不仅有文字，还配有插图（如板桥站、八堵站），在硬朗的硬笔画中，火车站充满现代气息。此外还开设"台铁风景线"专栏，与"铁路风光"不同处在于，风景线不仅是介绍，而是以游客的经历为经纬，深入介绍台湾铁路沿

① 易君左：《香港风景线》，《畅流》半月刊，第1卷，第9期，1950年6月16日。
② 易君左：《为畅流作家画像》，《畅流》半月刊，第2卷，第8期，1950年12月1日。
③ 《发刊辞》，《畅流》半月刊，第1卷，第1期，1950年2月16日。
④ 伟士：《刘铭传与铁路》，《畅流》半月刊，第6卷，第1期，1952年8月16日。

线及站点周边的景点，如杨一峰《宜兰风景线》就以宜兰线为线索，沿途介绍礁溪、宜兰、苏澳等地的风土人情，强调交通便捷、地区特色，认为"不失为具有游览价值的风景区"。[①] 火车不仅提供了新的游览路线，同时也提供了新的旅行条件和观看风景的视点。《畅流》便有作者写乘车感受，如"台湾的火车才好呢！秩序既好，又不啰嗦"，[②] 但更多的是写从铁路看到的风景，如詹言的《海风·湖光·山色》，就从铁路乘客的视角写海景：

> 台湾铁路有两段是沿海敷设的，一段在干线，一段在宜兰线。宜兰线一段在大里礁溪之间，沿着太平洋蜿蜒前进，从车窗外望去，碧波无堤，水天相接，渔帆片片，海鸥点点。[③]

相对大陆铁路以内陆风景为主，台湾环岛铁路的海景确实独具特色；高速奔驰的火车，更给乘车一种现代的移动视角，居住在南部的尹雪曼，就从飞驰的火车上看到了不一样的高雄：

> 当你搭宝岛铁路局的本线火车，由北部南来，车过左营，你便可遥遥的望见雄伟的高雄市了。这时的火车，仿佛也突然变得颇具灵性，不止一边望着那即将出现在人们眼前的高雄，而兴奋得大噪大叫起来；还特别加足马力，向前风驰电掣似地飞奔而去。[④]

高雄是台湾的工业城市，有人称之为"绿洲中的沙漠"，[⑤] 但对尹雪曼这位从上海大都会前来的人而言，高雄的灯光、速度正是其现代化的体现，与高速行驶中的火车相得益彰，连火车似乎也会"兴奋得大噪大叫起来"。

《畅流》上刊载的游记，也包括写大陆山川和台湾在地风景两类，很多游客在写台湾风物时，能回避易君左所批判的"曾经沧海难为水"的心态，从而在台湾发现新的风景。如写《五上黄山》的陈定山，就将基隆和高雄港的灯塔作为"双十"的象征，[⑥] 灯塔是台湾这个岛屿上比较具有地域色彩的风景，陈定山以之为"双十"的象征，暗含了他客居意识的改变。在这种心态下，部分文化人也发现了台湾风景的独特性，如周一鸥在南台湾所观之海：

---

① 杨一峰：《宜兰风景线》，《畅流》半月刊，第 2 卷，第 6 期，1950 年 11 月 1 日。

② 杏城：《旅客的心情》，《畅流》半月刊，第 1 卷，第 4 期，1950 年 4 月 1 日。

③ 詹言：《海风·湖光·山色》，《畅流》半月刊，第 2 卷，第 6 期，1950 年 11 月 1 日。

④ 尹雪曼（在南部）：《高港情调》，《畅流》半月刊，第 2 卷，第 3 期，1950 年 9 月 16 日。

⑤ 挈云《高雄：绿洲中的沙漠（台湾地方速写之三）》，《新希望周刊》，第 18 期，1949 年 6 月 25 日。

⑥ 陈定山：《灯塔：台湾双十的象征》，《畅流》半月刊，第 2 卷，第 5 期，1950 年 10 月 16 日。

我游过北平的三海，观过大理的洱海，渡过海洋，当那些场合；我对于海的观感，确也觉其奇特；可是我来到高雄寿山顶上看那浩瀚无边的大海，那样穷奇极巧的变化，自以为是平生的幸运了。①

作者虽有丰富的看海经历，但台湾的海却有非比寻常处。台湾风景的独特之处，不仅在于山水，也在于人文历史，随着游者对台湾了解的逐渐深入，走马观花式的观看已不能满足需要，台湾的人文、历史也逐渐进入人们的视野，这类作品也逐渐兴起，如李芸生的《基隆漫谈》就借助地方志，对基隆的历史作较为深入的介绍；②不同风格的作家，关注的视点也不同，言情小说家包天笑就从市井人情的角度看台湾，如《台湾人的姓名和市声》一文就详细介绍他在台湾所听闻的市声：卖豆腐的喇叭声、盲女的笛声、卖糖的小锣、唱戏的胡琴、算命者的弦子、小贩之呼唤等。于他而言，市声是一个城市的性格所在，"每一地方，有一地方的市声，如北平的市声，上海有上海的市声"，③台北的市声也有独特处，像卖豆腐的喇叭声就与别地不同："初到台湾，颇感此间卖豆腐者的多，因为每一清晨，到处闻呜呜之声。卖豆腐者吹一种喇叭，其声呜呜，其形则儿童玩具中物。在内地卖豆腐有开店的，有设摊的，而此间则颇多挑担者，各处风俗不同"。④

三、江南想象

虽然易君左意识到"曾经沧海"的感受有局限，其他游客也开始面向现实，发现台湾的在地风景，不过在 20 世纪 50 年代初，这些来台的大陆文化人在当局"反攻"的号召下，实际上大都带着客居意识，他们系念的是故土，在看台湾风景时，虽然能从美学上肯定台湾风物的特殊性，但从情感和认同上而言还是充满执念，其观看风景的背后有一个家国意识的情感结构，这个结构在人们描述风景时，往往体现在他们用来对照或联想的对象上。台湾风景是典型的南方风格，加上赴台文化人多有在江南生活的经历，因此在观看台湾风景时，他们往往念及江南。

易君左曾在镇江工作多年，常往来于苏州、南京、杭州和上海等地，向来

---

① 周一鸥：《寿山顶上观沧海》，《畅流》半月刊，第 2 卷，第 2 期，1950 年 9 月 1 日。

② 李芸生：《基隆漫谈》，《畅流》半月刊，第 2 卷，第 5 期，1950 年 10 月 16 日。

③ 包天笑：《台湾人的姓名和市声 台居小志之一》，《新希望周刊》，第 24 期，1949 年 8 月 6 日。

④ 包天笑：《台湾人的姓名和市声 台居小志之一》，《新希望周刊》，第 24 期。

视江南为第二故乡。晚年他写了较多关于江南的游记和回忆录，如 1954 年就在香港出版专书《锦绣山河集第一集：江苏》，对江苏省的历史、名胜作了较为详细的介绍。[①] 零星散文就更多，如西溪看芦花、松江吃鲈鱼、杭州游西湖等，都有专文回忆，如《吃鲈鱼的故事》就写他某年冬至前后在松江吃鲈鱼的往事，除吃鱼外，更是详细介绍了当地名胜醉白楼，以及鲈鱼因张翰而知名的历史典故；[②]《南湖烟雨楼台》回忆抗战军兴前夕与亲朋游嘉兴南湖的经过，犹记"在暮色苍茫中望烟雨楼的远景，就像睡眼惺忪观览一幅米画"，[③] 很富有江南的诗情画意，诗意的背后透露着浓郁的感伤情绪。这类记江南游踪者，易君左之外还有很多，如高洁《海上秋风忆故乡》就写在台依然炎热的秋天，在江南"已天高气爽，凉生枕席"，"尤其是苏浙一带的水乡，这时候是红蓼白苹"，秋意浓浓了，更何况还有西湖、钱塘的景观，"所谓十里荷香，三秋桂子，千百年来，一贯负有盛名，试想在碧天如洗，明月当头的时候，驾一叶扁舟，在清澈绿静的湖波上，静听菱歌，消受白莲丹桂的芳芬，这是何等的情趣"，[④] 诗情画意，惹人向往；无独有偶，陈定山《湖上秋怀——三秋桂子·十里荷香》也是写杭州的秋，[⑤] 陈定山是《畅流》上撰文较多的作者，多写江南，如《金华三洞记》便写他早年在金华工作时的游历，[⑥] 此外还有《湖上梅痕》，不仅写西湖之景，更写晚清彭玉麟、俞曲园等有关画梅的掌故，[⑦] 是深谙地方人文历史者的记述。

怀想江南或其他怀念故土的文字，20 世纪 50 年代台湾极多，就江南想象而言更值得关注的是人们在写台湾风景时隐含的对照对象或潜意识里的文化认同。易君左游碧潭便写有《泛舟碧潭》一诗，结尾四句为"身是鸾飘兼凤泊，梦回虎踞与龙蟠，可怜玄武湖边客，万里投奔小碧潭"。[⑧] 诗先写碧潭风景，中间暗讽时事，末尾则引入作者个人的经历，"虎踞与龙蟠"是三国典故，指建业适合建都，建业即后来的六朝古都南京，市内有玄武湖。易君左用此典有慨叹时局的意思，但更多的是感叹自己的经历。而从诗歌来看，碧潭的风景实际上

---

①　易君左：《锦绣山河集第一集：江苏》. 香港：亚东图书，1954 年版。

②　易君左：《吃鲈鱼的故事》，《畅流》半月刊，第 2 卷，第 3 期，1950 年 9 月 16 日。

③　易君左：《南湖烟雨楼台》，《畅流》半月刊，第 2 卷，第 5 期，1950 年 10 月 16 日。

④　高洁：《海上秋风忆故乡》，《畅流》半月刊，第 2 卷，第 5 期，1950 年 10 月 16 日。

⑤　陈定山：《湖上秋怀——三秋桂子·十里荷香》，《畅流》半月刊，第 6 卷，第 4 期，1952 年 10 月 1 日。

⑥　陈定山：《金华三洞记》，《畅流》半月刊，第 2 卷，第 8 期，1950 年 12 月 1 日。

⑦　陈定山：《湖上梅痕》，《畅流》半月刊，第 2 卷，第 4 期，1950 年 10 月 1 日。

⑧　易君左：《易君左四十年诗》，第 328 页。

只起着起兴的作用，点睛之笔还是落在从江南到台湾这个过程，这既是个人迁徙流亡的路线，也是都城迁移的过程。对于追随国民党当局前往台湾的文化人，对江南的情怀也就意义非常，它关系着身世经历和家国认同等多重议题，因而，当他们在观看台湾风景时，便不免由此及彼，江南也因此成为文化人念兹在兹或者说时时悼念的对象。

易君左在提倡破除"曾经沧海"的偏见时，也意识到"可怜玄武湖边客，万里投奔小碧潭"这样的说法有不妥处，曾做出辩解："碧潭诚然是小的，但我的意思是另有寄托和感慨，就是以前我们常游玄武湖，现在玄武湖游不成了，只好来游碧潭。'投奔'二字有分寸，就是现在时髦的术语'靠拢'。玄武湖既然游不成，自然与碧潭'靠拢'。这并不是嫌碧潭的小。相反地把碧潭看做像玄武湖一样的可爱了！"[1]但这实在是此地无银，这种说法虽解决了大小之辩，但即便是"把碧潭看做像玄武湖一样的可爱"，也依旧是以玄武湖为标准来欣赏碧潭，大陆河山依旧是想象的底本和资源。

吟咏台湾风物，思绪和情感却系念着江南，这种现象在当时的旧体诗词中十分常见，易君左写碧潭、北投等都是如此，他后来赴港后的诗作也延续了这种情感触发模式，如《沙田探梅》："当年邓尉游千遍，零落今朝半日欢"；[2]《题天石清风雅集图》："江上清风来海上，海南才士忆江南"；[3]《同应冰及家人游鹅銮鼻》："来看岛上鹅銮鼻，绝似江南燕子矶"；[4]《简呈敦伟兄》："春光岛上惊时暂，不似江南二月花"；[5]《石门湖歌》："吾观斯湖尚年幼，比之西湖如孩提。江山文物尽蒙尘，远来宝岛感怀滋。何时去看钱塘潮？何时回至长江湄？何时泛舟洞庭湖？何时太湖观朝曦？"[6]等等，邓尉指苏州，燕子矶在南京，与钱塘、太湖等都是江南名胜。

当时很多文化人，尤其是曾在江南生活过的文化人，多有类似的感触。如傅红蓼就说："在台湾，绿水青山，奇花异木，到处都有很好的风景；日月潭的山光水色，阿里山的峻岭白云，乌来的悬崖瀑布，大里海滨的碧海青天，近

---

① 易君左：《海天飞絮——论欣赏山水的佳趣》，《畅流》半月刊，第 1 卷，第 2 期，1950 年 3 月 1 日。

② 易君左：《易君左四十年诗》，第 339 页。

③ 同上，第 382 页。

④ 同上，第 500 页。

⑤ 同上，第 509 页。

⑥ 同上，第 512 页。

郊则碧潭的幽秀宜人，草山的恬静可爱，可以说得上是远山近水，一任流连
了。可是生长在江南的人，对家乡的留恋，是人情上不能免的事。乡梦离愁，
都成饲料，江南草木，尽是文章，尤其江南山水，更会使天涯游子，魂牵梦萦
的！……我在台湾住了一年，虽然也跑遍全岛，可是江南一切，则未尝一日忘
怀，这大概也是书生狭见，未能谐俗的原因了"。① 他还写有《魂断江南》一书，
曾引起士林关注，大家争相写诗以贺，如马星野《读魂断江南赠红蓼兄》："江
南劫后尽啼痕，剩水残山总断魂。一曲秧歌一行泪，蓼花红映血花干"，② 此外
罗家伦、③ 罗敦伟等也都有相关诗作。④ 江南文风本来就兴盛，上海等江南都市
又是现代文学的中心之一，这部分曾在江南生活的文人不少选择赴台，因而江
南想象在 20 世纪 50 年代台湾纪行书写中占了较大的分量。

　　江南想象只是 50 年代台湾游记书写中比较集中的现象，关于其他地方的游
记书写，也都分享着类似的文化或情感结构，如吴恺玄写重庆："我因为在重庆
听惯了雨，现在虽然到了台湾，只要逢到是夜雨的时候，就会恍如身在'巴山
夜雨'中"；⑤ 凡庸写南昌："在这宝岛上日昨又过了月圆中秋的季节，使我不禁
怀念着故乡南昌桂子飘香时的青云谱之游"，⑥ 以及谢冰莹写长沙、陈定山写苏
杭等。或是故乡，或是旧游之地，或是抗战时期内迁所居之处，此时也成为文
人常常忆念的对象。

　　江南或昔游之地对于这些文化人而言，当然不仅仅是风景，背后还潜藏着
政治意识，不过在具体分析其文化政治之前，就江南而言，它还有另一种面貌，
即以上海为代表的现代形象。50 年代上海文人南下台湾和香港，常有上海—香
港或上海—台北一类的双城想象，⑦ 如白先勇的《台北人》可称其中代表，在 50
年代初的游记写作中实际上已所在多有，傅红蓼《软红十丈数清游》很大篇幅
就是写他在上海与文人、戏子的交游，江南对他而言很大程度上就是指十里洋

　　① 红蓼：《软红十丈数清游》，《畅流》半月刊，第 2 卷，第 11 期，1951 年 1 月 16 日。

　　② 马星野：《读魂断江南赠红蓼兄》，《畅流》半月刊，第 2 卷，第 11 期。

　　③ 罗家伦《题傅红蓼著魂断江南》，《畅流》半月刊，第 2 卷，第 11 期。

　　④ 罗敦伟《题傅著魂断江南步志希兄原韵并以书名凤顶嵌作者笔名》，《畅流》半月刊，第
2 卷，第 11 期。

　　⑤ 吴恺玄：《巴山夜雨忆巴渝》，《畅流》半月刊，第 2 卷，第 3 期，1950 年 9 月 16 日。

　　⑥ 凡庸：《青云赏桂记》，《畅流》半月刊，第 2 卷，第 4 期，1950 年 10 月 1 日。

　　⑦ 关于上海—香港双城记可参考李欧梵《上海与香港：双城记的文化意义》，载氏著《中国
现代文学与现代性十讲》.上海：复旦大学出版社，2002 年版，第 107—126 页；关于上海—台北双
城记可参考黎湘萍《文学台湾 台湾知识者的文学叙事与理论想象》.北京：人民文学出版社，2002
年版，第三章"战后'双城记'"。

场。^①对于熟悉或习惯了上海都市情调的人，在观看台湾都会时，昔日的经验便会时时浮现出来，如吴依《圆山漫步》便呈现的是台北—上海的双城结构："来到台北以后，现实环境不时引起我对霞飞路的系念。尤其是苦热的夏夜，更令我怀念梧桐的绿荫，晚风的和煦。因此我常常独自沿着中山大道走向圆山。中山路从平交道往北，直到圆山，沿途情调有很多地方和霞飞路相似"。^②生活在高雄的尹雪曼，从他在火车上对速度的兴奋感，便可见他对现代持积极态度，但这正因如此，在与上海的对照中，他对高雄的印象是现代化程度不够，即便是高雄的咖啡馆也"缺乏上海叶子咖啡馆的浪漫和神秘情调"。^③

四、风景的政治

江南想象是渡海文化人潜意识中的记忆模式和情感结构，如易君左追忆松江的鲈鱼，大半篇幅却在写鲈鱼与思归之间的文化联系，正如他所说，"鲈鱼成了归思的象征，故带些诗的情调"；^④追忆旧游也是一种文化结构，渡台文人在面对类似江南或故地的风景时，触景生情，不免"风景不殊，正自有山河之异"的感慨，^⑤正如钱用和追忆泰山、曲阜之游：

> 宝岛幽居，转瞬三载有奇，游山玩水，原属骚人墨客之雅兴，但触景伤情，总绝非故国风光，清泉激耳，每感为何河山变色，徘徊往事，寤寐难安，用特追述前游，以资惕励，希望同好，皆得早日重临旧地，一涤积闷。^⑥

"触景伤情，总绝非故国风光"，与历史上南渡文人的感受相仿佛。但正如南渡文人从风景看到的不仅是风景，而是江山易主一样，游记书写背后还渗透着特定的政治意识，或者说如何看风景背后有着意识形态的干预，正如易君左的诗句"中兴倘有期，并辔吴淞郊"所显示的，^⑦吴淞郊这个江南意象不仅是怀旧，而是与当局"反攻"口号一致。

特定的政治意识，不仅让人们在观看台湾时忆念江南，也让他们在回想江

---

① 傅红蓼：《软红十丈数清游》，《畅流》半月刊，第 2 卷，第 11 期，1951 年 1 月 16 日。
② 吴依：《圆山漫步》，《畅流》半月刊，第 1 卷，第 2 期，1950 年 3 月 1 日。
③ 尹雪曼：《高港情调》，《畅流》半月刊，第 2 卷，第 3 期，1950 年 9 月 16 日
④ 易君左：《吃鲈鱼的故事》，《畅流》半月刊，第 2 卷，第 3 期，1950 年 9 月 16 日。
⑤ 刘义庆著，余嘉锡笺疏：《世说新语笺疏》.北京：中华书局，2011 年版，第 83 页。
⑥ 钱用和：《忆泰山灵岩曲阜之游》，《畅流》，第 6 卷，第 4 期，1952 年 10 月 1 日。
⑦ 易君左：《易君左四十年诗》，第 372—373 页。

南时，从时间维度上对江南的过去和现状作区别处理，即对江南过往形象不吝夸饰，又对拟想中的江南现状作否定性批判，如陈一鸣写海宁大潮，在描绘大潮之胜景后，便感慨道："江南关进铁幕，已经三年有余了，……恐怕谁也没有这样好的心情，再相偕去观潮了"，[①] 作者怀想的是过去的江南，对现在的江南则予以拒绝，这是在表明自己文化归属和政治姿态。类似的想象在当时的追忆类游记中大量存在，如《畅流》主编吴恺玄的《诗忆桂林》：

> 现在桂林已陷落经年，料想江山依旧，人事全非，而我则辗转飘零，又到了海外的台湾，回忆当日情景，不胜魂梦为劳。"人世几回伤往事，山形依旧枕寒流"，我们今日在这孤悬海外的宝岛上，登高西望，忆故国涛声，锦绣山河，隐隐在目，所怀念者，又岂仅桂林山水而已哉。[②]

"所怀念者，又岂仅桂林山水而已哉"，不仅是桂林，还有其他祖国山川，不仅是山水，还有"沦陷"的其他"锦绣山河"。当时的游记中，这类写法几成模式，正文大肆铺陈某地风情，结尾加上政治尾巴，如《故乡风味》文末："我们在今天瞻望大陆，痛神州的陆沉，哀同胞的困难，还有什么心情论口腹之好"；[③]《徽港名胜》："一时故国之思，又不禁油然而生勃然而起，也不愿再作徽歌顾曲之想了"，[④] 不一而足。

从这些文人当时所处时代语境而言，彼时内战尚在继续，冷战已从欧洲转向亚洲，由战争所带来的两党与两岸对峙，也成为文化人时时面对的现实问题，像易君左在写华山之游，在重点介绍"鹞子翻身"与"念念喘"这两处险地时，便从鹞子翻身的姿势，顺势转向对留在大陆的邵力子夫妇的讥刺："邵力子夫人，傅学文便曾'鹞子翻身'一次，但不知偷到铁棋子否？现在他们'贤伉俪'在时代舞台上又来一个'鹞子翻身'了"。[⑤] 内战尚是两党之争，但逐渐扩展的冷战格局也在悄然形成，"铁幕"这类西方针对东方的特定词汇，已出现在易君左等人笔下，如他写"象征江南三月的阿里山"：

> 暮春三月，杂花生树，群莺乱飞，这正是江南最好的季节，可惜美丽的江南，如今深深地，关闭在铁幕里，我们逍遥在宝岛有自由空气吸呼的人，只得把台湾当做江南故乡一样和爱护，而欣赏她的季节美。为首要推

---

① 陈一鸣：《漫谈海宁潮》，《畅流》半月刊，第6卷，第4期，1952年10月1日。
② 吴恺玄：《诗忆桂林》《畅流》半月刊，第2卷，第2期，1950年9月1日。
③ 厚庵：《故乡风味》，《畅流》半月刊，第2卷，第8期，1950年12月1日。
④ 周一鸥：《徽港名胜》，《畅流》半月刊，第6卷，第8期，1952年12月1日。
⑤ 易君左：《东西岳探胜》，《畅流》半月刊，第2卷，第2期，1950年9月1日。

荐的，就是阿里山的森林，樱花的云海了。[①]

这是典型的冷战思维，本来阿里山是想象江南的触媒，但易君左对江南做了进一步的区分：自由的江南和"铁幕"中的江南，前者指台湾的阿里山，后者指苏杭等地。风景因而带有了鲜明的意识形态属性。类似的说法，也出现在其他作家笔下，如西客《忆游贵州花溪》："遨游花溪，观赏那种优美的风光，好像还是不久以前的事，但在不知不觉之中，就已经过去了十年。现在，神州陆沉。河山变色，那个贵州高原上的世外桃源，……恐怕已经是景物全非了"！[②] 无论是对大陆政权的"妖魔化"，还是"铁幕"等充满意识形态色彩的词汇，都可见冷战结构的影响。也就是说，由内战延续而来的敌对意识，与由英美主导的文化冷战结构，共同影响着赴台文人对大陆风景的怀想，他们将乡愁历史地处理为对过去风景的怀念，对大陆的现实却根据想象予以曲解，以达到批判革命的目的，风景由此不再是自然性的，而是具有独特意识形态色彩的政治景观，带着特定的政治立场和偏见。

赴台文人在看台湾在地风景时，往往还要遭遇另一重政治，即日本所留下的殖民现代主义，像便捷的铁路、港口、高雄等地的工业设施等。本来在现代化的诉求下，《畅流》较为注重宣传台铁的现代性，但对于日本人所留下的殖民现代主义，观者却能超出现代化视域，从历史的角度予以反思、批判，这与他们面对英美文化冷战时的迎合姿态不同。如詹言就批判了殖民现代主义的差异化："台中，这幽静的都市，气候适宜，在日占时代会被视为禁脔，那时台中铁路机构清一色是'内地人'，（日占时代日人均以'内地人'自居。）'本岛人'是不许问鼎的，近来，这清静的城市也披上新装，逐渐走向摩登化的道路，只有那美丽的公园，却还保持它宁静幽美的风韵，笑靥迎人"。[③] 还有人在游记中，既肯定日本人的建设成就，同时也揭示其建立南进基地的军国主义本质，如李尔康在花莲港的感受："遥想当年，日本军国主义，叱咤风云，抱席卷亚洲之野心，曾在此设铝工厂，规模宏大，以其离长崎为最近，与高雄同作为南进的跳板，而今幻梦已灭"，"惟留得寂寞空潮，供后人凭吊讥讽而已"。[④] 日本对台的殖民统治，虽然让台湾走上了现代之路，但一方面台湾本来就在刘铭传等人的

---

① 易君左：《森林·云海·樱花——象征江南三月的阿里山》，《畅流》半月刊，第 1 卷，第 7 期，1950 年 5 月 16 日。

② 西客：《忆游贵州花溪》，《畅流》半月刊，第 6 卷，第 1 期，1952 年 8 月 16 日。

③ 詹言：《海风·湖光·山色》，《畅流》半月刊，第 2 卷，第 6 期，1950 年 11 月 1 日。

④ 李尔康：《寂寥的花莲海岸》，《畅流》半月刊，第 2 卷，第 11 期，1951 年 1 月 16 日。

建设下走上了现代道路，日本只是打断这个过程之后的重新接续，另一方面，日本在台湾推进现代的实质，是为进一步掠夺台湾资源，二战时期也是为将其作为"南进"基地才展开大规模的港口建设，李尔康并未被高雄的风景表象所迷惑，而是对日本殖民现代化的掠夺本质作了揭露和嘲讽。不过当这些文化人在反思日本的殖民现代性的时候，对正在发生的"美援"政治却缺乏省思，这既是历史的局限也是思想的局限。

第三节　移／遗民：易君左与港台诗人的唱和交游

一、迁徙与交游

易君左（1898—1972）于1949年4月赴台，同年底赴港，1967年再度返台，在港期间曾五下南洋，三返台湾，1972年去世。渡海之后，易君左创作了大量旧体诗词，并与旅居台、港的文人诗酒唱和。从易君左晚年的经历来看，迁移几乎成为常态，即便是居港十八年，也常在搬家与职业变动中度过，正如他在回忆录《天涯海角十八年》中所列：

> 己丑即西历一九四九年冬天初抵香港，住在九龙的钻石山，度着一种艰苦的'难民'生活，庚寅即一九五零年搬到九龙牛池湾，开始替香港星岛日报写稿了。辛卯即一九五一年又搬到九龙城，主编星岛日报副刊。壬辰即一九五二年又搬到自己建筑的钻石山石屋。癸巳即一九五三年，又把石屋卖了搬到九龙的侯王道，进入美国创办的一个编译所工作。同年举行了一次盛大的诗书画个展，赚了一些钱。因此生活情形比较好转。甲午即一九五四年，仍住在侯王道，开始继续出版《新希望周刊》。乙未即一九五五年，再搬到九龙大角咀，买了一层小楼房，这年遭遇九龙一次大骚动。……到甲辰即一九六四年，又把启明街的房子卖了，换了九龙繁华中心区的弥敦道一层楼，通过乙巳即一九六五年，丙午即一九六六年，丁未即一九六七年，屈指一算，整整十八个年头。[①]

几乎每一年都在移动之中，或搬家，或南下，或北返，迁移似乎成为他生活的常态。如果加上1948年从兰州到上海，1949年从上海到台北等经历，可以说易君左五十岁之后的生活大都在迁移之中。

---

① 易君左:《天涯海角十八年》. 香港: 大明王氏出版有限公司, 1982年版, 第1—2页。按, 引文引用时有处理。

　　而我们之所以引述这段长文，还在于这段文字的表述形式也很特别，易君左不惮其烦地用了传统的干支纪年及西历的公元纪年等多种方式。纪年是一种时间意识，但选用何种形式纪年却并不仅仅是如何记录时序的问题，背后牵涉着不同的文明观、文化归属和政治认同，如晚清时期是否采用公元纪年便曾引起论争。易君左该回忆录是他返台后所写，可说是从香港的相对自由状态倒向国民党当局，写作心态上与在香港时有细微差别，故先用民国纪年。而公元纪年当时对于台湾民众而言很常见。不过干支纪年有些特殊，虽然阴历在中国一直保留，并成为农村农时的参考，但五四以来的新文化人已经较少使用干支纪年了，但它却一直在部分旧派文化人的圈子里留存着，有延续风雅之意。五四以后易君左并不常用干支纪年，但此时如此频繁使用，与他晚年致力于诗、书、画的创作，多与旧派文人往来的文化生活有关。

　　于易君左而言，迁移和交游是一体两面，流亡、旅行、搬迁乃至工作变动等，在改变既有社交圈的同时，也促成新的交游契机。1949 年易君左赴台北便认识了不少台湾籍诗人，赴港又进入留港诗人群，到东南亚更是广结善缘，除了在东南亚新结识的朋友外，诸多在东南亚工作的旧友也在异地聚首，让他得享"友朋之乐"："我往年的诗句：'山水清音心与耳，友朋深味肝和胆。'出外旅行游览，不仅有山水之乐，而且有友朋之乐。我这次到星加坡，来往最密的是星加坡大学和南洋大学的几位老朋友。往年在香港，朋友更多，以前的香港大学教授饶宗颐（选堂）先生现在是星大华文系主任，在诗词书画及考古上都有卓越的成就。南大的黄晶吾教授是我们中华诗学研究所委员，以书法及词鸣于世。歌川教授更是我的老友，为当代英国语文权威，又是散文名家。周天健教授诗文造诣均深"。[①]饶宗颐、黄晶吾、钱歌川、周天健等都在东南亚教育界颇有名声，读者略陌生的可能是周天健。他是江西人，曾在"中研院"史语所、台湾大学等单位执教，后到新加坡。龙应台《共行一段》一文有记，目其为遗民；[②]有《不足畏斋诗存》，前有成惕轩序，中有"中原未复，旌旗每企于江干，诗人之情，古今岂异哉"，"梦中禾黍，仍眷周墟，劫后兰荃，倍伤楚畹"等语。[③]易君左 20 世纪 60 年代多次南下，与这些旧友常有诗歌往返。

---

　　① 易君左：《易君左自选集》.台北：黎明文化，1975 年版，第 136 页。
　　② 龙应台：《我的不安》.海口：南海出版公司，2001 年版，第 306 页。
　　③ 成惕轩：《成序》，载周天健《不足畏诗存》.台北：永裕印刷厂，1990 年版，前言第 1、2 页。

迁徙与游历，让易君左与旧友相晤，同时通过诗词的媒介，他也得以接触当地文人圈；诗词不仅成为他晚年记录行止、表达心绪的方式，同时，诗词唱和也成为他参与社会生活的重要途径。

二、"诗亡而求诸台"

虽然后来易君左在诗中一再化用文天祥的"零丁洋里叹零丁"诗意，但他初到台北时实在毫无"伶仃"之感，而是很快成为台湾文化圈的一个小中心。

初到台湾，易君左的社交圈主要是大陆时期人际关系的延续，正如他回忆录所言，"一到台北就逐渐发现数不尽的老朋友"，[①] 这包括左舜生、邹谦、钱歌川、薛大可、唐石霞、江絜生、杨朴园、龚德柏、陈定山（小蝶）、包天笑、左干忱、谢冰莹等。其中，罗敦伟、左干忱与唐石霞与他差不多同时抵达台北。与他前后抵达台北的大陆文化人，大有命运与共的感受，故往来较多，形式则有走访、宴饮、诗词唱和等，易君左既有家学渊源，作诗也是行家里手，因而与各路文化人都有交往。像当时居住台北的薛大可，其住所也是旅台文化人聚集的一个中心，易君左、唐石霞、罗敦伟等常在这里会面。[②] 但薛大可当时毕竟落魄，周围集聚的文人有限，不过另一位党国元老于右任则不同，无论是资历还是"监察院院长"的身份都有助他成为台湾文坛祭酒。"监察院"在抗战时期就汇集了较多的文化名人，于右任有孟尝君之风，战时很多文化人在"监察院"挂名，易君左也曾领专门委员的虚职，在台期间易君左与于右任有较多的交往，如在任先志家赏昙花：

> 我还记得有一次在承德路四号的晚餐上和在台的几位名宿倾谈甚欢：一位是于右任院长，一位是赵恒惕乡长，一位是钟槐村乡长，一位是张默君女士，还有一位是关汉骞将军，加上我和主人任先志，饭后摄影留念。这次宴集，是请我们看盛放的昙花。任家院中奇花异卉杂植，有昙花十大盆，当晚一齐盛放，空前热闹，主人认为这是时运昌盛的吉兆，所以特请于先生和几位乡长莅临赏花，饮酒赋诗。[③]

任先志当时为台北卷烟厂厂长，家住承德路四号。任先志与易君左为湖南同乡，资助易君左在台湾继续出版《新希望周刊》。据易君左回忆，刊物的社务

---

① 易君左：《烽火夕阳红》，第173页。
② 易君左：《海角天涯》，《新希望周刊》，第13期。
③ 易君左：《烽火夕阳红》，第204页。

会议就经常在他家举行。

《新希望周刊》是易君左 1949 年初在上海创办的刊物，在沪出 11 期，迁台后继续出版，具有一定的知名度。凭借这份反响还不错的刊物，易君左通过编辑、约稿等方式，与很多赴台文化人建立了联系：

> 像东晋时代一样，"过江名士多如鲫"，从沦陷了的大陆避难来台的大批高级知识分子，包括大学教授、作家、文人、诗人等，许多都是我多年的老朋友，也有一批比较年青的新朋友，我请他们写文章，他们是乐于接受的。①

该刊虽以讨论时政为主，但也辟有艺苑栏，登载诗词、游记、摄影、书画等，在台北出版的部分，艺苑部分则集中为诗词。易君左自己操刀的《台湾诗情》，对同时代诗人的创作和动态作及时报道，如：

> 内地来台的名诗人如丁治磐、曾今可、薛大可、罗继永、钮先铭、闵孝吉、许君武、李翼中、包天笑、秦靖宇、张佛千诸先生，皆一代诗坛重望，流离来台，爱时爱国，吟咏甚多，也都纷惠诗作，登在本刊。②

刊物不仅成为发布诗人动态，登载诗作的平台，同时也成为诗人之间相互交流、互动的媒介，如：

> 客居高雄的王奋在高雄看到《新希望》，和我那首《初飞台北》。

> "海关才子"罗继永来台后，常写诗。近有和我的浴北投温泉一首："濯足当流水，北投忆旧游，山中泉本洁，雨后夏如秋。飞瀑檐头落，斜阳屋角收。浴沂归且咏，知不羡封侯"。③

易君左到台湾后，既同此前在大陆结识的文人交往，同时也积极与台湾诗界建立联系。易君左本来就与台湾渊源甚深，甲午之际，其父易佩绅是主战派，为保台多方奔走，曾两度赴台参与抵抗日军，易君左赴台也可说是踏着先人足迹，"我父想不到他的儿子——我，在六十年后，竟能追踪遗躅，踏上了这坐（座）宝岛——台湾"。④ 对于台湾诗歌界，易君左早有耳闻，目睹之后更是寄予厚望："没到台湾前，即知道台湾的诗风甚盛：全省有七十余个诗社，拥有数千诗人，到台湾后，证实所闻其确定。我笑对友人说：'礼失而求诸野，诗亡而求

---

① 易君左：《烽火夕阳红》，第 200 页。
② 易君左：《烽火夕阳红》，第 201—202 页。
③ 易君左：《台湾诗情（三）》，《新希望周刊》，第 15 期，1949 年 6 月 4 日。
④ 易君左：《大湖的儿女》.台北：三民书局，1969 年版，第 122 页。

诸台'"。^①甲午割台之后，日本占领台湾，在文教领域推行日语，大部分台湾人通过汉诗延续斯文，维系祖国认同，易君左对台湾诗人的评价甚高，认为"台湾的诗人深得温柔敦厚之音"^②。在一首诗中，易君左也写道："金厦烽烟照乱离，剑潭夜宴感怀滋。人皆国士无双品，歌尽中兴第一支。淡写秋容云里树，频添客意鬓边丝。诗亡而后求诸台，留于台湾细细思"，^③《新希望周刊》也常介绍这些本省籍诗人。易君左的《台湾诗情》除介绍外省籍诗人外，也介绍本省籍诗人，此外其他作者如曾今可也写有较多文章介绍台湾诗人。

易君左之所以能在短期内就与台湾诗界名流建立联系，得益于曾今可。光复后曾今可在台湾与大陆诗人之间扮演着中介者的角色。^④易君左赴台之后拜访曾今可，在曾今可的引荐下认识台湾籍诗人，这个经过他在不同时期均有类似的说法：

> 抵台北后，首遇诗人曾今可，因而了解台湾诗坛的全貌与近情。最有名的诗社是栎社，由林痴仙主持，痴仙死后，现由林献堂主持。瀛社也最有名，由谢雪渔魏清德主持。这两个诗社各拥有数十年的历史。^⑤

> 到台北，急于要拜访的是曾今可诗人。他住在金门街。翻看地图，只有金华街和金山街，试投一函，亦无回信，后来一个小女学生的带路才找到了，又值他不在家，当天下午他来看我。这几天便常常遇着。他带我去看一个湖南朋友即现任台北烟厂厂长的任先志兄。他的姑母现任台北女师校长是我姐姐的老同学。^⑥

> 台湾本地的诗人如林献堂、黄纯青、魏清德、谢雪渔诸位，我之所以结识他们是由于曾今可先生的介绍，我一到台北就在微雨中到金门街去访曾今可，以后迭有唱和。^⑦

在曾今可的陪同下，易君左走访了不少台湾诗人，并将他们的诗作发表在《新希望周刊》上，如《台湾诗情》就曾记录他走访新北诗人杨仲佐的经过："那天同今可访台湾老诗人杨仲佐于其南郊别墅，翻看他的诗集一遍，喜其招友看

---

① 易君左：《台湾诗情》，《新希望周刊》，第 12 期。
② 易君左：《台湾诗情（二）》，《新希望周刊》，第 14 期，1949 年 5 月 28 日。
③ 君左：《剑潭夜宴》，《新希望周刊》，第 30 期，1949 年 9 月 17 日。
④ 黄美娥：《战后初期的台湾古典诗坛（1945—1949）》，载《二二八事件 60 周年纪念论文集》，第 291—296 页。
⑤ 易君左：《台湾诗情》，《新希望周刊》，第 12 期。
⑥ 易君左：《海角天涯》，《新希望周刊》，第 13 期。
⑦ 易君左：《烽火夕阳红》，第 201 页。

花一绝:'庭中踯躅望如霞,秾李夭桃篾以加,一岁春光宁有几?迟君不至恐无花'",[①]杨仲佐号菊痴,常邀室友雅集,是当时台北诗人聚集的一个中心。曾今可也借《新希望周刊》介绍台湾诗坛情形,尤其是他在该刊连载的《台湾诗史》,从源头介绍台湾诗歌的发展流脉、代表性诗人、诗作等,让时人得以较为全面地了解台湾诗歌发展的状况。不仅如此,他以笔名"游客"撰文介绍林献堂、黄纯清等台湾诗人,尤其介绍林献堂为台湾的命运而奋斗的经历,[②]以及黄纯青参与抗击日军的战斗经历。[③]

于易君左而言,同样擅诗的曾今可,不仅是他认识台湾诗界的中介,同时也是诗词唱和的同好。

> 同任先志曾今可小游北投沐温泉,即席唱和:
>
> 北投小游
>
> 飘然东渡客,偶作北投游。世乱难言隐,林深别有秋。身先天下洁,海自镜中收。策杖偕曾子,题诗谢任侯。(君左)
>
> 微醉驱车去,北投事小游。片时能上岭,一雨便成秋。眼底风云变,望中景物收。犹难言共隐,小住胜封侯。(今可)
>
> 在小雨中曾访今可二次未遇,赠诗纪事:
>
> 微雨中访今可未遇
>
> 诗人矮屋知何处?绿野青林山下村。愿借片云催好句,偶乘微雨叩柴门。梦回岭表空余影,春别江南尚有痕。跨海逢君台北市,神州板荡一招魂。[④]

不过1949年易君左在台时间还不足一年,便匆匆前往香港,并一住十八年。不过他与台湾诗坛的联系并未因此中断,他不仅中途多次返台,与台湾诗人也有隔海唱和,他晚年返台之后,更是常与台湾诗人宴饮修禊,如仅仅1970庚戌年,他便至少参与了五次修禊活动:

> 庚戌上元雅集[⑤]
>
> 庚戌上巳修禊阳明山[⑥]

---

① 易君左:《台湾诗情(三)》,《新希望周刊》,第15期,1949年6月4日。
② 游客:《台湾老人林献堂》,《新希望周刊》,第18期,1949年6月25日。
③ 游客:《台湾老人黄纯青》,《新希望周刊》,第22期,1949年7月23日。
④ 易君左:《台湾诗情》,《新希望周刊》第12期。
⑤ 易君左:《易君左四十年诗》,第552页。
⑥ 同上,第555页。

庚戌端午雅集 ①

庚戌重九雅集 ②

阳明山春游联句 易君左、江絜生、李渔叔、成惕轩 ③

三、香港期间的诗会

易君左赴港之后，早期主要是与左舜生等旧友交往，随着他主编《星岛日报》副刊，在港复刊《新希望周刊》，并开始筹办自己的诗书画展，与香港文化界各路名流几乎都有交往。他晚年游南洋曾有一句诗"南来第一人缘好，不是诗家即画家"，④ 这也同样适合他在香港时的文化生活状态。他所结交的香港文化人，有诗家、画家、书家、篆刻家等，他有一首《书画十朋歌》：

> 今之十朋为何如？岑翁（学吕）高洁如林逋，息影荃湾之村墟，一字价抵万珊瑚；当代复见道子吴（子深），独步江左信非虚，画人而外又悬壶；曾子（克耑）腕挟风云躯，大名久已震两都，同乡并世媲林纾；王郎（世昭）斫地歌乌乌，文豪直欲撼天枢，书迫兰亭诗石湖；赵君（戒堂）微服隐里闾，精研六法勤描摹，戞然独造谁与俱？黄子（尧）之画如美瑜，善写人生所必需，哀怨如闻金鹧鸪；曾君（后希）画艺云锦铺，盛誉近已满华巫，摩瞻欣赏无贤愚；二林（千石、大庸）各有千秋钬，或探元人之宝橱，或入宋苑之禁区；惟我鹿鹿惭滥竽，一无所长只步趋，愿列子弟或学徒。⑤

易君左诗、书、画都有涉猎，在香港和东南亚多次办诗书画展，展览所得是他晚年收入的主要来源。仅就他在港的诗词交往而言，往来对象的范围也十分广泛，如1952年他的《壬辰除夕赠留港诗人九首》就是分别写给梁均默、郑水心、刘太希、马汉岳、陈荆鸿、李凤坡、王贯之、张一渠、何敬群九人的。这些人与易君左有两大共同点，一是晚年漂泊，二是在诗书画方面有所专长。梁均默即梁寒操，与易君左是旧识，二人晚年交往密切；郑水心即郑天健，是易君左在香港的最重要的诗友；刘太希，江西人，为易君左北京大学校友，与熊式辉、陈方等来往密切，20世纪50年代赴新加坡执教，后前往台湾；马汉

---

① 同上，第559页。

② 易君左：《易君左四十年诗》，第564页。

③ 同上，第569页。

④ 易君左：《南行散记》，《畅流》半月刊，第44卷，第7期，1971年11月16日。

⑤ 易君左：《易君左四十年诗》，第408—409页。

岳原名马彬，笔名南宫博、史剑等，当时在香港以写历史小说知名，擅诗，时与易君左、熊式辉、左舜生等雅集酬唱；陈荆鸿，岭南才子，少时在上海习诗书画，抗战时期便在香港任报社编辑，有《蕴庐诗草》；李凤坡也是香港名宿，1939 年曾参与朱汝珍、叶恭绰等在港倡设的千春诗社，也曾参与伍宪子、谢焜彝等组织的硕果诗社；王贯之，名道，字贯之，在港办《人生》杂志，与港台新儒家相善，过世后唐君毅、韦政通等有文悼念；张一渠，浙江人，曾办儿童书局，书画俱佳，能诗，且擅金石之学；何敬群，江西人，20 世纪 50 年代在新亚书院，后与易君左同在浸会书院执教。易君左与这几位文化人的共同点在于，大多都是由大陆迁港，而且在诗词书画方面都有一定的专长或修养。这表明，易君左在香港期间，实际上与在台期间类似，往来对象以大陆南来文人居多，或者说主要是有大陆经历的文化人；同时这也表明易君左人脉圈转向以趋于传统的士绅阶层为主，这些文化人或是大学教授，或是失意政客，难得再见到新文化人。

易君左在香港所参与的诗词活动可大略分为三个阶段，第一阶段是以熊式辉寓所为中心的雅集，第二阶段是以梁寒操寓所为中心的雅集，以及后期较为零散的诗词活动。

以熊式辉寓所为中心的雅集，主要是参与"海角钟声"诗人群的诗钟。熊式辉，江西人，军人出身，为民国"政学系"主要人物，曾治赣十年，后负责东北的行政接收，因接收不力，被陈诚代替，1949 年因政治失意而退居香港，身边有部分幕僚和文化人，如陈方、刘太希等。熊式辉虽军人出身，也通文墨，这些文人便以他的住所为中心，定期举行雅集，主要活动形式是撞诗钟。易君左北伐时期曾从军北伐，在军中颇有人脉，加上"海角钟声"文人群中的核心人物郑水心是他的旧识，二人早年曾同在长沙办《国民日报》，易君左可能是因郑水心介绍而参与这个雅集，据他回忆：

> 我住在九龙城衙前围道那一年起，大约有一年多，常到香港中安台熊雪松（式辉天翼）先生的寓所作诗钟的雅集，几乎每周一次，熊先生和夫人备美酒嘉肴，款待殷勤。我们也没什么"社"的组织，不像往年故都的寒山诗社，而是纯粹约集几位好朋友谈谈天、敲敲诗钟、做做诗，消遣而已。当时经常参加的除雪松先生外，有涵庐老人（陈其采、蔼士）、瘦鹤先生（张维翰、莼沤）、思宁先生（阮毅成）、水心先生（郑天健）、凤坡先生（李景康）、史剑先生（马彬）、潜庵先生、桐庵先生、树声先生、和意园，

意园就是我。[①]

后来郑水心编有《海角钟声》，第一集收录全为诗钟，时间是庚寅即 1950年，主要参与者有熊雪松、陈其采、阮毅成、郑水心、芷汀（即陈方）、树声等人，此时易君左还住在牛池湾，尚未参与诗钟活动。《海角钟声》第二集所收录的诸家作品，诗钟便只有少部分，主要收录唱和之什，时间为辛卯即 1951年，易君左成为主要参与者，因他该年搬到九龙城。可见易君左是后来加入这个团体的。按易君左的说法，该社并无组织，学界虽名之以"海角钟声"，也只是权宜之计，这些参与者很多是熊式辉的幕僚，加上部分相互熟悉的文人，原只是在熊雪松家定期集会、消遣度日而已，《海角钟声》第一集前有陈其采序，叙述他参与这个社的过程："岁庚寅之夏，访旧九龙，与姚江阮君思宁遇，承以年来避嚣港九，如何消遣为问，答曰，结习未忘，日以温书作字自娱，他无所事，阮君告以近与同好结有文会，星六一聚，盍往观乎？越日偕往，则新知旧识，相见甚欢，各出往期诗钟，琳琅满目，心神为之一快，清尊既湛，谭艺多门，盖已偶乎自远矣。如是累月不疲，亦是一乐也"。[②] 可见熊式辉处早有诗会，陈其采的加入，是因阮毅成之邀，而易君左的加入可能是郑水心之邀。

这个诗会除了在熊式辉寓所活动外，也常组织游园赏花等活动，如到沙田探梅，就有宴饮、联诗等活动，他们在沙田的联句为："昨夜雨潇潇（雪松），诗心怒似潮（君左）。晓来同蜡屐（桐庵），林际直干霄（瘦鹤）。野寺云初散（水心），沙田草未凋（君左）。一堤金锁合（水心），满地玉麟飘（雪松）。鹤守香犹在（瘦鹤），仙癯影欲消（树声）。岩泉飞瀑布（瘦鹤），溪石架危桥（雪松）。狮象相呼近（水心），龟蛇入望遥（桐庵）。海天供啸傲（瘦鹤），水竹竞招邀（思宁）。莫道春寒重（君左），还欣酒与饶（水心）。孤山花正发（君左），何日共归桡（雪松）？"[③] 虽是联句，诸人的关怀颇有相类之处，结句"何日共归桡"实在是大多数南来文人的心声。

20 世纪 50 年代初，易君左在香港几乎每年都在搬家，在九龙城住一年左右，便自己建了钻石山的房子，一年后即 1953 年又卖掉搬入侯王道，在这里他遇到了梁寒操，据他回忆，"搬入侯王道以后，和梁均默（寒操）先生往来的时

---

① 易君左：《天涯海角十八年》，第 40 页。

② 陈涵庐：《序言》，载郑水心编《海角钟声》第一集，出版地点时间不详，约为香港 1950年底。

③ 易君左：《天涯海角十八年》，第 145 页。

机就多了",加上熊式辉不久便离开了香港,"海角钟声"的很多诗友随熊式辉离开,此前的集会随之解散,梁寒操的出现正好为旅港文人提供了新的中心。

> 熊先生离港后,我们的文酒雅集就移到九龙天文台道一座高楼的顶楼梁先生的寓所了。梁先生好客,爱朋友和熊先生一样,因此我们常常在他家里集会,吟诗最多,也打诗钟,而且有时打打小牌玩。打牌的时候,规定五个人,一个人做梦,即在做梦中做诗,"竹林四贤"则专心打牌,轮到做梦时再做诗,五圈完毕而五个人的诗也完成了,当时大家戏取一名称,叫做"梦中吟"。不打牌的则尽可大做其诗。朋友间的情感非常融洽,放浪形迹,毫无拘束。①

梁寒操,广东人,有"高要才子"之称,抗战时期曾任国民党中宣部部长,1949年赴港,他的夫人黎剑虹在美国新闻处的资助下,在香港创办霓虹出版社,出版过不少港台作家作品。梁寒操在国民党内地位不低,也擅诗词,在文人中有一定号召力,其寓所被易君左等人戏称"梁园"。不过梁寒操毕竟一介文人,不是熊式辉那样的一方大员,故梁处的集会规模明显要小很多,不过这些人相处的方式更为随兴。

梁寒操1954年五月离港赴台,自此易君左参与的诗酒之会减少,易君左曾写道,"熊雪松梁均默去后,诗酒之会渐零落,然创作不辍"。②随着熊式辉与梁寒操的相继赴台,文人间的定期集会不再。老友的离去虽让诗会受挫,易君左反而有机会拓展新的人际网络,这主要是以工作为契机的社会交往,如他在《星岛日报》主编副刊期间,便要参加《星岛日报》组织的年会或"清游",除报社同仁外,这些活动也邀请文化人同游,如郑水心、高领梅等;③而他在浸会大学任教几达十年,一些熟识的教职员也会组织集会,④此外还有其他组织的集会等。

于易君左而言值得一提的是,在梁寒操离开的第二年,即1955年,国际笔会香港分会(The Chinese P.E.N. Centre of Hong Kong)成立,易君左被选为理事,主要责任是指导出版部的工作。该笔会组织虽然宣称不涉政治,但正如易君左所指出的,"在实际上,这个文学团体的政治斗争性是相当强烈的。更敞开

---

① 易君左:《天涯海角十八年》,第44页。
② 易君左:《易君左四十年诗》,第389页。
③ 易君左:《天涯海角十八年》,第140—142页。
④ 同上,第173页。

一点说：把'自由'的神圣的名词冠在'作者'上就已显明是战斗性的了"。①
这个笔会由友联出版社的燕归来等人发起，友联出版社本身就受美新处资助，
这个笔会除了友联出版社的支持外，美国的亚洲基金会也直接资助，可说是英
美文化冷战的一环。这个笔会通过举办各类活动，为文化人提供集会的机会，
"会中主要的工作在举行各种文艺活动，例如文艺晚会、演讲会及讨论、座谈
会、聚餐会、郊游会等"。②借助笔会的活动，易君左等文化人也时相唱和，如
一九五七年笔会组织的青山之游，易君左、郑水心、徐亮之、涂公遂、左舜生
等人皆有诗或词，易君左调寄《踏莎行》的词作，便有左舜生的几度唱和。一
九五八年笔会在浅水湾举行第二次园游大会，节目主要是古琴，一时群贤毕至，
易君左还感叹"当年兰亭雅集实在不如我们"。③在这次雅集中，易君左词兴大
发，以词牌青玉案填了阙词，用的是贺铸"梅子黄时雨"原韵，该词本来年前
除夕便有一阙，易君左携至会上，很快就有女词人陈璇珍的和作，易君左于是
又写一阙，旋引起大家兴致，"一时和者如云"，④除陈璇珍外，还有蔡德允女士、
陈文镜、徐亮之、郑水心、黄天石等，该词不仅在香港文化圈传播，也引起台
湾士林的隔海唱和，先是易君左的老友阮毅成将该词发表在台湾《自由谈》上，
后来嘉义的秦勉庵更是隔海唱和，给易君左寄去和词，对此易君左认为"隔海
诗声，弥觉珍贵"。⑤

　　除了笔会的活动外，易君左后来与书画界的联系愈来愈多，1957年参加
"十朋书画展"，其作品与岑学吕、吴子深、曾克耑、曾后希等一道展出，易君
左也写有长诗一首，前文所揭载的《书画十朋歌》便来自于此。

　　易君左居港期间，曾分别于1960、1964和1967年三度返台，见证了台湾
的变化，同时也成为沟通台湾与香港文坛的关键人物。如他1960年参加"香
港新闻文化人士观光团"赴台，就不仅受到官方的接待，同时也与诸多老友晤
面，据他自己所列包括："往年在抗战时期朝夕相处的像黄少谷、袁守谦、梁寒
操、胜杰、邓文仪、肖赞育诸先生"，"比我由港回国较早的老友阮毅成、成舍
我、张惠康、刘太希诸先生"，"台湾三老"于右任、贾景德和张昭芹；此外还
有"名作家如陈定山、陈纪滢、李辰冬、谢冰莹、尹雪曼、林适存、赵滋蕃诸

---

① 易君左：《天涯海角十八年》，第273页。
② 同上，第273页。
③ 同上，第284页。
④ 同上，第285页。
⑤ 同上，第290页。

先生""名诗人如张维翰、梁寒操、朱玖莹、李渔叔、江絜生、彭国栋、许君武、成惕轩、曾今可、吴敬模、易大德、胥端甫诸先生"。[①] 这些文化人或是易君左老友，或是抗战时期的故旧，或是在香港雅集的同人，易君左三度返台，维系了他们之间的文人情谊。

四、流民、难民或遗民

易君左自 1949 年赴台，从此便开启流离生涯，从台北到香港，又从香港到台湾，期间多次下南洋，正如本节开头所写，易君左晚年几乎都处于迁移之中，形诸笔下，他的诗作也往往流露着浓郁的离情，在由上海赴台的飞机上他已体味到漂泊之苦："烽火红逐万鸦飞，茫茫云海渡台北，陆阻山陵水阻湖，漂泊离家归未得"，[②] 在旅行中也不忘漂泊之身，"身是鸾飘兼凤泊，梦回虎踞与龙蟠，可怜玄武湖边客，万里投奔小碧潭"。[③] 即便是在居住了十八年的香港，他也未找到归属感，而是以南来或漂泊者自居，如其《旅港杂咏》所写：

> 烽火张皇日，春申涌怒潮。一飞千里外，孤岛万里高。海烂蛟翻窟，梁空燕失巢。伤麟嗟凤后，凤泊更鸾飘。

> 楚尾头吴客，天涯海角人。乾坤双袖泪，疆土百年尘。剑外难闻讯，桃源误问津。等闲成白首，犹是晋流民。（旅港生活艰难而心情抑郁）[④]

类似的漂泊离乱之感，在易君左此时的笔下经常出现：

题友人扇

小园空剩花和泪，十载沧桑，两度流亡，梦到南徐总断肠。[⑤]

丙申岁暮写怀

天涯几度乱离年，陵谷朝看夕已迁。此地人情同粪土，半生行旅在车船。[⑥]

壬寅岁暮感怀

流离骨肉几时逢？遥望诸儿泪眼朦。鱼雁久沉云水外，湖山都在劫灰

---

① 易君左：《天涯海角十八年》，第 560、562、563 页。
② 易君左：《台湾诗情》，《新希望周刊》，第 12 期。
③ 易君左：《易君左四十年诗》，第 328 页。
④ 同上，第 389—390 页。
⑤ 同上，第 330 页。
⑥ 同上，第 402 页。

中。①

秋窗行

人生忽忽如朝露，世乱纷纷等虾蚁，流亡难获寸土安，繁华忍视片时
毁。②

写秋山图贻季美

江南河北山河在？云物奔茫有所思，老树松花无限景，又逢天宝乱离
时。③

1949 年易君左在台不足一年，自然是匆匆如行旅；在香港前期，易君左常
处于迁移状态中，虽然较之一般难民要好很多，但也不免居无定所之感，因而
自视为"流民"。

不同的身份标签关联的不仅是个人的生活和精神状态，背后还关联着不同
的出处方式、不同的政治姿态和伦理承担。对于在港身份，易君左曾做过细致
的辨析：

我们现在不是"遗民"，因为我们并没有亡国；也不完全像"义民"，
因为我们并没有阵前起义；自然更不是"顺民"……但既然是逃难，也就
是"难民"了，所以我们是"第四种身份"。④

当时在香港的文化人，部分有着遗民意绪。易君左对遗民文化并不陌生，
他早年就曾参与清遗民的一些活动，包括寒山诗社的诗钟、⑤万牲园修禊等，⑥而
且他在香港期间，还曾"收到万牲园修禊旧照"。⑦不过他对所谓的"遗民"有
些反感，他在自传中提及民初的清遗民时，便多是讽刺性的："光复以后，许多
满清官员，明明是汉人，老一点的便自命为'遗老'，年青一点的甚至自命为
'遗少'，俨然以亡国的'遗民'自居，恬不知耻；惟有我父绝对不存这种陈腐
的观念，民国成立后即由上海北上，初任国务院印铸局帮办，旋任局长。综观
我父一生，自幼至老，带有浓厚的革命性思想"。⑧这当然有为其父易佩绅出任
民国官员尤其是入袁世凯帐下开脱的意味，不过这也是实情，辛亥之后，很多

---

① 易君左：《易君左四十年诗》，第 439 页。
② 同上，第 400 页。
③ 同上，第 442 页。
④ 易君左：《天涯海角十八年》，第 58 页。
⑤ 易君左：《大湖的儿女》. 台北：三民书局，1969 年版，第 240 页。
⑥ 同上，第 246 页。
⑦ 同上，第 249 页。
⑧ 同上，第 129 页。

开明的士大夫都不拘泥于传统的忠孝节义观念，加入维新的阵营，像梁启超等都是积极的推动者。

至 1949 年国民党当局从大陆败退，政权的更迭，对部分文化人而言不仅是政治的考量也有伦理上的抉择。易君左等人不留大陆、不留台湾而蛰居香港，本身便与历史上文化人的选择不同，因而他说不是遗民、义民或顺民，而是难民。难民便是逃难之民。不过此时的难民也不是一个中立的词汇，而是带着意识形态的色彩，即并非因战乱而逃难，而是因共产党执政大陆而逃难，这种叙述在当时美新处资助的报刊如《今日世界》《中国学生周报》等经常出现，带着明显的冷战印痕。也就是说，易君左所说的"第四种人"，看似撇开政治选择，但实际上还是针对大陆新政权而言，不过这与遗民的节义观念不同，而是立场选择和意识形态上的偏见所导致的。

实际上，易君左是否是难民也颇值得讨论。易君左从台湾赴港，按他自己的回忆，目的是要办《新希望周刊》香港分版，①赴港之后虽一时未能如愿，但却被聘为《星岛日报》副刊的编辑，余暇则与旅港文人诗酒唱和，1952 年更是自己筹资建了房子，遭际与那些居住在调景岭的难民无疑有天壤之别。他自认为是难民，正是在搬入自建的钻石山石屋之后，过程还有些戏剧性："我住钻石山石屋期间，有一天，一位美国老留学生的同乡老友孙慕伯（祈寿）先生挟着一大包表册来访我，热汗直淌，催着我填表。我问：'什么表哪？'他只说：'你填你填！'我取表一看，原来是一份英文表，也附有几个中国字，是调查来港的'中国难民'的情形"。②这份表便是美国有关机构为组织"救助中国流亡知识分子协会"（Aid Refugee Chinese Intellectuals Inc.）的调查表，该协会于 1952 年成立，由丁文渊任编译所所长，左舜生任社会组主任，易君左担任文艺组主任。易君左对该机构的美国背景直言不讳："这个机构完全由美国方面主持，有两位美国重要人士总揽会务，一位的中国名字是费吴生，一位中国人欧伟国先生负实际推动会务的责任，下面有一部分工作人员"，③"因为这个机构的经费来源是'美援'，所以工作人员的待遇相当高，例如我们几个组主任的月薪是港币一千四百元，这个数字在当时港九一般公务员中是不小的，尤其在一般难胞眼

① 易君左：《烽火夕阳红》.台北：三民书局，1971 年版，第 206—207 页。
② 同上，第 58 页。
③ 同上，第 59 页。

中看来简直有些惊慕和嫉妒"。^①易君左的难民身份一定程度上是在美国冷战框架下显影的，不无投机的意味，而他所谓的"第四种人"正如当时在香港提倡第三条道路的势力一样，都受到美国亚洲冷战政策的影响，直接接受美国洛克菲勒基金、亚洲基金会或美新处的资助。

易君左等旅港文人，从文化身份而言确实颇为复杂，他们既是随着国民党当局前往台湾，对大陆新政权也持保留态度，正如易君左而言既不是遗民、顺民也非义民，是否为难民也值得讨论，他们是主动选择前往香港，从某种程度上是在国共之间选择了观望的态度，他们以自我放逐的形式，获得的是更为主动的形势，但在他们自己的叙述中，则往往选取南渡的历史情境，诗词中常引的是新亭、永和、南明事：

辛卯九龙荔园修禊

兰亭盛会今已矣，右军风流安在哉？此时乱于晋万倍，例须万倍产人才。悲歌慷慨本无用，千古兴亡同一梦，泪水终看草木惊，新亭实有江山恸。^②

近感

西戎北狄腥膻烈，东晋南明血泪枯。^③

旅港杂咏

北角钟声杳，梁园酒令停。只余双鬓白，常伴数峰青。诗以鸣时代，人能乱日星。从无衰飒气，绝异永和型。^④

"南渡"这个词汇也直接出现在易君左的诗中，如其《闻道六律并步汉岳韵》："八年流浪何时已？梅子酸时泪更酸。……西征未见三枝箭，南渡空余一艇烟"。^⑤该诗为次韵马汉岳之作，马汉岳原诗《闻道六律》本来就是写有关南渡的故事，即香港重要的景点宋王台："闻道殷忧启圣贤，思宗厉鬼望南边。桃花着扇徒纤巧，甲胄临江漫可怜。郑氏魂归原峤冷，宋台石去九龙湮。六朝鸦已垂垂尽，犹有残声噪瓦全"。^⑥易君左也曾前往凭吊宋王台，"我曾于残照中凭吊九龙城海滨宋王台的遗址，只是一堆乱石了。这堆乱石，阅尽了古今兴亡，

①　易君左：《烽火夕阳红》. 台北：三民书局，1971 年版，第 61 页。
②　易君左：《易君左四十年诗》，第 340 页。
③　同上，第 351 页。
④　同上，第 389—390 页。
⑤　同上，第 396 页。
⑥　同上，第 396 页。

简直是一部八百年的沧桑史。它纵横的堆叠在碧海边青天下，默默无言，残留着满腔悲愤,有谁来文存？有谁来凭吊？"①南宋灭亡的历史触动的是兴亡之感，同时也触及易君左在面对历史时的"古今同荣哀"的感慨："残石委蒿莱，谁知帝子台？一天荒鸟掠，九领乱石开。潮拥前朝去，船浮异国来。兴亡千载恨，今古同荣哀。（宋王台）"。②面对历史的潮流，易君左看到的是古今不变的遗恨，既将自己纳入这个南渡的谱系，同时也从历史的角度解构了这个结构。虽然兴亡千古事，知识分子却要继续面对，不然也失去了文化人的立身之阶和意义，正如他诗中所言，"不把兴亡挑一担，怎得便称为士"。③

结　论

易君左后半生常在迁移或漂泊之中，搬家、迁徙和旅行成为他生活的常态，这让他的生活充满乱离之感，这也成为他结识或会晤友人的契机，其中，诗词唱和是他与友人交往的重要方式。1949年赴台之后，因主办刊物《新希望周刊》，他成为台北新旧文化人交往的一个中心，周刊更是成为他与士林唱和的媒介；居港期间，他先后参与以熊式辉寓所为中心的"海角钟声"雅集，以梁寒操为中心的"梁园"集会，和国际笔会香港分会的年度文化活动，并通过多次往返台湾，成为沟通台湾与香港文坛的关键人物。易君左晚年频繁迁徙，让他的诗充满离乱之思和流亡之感，与其他诗人的遗民情绪不同，他自认为是第四种人——难民。但易君左的难民身份，很大程度上是在美国文化冷战的政策下显影、凸显出来的，他也并不讳言参加美援组织"救助中国流亡知识分子协会"及接受美援的经历，这让他的难民身份也显得可疑。在他的诗中，更多地将漂泊生涯续接到历史上的南渡传统，但又从历史兴亡的角度解构了南渡结构。从这个角度而言，易君左既是移民，同时也是遗民，是时代遗弃之民。他之成为遗民，是与他主动选择疏离政权密切相关的，因而该遗民或移民也有自我放逐之意，不过他的自我放逐，既是从政治中心走向边缘，同时也是从政治转向文化和商业，香港的工商业社会背景为他以文化求生提供了可能。而他晚年放弃香港的生活而回到台湾，也就从社会和心理两个层面结束了移民或遗民生涯。

---

① 易君左：《天涯海角十八年》，第37页。
② 易君左：《易君左四十年诗》，第390页。
③ 易君左：《琴意楼词》.香港：吴兴记，1959年版，第57页。

第五章　走向文化共同体：交往的文化政治

探讨冷战时期台湾与香港文坛之间的交往与互动，除厘清基本史实并试图还原历史的目的以外，为何以交往为课题，实际上还与交往这种特殊的社会行为有关，尤其是内战与冷战交织的特殊时代性，更凸显了它的历史意义与现实关切。战争带来的是暴力、破坏、敌意和隔绝，造成人与人之间的仇恨和隔阂，无论是热战还是冷战概莫能外，交往则反其道而行之，交往中虽然不免误解与冲突，但交往的目的正是要走向和解与认同。

在冷战的年代，现代主义这种显得抽象的文学形式，为找不到出路的青年提供了时代的遁逃薮，他们正在走向虚无的心灵在艺术的世界找到了短暂的皈依，台湾与香港诗坛的青年诗人，通过写作、编辑、批评等文学话语，共同塑造了一个现代文化社群，他们有内部可供沟通但却异于常人的话语，有共同的审美观念，这维系着他们之间的交往与认同。但为他们所忽略的是，现代主义在 20 世纪 50 年代的兴起，部分也要归于冷战，在美国文化冷战的政策支持下，英美现代文化通过大学、出版等途径，传播到台湾和香港社会，并以反叛的进步姿态为青年接受。从这个角度而言，这个现代主义社群并未走出冷战的话语框架，只是幻象中的探寻，带有时代的烙印。

正如本书第一部分就提及的，对港台之间的交往，有时候要置于更大的框架下考察，如大陆与台湾的空间视角，如甲午战争以来的历史视角等。甲午战争之后，台湾地区沦为日本殖民地，但两岸之间的文化交流未尝或歇，梁启超的台湾之行堪称最具代表性的两方互动，梁启超到台湾之后，虽然有日本刑侦的监视，但梁启超与台湾士大夫之间通过旧体诗词互诉衷曲，他对身处殖民地台湾的民众心态的理解和同情，对台湾反殖民斗争的支援等，让文学交往承载了历史的厚重与伦理的关切。20 世纪 50 年代初期，两岸之间的文学交流是大陆现代主义对台湾的影响，但到台湾解严时期的 20 世纪 80 年代，则转变为台湾文学观念对大陆的影响，台湾与香港的文学史观成为大陆新时期重写文学史的重要借境，成为改变中国现代文学秩序的重要资源。可以说，文学交流虽是小道，但所系者大。

第一节 "遗民"的政治文化与文化政治——以梁启超 与台湾士大夫的诗词唱和为中心

1911 年 3 月梁启超的游台经历，无论对梁启超还是对台湾现代历史来说，都是一次极为重要的事件。对于梁启超的游台经历，当事人既留下了大量诗词与记述，学界也有不少考论，[①] 尤其是随着近年来梁启超与林献堂诸人信札等新材料的发现，梁启超游台对台湾文学、社会与政治运动的影响，以及梁启超对日本在台殖民政策与殖民现代化的反思与批判等议题，学界都有较为深入的研究。[②] 本节在借鉴这些研究成果的基础上，对梁启超与台湾士大夫之间的诗词唱和行为及其诗作本身略作考察。诗词唱和是传统文人重要的交往方式，它集文学、文化与政治实践于一体，是含义丰富的社会象征行为，探讨梁启超与台湾士绅间的诗词唱和，是从"文学台湾"的视角还原台湾问题历史复杂性的方法。大体而言，诗词唱和是梁启超与台湾士绅交往的主要方式，诗词中的遗民话语是双方唱和的交点之一。遗民是易代之际士大夫的政治文化，是台湾士绅身处乙未之变后特殊历史情境中的写作方式和行为模式，同时，对于梁启超与林朝崧等部分台湾士绅来说，遗民话语又是他们主动选择的文化政治。

一、遗民书写及其传统

梁启超在《游台湾书牍》第六信中，曾写道"此行乃得诗八十九首，得词十二首，真可谓玩物丧志；抑亦劳者思歌，人之情欤！拟辑之题曰《海桑吟》，有暇或更自写一通也"。[③] 梁启超毕生所作诗词不多，在《饮冰室文集》中仅占一卷。相对而言，梁启超游台期间的诗词创作频率却很高。诗坛对梁启超旅台

① 如黄得时《梁任公游台考》，载《台湾文献》，第 16 卷，第 3 期，1965 年 9 月 27 日。

② 如许俊雅：《试论梁启超辛亥年游台之影响》，《社会科学》，2007 年第 3 期；朱双一：《梁启超台湾之行对殖民现代性的观察和认知——兼及对台湾文学的影响》，《台湾研究集刊》，2009 年第 2 期。

③ 梁启超：《游台湾书牍》，《饮冰室专集》，第 22 卷．上海：中华书局，1936 年版，第 207 页。

作品也给予了较高评价，如陈衍《石遗室诗话》有"梁启超游台诗"一节，认为"多凄婉语"，体格风貌近庾信和元好问，评价甚高。① 决定其游台诗词意义的，不仅在于它们本身的艺术价值，还在于它们产生的历史情境。

游台期间，梁启超与台湾士绅间的直接交流受到不少限制，这与多重因素有关，主观方面是语言的隔阂，梁启超的广东腔官话让对方听起来不无困难；此外便是日本殖民当局的阻挠。当梁启超刚抵达基隆时，便受到当局的责难，后来在台北参加台湾"遗老"在荟芳楼为之举行的欢迎会时，日本刑侦也前往监听，当时的参与者甘得中曾道，"是会也，日官民无一参加，而侦探特务则四伏矣"。② 近来学者也从日本当局的档案中找到了日本刑侦的监听记录。③ 在这种情形下，梁启超采取的是赋诗明志的方式。甘得中曾记下当时的情形："继而任公致谢，兼作一小时之讲演，因隔窗有耳，辞意委婉，非细味之，不能知其底蕴，另赋四律贴于座上"。④ 后来转至台中，参与台中士绅与栎社诗人的欢迎宴会，但情况并无多大改观，以至梁启超等人主动避免谈论政治，他在答词中称，"今夜酒席中俱文雅之人，只好谈风月，国家政治不必提及"。⑤ 在殖民当局钳制言论自由的环境下，诗作为他们提供了一个互诉隐衷的空间。尤其是唱与和的酬答形式，往返传递着梁启超与台湾士绅间所想表达而又无法明说的信息。

梁启超的诗词从一开始就引起了台湾士大夫的共鸣，据叶荣钟回忆，"任公在台北荟芳旗亭，受父老百余人开会欢迎，席上所发表的四首律诗，曾轰动一时，不胫而走，传遍全台各个角落。连我这个当时只有十一二岁的小孩子也能朗朗上口，至今犹一字不忘，诗中有'万死一询诸父老，岂缘汉节始沾衣''破碎山河谁料得，艰难兄弟自相亲'之句，这都是抓到了父老内心的痒处，而且是极有分量的文字。本省一代的大诗人林朝崧（灌老的堂兄）先生赠任公诗中有'披云见青天，慰我饥渴肠'正是道破一般父老的心情"。⑥

① 陈衍：《石遗室诗话》，见《民国诗话丛编》第一卷.上海：上海书店，2002年版，第111页。
② 甘得中：《林献堂与同化会》，《林献堂先生纪念集》卷三.台北：文海出版社，1974年版，第29页。
③ 罗福惠袁咏红：《孙中山、梁启超旅台的补充研究——依据未刊日文档案的分析》，载《福建论坛·人文社会科学版》，2004年第6期。
④ 甘得中：《林献堂与同化会》，载《林献堂先生纪念集》卷三，第30页。
⑤ 张丽俊：《水竹居主人日记》（三）.台北：中研院近史所，2001年版，第37页。
⑥ 叶荣钟：《林献堂与梁启超》，载《台湾人物群像》.台北：帕米尔书店，1985年版，第52页。

梁启超的诗作之所以得到台湾绅民的共鸣，很大程度在于他写出了台湾民众的遗民心绪，叶荣钟另一篇回忆文章就称，"台湾遗老十七年来，受异族的欺凌压迫，盘郁在胸中的一股悲愤的恶气，因为任公的温存和慰抚，才得到宣泄的机会"。① 台湾民众，尤其是受传统教育的士大夫，在乙未之变后，大多绝意仕进，以遗老自居。而梁启超的赴台，则为他们抒发这种情绪提供了一个契机。梁启超于台北荟芳楼所写诗作，便是以《三月三日，遗老百余辈设欢迎会于台北故城之荟芳楼，敬赋长句奉谢》为题的四首律诗。其一为：

> 侧身天地远无归，王粲生涯似落晖。花鸟向人成脉脉，海云终古自飞飞。尊前相见难啼笑，华表归来有是非。万死一询诸父老，岂缘汉节始沾衣？②

诗以慨叹自我流亡生涯起笔，落笔却在台湾诸人的身世之感。在梁启超看来，台湾地区虽然沦为日本殖民地，但眼前诸人却依旧奉中原为正朔，因而他直接称之为"遗老"。对于台湾士绅眷念故国的情思，梁启超刚抵达台湾便有所体会。在《游台湾书牍》中他写道：

> 鸡笼舟次，遗老欢迎者十数；乘汽车入台北，迎于驿者又数十。遗民之恋恋于故国，乃如是耶！③

"遗民"或"逸民"的说法，屡见于梁启超此时的相关诗文中。赴台之前，他赠给林献堂和林幼春的诗作便题为《奉赠献堂逸民先生兼简贤从幼春》；写于台湾期间的《游台湾书牍》中也称对方为"遗民"，如"未至前一日，遗老林君献堂即以无线电报欢迎，且祝海行安善"；④ 在与台湾其他士绅的唱和中，梁启超则常借与遗民有关的历史故实，抒发兴亡之感；除了针对士绅阶层的诗作外，对于普通民众他也呼之为遗民，如他借鉴台湾山歌谱写的竹枝词，用意便在"为遗民写忧云尔"。⑤ "遗民"的说法，不仅是梁启超对台湾士民的单方面指称，也是台湾士绅的自我身份认定。如林荣初在致梁启超的信函中便自称遗民："荣初沧海遗民，竹城末学耳"。⑥

---

① 叶荣钟:《梁任公与台湾》,《台湾文艺》创刊号，1964 年 4 月。

② 梁启超:《三月三日，遗老百余辈设欢迎会于台北故城之荟芳楼，敬赋长句奉谢》,《梁启超合集·文集》之四十五（下）. 上海：中华书局，1936 年版，第 60—61 页。

③ 梁启超:《游台湾书牍》,载《饮冰室专集》,第 22 卷，第 199 页。

④ 同上。

⑤ 梁启超:《梁启超台湾竹枝词》,载许俊雅编注《梁启超与林献堂往来书札》. 台北：万卷楼图书股份有限公司，2007 年版，第 33 页。

⑥ 林荣初:《林荣初致梁启超函》,载许俊雅编注《梁启超与林献堂往来书札》,第 53 页。

　　无论是对梁启超，还是对台湾士绅来说，"遗民"话语都不单是一个标签，而是有着极为具体的历史内涵和现实意义，它关系着部分台湾地区士绅在日本殖民政权下的书写传统、政治文化认同、出处进退等一系列的切身问题。梁启超之所以称林献堂为遗民，便在于他身处殖民统治，却能"秉懿训以自淑，醇行型于乡里，侠声著于海隅，身为逸民，而拳拳父母之邦，未尝去怀"。① 在梁启超看来，林献堂能秉持儒家传统，心系故国，这正是遗民政治文化的精义所在。

　　政治文化是某种政治形态或诉求在文化领域的表达，对于遗民文化来说，它有着悠久的传统和极为丰富的内涵，正如论者所指出的，"'遗民'不但是一种政治态度，而且是价值立场、生活方式、情感状态，甚至是时空知觉，是其人参与设置的一整套的涉及各个方面的关系形式：与故国，与新朝，与官府，以至与城市，等等。'遗民'是一种生活方式，又是语义系统——一系列精心制作的符号、语汇、表意方式"。② 论者从话语层面所做的分析，提醒我们先回到诗词唱和的形式层面，探讨梁启超与台湾士绅笔下的遗民符码。

　　诗词唱和有和韵与和意之分，梁启超与台湾士绅间的唱和多为意韵兼得，"遗民"话语正是意义汇流的焦点之一。如他与林幼春的唱和便是如此。在台期间，梁启超曾作诗《赠林幼春》：

　　　　南阮北阮多畸士，我识仲容殊绝伦。才气犹堪绝大漠，生涯谁遣卧漳滨。呕心辞赋歌当哭，沉恨江山久更新。我本哀时最萧瑟，亦逢庚信一沾巾。③

林幼春次韵奉和：

　　　　忧患余生识此人，夷吾江左更无伦。十年魂梦居门下，二老风流照海滨。一笑戏言三户在，相看清泪两行新。楚囚忍死非无意，终拟南冠对角巾。④

　　无论是诗中的庚信还是"楚囚南冠"的钟仪，都身处异族政权而保持对故国的忠诚，这是遗民政治文化的重要内容。

---

　　① 梁启超：《梁启超致林献堂函十八》，载许俊雅编注《梁启超与林献堂往来书札》，第144页。

　　② 赵园：《明清之际士大夫研究》. 北京：北京大学出版社，1999年版，第289页。

　　③ 梁启超：《赠林幼春》，《梁启超合集·文集》之四十五（下），第60—61页。

　　④ 林幼春：《奉和任公先生原韵之作》，载《南强诗集》. 台北：龙文出版社，1992年版，第20页。

梁启超在台期间，除了遗民的欢迎会外，还参与了当地诗人尤其是台湾著名诗社栎社的修禊活动。修禊本为文人雅事，但日据初期台湾士绅间的修禊，续接的却是兰亭、新亭等具有浓厚南渡或遗民色彩的修禊传统。乙未之变后，传统诗社在台湾纷纷成立，栎社是其中翘楚，对于栎社的性质，梁启超有较为清楚的体认，其《台湾杂诗》组诗之十六结尾处有注，云"沧桑后，遗老侘傺无所适，相率以诗自晦"。① 写诗、唱和、修禊等事，在殖民政权下，为遗民拒绝或逃避现实提供了空间，是历史上士大夫逃避新朝或外来入侵者的通常方式，有着深远的文化传统，正如论者所指出的，"对于遗民来说，雅集唱和不仅是一种文学活动，亦是一种从旧日生命里延伸出来的生活方式，浸润着长久的文化积习"。② 梁启超赴台后，台湾士绅就是以栎社的名义召开欢迎会，据《栎社沿革志略》记载：

> 粤东名士梁任公（启超）、汤觉顿（睿）、梁女士令娴等游台，我社开会欢迎之。四月二日（古历三月初四日），会于瑞轩。……诗题为《追怀刘壮肃》《洗砚》《新荷》《诗钞》等。③

诗会以《追怀刘壮肃》为题也出自梁启超的提议。刘铭传为清政府设台湾府后的首任巡抚，"壮肃"为死后朝廷所赐谥号，选题本身也显露了梁启超的立场。梁启超《追怀刘壮肃》一诗，以史诗的气度，追述了刘铭传在台率众抵抗侵略，并在台湾实施水利、铁路等现代举措的经过。该诗题得到了台湾士绅的积极回应，除参与者的当场赋诗外，该题还被作为次年栎社十周年征诗的题目，前后赋写该题的诗作几近百首，其中不少作品均借题抒发兴亡之感、遗民情绪。④ 如新竹诗人郑幼佩的诗作便是：

> 底事鲲溟失霸才，残山剩水有余哀。秀离禾黍伤遗老，锦绣江山付劫灰。六载深谋资帝国，一时边议罢轮台。朱崖割弃英雄逝，泪洒苍茫掷酒杯。⑤

对已故巡抚的纪念，士大夫追溯的是故国的政统，寄托的是江山易主后的黍离之悲。该日夜宴，梁启超又与台湾诗人分韵赋诗，以杜甫《赠卫八处士》

---

① 梁启超：《游台湾书牍》，载《饮冰室专集》，第22卷，第206页。
② 刘洋：《在民国：逊清遗民的文化心态与诗歌书写》，吉林大学博士学位论文，2012年，第83页。
③ 傅锡祺：《栎社沿革志略》，台北：大通书局，1987年版，第7页。
④ 参考廖振富《栎社研究新论》，"编译馆"编，台北：鼎文书局，2006年版。
⑤ 原载许天奎：《铁峰诗话》，此处转引自廖振富《栎社研究新论》，第197—198页脚注。

中的诗句"主称会面难，一举累十觞"为韵。梁启超分得"难""累"二字，成诗两首，以"悠悠我之思，行迈正靡靡。俯仰对新亭，劳歌吾其已"收束，[1] 先用《诗经·王风》中黍离之悲的典故，然后又借用晋代南渡名士王导等人新亭对泣的典故，直接抒发了他所感受与分享的台湾士绅的遗民情绪。

典故是遗民书写中极为重要的形式和传统。"黍离之悲"与"新亭对泣"的典故就是当时用得极广的两例，除"俯仰对新亭"外，梁启超还有诗"暂掩新亭泪，相倾北海尊"；[2] 梁启超的女公子令娴也参与了此次唱和，分韵得"举"字，其诗有句"信美吾山川，奈何伤离黍"。[3] 台湾诗人对遗民典故也很熟悉，鹿港陈怀澄（字槐庭）参与宴饮时分得"主""举"二韵，用的便是黍离之典："东海扬帆来，故墟叹禾黍！哀情托毫素，吟声多激楚"，[4] 而台湾诗人对此典的应用也不限于梁启超游台期间，如著名诗人林朝崧在参与瀛社的一次修禊时，便曾即席赋诗"俱是新亭南渡客，可怜无泪哭神州"。[5] 其他如"楚虽三户，亡秦必楚"、楚囚南冠等满怀故国之思、彰显民族气节的典故也频现于当时的唱和诗作中。

二、遗民之"遗"

对于梁启超来说，他的遗民情怀，更多的是针对台湾而发，是一种设身处地的同情；对于台湾士绅来说，遗民便不仅仅是一则话语或随手征引的典故，而是他们安身立命的所在。乙未之变，对于普通百姓来说，可能只是政权的更迭，而对于士大夫来说则要深刻得多，异族的入侵激发了他们的家国意识，同时这也带来了诸多实际变化，首先是传统功名之路的断绝，这与此后大陆清政府取消科举考试对士大夫的影响是一致的；其次是文化和道统的断裂，这重影响可能更为深远。因而，对于熟读圣贤之书的士大夫来说，儒家文化对忠义、"夷夏之辨"的强调，以及历史上政权更迭所积累的遗民政治文化，让他们除了做遗民之外，并无多大的选择余地。但从中国历史来看，台湾遗民所面对的问

---

[1] 梁启超：《辛亥清明后一日同荷广及林痴仙献堂幼春陈槐庭夜宴于雾峰之莱园女儿令娴侍焉以主称会面难一举累十觞为韵分得难字累字》，载《饮冰室合集·文集》之四十五（下）.上海：中华书局，1936年版，第63页。

[2] 梁启超：《游台湾书牍》，载《饮冰室专集》，第22卷，第206页。

[3] 载陈衍：《石遗室诗话》，见《民国诗话丛编》第一卷.上海：上海书店，2002年版，第111页。

[4] 陈怀澄：《沁园诗存》.台北：龙文出版社，2006年版，第60页。

[5] 林朝崧：《无闷草堂诗存》下.台北：龙文出版社，1992年版，第221页。

题又是前所未有的。尤其是对于汉族士大夫来说，清政权可能本来就有争议，晚清种族革命的呼声又甚嚣尘上。而对台湾有开拓之功的郑成功则忠于明室，这使台湾又具有浓郁的明遗民文化色彩。因而，日据时期台湾遗民究竟是谁之遗民，尚需进一步细化讨论。而一个人是否为遗民，也不仅仅在于别人的指称，更在于他是否具有"遗民意识"。所谓的遗民意识，我们是借鉴卢卡奇对阶级意识的相关讨论方法，指一个人是否意识到自己在历史中的位置，将自己置于遗民的序列之内，但与阶级意识朝向未来截然相反，遗民选择的是以一种往后看的怀旧与悼亡的姿态，将已经逝去的遗民话语和行为，作为自己的言议和行为模式。虽然梁启超的台湾之行像一枚石子，激起了这个遗民共同体的某种共鸣，但共鸣之下也有细微的差别，除效忠对象的明、清之别外，同为遗民，他们的行为模式也有较大出入。

遗民意识首先是种时间意识，士大夫面对政权的更迭，主动选择忠于前政权，而对新政权采取敌对或疏远的立场。面对历史巨变，他们尤其感受到时代盛衰、今昔之别、家国兴亡的历史伤痛。如台湾诗人吕厚菴便有诗"百年遗恨伤亡国，一代孤臣此驻鞍"；[1]"水竹居主人"张丽俊在《追怀刘壮肃公》中也感慨"二十年前名胜地，抚今追昔感何穷"。[2]与兴亡相关的意象或典故，更是常见于他们的诗词之中，如"天宝"故事便是如此。栎社诗人林朝崧在诗作《陪任公、荷庵两先生集莱园分得'十'字、'觞'字》中，有诗句"四海原一家，往事嗟何及！不信浊水源，芳草尚足拾。花前说天宝，惨惨青衫湿。有酒君莫辞，一口西江吸"。[3]大唐盛世在天宝年间由盛转衰，反而成了历代士大夫抚今追昔、一再吟咏的寓言。盛世不再，不可回返却不得不追怀，这既是遗民的情感体验，也是写作的动力，在一种悼亡、感伤而凄清的氛围中，遗民文化的时空意识被表达得淋漓尽致。对于台湾绅民的这种追怀情绪，梁启超在他赴台途中就感受到了，当时因"舟中有台湾遗民，谈兴亡时事颇详"，梁启超感慨系之，赋诗曰"汉家故是负珠崖，覆水东流岂复西。我遇龟年无可诉，听谈天宝只伤悽"，[4]对台湾绅民的兴亡感慨体会颇深。

往回看的时间意识，也带给台湾遗民以新的问题，这既包括究竟是以清遗

① 许天奎：《铁峰诗话》，载《台湾诗荟杂文钞》，第41页。
② 张丽俊：《水竹居主人日记》（三），第37页。
③ 许天奎：《铁峰诗话》，载《台湾诗荟杂文钞》，第39页。
④ 梁启超：《饮冰室合集·文集》之四十五（下），第60页。

民还是明遗民自居，也包括究竟是选择政统、文统还是道统认同的问题，这赋予了台湾遗民内涵以丰富性。对于汉族士大夫来说，清政权本身便有争议，晚清革命党人也用种族革命大做文章，是否要做清室的遗民，并非是一个不用考虑的问题。[①] 以资借鉴的是元遗民，在史传叙述中元遗民的正当性便常受质疑。[②] 台湾读书人质疑清朝者也不乏其人，如《台湾通史》的作者连横，甲午之变后曾赴大陆，在福建创办《福建日日新报》，鼓吹的便是反清言论。归台后作《台湾通史》《台湾诗乘》等，都带着浓郁的明郑史观色彩，尤其是《台湾诗乘》，以录郑成功的诗作起始，又以陈铁香的《鼓浪屿怀延平王》诗为结语，文中对明遗民也多有表彰，其对明郑的情感由此可见。而怀延平王的诗词，在台湾历代都不鲜见，日据初期也是如此，如林朝崧的《谒延平王祠》便写道："今日海邦三易主，开山庙貌尚馨香"，[③] 该诗既描述了民间对延平王的信仰，也表明士大夫对他的情感认同，明朝虽已亡数百年，但正如论者所指出的，"以明郑为依归的遗民意识，却悄悄流传下来，成为清代台湾论述中时隐时现的幽灵"。[④] 而林幼春首次寄给梁启超的书札中，也有关于延平王遗迹延平洞的诗："潮头万弩殼黄间，飒爽英姿不可攀。天地有时开劫运，风云从古锁愁颜。孤魂化鹤犹吾土，一钓连鳌失旧山。欲问骑鲸东海客，少游下泽许投闲"。[⑤] 该诗也是次韵之作，和的是丘逢甲的作品。丘逢甲曾获清同进士出身，这意味台湾士大夫对于明清之间的历史认同存在一定的模糊性。

毕竟清政权已统治台湾两百余年，不少士大夫从清政权取得功名，林献堂的父亲林钦文便是如此；而更为重要的是清政权对儒家文化的接纳，使得明遗民所宣扬的忠孝、气节等传统，也成为清政权统治的内在需要，因而，台湾的明遗民文化也逐渐内化为清政权政治文化的一部分。如忠于清廷的梁启超，也曾写《桂园曲》，凭吊葬于台湾的明王室成员朱术桂和他的五个妃子，表彰了他们的忠孝节义精神。从这个角度而言，遗民文化虽然肇始于特定的朝代更替，但实际上已超越了一姓一朝的范围，而成为华夏民族带有普泛性的伦理承

---

①　关于"清遗民"困境的探讨，可参考林志宏：《民国乃敌国也：政治文化转型下的清遗民》. 台北：联经出版，2009 年版，第 23—29 页。

②　参考赵园：《明清之际士大夫研究》，第 276—278 页。

③　林朝崧：《谒延平王祠》，载《无闷草堂诗存》卷三，第 14 页。

④　王德威：《后遗民写作》. 台北：麦田出版，2007 年版，第 32 页；也可参考江宝钗《台湾古典诗面面观》. 台北：巨流图书有限公司，2002 年版，第 31—34 页。

⑤　林幼春：《秋感敬和邱丈仙根主政原韵》，载许俊雅编注《梁启超与林献堂往来书札》，第 17 页。

担，如忠诚、气节乃至文统、礼教与道统等。因而，虽然台湾士大夫的遗民身份或有忠于明清之别，但在外敌入侵之际，他们针对的对象却是共同指向日本殖民者。

除了政治认同外，遗民的行为模式也值得关注。虽处于同一个遗民共同体，人们的行为模式和自我身份认知并不相同，如有的选择隐逸，有的选择著述以从文字的角度延续旧朝，这在面对异族统治时则上升为对道统的承担。日本殖民政权既不同于历史上的新朝，与入主中原的异族也不同，同时还有西学冲击所带来的现代政治思想，这些因素导致台湾士绅在殖民统治之下，其行为方式也显得较为多样，有人反抗，有人顺从，有人以遗民自居，但即便同为遗民，内部也有差异。

与梁启超唱和较多的诗人中，林朝崧、洪弃生与林幼春相对而言是遗民情怀较强的三位诗人。或许正因如此，林献堂在收到梁启超的第一首诗后，便嘱托洪弃生与林朝崧二人唱和。林朝崧，号痴仙，乙未之变后曾避走大陆，返台后发起成立栎社。他常以"废材"自许，栎社之名，便由废材衍生而来，他自陈其志为：

> 吾学非世用，是为弃材；心若死灰，是为朽木。今夫栎，不才之木也，吾以为帜焉。其有乐从吾游者，志吾帜。[1]

洪弃生与之相仿，许天奎介绍其人为"彰化名诸生也；改隶后，杜门不预世事"[2]。他在致梁启超的书札中也曾表明自己的姿态：

> 弟早岁亦负终童气，今沉溺伧荒。年已四十有五，俯仰尘寰，万念为灰，故拙作三集，初集曰《谑蹏》、二集曰《披晞》、三集曰《枯烂》，盖自处于栎材久矣。[3]

林幼春与二人关系密切，同时又重病在身，自我期许与他们同调。这三位诗人是栎社中坚，常将家国之恨寄情诗词，他们的人格、气节也受到其他人的肯定，如陈瑚对林朝崧的评价就是"论交常恨十年迟，气节文章是我师"。[4] 同属栎社，林献堂则不同。他虽然被梁启超描述为"林侯欶奇蒋门子，今作老农友鹿豕"，[5] 但实际上他并不能真正归隐山林，作为雾峰林家的头面人物，他不免

---

① 傅锡祺：《栎社沿革志略》，第21页。
② 许天奎：《铁峰诗话》，载《台湾诗荟杂文钞》，第39页。
③ 洪弃生：《洪弃生致梁启超函》，载许俊雅编注《梁启超与林献堂往来书札》，第12页。
④ 傅锡祺：《栎社沿革志略》，第87页。
⑤ 梁启超：《梁启超致林献堂函二》，载许俊雅编注《梁启超与林献堂往来书札》，第7页。

要与官方打交道，难以完全隐或遗；更重要的是，他在梁启超的建议下，试图通过议会等非武力手段为台湾民众争取利益。实际上，在梁启超等人的激发下，连林朝崧后来也不愿以文人终老，而试图有所作为。

但也有对梁启超的变法持保留态度者，洪弃生便与梁启超有较大分歧，这主要在于二人政见与变法方案不同。洪弃生也主张变法，但他意在回归古法，他在致梁启超的信函与酬答诗作中都直言不讳，在他看来，"今吾华亦弱极矣，而二三志士必欲以西法变之，亦非完全，倘实行古法，参用新法，而朝野上下，亿众一心，转强自非难事，固不必舍己从人，然后得计"，其酬和梁启超的诗作也写道："能将东学心求真，岂觉西方法独美。汉唐在世威万方，汤武一朝兴百里"。[①]洪弃生对东方政治体制的追怀，既是他遗民意识的表露，这也表明西学的输入并未从根本上改变他的价值体系，与林献堂、林朝崧随后转向从议会的角度为台湾人争取权利有所不同。这显示了日据初期台湾遗民群体内部的多元性，对这种多元性的重视，有助于我们理解日据初期台湾问题的复杂性。

三、遗民的文化政治

遗民文化，虽然是历史累积而成的政治文化，但它从一开始就显示了它的文化政治功能。所谓的文化政治（cultural politics）是指以文化的方式达到政治的目的，对于遗民文化来说，便是指以文化的方式塑造士大夫在政权更迭之际的生活模式和心理形态。但"遗民"文化所具有的意识形态，及其具有的潜在政治图景，远不止是让士大夫疏离政治，成为名副其实的被历史或政治"遗忘"的人，而是以保存传统的方式，形成对新政权的抵抗、反叛乃至再造。在处理遗民问题时，文化结构主义的视角往往忽视了士大夫的选择能力和主观意图，而这对于台湾士绅来说显得尤为重要。

来台考察的梁启超与台湾士绅对于文化反抗的方式实有着不同的选择。当梁启超看到殖民统治的弊端时，可以自由形诸笔墨予以批判，如《斗六吏》《拆屋行》《公学校》等便是如此，虽"为遗老计"，有些"投鼠忌器"，[②]但还是如他自己所说，发挥了"怨"的诗教传统。部分台湾遗老则不同，他们身处殖民政权的统制之下，尽管反抗的意志较为强烈，但抵抗的方式却大多只能以隐晦出

---

① 洪弃生：《洪弃生致梁启超函》，载许俊雅编注：《梁启超与林献堂往来书札》，第11、13页。

② 梁启超：《游台湾书牍》，《梁启超专集》，第22卷，第203页。

之。如林朝崧酬答梁启超的词："池馆寂寥春去久，无主桃花，雨后开还有。相对一杯荼尾酒，旧家姊妹怜消瘦。倚柱悲吟今夕又，破镜空持，天许重圆否？石烂海枯千劫后，恩波长记侬曾受"。① 便只能借助比兴的手法，委婉地传达台湾虽被迫委弃，却依旧向往故国的心曲。因而，即便是对诗教这个文化政治传统的应用，遗民也多选择比较隐晦的比兴，而非直露的怨的手法。比兴强调意近而旨远，这与台湾遗民所处的现实环境及其意愿是相契合的。

诗词为传统士大夫必备的技艺，本只是一种文化修养，而在面对日本殖民政权的语言同化政策时，却是维系汉文化的重要方法，林献堂在为林朝崧《无闷草堂诗存》所作的序言中，就曾转述林朝崧写诗的深意：

吾固知雕虫小技去诗尚远，特藉是为读书识字之楔子耳。②

林朝崧与同好所创立的栎社，其设立"主旨"便在"以风雅道义相切磋，兼以使用有益之学相勉励；且期交换智识，亲密交情"。③ 而在诗会期间，林朝崧等人的诗作也多以重振文运自命，如1910年春会时他的诗作：

挽回文运起中原，我先一军张汉帜。长城不怕偏师攻，守无羸卒多精骑……遗老不数香山九，群贤远过竹林七……相约斯文延一脉，自今同堂戒操戈。年年三月兰亭宴，愿合群仙咏大罗。④

他们通过诗会、宴饮、唱和、诗钟等方式，在殖民政权中开辟了一个化外之地，延续着华夏斯文。栎社同仁连横指出：

海桑以后，士之不得志于时者竞逃于诗，以写其侘傺无聊之感。一倡百和，南北并起；其奔走而疏附者，社以十数。而我栎社屹立其间，左萦右拂，蜚声骚坛。文运之存，赖此一线；人物之蔚，炳于一时。是虽无用而亦有用之日，莘莘学子又何以其不材也而共弃！⑤

可见，诗词小道，所系者大。诗社在延续文运、唤起民族意识方面，起着至关重要的作用，台湾学者也指出"日本据台五十年中，台湾人民得免被日本同化的噩运，诗社与有功焉，尤其栎社社员对民族意识的宣扬，厥功甚伟"。⑥ 套用此中说法，对于栎社民族意识的激发，梁启超与有功焉。他很早就意识到

① 梁启超：《梁启超致林献堂函七》，载许俊雅编注《梁启超与林献堂往来书札》，第51页。
② 林献堂：《无闷草堂诗存序》（上），第5页。
③ 转引自许俊雅《黑暗中的追寻：栎社研究》，上海：东方出版中心，2006年版，第27页。
④ 林朝崧：《无闷草堂诗存》（上），第190页。
⑤ 连横：《栎社第一集·连序》，载《栎社沿革志略》，第41页。
⑥ 许俊雅《黑暗中的追寻：栎社研究》，第4页。

了文化之于民族存亡的意义，并对台湾士绅的诗词创作给予了指导，如他在致林朝崧与林幼春的信函中，就指出诗词是"文统"所系："君家大小阮以诗鸣于海峤，虽曰不得志于时者之所为，然兹事实亦为将来文统所系，深愿更肆力以成名家也"；①正因诗词对台湾士绅有着维持文运或文统的功用，他在致林朝崧和林献堂的信函中，详细讲述了如何读诗、学诗与作诗的方法，可谓肺腑之言。梁启超赴台期间，栎社以诗会名义欢迎梁启超，发挥的正是"诗可以群"的社会功能，同时，它也提供了以诗歌的方式沟通台湾与祖国民众情感的方式；而梁启超提议以《追怀刘壮肃》为题赋诗，既有现实考量，同时也具有文学史的意义，它一定程度上扭转了台湾诗社活动多以"击钵吟"为主的消极气象，注入了更多的民族意识和政治关怀，使得台湾诗社在维系华夏文化方面，起到了更为积极的作用。

台湾士绅对诗词维系文运的认识与实践，也丰富了传统诗教的内涵，它不仅仅是关乎创作的"六艺"，更是一种实际而具体的教育方法。经由诗词，华夏语言、文化乃至道统得以保存、延续。台湾士绅的这种做法，即便从当前来看，其意义依旧显著，从教育的视角来看更是如此。梁启超赴台的目的，除了为办报筹款外，便是在听闻日本人述说台湾地区发展概况之后，想去考察台湾的政治经济发展情况，以作为改革大陆政治的参考。在实地考察期间，日本的殖民统治不仅让他大失望，更让他多了一层忧虑，这便是日本的殖民教育，他的诗作《公学校》描述了殖民者的奴化教育：

> 此间有良校，贵人育精英。岛民贱不齿，安得抗颜行？别有号公学，不以中小名。学年六或四，入者吾隶萌。所授何读本？新编《三字经》。他科皆视此，自郐宁足评？莫云斯学陋，履之如登瀛。学涂尽于斯，更进安所营。贵人豢我辈，本以服使令。②

日本殖民者既废除了传统书院，建立新的学校教育体系，但实行的却是差别教育。台湾学生只能上公学校，连教科书也是以学语言为目的的新编《三字经》。该书多列序名物，用意在于让台湾人学语言，而泯灭义理，且该书不无殖民意识，如将日本对传统书院的破坏称为"大改良"。③梁启超对殖民教育的弊

① 梁启超：《梁启超致林痴仙幼春函》，载许俊雅编注《梁启超与林献堂往来书札》，第57页。
② 梁启超：《游台湾书牍》，《梁启超专集》，第22卷，第202页。
③ 王石鹏：《台湾三字经》，台湾文献丛刊，第162种。

端有较为深入的揭示，他在《游台湾书牍》中便指出：

> 至于教育事业，则更如儿戏。诗中所言乃其学制耳，若夫学校教授管理之内容，乃更有意想所万不及者。要之，台湾识字之人本少，更十年后则非惟无识中国字者，亦将并无识日本字者矣。①

正是这类殖民教育所带来的危机，台湾读书人日渐意识到延续华夏文化的重要性，因而，在诗社活动之外，蔡惠如等人后来又倡议设立了台湾文社。其"创立意趣书"为："本岛自改隶而后，凡欲攻汉学者，于文不受制艺所拘，于诗不受试帖所厄，上下千古，纵意所如，此诚文运丕振之秋，诗界革新之会也……我栎社诸人，不揣固陋，恐斯文之将丧，作砥柱于中流，佥谋设立台湾文社，以求四方同志，更拟刊行文艺丛志，以邀月旦公评。愿中南北部诸君子，鉴此微衷，赞襄是举，庶几海隅文社之盛，与诗社并驾齐驱，是亦维持汉学之一道也"。②后来在抗战时期，林献堂有感于栎社耆旧凋零，于是开设"汉诗习作"班，教育年轻人读诗、写诗，③诗词由是从小道成为一种事关家国的教育方法。

对于梁启超来说，他对台湾士绅的期待还不止于此。遗民的文化政治，不仅在于以文学创作批判殖民政治，以文化活动抵抗文化侵略，维持文运于不倒，还在于它是一种生活方式，却能传承并维系道统。对于遗民来说，对道统的维系，多采著书立说的方式。如章太炎对连横《台湾通史》的"遗民旧德者"就极为肯定。④除了著书立说阐发圣教外，道统也见于日常言行中，其中较为关键的便是礼教。梁启超就特意表彰了雾峰林家在维系礼教方面的作用："余去国逾纪，习闻自故乡来者道，宗邦礼俗日媮，彝伦泯焉，怃然不堪其忧。乃践行林子之庭，而感不绝于余心也"，或许是担心此说义有未彰，故他再度强调礼俗的历史意义，"昔田子泰挈宗族讲礼徐无山中，而能从容靖乌丸之难"。⑤借用田子泰的典故，意义就显豁得多了，讲礼而能使外族归化，这正是文化对政治的再造功能，可见梁启超对台湾绅民的期许之高。而对于"遗民"来说，他们之所以绝意仕进，甘居草野，其目的也正是欲以退却的方式，维系故国的生活

① 梁启超：《游台湾书牍》，《梁启超专集》，第22卷，第202页。
② 《台湾文社设立之旨趣》，《台湾文艺丛志》，创刊号，1919年1月。
③ 参考许俊雅《黑暗中的追寻：栎社研究》，第49页。
④ 《台湾通史·章序》，台湾大通书局，台湾文献史料丛刊第一辑，第19卷，第5页。
⑤ 梁启超：《梁启超致林献堂函十八》，载许俊雅编注《梁启超与林献堂往来书札》，第143、144页。

方式和价值体系，这才是遗民文化政治的深意。

余论、走向交互主体性

与传统中国的遗民相比，台湾遗民有不同以往的遭遇，面对的并不是一个入主中原的异族或是取代旧朝的新朝，而是被清政府割让给了日本，《马关条约》与乙未之变因而成为台湾民众的一个心结。洪弃生在酬答梁启超的诗作中，便写道"汉家既任珠崖沦，扶余岂易虬髯起"；[1] 林朝崧在《追怀刘壮肃》一诗中也说"灿烂黄金新世界，等闲掷过恒河外"，[2] 此外，"弃妇""弃妾"等与遗弃相关的意象，也见于林朝崧诗中。这种被遗弃的处境与情感体验，使他们在遇到故国之人时，往往将他们的遗民情怀表露无遗，更何况这个人是参与发起"公车上书"的梁启超。正如叶荣钟所言，"台湾被祖国轻轻地割让给异族作殖民地，台胞无异是为祖国的同胞作代罪羔羊。但是这悠悠十七年内，台胞的生死存亡，祖国没有过问。虽则事实上是无法过问，但是感情上也难怪他们俯仰身世，有一种被遗弃被无视，被忘却的凄凉怨怼的感觉。他们像失落的孩提，历尽艰难险阻，偶然碰到亲人，情不自禁地抱着亲人尽情痛哭一样，任公对于父老们处境和这种感情，似乎知道得很清楚"。[3] 梁启超对台湾士绅心境的理解，除了其遗民情怀外，还在于他对清政府遗弃台湾这一行为的批判，无论是"汉家故是负珠崖"，还是"珠崖一掷谁当惜"，[4] 都认识到了清政府对割让台湾的历史责任，这与洪弃生等台湾绅民的观点是一致的。因而，如果说遗民，通常指"遗留"之民的话，日据时期的台湾遗民为这个概念注入了新的内涵，它还意味着是"遗弃"之民，当时台湾士大夫连横、李春生笔下就曾出现"弃地遗民"的说法。这种被遗弃的情感，也是我们在回顾日据初期台湾士大夫心态的一个重要方面，而它更深远的影响，或许在于此后的"孤儿"意识。从"遗民"到"孤儿"确实显示了台湾民众文化心态的变化，[5] 但如果考虑到台湾遗民从一开始就有遗弃之义，那么，"孤儿"意识便只是遗民意识的变体和延续。

还值得一提的是，对于诗词唱和，梁启超与台湾士绅双方除了分享着遗民的政治文化与文化政治外，他们对"唱和"行为本身的意义也极为看重，如与

---

① 洪弃生：《洪弃生致梁启超函》，载许俊雅编注《梁启超与林献堂往来书札》，第13页。
② 林朝崧：《无闷草堂诗存》（上）．台北：龙文出版社，1992年版，第226页。
③ 叶荣钟：《梁任公与台湾》，《台湾文艺》，创刊号，1964年4月。
④ 梁启超：《梁启超合集·文集》之四十五（下），第61页。
⑤ 王德威：《后遗民写作》，第46页。

梁启超唱和最为频繁的林朝崧，在致林献堂的信函中便鼓励对方也参与唱和，因为"诗之工拙都可不论，同心异国隔海唱酬，此日之因缘即他时之佳话也"。①林朝崧此说，正是我们重新回顾梁启超与台湾士绅诗词酬答的意义所在，所谓"同声相应同气相求"，文人修禊、诗词酬答不仅是遗民延续斯文的方式，它本身也形成了一个话语与情感的共同体。而他们的交往方式也为我们当下两岸的交流提供了借鉴，梁启超与林献堂、林朝崧等人，对对方都充满了"了解之同情"，这种交往方式形成的是某种"交互主体性"（intersubjectivity，又译主体间性），这种基于历史交错、情感理解与现实关怀的新的主体形式，为两岸从误解走向认同提供了历史的借鉴与未来的前景。

第二节　幻象中的探寻：
20 世纪五六十年代台港现代派诗人共同体

1949 年之后，大陆新诗转向以社会主义现实主义为主要创作方法，20 世纪三四十年代发展深化的现代主义诗歌潮流逐渐走向沉寂，或以地下书写的形式延续，直到 20 世纪 80 年代初才再次"浮出历史地表"，但在这段从大陆文学史失踪的时段内，现代主义诗歌在台湾和香港却落地生根，并成为诗歌创作的主流。对台湾与香港的现代主义诗歌运动以及二者之间的交流和互动，学界已有不少研究成果，②但研究对象主要集中于《现代诗》与《文艺新潮》这两个代表性刊物，而较少从整体上把握两地诗歌圈之间的交流及其共同的文化旨趣。③本节将两地的现代主义诗歌潮流放在冷战这个共同背景下，借助《新思潮》《好望角》《创世纪》等港台诗刊，考察两地诗人之间的交往与互动，尤其是他们诗歌写作和诗学理想的时代意识和历史意义。

---

① 林朝崧：《林痴仙致林献堂函一》，载许俊雅编注《梁启超与林献堂往来书札》，第 30 页。
② 如杨宗翰：《台湾〈现代诗〉上的香港声音》，《创世纪杂志》，第 136 期，2003 年 9 月；陈国球：《宣言的诗学》，载氏著《情迷家国》.上海：上海书店出版社，2007 年版，第 128—142 页；吴佳馨：《1950 年代台港现代主义文学系统关系之研究：以林以亮、夏济安、叶维廉为例》，台湾清华大学硕士毕业论文，2008 年，第 101—120 页。
③ 须文蔚与郑蕾对该领域有所关注，参考须文蔚：《叶维廉与台港现代主义诗论之跨区域传播》，《东华汉学》，第 15 期，2012 年 6 月；郑蕾：《叶维廉与香港现代主义思潮》，《东华汉学》，第 19 期，2014 年 6 月。

一、交流阵地的延续与更迭

刘以鬯《三十年来香港与台湾在文学上的相互联系》是有关冷战时期台港文坛交流的重要文献，该文勾勒了以林以亮、夏济安、马朗、刘以鬯等人为中介，以《文学杂志》《文艺新潮》《现代诗》《浅水湾》为平台的港台两地文坛的交往与互动，他尤其强调了《文艺新潮》及其编者马朗在两地文学交流中的作用："香港的《文艺新潮》创刊于一九五六年二月十八日，比台湾的《文学杂志》早七个月；比台湾'现代派'宣告成立迟二十几天。《文艺新潮》创办人马朗，本名马博良，是从上海移居香港的文化人，抗日战争期间曾在上海编过《文潮》月刊，对文艺的执着与纪弦有点相似。他喜欢写诗，也像纪弦那样关心新诗运动。纪弦在台湾创办《现代诗》季刊，组织'现代派'，提倡现代主义；马朗在香港警界服务，利用公余之暇创办《文艺新潮》，提倡现代主义。纪弦为《文艺新潮》写诗译诗；马朗也为《现代诗》译诗写诗。马朗与纪弦虽然住在两地，却是有联系的。《文艺新潮》第九期与第十二期先后出过两辑《台湾现代新锐诗人作品辑》。《现代诗》第十九期出过《香港现代派诗人作品辑》"。[①]

《现代诗》与《文艺新潮》之间的交流是台港文坛互动的一段佳话，常为学界所提及。不过，刘以鬯该文是凭着回忆勾勒两地文坛交流的线索，不少相关史料被遗漏，如《文艺新潮》除了两个专辑以外，还多次发表纪弦、黄荷生等台湾诗人的诗作、叶泥的翻译和高阳、朱西宁的小说。马朗也不仅在《现代诗》发表诗作，还加入了现代派，并常在《现代诗》上发表翻译作品，两刊之间的交往远比想象中要丰富一些。

同时，《文艺新潮》创刊只比"现代派"成立晚二十几天，这个说法也给人两地现代主义发生在同一时期的印象，但《现代诗》的创刊却要早两年。不仅如此，台湾现代诗的发生实际上可以追溯到1949年，纪弦于1948年底自上海赴台之后，便接着主编《平言日报》综合副刊《热风》，将他此前在上海办诗刊《异端》的余稿发表于此，此后又借《自立晚报》办《新诗》周刊，还创办了诗歌刊物《诗志》，从作者群和诗歌风格来说，这两者可说是《现代诗》的前身。不过澄清这个事实也并非是要讨论港台两地现代主义诗歌潮流发生孰先孰后的

---

① 刘以鬯：《三十年来香港与台湾在文学上的相互联系》，梅子、易明善编《刘以鬯研究专集》.成都：四川大学出版社，1987年版，第93—94页。

问题，^①而是强调因《文艺新潮》的创刊，使台湾现代主义诗歌找到了对话对象，从此两地诗坛在现代主义这个世界性的文学思潮下，找到了共同的话题，这实际上有着非同寻常的意义。刘以鬯的这段话除了介绍两地文坛交往的史实外，还值得注意的是他营造了一种两地文人共命运、两地文学思潮共同发生的氛围，无论是马朗与纪弦的相似经历与共同的文学追求，还是《文艺新潮》与《现代诗》对现代主义的共同提倡，都让这两个隔海相望的岛屿暂时克服了空间上的障碍而成了一个文化圈，二者间的频繁互动，更让人加深了这一印象。

《文艺新潮》和《现代诗》在两地诗坛交往中有着里程碑式的意义，紧随其后的是《创世纪》和《好望角》，但不同于学界将此视为前者的"余绪"，在笔者看来，无论就交往形式的多样性还是互动的深度而言，后者都要远胜前者，可以说《创世纪》与《好望角》在延续《文艺新潮》和《现代诗》的基础上，开启了台港诗人互动的新空间。

与《现代诗》不同，《创世纪》于1954年十月创刊于左营，初期主要作者均为现役军人。当时国民党当局极力提倡军中文艺，张默、痖弦、辛郁等军中文艺爱好者因此闯入诗坛。他们的诗作一方面呈现出较为明显的"反共"意识，另一方面又极为强调诗歌的艺术性，反对为政治而文学，因而在诗歌艺术的探索上也取得不俗的成绩，其主要的诗歌理论与实践是"新民族诗型"，试图建立一种艺术的、带中国风的诗歌形式，^②这与现代派所追求的"横的移植"有所区别。该刊第14期发表了叶维廉的三首诗《追》《逸》和《元旦》，他此时在台湾师范大学读硕士研究生，其间创作了大量诗作，部分发表于《创世纪》和《现代文学》，以及香港的《新思潮》。

---

① 按：两地现代主义诗歌发生的先后问题这一争议实际并无太大意义，因为两地的现代主义诗歌都有着多重的源头，如果以马朗和纪弦分别为两地现代诗的率先提倡者，那么正如刘以鬯所指出的，两人有着共同的文化资源，这就是20世纪三四十年代的上海现代派诗歌；而使问题更复杂的是，两地因曾是分属不同帝国的殖民地，自身又有截然不同的文学史脉络，如台湾在日据时期就有风车诗社，后有银铃会这类现代主义诗歌的潜流，只是在1949年大陆诗人大规模赴台之后被遮蔽了而已，香港也早就有现代诗的萌芽，如20世纪30年代的《红豆》诗刊，其后则是抗战时期大量文人南来，如现代派代表诗人戴望舒、徐迟、路易士（纪弦）便都曾在此地生活创作，也播下了现代主义诗歌的火种。两地这种层累的文学史和文化史，使得现代主义有着更为复杂的内涵，发生时间先后的问题反而属于次要。

② 《建立新民族诗型之刍议》，《创世纪》，第5期。

叶维廉是 20 世纪五六十年代之交港台诗坛交流的关键人物。[①]他于 1937 年生于广东中山，1948 年赴港，曾与王无邪、昆南创办诗刊《诗朵》，译介过象征主义诗人赛孟慈（Arthur Symons）的诗作。1955 年赴台进入台大外文系就读，1959 年至 1961 年就读于台师大英语研究所，1963 年赴美国爱荷华（Iowa）大学。因为他自港入台的身份和经历，使他一直是港台诗坛联系的重要纽带。如《创世纪》设立"《创世纪》发刊十周年诗创作奖"时的海外评委就有叶维廉，同时他也是香港《好望角》的文学创作奖三位评委之一。不过他与台湾诗人的交往也限于一定的范围，如在台期间他虽然早就与纪弦等认识，但或许是他进入诗坛较晚，他所交往的台湾诗人圈还是以《创世纪》诗人群为主，正如他在年表中所写：

> 1959—1961 年
>
> 师大英语研究所硕士。其时诗作最丰。我虽然在 1955 年便认识商禽（时称罗马）纪弦及沉冬。但一直以隐居方式抒写自己的情怀，约略在此时，我才与痖弦、洛夫见面，而从事大量的写作在台发表，诗作多见于《创世纪》《现代文学》《新思潮》（香港）并译艾略特《荒原》，St.-John Perse 等人的诗。也写了一些诗论（见《秩序与生长》）。[②]

他所翻译的《荒原》也刊于《创世纪》，而这首诗的翻译和发表过程，本身也是特殊语境下跨地域的产物，正如叶维廉在译者前言中介绍的：

> 《荒原》The WasteLand 之翻译，三年前已开始；但是鉴于此诗之重要，而 1949 年前赵萝蕤女士所出的百余译本已流离失散，我才有此雄心去尝试。据居菲律宾的邢光祖称，赵女士的翻译绝不逊于原文，所以只要我能找到一本，我相信我再无此勇气了。始译之初，我一口气赶完了四部（全诗共五部）并曾把前面部分交王无邪先生鉴定与修改，（他的译笔我是佩服的。）打算一译完第五部就设法出版，旋因个人事忙，王无邪忽然弃诗从画，结果就把《荒原》丢下来，一丢下就是三年，最近想起这一件心事来，

---

① 可参考吴佳馨：《1950 年代台港现代文学系统关系之研究：以林以亮、夏济安、叶维廉为例》，台湾清华大学硕士论文（柳书琴指导），2008 年，第 75—90 页；翁文娴：《梦的起源、诗的发展动能、假语法》，《香港文学》，2015 年第 6 期；须文蔚：《叶维廉与台港现代主义诗论之跨区域传播》，《东华汉学》，第 15 期，2012 年 6 月；郑蕾：《叶维廉与香港现代主义思潮》，《东华汉学》，第 19 期，2014 年 6 月；郑蕾：《香港现代主义文学与思潮》，岭南大学博士学位论文，2012 年。

② 叶维廉：《叶维廉年表》，《叶维廉文集》，第 9 卷．合肥：安徽教育出版社，2002 年版，第 277 页。

且王无邪、昆南、戴天、刘绍铭、王文兴、痖弦诸兄弟鼓励督促，我总算赶完第五部，与读者见面。①

之所以说是特殊语境，主要是当时的冷战背景及其所导致的香港与大陆、台湾与大陆之间交流通道的隔绝，以至于赵萝蕤的经典译本都无法寻觅，这才有了叶氏版本的诞生，这也是理解台港文化人交往的历史语境。至于跨地域，则是叶维廉翻译此著所牵涉的众多台港两地的文人作家。这些人实际上分属三个文化圈，一是王无邪、昆南两位香港诗人，二是戴天、刘绍铭两位留学台湾的香港学生，三是王文兴和痖弦这两位台湾作家，其中王文兴也曾是台大外文系学生。而这三个文化圈的代表性人物都与叶维廉交往密切，可见其在两地文坛交往中的关键作用。

除叶维廉之外，"三剑客"中的昆南和王无邪，在两地诗坛交流中也都起着重要作用。昆南是土生土长的香港诗人，是台港诗坛较为活跃的人物，诗作曾被台湾重要的年代诗选《六十年代诗选》收录，该诗选对他有较为详细的介绍：

我们底廿五岁的青年诗人远在学生时代即以背叛性见重于香港文坛。五年以前，他曾与抽象画家王无邪、诗人叶维廉三人合编《诗朵》杂志，企图以一颗文化炸弹炸醒醉生梦死的白华生活。惜因经验缺乏及经济压力而告停刊。但经过这次"发难"，这著名的香港现代文学"三剑客"的友谊益臻紧密。在那些日子里，借用他们自己的语调说，他们是在决心潜修，以待他日再起。

马朗主编之《文艺新潮》发刊不久，昆南以《卖梦的人》《悲怆交响乐》诸作震惊一时，未几复以纪念匈牙利革命的《丧钟》一诗敲开自由中国诗坛的铜门。他底诗的特点在于：利用电影"开末拉"的运动技巧摄取无数"难忘的或可惜的或沉痛的或迫真的一刻"而重新将之逐次安排，以音乐里的过门和覆唱为线，拉出一个颇为壮大的远景。读《悲怆交响乐》，犹如目击一古国之陷落。去年，诗人再与无邪、叶维廉等在香港创办"现代文学美术协会"并出版《新思潮》双月刊。②

查相关文献，他敲开台湾诗坛铜门的《丧钟》发表于《文学杂志》第5卷第2期。此外，他在《现代诗》和《创世纪》也都发表过诗作。《现代诗》第19期的"香港现代派诗人作品一辑"刊载有昆南的《三月的》和《手掌》；《创

---

① 叶维廉：《荒原·前言》，《创世纪》，第16期。
② 张默、痖弦主编：《六十年代诗选》．香港：大业书店，1961年版，第110页。

世纪》则刊载了他诗作《自戕》（第 16 期）、《伤禽吟》（第 17 期）、《大哉骅骝
也》及译作《英国诗人汤根恩的诗》（第 19 期）等。同时，《创世纪》的《诗坛
鸟瞰》中也可见他和其他香港诗人的动态，如该刊第 18 期就有关于叶维廉、昆
南、李英豪、马朗、戴天的近况报道。

至于王无邪，虽然叶维廉在《荒原·前言》中提及他弃诗从文，但之后还
是在《创世纪》发表过诗作和译作。更值得提及的是，他转向绘画后，也并未
脱离港台文坛，相反，他由诗入画，还带动了两地现代绘画以及诗画间的交流。
这不仅表现在《创世纪》上刊载有关画展的消息，还在于王无邪、昆南等香港
艺人于 1958 年组织成立了现代文学美术协会，王无邪任第一任会长。该会先后
创办了《新思潮》和《好望角》两份刊物，成为 20 世纪 60 年代初香港文坛与
台湾文坛互动的重镇。

二、《好望角》与《创世纪》

之所以说《新思潮》《好望角》与《创世纪》间的互动，就形式和程度而言
较之《文艺新潮》与《现代诗》丰富，这主要是基于前者所涉及的诗人范围更
广，互动方式更多，而且还有诗艺切磋这类较为深入的交流。

《新思潮》和《好望角》都是现代文学美术协会主办的刊物。《新思潮》创
刊于 1959 年，仅出三期；不过该刊主要还是以香港诗人为主，常见作者有昆
南、叶维廉和卢因等，第三期所刊出的"下期预告"中还有王无邪的《抽象绘
画之世界》。该刊虽未直接刊载台湾诗人的作品，却有不少台湾诗人的信息，如
第 2 期的《中国文坛史料》就载有《时代与路易士》，[①] 是胡兰成的《周作人与
路易士》和《路易士》这两篇文章的摘录；另外叶维廉的《论现阶段中国现代
诗》，也主要是以白萩、痖弦和覃子豪等台湾诗人诗作为论述对象。[②]

创刊于 1963 年的《好望角》是承接《新思潮》而来，如《新思潮》未及刊
载的《抽象绘画的世界》就出现在该刊第三期。《好望角》由李英豪和昆南主
编，该刊对文学的严肃态度，曾一度给香港 20 世纪 60 年代初的文坛带来好希
望（Good Hope）。如《中国学生周报》上就有文章专门介绍此刊，呼吁"香港
的青年们看看"："在这个'文化沙漠'，有这么一株株不怕酷热，不怕奇旱的仙

---

① 力造辑：《中国文坛史料—二》，《新思潮》，第 3 期，1960 年 2 月 1 日。

② 叶维廉：《论现阶段中国现代诗》，《新思潮》，第 2 期，1959 年 12 月 1 日。

人掌",①并对其中的作品给予了很高的评价,文中提及的作品大部分为台湾作家的作品,如商禽的诗作《死者》、郑愁予的《旅程》和陈映真的小说《哦,苏珊娜》等。《好望角》所刊作品大部分是台湾作家作品,台湾作家几乎占了大半壁江山,如该刊在《创世纪》上所印广告披露的作者群就包括:

> 商禽、张默、洛夫、叶泥、痖弦、昆南、郑愁予、李英豪、戴天、吕寿琨、叶维廉、王无邪、陈映真、李欧梵、罗卡、庄喆、季红、金炳兴、钟期荣、大荒、叶珊、颍川、林亨泰、刘国松、司马中原、朱西宁、毕加、丛苏、朵思、薛柏谷、云鹤、魏子云、王文兴、秀陶、白萩、文楼。②

其中大部分作者为台湾作家,而且多为《创世纪》的作者。如该刊创刊号就有季红的《朗诵诗与诗之朗诵》,商禽的《死者》,张默的《恋的构成》,洛夫《九月的传说》,这些人也是《创世纪》主要作者。再加李英豪、王无邪、昆南等港台文坛的熟面孔,几乎让人以为这是《创世纪》的香港版。

而反观《创世纪》,它不仅一直报道香港诗人的近况,对现代文学美术协会的动态也极为关注。如1962年《创世纪》就曾发布《香港现代文学美术协会大事简报》,报道该协会换届事宜:

> 改选:新任会长李英豪。秘书岑昆南、许雪碧。文学部负责人叶维廉、戴天、美术部负责人林镇辉、K. E. Tomlin。顾问马朗(文学)、吕寿琨(国画)、尤绍会(西画),出版干事卢因,海外代表王无邪、江从新、刘国松、庄喆等。③

除了关注香港诗坛外,香港诗人也逐渐加入《创世纪》的队伍。叶维廉自15期发表诗作后,第16期便名列编委,李英豪和昆南自第19期起也从此前的"海外代表"升格为"编辑者"。无论共享作家群,还是大致重叠编辑队伍,都使《好望角》与《创世纪》之间的互动从偶然成为常态,二者几乎搭起了一座文化之桥,使两地的现代主义诗人成了一个诗歌和文化的共同体,而《好望角》存在的1963年可说是两地诗坛互动的黄金岁月。

还值得一提的是,1963年两刊曾先后发起文学创作评奖活动。《好望角》第2期发布《一九六三年文学创作奖金》征集通告,随后《创世纪》在台湾也

---

① 火光:《寄好望于好望角》,《中国学生周报》,1963年4月19日。

② 《创世纪》,第18期,扉页、广告页。

③ 《香港现代文学美术协会大事简报》,《创世纪》,第17期,1962年8月1日。

作了相应宣传，①并在同一期发布《创世纪发刊十周年诗创作奖》。奖项设置为
台湾两名，海外一名，并列叶维廉、李英豪和昆南为海外评选委员，并且说明，
"获奖诗人及作品于一九六四年诗人节在本刊及《好望角》半月刊同时刊布"。②
两个奖项的评选结果是在同一时间宣布，其间《好望角》第10期有《"好望角
文学奖金"上半年提名公布》，但不久《好望角》就停刊了，两大奖项最终均由
《创世纪》宣布。在该刊第20期，先后发布了《创世纪发刊十周年诗创作奖揭
晓》和《一九六三—四年年度〈好望角〉文学创作奖金揭晓》。《好望角》的获
奖者几乎都是台湾作家，连提名人选中台湾作家也占了大半：

一九六三—四年年度《好望角》文学创作奖金揭晓

香港现代文学美术协会主办

诗奖（两名）：痖弦——《一九六三诗抄》及《马蒂斯》（见《创世
纪》）

管管——《四季水流》及《弟弟之国》（见《好望角》及《创世纪》）

提名（六名）：洛夫——《雪崩》（见《创世纪》）

周梦蝶——《孤峰顶上》（见《作品》）

戴天——《圆寂》（见《大学生活》）

张默——《期乡》（见《文艺》）

郑愁予——《旅程》（见《好望角》）

云鹤——《蓝星》（单行本）

小说奖（一名）：陈映真——《哦，苏珊娜》及《将军族》（见《好望
角》及《现代文学》）

提名（五名）：司马中原——《荒原》（单行本、大业版）

水晶——《波西米亚人》（见《现代文学》）

王祯和——《寂寞红》（见《作品》）

汶津——《孤独之后》（见《好望角》）

王文兴——《命运的迹线》（见《现代文学》）

评选委员：李英豪、叶维廉、岑昆南

（诗奖两名及小说奖一名之奖金当于本年七月初颁发，因获奖人皆在台

① 《香港现代文学美术协会主办一九六三年度文学创作奖金》，《创世纪》，第18期，1963
年6月。

② 《创世纪发刊十周年诗创作奖》，《创世纪》，第18期，1963年6月。

湾，将由"创世纪诗社"代为寄递。）①

有意思的是，获得《创世纪》奖金的两人又都是香港诗人，"海外"诗人奖得主为金炳兴，而境内诗人奖则给了叶维廉。金炳兴生于汕头，自幼在香港长大，与叶维廉一样曾就读于台大，他得奖的作品为《齐》（发表于《创世纪》第19期）和《横》（发表于《好望角》第11期）；叶维廉获奖作品为《降临》，发表于《创世纪》第17期。对于叶维廉的获奖，该刊还特意做了说明："同时对叶维廉得奖本刊评委会亦特别发表声明，叶氏本为本社编委及海外评委，去年十二月叶氏来函辞去海外评委。其次是我们要说，不能因为叶氏是本社编委，而就剥夺他得奖的权利，一个诗人的'伟大'与'恒久'，是在往后无数时间的累积上，而本刊把奖给叶氏，这不仅是对他个人有着莫可言形的期冀，即对本刊评委来说亦是一种最大的'挑战'。我们的评委，均保持绝无偏私之公正"。②在评委来说，叶维廉算是《创世纪》的自己人。

除了共享作者群、交互举办类似活动外，书信往来也是《创世纪》与《好望角》诗人群之间交流的主要方式。如《创世纪》第20期就登载了李英豪与洛夫二人的书信，信中李英豪解析了洛夫及其他台湾诗人的近作：他一开始就提及他的批判标准是诗人要不断超越自己，并据此认为洛夫近作《雪崩》仍未超越《石室之死亡》，认为"《雪崩》整个的表现，你原应可以捕捉得更为准确，但在不经意中为一些复杂的支柱迷惑了，在句法的 Structure 上，Repetition 反使某些句子 Clarified 了一些，影响了整首诗的 Language of connotation"。③洛夫在回信中说，"你的来信好像迎面向我挥来一拳，使我从众多的掌声中清醒过来"，④显然对李英豪的批判较为重视，并对自己的诗歌也作了细微的说明。

三、批评视域中的港台现代诗坛

李英豪与洛夫的通信非偶然之举，此前他已在《好望角》上发表了《论洛夫〈石室之死亡〉》，该文对洛夫及其刚在《创世纪》连载的《石室之死亡》作了精辟的分析。在李英豪看来，洛夫既不是传统诗人也非浪漫诗人，而是"一个背叛性和悲剧性很重的现代诗人"，诗作晦涩，认为"痖弦、叶维廉和洛夫

---

① 《一九六三—四年年度〈好望角〉文学创作奖金揭晓》，《创世纪》，第20期，1964年6月。

② 《创世纪发刊十周年诗创作奖揭晓》，《创世纪》，第20期，1964年6月。

③ 《李英豪致洛夫》，《创世纪》，第20期。

④ 《洛夫致李英豪》，《创世纪》，第20期。

皆可称为 difficult poet"，"他们的诗风较为晦涩、内涵繁复"。而《石室之死亡》是其风格的代表作，是"诗人悲剧性的'自我'的一次又一次重复的塑造和展露"，"一种夹于死生爱欲之痛苦存在，个人情绪的益没和升华"。除了具体的诗艺解析，对该诗整体评价也很高，认为该诗"真正价值当在十年、二十年、三十或数十年后始被估认"，"而从《石》中，我们可见出中国现代诗，必然愈趋于纯粹而又繁复相克，必然更趋于精神上至深况秘奥"。①

除《论洛夫〈石室之死亡〉》外，李英豪还写了关于张默、痖弦、叶维廉、纪弦、方莘等人的诗歌批评文章。可说是 20 世纪 60 年代初港台现代主义诗坛最为重要的诗歌批评家，为两地现代诗交流注入了理论的内涵。从两地诗人交流来说，诗歌批评使诗歌交流从作品交流上升到理论层面，而进入到了诗歌理论、风格、现代主义内涵乃至诗歌精神的交流与互动，这为我们理解两地现代诗人互动的深度提供了重要视野，而李英豪无疑在这方面发挥着核心作用。

李英豪出生于 1941 年，自幼在香港长大并接受教育，陈国球称之为"香港成长的'番书仔'"，②对现代主义诗歌与理论极为了解，与昆南重组"文学美术协会"之后，任第二任会长，并与昆南一道创办《好望角》，也参与《创世纪》的编务，在两刊上发表了较多的翻译和现代诗论。他的诗歌批评以新批评理论为主，③较为完整体现他诗歌思想的是发表于《创世纪》的《论现代诗之张力》一文。该文中，他发挥了新批评理论中的"张力"论：

> 一首好诗，评断的尺度不是在属不属于"传统"，属不属于"现代"，属不属于"新奇"，而在于它自身整个张力超然独立的构成。好诗，就是从"内涵"和"外延"这两种极端的抗力中存在、成为一切感性意义的综合和浑结。④

在这种新批评的形式论中，强调意义的多样与繁复，追求"矛盾的统一"或"对立的和谐"，而一首诗是否生成张力结构，结构的力度与复杂度，则成为评判其好坏的根据。这种诗歌观，既反对浪漫主义式的情感泛滥，也不满于现

---

① 李英豪：《论洛夫〈石室之死亡〉》，《好望角》，第 11 期。

② 陈国球：《现代主义与新批评在香港——李英豪诗论初探》，《情迷家国》. 上海：上海书店出版社，2007 年版，第 144 页。

③ 参考陈国球：《现代主义与新批评在香港——李英豪诗论初探》，载《情迷家国》，第 143—159 页。杨宗翰：《李英豪与台湾新诗评论转型》，《台湾新诗评论：历史与转型》. 台北：新锐文创，2012 年版，第 95—120 页。

④ 李英豪：《论现代诗之张力》，《创世纪》，第 21 期。

实主义将文学作为反映现实的工具，而是彰显诗歌本身的意义和价值，强调文学是经验的表现，而不是传达，写作不是为了向大众传达知识，而是让他们体贴理解思想与情感的肌理，所谓"诗是要我们去'感'的，不是叫我们去'懂'的"①。这是当时时兴的现代主义诗歌观念，除李英豪外，叶维廉、痖弦、纪弦等港台现代主义诗人都或多或少服膺这种诗观。

李英豪的这种诗歌观念，也是他解读港台现代主义诗人诗作的艺术标准，如论及《石室之死亡》则强调其混乱中的秩序："《石室之死亡》在语字、组织各方面，均非从传统诗之'习惯性'；诗人所重视的，是如何从混乱中求出混乱的秩序"；②而从结构上与洛夫不同的是张默的诗，在李英豪看来，"洛夫的诗是由无数散射的主体构成的全体。张默诗的方法则否。洛夫的每一主体都是一个中心；诗的全体就有无数中心，这是一个撒豆成兵的方法，就看似没有一个中心。张默则认定一个中心，再环绕这个中心、这主体，层层发掘，层层扩张"。③虽然写作方法不同，但都是内与外、散与合的张力统一体。他也将叶维廉与张默的诗歌形式作了对比，认为叶维廉"是以丰繁呈现丰繁"，"在刹那的流动中，荟萃古今中外"，而张默要呈现的也是丰繁的心象，但他的"表现是单一的"，"从单一出发，呈现丰繁，再归向单一"。④他还曾专论叶维廉的诗作《河想》："无限的流动中展布静寂的秩序；从语言及整体上言，'刚柔相推而生变化'，开辟对叶而相反相成。在心象方面，相排相吸而互相制衡；而在散射的'情境'间发生一种奇偶相生的磁性"，⑤从该诗中，他读解出的是艾略特《焚毁的诺顿》式的复杂时空；而更值得留意的是，这种读解也并非无理可循，除了诗作主题和形式之间的关联外，叶维廉也确实刚译介过艾略特的作品。这显示了港台现代主义在诗歌形式方面的探索和试验已达到一定的高度，不过这也部分表明台港现代主义诗歌从书本到书本、从知识到知识的一面。

李英豪的现代主义诗论，虽然较为侧重诗作与新批评理论之间的对位法，但他并未脱离他的时代，他对极注重形式的现代主义诗歌的解读，试图从精致

① 李英豪：《论诗人与现代社会——兼谈文学的交感与传达》，《批评的视觉》. 台北：文星书店，1966年版，第30页。
② 李英豪：《论洛夫〈石室之死亡〉》，《好望角》，第11期。
③ 李英豪：《从〈拜波之塔〉到〈沉层〉——论张默诗集〈紫的边陲〉》，《批评的视觉》，第169页。
④ 同上，第171页。
⑤ 李英豪：《释论叶维廉的〈河想〉》，《批评的视觉》，第179页。

的形式中，读解时代精神，剖析诗人与现实之间隐晦而复杂的关系。如对于洛夫的诗作，虽然李英豪重点解读的是诗作形式的创造和心象的结构，但同时，他也强调诗人的某种"介入"品格：

> 我恒以为洛夫的诗属于一种"介入境遇文学"（"Literature of engage"），追寻现代人类真实的存在。他有意在不同各节中，写生老病死、写性欲、写妓女、写家庭、写战争、写社会、写宗教……几乎无一不写。一言以蔽之，他在有系统的涉及人生诸面。洛夫困惑其"原始存在"的是战争、爱欲、文明与死亡。[①]

洛夫的《石室之死亡》结构精致，看起来极为抽象，如起始部分，"只偶然的昂首向邻居的甬道，我便怔住 / 在早晨的虹里，走着巨蛇的影子 / 黑色的发并不在血液中纠结 / 宛如以你的不完整，你久久的愠怒 / 支撑着一条黑色支流"。[②]如果单从形式的角度而言，十分符合李英豪所指出的张力结构，像"在早晨的虹里，走着巨蛇的影子"就将日常生活完全陌生化乃至怪诞化，生成的一种习见与陌生、日常与陌生的统一。但这首诗也不乏曲折的"介入"，不乏对时代的批判，他对"黑色"一词的频繁运用，在平凡与变故中的出入，实际上与保罗·策兰（Paul Celan）的《死亡赋格曲》异曲同工，是对现实的寓言式书写。

李英豪在解读商禽的诗作时，就一定程度上突破了张力论，而是选择从寓言的形式解读。商禽被李英豪称为鬼才，在他看来，商禽的诗作虽然多不分行，作散文式的排列，但"商禽的诗不折不扣是诗的，是心灵的一种极致"，但这种形式有着时代与现实的原型，"其一，诗人的每一根孔毛，每一个感觉细胞都颤栗着；这颤栗基根于悲剧的现实。其二，诗人是神经过敏的，从现实不可名状的，不可把牢的流变间，常常产生过眼云烟的幻觉与异象"。诗歌的形式最终生成的是一个精致的瓮，可能指向的是形而上的世界，但其源头是悲剧的现实，是敏感的诗人对时代的变形处理"从变调的年代'迷歌'底悲切而非悲切的隐秘声音中唤出'，因而，"商禽的诗，实是现代人欲言又止又悲剧性的、佛洛依德式的寓言，撒布对时代细密、飘忽、迷蒙的感受网，如蜘蛛吐丝，织成符号般的'迷宫'"。[③]商禽的诗，往往构造一个具体的场景，但内部却是变形的，正如卡夫卡的《变形记》或奥威尔的作品一样。在对现代主义诗歌作形式研究的

---

① 李英豪：《论洛夫〈石室之死亡〉》，《好望角》，第 11 期。

② 洛夫：《石室之死亡》，《创世纪》，第 12 期，1959 年 7 月。

③ 李英豪：《变调的鸟——论商禽的诗》，《好望角》，第 7 期。

基础上，注重揭示形式的政治和意识形态内涵，这揭示了台湾现代主义诗歌的历史复杂面。

除了李英豪的诗歌批评外，叶维廉、张默等也都写过不少诗歌批评文章，这些批评从创作实践和理论层面对现代诗歌的探讨，实际上让两地诗人之间的互动从社会层面上升到知识层面，使现代诗人这个共同体不仅是基于台港之间的地缘联系，同时也是基于知识和精神，形成了一个知识共同体或者说精神共同体（community of spirit）。

四、现代主义的文化政治

在台湾乡土文学论战中，现代主义文学遭到了较多的批评。部分现代主义诗歌也确实流于为形式而形式，甚至是从形式到形式，沦为西方现代主义的中国版。但如果笼统地予以批判或排斥也值得商榷，毕竟从当时的语境来看，现代主义文学也并非主流，尤其是 20 世纪 50 年代，台湾盛行的是"反共"文学，而香港除了"绿背"文学之外，流行的是通俗文学。在这样的历史情境中，现代主义对文学的严肃态度，其对形式的探索反而显得另类，正如《好望角》创刊后读者的反应："一九六三年春，香港，火后的香港，在堆满了漫画、明星画报、马经、三毫子小说、××夜报……的瓦砾场中，我欣喜地发现了一座新建的城：《好望角》"。[①] 现代主义诗人一开始是抱着近乎殉道者的精神来从事诗歌写作的，而他们在创造幻美形式的同时也不乏深远的寄托与追求。

之所以说现代主义诗人有着殉道者的精神，首先在于他们当时"以诗歌为业"的严肃态度和人生抱负。所谓以诗歌为业，是借用马克斯·韦伯《以学术为业》的说法，指从精神追求和职业选择上均以某职业为对象，[②] 至于以诗歌为业，对于现代主义诗人来说，虽然作为职业选择不太现实，但他们却把诗歌创作视为严肃的事业，并以之为探索世界乃至改变世界的方式。如在《创世纪》第 14 期的社论中，就称诗人为"新诗的工作者"，并赋予时代重责："十年来，（新）诗的工作者们——严肃的创作者与真实的评论者——在作着有计划的努力。他们认真地用自己的脚步走完这一段路，并从实际的举步中体验到一些问题，从实验中触到问题的核心。非仅站在一旁仅只观望和空想而说着一些安闲的话语。倘若有意识，有计划的工作可算是成就的话；倘若经验可算是一种知

---

① 火光：《寄好望于好望角》，《中国学生周报》，1963 年 4 月 19 日。

② 参考马克斯·韦伯：《学术与政治》，冯克利译 . 北京：三联书店，1998 年版，第 17 页。

识的话，这便是他们的成就与努力的果实"。①与之相应的《好望角》，在创刊号上也发表了宣言，将现代主义当作毕生憧憬的事业：

> 这农夫般的心情，绝不是玩意——文学艺术的工作，对于我们是件事业，是毕生憧憬的事业。在耕耘中，我们确曾放弃世人所谓"锦绣前程"，朝着世人所谓"傻子"才干的工作而工作。②

这种说法与沈从文对文学的态度类似，都将文学视为严肃的事业，是与社会进步、道德维系等相关的大业，丝毫不亚于甚至重于政治、经济等专业，与之相应的，文学也承担着不亚于其他专业的社会责任。如《六十年代诗选》的绪言就介绍了现代主义之于人类社会发展的意义：

> 假如有人坚要追问现代诗的功能何在，我们只能勉强作两点解释。一是通过艺术的知觉使我们更深刻了解人与自然的本质，透过诗的感性以启发我们的自觉，一是由于诗人自我表现（Introspective）和联想作用将一些混乱而零碎的经验连接起来，使人们对世界的意义有一个较完整的认识，而此二者均在帮助人类在现代生活中获致新的适应。③

较之自然主义或现实主义对外界的探索，或浪漫主义外放的抒情，现代主义更倾向于对内在自我的探寻，对精神、感觉、潜意识的表达，因而在现代主义诗人看来，现代诗对人类更深入地了解自我与认识世界有所帮助。

而之所以要重新认识自我和世界，"获致新的适应"，也有现实的因素，这首要的现实便是来自1949年之交的时代变局，对此，叶维廉说得较为直白："至于现代主义为什么会在台湾产生的问题，我想最主要的还是政治上的突然变化，使得人们和大陆上的母体文化在连系上完全切断了，这一切断，就使人们造成一种心理上的游离状态，我怎么去肯定？我的希望要放在哪里？古代已经离我们很远了，而客观的世界已经是支离破碎，唯一可以肯定的，可能就是主观的世界。像屈原一样，像闻一多一样，我们面临了精神的放逐，面临了认同的危机"。④这或许也可理解为何现代主义诗人除了现代主义诗作外，还有乡愁类诗作这套笔墨，从叶维廉的说法来看，这两套笔墨实际上是二而一的，现实中的文化断层、地域隔断、认同危机等，都成为港台诗人现代主义经验的来源。

---

① 本社：《第二阶段》,《创世纪》, 第14期。
② 昆南：《梦与证物》,《好望角》, 创刊号。
③ 张默 痖弦编选：《六十年代诗选·绪言》.香港：大业书店，1961年版，第6页。
④ 叶维廉：《叶维廉答客问：关于现代主义》,《中外文学》, 第10卷，第12期，1982年5月。

但更值得留意的是，现代主义不仅提供了一个抽象的遁逃薮，一个精神的幻象，如他们对纯诗的追求，如果借用笛卡尔的说法就大有"我写故我在"的意味；但现代主义同时也提供了新的知识和话语资源，为处于时代巨变中的诗人提供新的想象世界的方法。1949 年的巨变让文化人在个人生活遭受一系列挑战的同时，也被迫感染时代的焦虑，去思考诸如世界会怎么样这类更为根本的问题，而现代主义一定程度上承担了这个使命。如叶维廉就曾乐观地指出，"现代主义的来临中国是一种新的希望，因为它很可能帮助我们思想界冲破几是牢不可破的制度，而对世界加以重新认识，加以重新建立"。[1] 在他看来，文化的发展能为政治进步提供前景和历史动力，"文化的进展往往因制度的根深蒂固而受阻碍，若然文化进展奇速，制度必要受到破坏，而另求富适感性的新社会形态"。[2] 同时，现代主义的文学实践还再造了"新世界"：

> 十九世纪末欧洲思想界面临一个很大的变化：理想主义的发展深湛到无可思议的领域，现实主义和自然主义作家如左拉、福楼拜等所描述的世界，显然地和知识份子在战后所感到的恐惧、疑惑、不定的世界完全脱节。理想主义的境界究竟是落空了，而现实主义的世界又被战后的科学观念完全否定。因此现代主义一开始便不承认这肉眼的世界，竭力希望在破坏与重新排列中去重新获得一个打破时空的世界的再造。他们认为他们所觉识的这个世界才是更真实更丰富的。[3]

在叶维廉所追溯的现代主义的文化政治脉络中，还有李金发、戴望舒和卞之琳的中国传统，只是因种种原因而被迫中断了，港台诗人要做的就是接续并发扬这个传统。

除了大陆易色的时代变局外，港台文人还面临着现代社会的普泛性危机，这就是商品文化影响下的现代信仰和精神危机，如李英豪就曾发出这样的疑问："处于现世工商业文明左右夹击之中（尤其是在香港），抱着'扬马击颓波，开流荡无垠'底'有志之士'，个人应如何惨淡经营，埋头苦干？"[4] 而昆南作于1960 年初的《人类文化思想之转变》一文也罗列并分析了过去十年人类所面临的系列危机，包括斯大林独裁统治的真相，西方文明的危机，信仰的破产，战

---

[1] 叶维廉：《叶维廉答客问：关于现代主义》，《中外文学》，第 10 卷，第 12 期，1982 年5 月。

[2] 叶维廉：《论现阶段中国现代诗》，《新思潮》，第 2 期，1959 年 12 月 1 日。

[3] 叶维廉：《论现阶段中国现代诗》，《新思潮》，第 2 期。

[4] 李英豪：《论诗人与现代社会——兼谈文学的交感与传达》，《批评的视觉》，第 27 页。

争的频发等，而在他看来如果要解决这些危机，需要仰赖于新的思想文化体系："人类须建立一个完整的文化思想体系，去解决人类要面对的难题"，而当时以汤因比为代表的"文化哲学"论述逐渐受到重视，文化也由此被昆南视为挽救世界的方法，就连存在主义也被他解读为积极进取的"文化英雄"。①

一般而言，虽然从文学进化论或"一代有一代之文学"的角度来看，现代主义可说是新形式，但现代主义，尤其是港台诗人较为侧重的达达主义、超现实主义，其对现实问题的处理往往是变形的和曲折的，其对精致形式的追求与社会改造更是有着遥远的距离。不过港台现代诗人在面对这个悖论时并无太大的麻烦，在他们看来，现代主义与现实的距离，以及它近似形而上的理论和形式，反而是解决现实问题最为根本和彻底的方法。如李英豪在论及诗歌与现实这个问题时，就指出："面对着这个残暴不仁之时代，自己得重新创造人类的影像；而经由个人所持的价值标准，使他人亦能够躬身自践，自觉觉他；验证这影像是否真确，辨别这影像属真属假。诗人追求的，恐怕就是隐潜于影像后面的内在真实。这'真实'是最原始的，最本然的；由无数核子的基形，构成一个至为完整的独立世界"。②正因为现代主义的抽象性，它成为柏拉图式的理念的理念，成了揭示现实和改造世界的文化哲学，因而现代主义的政治性，在于纪弦所一再强调的不为政治的政治，类似康德所说的无目的的合目的性。

港台现代主义的这种文化政治诉求，与他们所处的冷战语境密切相关，无论是香港还是台湾，都在冷战双方的前沿，可说是西方冷战文化的前哨站，而这些从大陆流亡出来的诗人，对红色革命自然持疑虑甚至是反对态度，但同时，正如昆南《人类文化思想之转变》所介绍的，西方世界也面临着危机，尤其是在六十年代初的校园运动中，西方政治更是遭受着极大的挑战，昆南称存在主义是文化英雄，实际上也是基于存在主义者萨特的左转而言。这对于现代诗人而言，对西方文化前景的负面展望，实际上是让他们陷入更深的危机。在这个语境中，他们的文化政治一定程度是想摆脱冷战的格局，走一条在他们看来较为超越也更为自由的道路，这也是为何纪弦在写了大量的"反共"诗作之后，还一直以"第三种人"自居的原因，而马朗等在《文艺新潮》的宣言中也是允诺要创造一个自由理想的社会。不过他们的文化政治实践是否摆脱了冷战格局，

---

① 昆南：《人类文化思想之转变》，《新思潮》，第 3 期。

② 李英豪：《论诗人与现代社会——兼谈文学的交感与传达》，《批评的视觉》，第 28 页.

学界也有疑问，^① 毕竟他们的未来想象并未超出西方国家政治宣传的范围。不过，从人文学的角度而言，现代主义所塑造的精神的飞地，还是为身处冷战中的文化人提供了精神上的寄托，也使他们部分地超出了冷战二元对立的格局，这或许也是港台现代主义诗人共同体所具有的历史意义。

第三节　缝合断裂：20世纪80年代台湾《联合文学》所揭载的"现代文学"

台湾《联合文学》（后文简称《联文》，引文照录）创刊于1984年，是《联合报》旗下大型文学杂志，最初由《联合报》副刊资深编辑痖弦担任总编辑。该刊是台湾20世纪八九十年代最为重要的文学刊物。该刊与其它文学刊物最大区别，在于它不仅引介了诸如颓废主义、超现实主义、新浪潮小说等诸多西方现代文学流派的理论和作品，同时还揭载了大量的"现代文学"，这特指大陆的"现代文学三十年"的作家作品。除了精选现代文学作品予以重载外，该刊还邀约了国内外学者、文人，对部分作家和作品进行介绍和解读，力求全面介绍大陆现代文学的同时不失深度。值得强调的是，现代文学对于该刊来说，并不是某种点缀，而是自觉的编辑风格或者说是文学史的自觉，从量上来说，80年代《联文》重刊与评介现代文学的文章数在650篇左右，这对于月刊来说所占比重相当大，更值得关注的是它往往通过专号的形式，不惜花费绝大多数篇幅重载现代文学作家的代表作品，试图让台湾读者全面深入地了解现代文学的历史发展状况，如第27期的《沈从文专号》便几乎占了该刊的所有篇幅，可见对现代文学的揭载是该刊的特色和自觉追求。《联文》为何要重刊现代文学？其刊载的现代文学整体格局如何？与当时台湾的历史与社会变化有何关联？与中国大陆新时期重写文学史思潮的关系等，是本节要尝试解答的问题。

一、文学史的断层与补课

《联文》并非从一开始就对现代文学感兴趣，虽然该刊从创刊起就对大陆文坛较为关注，几乎每期都有大陆作家作品，但初期几乎都是大陆新时期以来的作品，如贾平凹和阿城等人的小说、曾一度在大陆被禁演的话剧《ＷＭ》等。

---

① 如陈国球就指出李英豪"去政治"意图的失败，参考陈国球：《"去政治"批评与"国族"想象——李英豪的文学批评与香港现代主义运动的文化政治》，《情迷家国》，第160—175页。

直到第 27 期的"沈从文专号"开始才陆续刊登现代文学作品。直接原因是丘彦明从美国访学归来担任该刊的编辑，她此前在《联合报》副刊时便是痖弦的左右手。虽然是报纸副刊编辑出身，但她很快找到了杂志较之报纸副刊的特色，即杂志拥有副刊所不具备的量的优势，这为她集中推出现代文学代表作家提供了条件。在为"沈从文专号"所写的"编者琐语"中，她写道："一月号，我们大胆的推出了《沈从文专号》……专号包括七卷，原可分期刊载，我们却决定以一期完整的呈现；这也是我们希望一本文学杂志所能发挥的功能，一别于报纸副刊。上万字的文学创作、专辑设计，在副刊版面的局限下不得不分割，逐日刊登，因而削弱了它的力量和全貌"，杂志专刊的形式则"试验《联文》既可以是一本杂志，也可以是一本书的一项新风貌"。①

大容量的杂志提供了试验的平台，而真正促使编者重载现代文学的是缝合文学史断层的历史诉求。他们之所以首选沈从文，除了沈从文当时曾被提名诺贝尔文学奖以外，很大程度上是因为沈从文长期是文学史上的失踪者，在大陆文学史里是如此，在台湾文学史上更是如此。在大陆是意识形态的屏障使然，20 世纪 40 年代末沈从文便遭到"左翼"知识分子的批判，如郭沫若就称其为"桃红色作家"，②1949 年后他进入博物馆工作，逐渐淡出了文学研究者和读者的视野。他在台湾的影响就更小，因为国民政府于 1949 年迁台后，随即颁发《台湾省警备总司令部布告戒字第壹号》，宣布进入戒严状态，直到 1987 年蒋经国宣布解除为止。戒严期间，对于留在大陆的作家作品，国民党称其"陷匪作家"，根据《台湾地区戒严时期出版物管制办法》《管制"匪"报书刊入口办法》等条文，一律禁止出版或流通；台湾民众能公开读到的只是部分赴台作家如胡适、陈西滢、梁实秋、于右任等人的作品，或者是 1949 年前即去世的部分作家如朱湘、徐志摩等人的作品，因而，现代文学史的面貌在台湾当代一直处于残而不全的状态。而《联文》之所以能大量刊载现代文学，主要契机也正是蒋经国态度的变化。据"沈从文专号"总策划郑树森的回忆，他积极筹备这个专号的原因是蒋经国 1986 年接受海外记者采访时所释放出来的积极信号：

　　一九八六年，蒋经国由英文秘书马英九陪同接受美国《华盛顿邮报》发行人葛礼翰女士（Katharine Graham）专访，表示台湾将会解除二十世纪最长的军事戒严，同时正式开放让大陆来台的老兵回乡，而且容许组党。

---

① 编辑室：《活的文学》,《联合文学》, 第 3 卷, 第 3 期, 1987 年 1 月 1 日。
② 郭沫若：《斥反动文艺》,《文艺的新方向》(《大众文艺丛刊》, 第 1 辑), 1948 年 3 月 1 日。

这民主化的宣示在逐步落实之时，我和丘主编商议要把握机会做一些破冰工作，所以一九八七年一月第二十七期，便以沈从文专号作头炮，用了大量香港收集回来的资料，除小说和创作观选刊，尚有梁实秋等的追忆、朱光潜等的评论，配上沈老书法的杨凡摄影等，是一本完整的导读。①

20世纪80年代中期台湾政治气候的变化，使《联文》有机会弥补由戒严所带来的历史断裂。而这也是编者丘彦明的自觉追求，"来台之后，至今年七月十五日解严之前，一九四九年前现代文学在台湾一直呈现断层现象，在新文学的发展上造成很大的阻碍，有鉴于一九四九年前现代文学需要重新整理评估，填补断层的遗憾"，② 所以《联文》制作了"沈从文专卷"、"抗战文学专号"等。马森在"五四文学专卷"的《前言》中也指出，五四之后的第二代第三代尚未完全理解五四，而当时更年轻的一代，"对五四的一代已非常陌生，甚至连那一代人的姓名也鲜闻人所提起，真正地造成了一种文化性的断层现象"，"为了弥补这种断层的状况，我们重刊了'五四'一代作家们的具有代表性的作品"。③正是本着填补文学史断层的初衷，该刊在推出"沈从文专号"之后，又陆续推出"张爱玲专卷""抗战文学专号""傅雷特辑""新感觉派小说""五四文学专卷"等十数期现代文学专辑，大致涵盖了五四文学、20世纪30年代文学和抗战时期文学"现代文学三十年"的范围，不仅如此，该刊后来还增补了杨逵、赖和等台湾殖民时期的作家，进而完善了"现代文学"的内涵。因而，从文学史补课的角度来看，该刊覆盖的范围可以说是较为完整的。

专辑的内容也体现出了编者的文学史眼光，它们一般由三部分组成：一是作者传记资料，包括作者简介、亲友的回忆文字等；二是代表作重刊；三是研究评论。如由李欧梵策划的"新感觉派小说"专辑，除了重新刊载施蛰存、穆时英和刘呐鸥的代表作之外，还有李欧梵的《中国现代小说的先驱者——施蛰存、穆时英、刘呐鸥作品简介》和大陆学者严家炎的《新感觉派主要作家》两篇文章，他们除了介绍新感觉派代表人物的传记资料以外，也从文学史的角度进行"再解读"。李欧梵从城市文学的角度分析了新感觉派小说在现代的独特性，认为在20世纪30年代大家纷纷转向用现实主义方法写社会小说的时代，

---

① 郑树森：《结缘两地：台港文坛琐忆》. 台北：洪范书店，2013年版，第139页。
② 编辑室：《一个美丽的句点》，《联合文学》，第3卷，第12期，1987年10月1日。
③ 马森：《五四文学专卷·前言》，《联合文学》，第4卷，第7期，1988年5月1日。

施蛰存等人的方式是"反其道而行"，^①通过更多元的文学观，试图在文学史上为新感觉派重新定位，这也隐隐有与大陆既有文学史对话的意味；严家炎是大陆较早研究新感觉派的学者，在该文中，他一开始就提及"对于他们的情况，过去文学史中很少提到，一般读者不免生疏"，^②进而详细介绍他们的作品，也有着填补文学史空白的意义。李欧梵是台湾大学外文系出身，当时任教于美国芝加哥大学，对上海都市现代性和现代派文学有较多的关注。而严家炎与李欧梵虽远隔重洋，但都试图重新寻找新感觉派的文学史定位，也是一段隔海唱和的佳话。

《联文》的文学史抱负还在于为学界提供新的史料。如"抗战文学专号"便介绍了罗淑、王鲁彦、郑定文和萧红四位作家，这几位带"左倾"色彩的作家，对于台湾文学界来说都比较陌生。"钱锺书专辑"则有《钱锺书著作单行本目录》《评论、介绍、访问钱锺书资料目录初编》《钱锺书佚文系年（一九三〇——一九四八）》等研究资料；"傅雷特辑"也附载了《傅雷译作表》。有时还有对当事人的访谈，如丘彦明对梁实秋的访谈《岂有文章惊海内——答丘彦明女士问》，另外该刊还揭载了大量张爱玲致夏志清的书信，等等。加上重新刊载的大量作品，这为台湾文化界提供了一幅幅多面立体的文学史图像。《联文》钩稽的部分作家和资料，即便置于同时期大陆现代文学研究界也有填补文学史空白的意义，如其策划的"张爱玲专卷"便不走寻常路，而是专注于张爱玲的电影剧本和电影评论，颇具开创性；此外，他们还重新发掘了梅娘，这位曾与张爱玲齐名、却长期未得到研究者重视的沦陷区作家。

《联文》几乎是以研究的态度对待杂志编辑，这也得到了读者的积极反馈。在"沈从文专号"之后编辑部收集到许多"读者来函"，著名小说家王祯和就认为"实在要感谢联文"，"这么认真地把断层已久的文化矿脉填补上来，而且做得这么好！诚挚信实，精彩生动。这一期的《联文》值得珍藏"；^③当时任教于哈佛大学的王德威也认为该刊得补历史之阙，在他看来，"由于受制于诸多因素，多年来我们对早期现代中国文学的认识，总是雾里看花。台湾青年作家在缺乏传承的情形下，能有目前的成就，已属不易。但对民国早期文学作选择性

---

① 李欧梵：《中国现代小说的先驱者——施蛰存、穆时英、刘呐鸥作品简介》，《联合文学》，第3卷，第12期，1987年10月1日。

② 严家炎：《新感觉派主要作家》，《联合文学》，第3卷，第12期，1987年10月1日。

③ 王祯和：《填补断层的文化矿脉》，《联合文学》，第3卷，第4期，1987年2月1日。

介绍，不仅有助于重续我们的文学史意识，尤能开阔作家及读者的视野"。① 而丘彦明担任编辑一年后，该刊便被台湾"新闻局"推荐为优良出版品，她本人也获得了杂志编辑金鼎奖。可见，《联文》缝合文学史断层的努力也得到了读者和社会的认可。

二、"现代文学"的新格局

与大陆学者热衷写文学史不同，台湾的文学史著作向来不多，但杂志作为发表、展示和传播的平台与媒介，也可以说是一种特殊的文学史书写形式。与一般的文学史书写一样，杂志的编辑也掌握着文学史书写的权力，他们决定着谁可以独立成"卷"，谁可以拥有"专卷"，话题类栏目选择哪些代表、评论由谁来写等方面。因而，杂志看似只是资料的搜集与重刊，但背后的文学观、利益和意识形态因素丝毫不亚于普通的文学史写作，也行使着类似的"文学史的权力"。② 《联文》呈现的文学史图景，虽然从时间范围上看较为完备，但如果从重点作家选择、内容分配和评价等方面来看还是有其特定立场和独特诉求。

就所占篇幅大小排序，《联文》上的"专卷"作家分别是张爱玲、沈从文、梁实秋、钱锺书、杨绛。沈从文专号是破冰之作，沈从文逝世之后《联文》再度推出纪念号，是该刊极为重视的作家。不过张爱玲的影响却是越来越大，且持久不衰。在"沈从文专卷"之后，《联文》便推出"张爱玲专卷"，20世纪80年代末则推出题为"最后的传奇——张爱玲"的三期专辑，而夏志清所披露的《张爱玲给我的信件》则连载了十期，其他有关张爱玲的回忆与评论文字更是时见于该刊。篇幅相对少一些的"特辑"作家有傅雷、丰子恺、梅娘和汪曾祺等。梅娘在《联文》的相关介绍和评论中，常常是以张爱玲为参照对象；而汪曾祺在抗战时期曾师从沈从文，他的小说风格也与沈从文相似，因而《联文》将其视为沈从文的传人。从主要作家的选择和分布可大致看出《联文》的文学史眼光。

从现在大陆的文学史书写来看，这并无什么特出之处，但如果与大陆20世纪80年代的文学史写作相对照，《联文》的特色就较为突出了。大陆80年代影响较大的文学史著作，一是唐弢主编的《中国现代文学史》(1979年)，由"十四院校"合编的《中国现代文学史》(1981年)及钱理群、温儒敏与吴福辉合

① 王德威：《开阔视野》，《联合文学》，第3卷，第4期，1987年2月1日。

② 借用戴燕的说法，见氏著：《文学史的权力》. 北京：北京大学出版社，2002年版。

著的《中国现代文学三十年》（1987年）等著作。被这些文学史著作都列为专章的作家是鲁迅、郭沫若和茅盾，另外选择性列入的有巴金、老舍、曹禺和赵树理。两相比较，可以发现《联文》所选择的作家与这三本文学史基本上没有交集。或者说破除这个格局，正是部分台湾文化人的目标，如梁锡华在论及大陆文学史格局时就说，"今年那边开放多了，地平线上隐露曙光，但鲁（迅）、郭（沫若）、茅（盾）、巴（金）、老（舍）、曹（禺）依然是永远的一、二、三、四、五、六"。[①]在他们看来这种格局无疑是大陆文学史家的"偏见"。

从文学史书写的源流来看，大陆20世纪80年代的文学史书写继承的是现代左翼文学的脉络，依旧受到毛泽东《在延安文艺座谈会上的讲话》的影响；而《联文》虽有补文学史之阙的抱负，但实际上也受时代语境的影响，这来自两个方面，一是国民党文艺政策的历史遗绪，二是海外中国文学研究的影响。冷战时期台湾的文艺政策基本上延续了国民党"三民主义文艺"政策，并进而发展为"反共文艺"。[②]虽然解严之后，部分现代文学作品被解除禁制，得以在台湾流通，但部分台湾文化人对左翼文学的偏见并不能一时消除。《联文》对现代文学的选择也受到海外学者的影响，尤其是夏志清和李欧梵等身在美国学院的中国现代文学研究者的影响。其中夏志清的《中国现代小说史》具有开创性的意义，无论是对美国汉学界还是港台的中国现代文学研究而言均影响甚大。该书初版于1961年，中文版分别于1979年和1985年在港、台出版，在华文圈曾引起较大反响，并一定程度上改变了现代作家的文学史排序。较之大陆的文学史，该小说史最引人瞩目的地方在于，它不仅为沈从文、张爱玲、钱锺书等曾一度淡出新中国文坛的作家列了专章，而且对他们的评价要远远高于郭沫若、茅盾等左翼作家，甚至高于鲁迅。而从《联文》所揭载的现代文学整体格局来看，其与海外中国现代文学研究的渊源也较为明了。如现代文学专卷的策划除了访美归来的编者丘彦明以外，更是有赖于华裔美国学者如郑树森、李欧梵、王德威乃至夏志清等人的实际参与。夏志清的现代文学研究虽然继承了人文学的"伟大的传统"，但身处冷战这一世界性格局，对左翼作家难免也有偏见，因而整体上对左翼作家的成就评价不高。但也不全如此，夏志清发表于《联文》

---

① 梁锡华:《五四一代琐言》，第4卷，第7期，1988年5月1日。
② 可参考朱双一、张羽《海峡两岸新文学思潮的渊源和比较》"'三民主义文艺'在台湾的延续和变异"部分，载《海峡两岸新文学思潮的渊源和比较》.厦门：厦门大学出版社，2006年版，第359—371页。

上的《五四三巨人》就将鲁迅、胡适与周作人视为五四时期最为重要的文化人物。而就美国的中国现代文学研究来说，夏志清的哥哥夏济安就曾倾注大量精力研究左翼文学，如《黑暗的闸门》就是其中的经典之作，而郑树森早年在香港编《八方》杂志，也对中国革命有所同情，因而他在为《联文》策划"抗战文艺专号"的时候，也尝试选了萧红、罗淑和王鲁彦等左翼作家。但也仅此而已，其他左翼代表作家如郭沫若、茅盾、郁达夫、田汉、曹禺等，都未被《联文》视为历史补缺的必要对象。

　　左翼代表作家鲁迅的遭遇较为特殊，夏志清在小说史中虽然一再强调他被共产党神话化了，但对他早期的小说依旧给予了较高评价；[①]《联文》在推出"沈从文专号"之后，便有读者致信希望看到鲁迅专号，但这始终没有出现，即便是"五四文学专卷"也只选了鲁迅的《药》一篇作品。不过《联文》还是采取了变通形式，这就是"现代人看'丑陋的中国人'阿Q——再评价鲁迅的《阿Q正传》"专辑，该期不仅刊载鲁迅《阿Q正传》原文，还刊发了司马中原、林文月、孙隆基、痖弦、齐邦媛、苏雪林、冯骥才等两岸学者文人的23篇"笔谈"，也颇具规模。不过该专刊的用意与其他期有所不同，其目的并不是弥补历史缝隙，而是借《阿Q正传》反思国民性及台湾当代的社会问题，正如编者在《前言》中指出的，"'阿Q'的现象今日已不止是一个文学现象，早成为一个文化现象、一个社会现象，因此除了文学评论家以外，我们也邀请社会各阶层的人士对这一个现象发表意见"。[②]如廖咸浩就根据台湾现实问题指出，"今日的台湾虽然号称即将进入开发中地区之林，但此地的中国人在彰显阿Q精神方面，却较往昔更有过之"，[③]从而将阿Q作为反思台湾社会问题的资源和方法。这显示了鲁迅在新时期所依旧具有的时代意义，不过《联文》此举的目的却并非专门介绍鲁迅或为推动鲁迅研究。

　　除了作家的选择和评价外，《联文》还制作了数期以问题或话题为中心的专刊，与现代文学密切相关的有"抗战文学专号""五四文学专卷""沦陷区与抗战文艺""中学中文课程里的现代文学""再五四——探索文艺复兴"等。"五四"向来被视为现代文学的起点，《联文》也组织了三期纪念五四的专稿，也可

---

　　① 夏志清著，刘绍铭等译：《中国现代小说史》.香港：香港中文大学出版社，2001年版，第27—41页。

　　② 《现代人看'丑陋的中国人'阿Q——再评价鲁迅的〈阿Q正传〉》，《联合文学》，第5卷，第2期，1988年12月1日。

　　③ 廖咸浩：《阿Q启示录》，《联合文学》，第5卷，第2期，1988年12月1日。

见其重视的程度。从刊载的文章来看，台湾学界也较为重视五四作为"启蒙运动"的思想史视野，如张玉法在《五四的历史意义》一文中就指出，"从民国四年陈独秀创办《新青年》开始，到民国十三年国民党改组为止，这一段时间中，虽然有多方面的改变，但最重要的则是思想启蒙"，[①]并进而论及五四在政治、学术、社会和文化等各方面的深远影响；马森也指出五四运动的"政治性远不及其在文化上所引发的震撼那么深厚而久远"，[②]强调五四运动的启蒙意义和文化批判性，与同时期大陆学界的声音有相似之处，如李泽厚 1986 年发表《启蒙与救亡的双重变奏》就指出五四运动是救亡压倒了启蒙，而当务之急则应从"文化心理结构"的层面继续展开五四精神，实际上是要继承五四的启蒙传统[③]；而"新启蒙"代表人物王元化虽然并不认同李泽厚的"压倒"说，但也认为五四的反传统是需要继续深入开展的时代课题。[④]对于大陆来说这是"文革"之后，思想文化界对政治干预文学、思想的反思，因而强调思想启蒙的作用；彼时台湾也同样如此，刚走出戒严体制，强调五四思想启蒙的一面也带有反思历史的现实作用。由此可见两岸对五四精神强调的一致并非偶然，都是试图以借五四精神清理内战与冷战这一双重历史构造的遗留。

三、去脉络化的"现代"

在思想启蒙和文化批判之外，台湾对"五四"的表述与大陆还是有所不同，尤其是在涉及新文化运动的时候，较之大陆 20 世纪 80 年代中期学界主流尚以革命史观为中心的表述，《联文》所刊载的文章要显得更为全面一些，如侯建《文学革命的源流》一文，在介绍胡适、陈独秀等新文化人的观点和文化活动之外，用了更大的篇幅介绍了"学衡"诸人的理论及其新人文主义的源头，充分顾及新文化的反方。但他将当时双方的论争视为"西方文化对垒的中国版"则难免有失武断，[⑤]回避了新文化运动的历史脉络和时代问题性，这种现象对于《联文》似乎并不鲜见，这种去脉络化不仅与其缝合历史断裂的诉求矛盾，有时这种去脉络化的现象更是与去政治化和再政治化密切相关。

---

① 张玉法：《五四的历史意义》，《联合文学》，第 2 卷，第 7 期，1986 年 5 月 1 日。
② 马森：《五四文学专卷·前言》，《联合文学》，第 4 卷，第 7 期，1988 年 5 月 1 日。
③ 李泽厚：《启蒙与救亡的双重变奏》，《走向未来》，1986 年创刊号。
④ 王元化：《为五四精神一辩》，《新启蒙（1）：时代与选择》.长沙：湖南教育出版社，1988 年版。
⑤ 侯建：《文学革命的源流》，《联合文学》，第 2 卷，第 7 期，1986 年 5 月 1 日。

在大陆的革命史叙述中，"五四"具有起点的意义，但笼罩着"五四"的政党政治光环，尤其是共产党所赋予的左翼色彩却是部分台湾文化人想要努力打破的。因而，《联文》纪念"五四"从一开始就是对"五四"解释权的争夺。如较之大陆对"五四"新文化属性的强调，侯建更为强调其保守的一派；较之大陆对"五四"政治、社会意义的强调，龚鹏程则从语言学的角度，将"五四"解释为一场如库恩所说的"典范转移的革命"，① 是一次中性的语言变革；较之大陆对五四运动的社会意识和集体精神的强调，周策纵则将中国后来的极"左"思潮及其后果归咎于五四运动的激进性，转而借此强调作家的"内在的修养"和自我意识，② 等等。实际上《联文》在纪念"五四"时，将重点置于文学本身就是对"五四"的选择性接受和解读，就更不必说陈独秀这个后来成为共产党的文化人更是被完全忽略。如果说 20 世纪 80 年代《联文》纪念"五四"，尚在祛除政治之魅的话，到了 90 年代中期《联文》再度纪念"五四"时，"五四"本身则已成解构的对象。这期题为"再五四"的专卷刊载了王德威的《没有晚清，何来五四？——被压抑的现代性》，龚鹏程的《重读五四》，周玉山的《五四的历史与文学》及陈芳明的《五四精神不在台湾》四篇文章，除了周玉山的文章外，其他三篇基本上是从不同的角度解构五四。王德威该文已是学界名文，它回溯晚清文坛文学实验及其所具有的多元性，这为后来的新文化运动提供了条件，但后起的"五四"运动反而窄化了晚清众声喧哗的实验；③ 龚鹏程的随感式的文字，其态度与他十年前纪念五四的文章也有差别，在该文中他认为"五四时期的文字简单幼稚"，而"五四"时期的作品"后来成为大师经典"，"是因它的历史开创地位，以及几十年来大家不断丰富其意涵、不断诠释的结果"。④ 较之前文从典范转移视角的肯定，该文则选择从作品质量的角度予以否定。陈芳明则否认了五四对台湾现代文学的影响，他认为，"从历史事实来考察的话，五四时期语文问题的讨论，确实被介绍到台湾的殖民地社会。然而，影响的层面并不深刻"。⑤ 此说无疑有待商榷，如果回到历史现场，可以发现早在 20 世

---

① 龚鹏程：《典范转移的革命：五四文学改革的性质与意义》，《联合文学》，第 4 卷，第 7 期，1988 年 5 月 1 日。

② 周策纵：《怀人量史论五四文学》，《联合文学》，第 4 卷，第 7 期，1988 年 5 月 1 日。

③ 王德威：《没有晚清，何来五四？——被压抑的现代性》，《联合文学》，第 12 卷，第 7 期，1996 年 5 月 1 日。

④ 龚鹏程：《阅读五四》，《联合文学》，第 12 卷，第 7 期，1996 年 5 月 1 日。

⑤ 陈芳明：《五四精神不在台湾》，《联合文学》，第 4 卷，第 7 期，1988 年 5 月 1 日。

纪 20 年代大陆新文化运动被介绍到了台湾，鲁迅、胡适、郭沫若等人的作品也都被《台湾民报》《台湾文艺》等大量转载，台湾的文化运动如"台湾话文"论争等与大陆白话文运动也是密切相关，而台湾新诗的开创者张我军，其第一部诗集《乱都之恋》也是根据他的北京经验所写。实际上《联文》在此前的"五四文学专卷"便发表过台湾文学史家叶石涛的文章《五四与台湾文学》，该文根据史料指出五四对台湾新文艺的影响，认为"尽管当时的台湾在日本帝国的殖民统治下"，"但台湾的一部分旧知识分子和新生代知识分子，很迅速地接受了五四运动各层面的影响，在五四运动的思想革新的刺激下，展开了文化的革新运动"。① 而陈芳明之所以罔顾历史史实，实际上是要将台湾的现代与大陆的现代撇清关系，进而为其"台独"论述服务，可以为证的是不久之后他便开始在《联文》上连载其以殖民史观为基础的台湾新文学史，可见他对两岸"五四"的去历史化和去脉络化，正是为了将其再政治化。

"五四"之后的 20 世纪 30 年代文学，最具影响的是左翼文学和现代派文学。较之当时影响一时的"左翼"文学，《联文》显然对现代派更有好感，作家作品选择上的洞见与盲视前文已有论述，而即便是被选入的少数几位左翼作家，论者在评述时也不乏偏见，如周玉山在论及 30 年代"人性论"、民族主义文艺、自由主义文艺等与左翼文学论战的历史时，就往往带有历史后设的审判意味，将普罗文学与后来的个人崇拜挂钩，认为普罗文学将"民族的前途""导向深渊"；② 而侯建在论及萧红的文学成就时，认为她"作品颇不高明"，对于萧红的小说，侯建更是根据西方小说理论予以否定，这实际上是将西方理论本质化为绝对标准，因而忽略了萧红的形式创格意味。不过这还是见仁见智的问题。但诸如"近年她忽走身后运，得到旧金山大学葛浩文教授的赏识"的说法③，完全将萧红的文名归之于海外研究者的重视，这就未免让人感到诧异。从这些例证我们可以发现，意识形态的帷幔实际上让《联文》所勾画的现代文学史地图显得模糊不清甚至有些残缺。

当然，《联文》毕竟是杂志而不是文学史著作，杂志往往有独特的办刊理念，而且先后更替的编辑也各有不同的办刊理念，如现代派诗人郑愁予就更为重视引介西方现代派作品，因而如果完全绳之以文学史，不免是求全责备。《联

---

① 叶石涛：《五四与台湾新文学》，《联合文学》，第 4 卷，第 7 期，1988 年 5 月 1 日。

② 周玉山：《三〇年代的文学保卫战》，《联合文学》，第 2 卷，第 12 期，1986 年 10 月 1 日。

③ 侯建：《〈小城三月〉及其它》，《联合文学》，第 3 卷，第 9 期，1987 年 7 月 1 日。

文》虽然对"左翼"文学较为忽略，但也并非一味批判，而且对国民党的三民主义文艺也并未褒扬，其选择与评论的依据或立场，虽然不免冷战的历史印迹，但基本上还是秉持着纯文学的立场，它对沈从文、钱锺书、张爱玲、汪曾祺等作家的宣扬，便不无此中情结。如在沈从文逝世之后，《联文》发表《夏志清与金介甫谈沈从文》一文予以纪念，夏志清认为"三〇年代已经扬名中国文坛的沈从文"，"是一个不喜欢政治，对政治没有兴趣的作家"，[①] 金介甫也同意夏志清的观点。张爱玲更是被看作"冷眼看世界"的超然作家，被视为"最后的传奇"，钱锺书则被塑造为记忆超群、掌握多种外语的传奇人物。但征诸史实，这些作家也并非只是关注真、善、美等永恒问题，沈从文抗战时期曾以"上官碧"的笔名参与当时的"战国策"派，这是一个对政治颇有兴趣却较为松散的文史团体；张爱玲后来也曾在"美新处"的支持下创作"反共小说"《秧歌》和《赤地之恋》，还在"美新处"的资助下翻译台湾"反共文学"代表作《荻村传》，如果将这些因素纳入考量，他们似乎也没那么超然。与对纯文学作家的宣扬相应的，是对文学教育去政治化的呼吁，为此《联文》还专门制作了"中学中文课程里的现代文学"专辑，联合大陆、香港与台湾等不同地区中学教师谈现代文学教育，如萧萧就检讨台湾高中语文教科书中现代文学内容过于政治化，[②] 大陆教师郝晓爱则呼吁"应该把文学课上成文学课"。[③] 可见对文学的去政治化不仅限于文学圈，教育领域也是如此，而且两岸有着同样的趋势。

正如两岸中学教师在文学教育的去政治化方面有类似诉求一样，《联文》从纯文学的角度对沈从文、张爱玲与钱锺书等人的表述，与大陆同时期现代文学研究者的观点也有着惊人的相似。20 世纪 80 年代大陆主流文学史虽未完全摆脱革命史的框架，但到 80 年代中期，新一代学者如王晓明、钱理群、陈平原、黄子平和陈思和等已开始尝试打破既有的文学史格局，提倡"二十世纪中国文学""重写文学史"，格局变动最大的就是沈从文、张爱玲、钱锺书等作家的文学史地位。而海外汉学与港台的中国现代文学研究也起着间接的影响作用，如夏志清的《中国现代小说史》和香港司马长风《中国新文学史》便是其间影响较大的两部文学史。两岸"重写文学史"所表现出来的这种一致性，与双方均

---

① 李勇：《夏志清与金介甫谈沈从文》，《联合文学》，第 4 卷，第 9 期，1988 年 7 月 1 日。

② 萧萧：《台湾高中国文教科书的"现代文学"教学内容检讨》，《联合文学》，第 9 卷，第 11 期，1993 年 9 月。

③ 郝晓爱：《应该把文学课上成文学课》，《联合文学》，第 9 卷，第 11 期，1993 年 9 月。

处于后冷战时期的"去政治化"语境有关，台湾刚结束国民党的戒严体制，大陆则从"文革"走向"改革"，去政治化既有着对此前政治干预文学的反思，也是现代化发展诉求对文学领域的渗透。《联文》虽以缝合历史断裂的使命自任，奈何后革命时代的语境带来了更大的缝隙，这个缝隙不是两岸之间的，而是后革命与革命之间的，是两岸需要共同面对的问题。

附：《联合文学》所载中国大陆"现当代文学"目录

期数	文章
1	陈若曦《大陆上的女作家》
2	陈若曦《悲怆记事》（大陆伤痕文学选刊）；江浩《陈白尘与〈云梦断忆〉》；陈白尘《忆眸子（悲怆记事之一）》《忆〈甲骨文〉（悲怆记事之二）》
5	顾朗言《张弦的挣扎》；张弦《挣不断的红丝线》
6	柏谷《炼狱里的诗心——黄瀛》
7	高山《农民小说家魏金枝》；王若望《血印——悼念魏金枝》；魏金枝《赌》
8	何洛《八十年代的阿Q》；马岭《吴老好送礼》
9	廖俊白《中共军事文学的困境与"突破"》；李存葆《高山下的花环（长篇小说选段）》
10	邹玉阳《背离社会主义文艺的大框框——贾平凹小说〈鬼城〉的反响》；贾平凹《鬼城》
12	邹玉阳《从无情到滥情——大陆文艺的爱情题材》；贾平凹《冰炭——班长、演员和女人的故事》
13	金兆《可惜，那美髯——记冯友兰》；炎方《从〈三松堂自序〉看冯友兰》；冯友兰《春秋旧说今皆废——冯友兰自传摘录》
14	邹玉阳《"无产阶级"专政下——仇学宝小说里的现实》；仇学宝《我是来当儿子的》
16	黄裳《书卷磨痕——黄裳散文六篇》
17	周玉山《关于刘宾雁》；刘宾雁《第二种忠诚》
18	茶陵《"WM"启示录》；王培公编剧《WM（我们）》/王贵，演出文学本修订
19	侯建《文学革命的源流》；张玉法《五四的历史意义》；陈炳藻《从小说技巧探讨〈棋王〉》；阿城《棋王》
20	周玉山《勇者遇罗锦》；遇罗锦《一切为了爱（节录）》、《春天的童话（节录）》
21	谭嘉《岂止是妙手偶得——试析阿城的〈树王〉》；阿城《树王》

期数	文章
23	编辑室《阿城及其小说》；阿城《孩子王》《会餐》《树桩》
25	李克威《红方块（小说）》
27	沈从文专号：郑树森总策划《沈从文专号卷首语》；林淑意《沈从文的前半生》；金介甫（Jellrey Kinkley）作，林淑意译《一九四九年后的沈从文》；沈从文《柏子》《菜园》《丈夫》《三个男人和一个女人》《静》《贵生》（以上标注为小说），《一九三四年一月十八》《一个多情水手与一个多情夫人》《老伴》《凤凰》（以上标注为散文）；《给志在写作者》《短篇小说》《小说与社会》（以上标注"谈创作"）；金介甫（Jellrey Kinkley）《沈从文与中古欧现代文学的地域色彩》；凌宇《从苗汉文化和中西文化的撞击看沈从文》；汪曾祺《沈从文的寂寞——浅谈他的散文》；朱光潜《沈从文的人格和风格》《历史将会重新评价》；黄永玉《太阳下的风景——沈从文与我》；汪曾祺《沈从文先生在西南联大》；辛其氏《沈从文印象》；张充和《三姐夫和沈二哥》；付汉思（Hans H. Frankel）作，张充和译《初识沈从文》；高华《我所认识的沈从文先生》；王亚蓉《侧记沈从文先生的研究》
28	"沈从文专号"的回响：王祯和《填补断层的文化矿脉》；王德威《开阔视野》；王添源《忧喜参杂》；方瑜《辞不迫切，而意已独至》；向阳《〈杂志〉不杂，久而弥新》；余玉照《文学专号的吸引力》；李永炽《"柔"得能够微笑》；林文月《第廿七期印象小记》；林耀福《勇敢而成功的尝试》；林怀民《温柔敦厚的至情》；林彧《诺文联想症》；林秀玲《精致细腻的文字》；尉天骢《文化的反省》；陈纪滢《真正的文艺工作者》；陈祖文《当年的回忆说不尽》；陈长房《丰盛的精神飨宴》；黄春明《老爷爷讲故事》；黄美序《有趣，有意义》；蔡源煌《盼扩充评论文章》；蒋勋《一清如水》；苏正隆《一大突破》 张辛欣·桑晔《北京人（选刊）》；江森《读〈北京人〉后杂感》；蔡源煌《口述与书写》；龚鹏程《盲流》；古蒙仁《台北人看〈北京人〉》
29	张爱玲专卷：《小儿女（电影剧本）》《南北喜相逢（选段，电影剧本）》《婆媳之间（影评）》《鸦片战争（影评）》《〈秋歌〉和〈乌云盖月〉（影评）》《〈万紫千红〉和〈燕迎春〉（影评）》《借银灯 Wife，Wamp，Child（影评）附：〈孤岛〉时期活跃在上海的影人》《更衣记 Chinese Life and Fashions》；林以亮辑《张爱玲语录》；郑树森《张爱玲，赖雅，布莱希特》《张爱玲与"二十世纪"》；柯灵《遥寄张爱玲》；陈纪滢《〈狄村传〉翻译始末——兼记张爱玲》；丘彦明《张爱玲在台湾——放王祯和》
30	大陆新生代小说：王树明《前言》；叶之蓁《牛报》；郑万隆《老棒子酒馆》；聂鑫森《梯市》；王毅《不该将兄弟吊起来》；韩少功《归去来》；残雪《山上的小屋》；莫应灵《驼背的竹乡》；洪峰《生命之流》；莫言《枯河》；何立伟《白色鸟》；陈村《一个人死了》；刘索拉《多余的故事》；陈亨初《提升报告》；乔典运《无字碑》；多家看大陆"新小说"：叶洪生《十年生死两茫茫——总评十四篇大陆小说》；侯健《匠心独运的讽刺小说——评〈提升报告〉、〈无字碑〉》

期数	文章
31	梁实秋卷： 梁实秋《岂有文章惊海内——答丘彦明女士问》《清秋琐记》；侯建《梁实秋先生的人文思想来源——白璧德的生平与志业》；小岛久代作、丁祖威译《梁实秋与人文主义》；余光中《文章与前额并高》；陈祖文《记梁实秋先生———一些片断》；丘彦明《一盘等了三十五年的棋》；胡白华《"豹隐"诗人梁实秋》《梁实秋先生简谱初稿》；编辑室《五四的怀想》 汪曾祺作品选：编辑室《从前卫到寻根——汪曾祺简介》；汪曾祺《受戒》《大淖记事》《陈小手》《詹大胖子》《八月骄阳》《复仇》
33	"抗战文学专号"——纪念抗战五十周年：余承尧《题字》；编辑室《前言》； 卷一·罗淑：郑树森《罗淑小传》；罗淑《生人妻》《橘子》《井工》《地上的一角》；乐蘅军《倔强的山歌——读罗淑苦难小说的印象》 卷二·鲁彦：王德威《王鲁彦小传》；王鲁彦《千家村》《陈老奶》；王德威《论王鲁彦》 卷三·郑定文：郑树森《郑定文小传》；郑定文《魇——小职员手记》《大姊》；魏天聪《现代的〈目连变〉——读郑定文的小说有感》 卷四·缪崇群：秦贤次《缪崇群小传》；缪崇群《碑下随笔》《彼岸》《更生》《流民》；郑明娳《金佛不度炉———一位动乱时代作家的个案》 卷五·萧红：秦贤次《萧红小传》；萧红《手》《牛车上》《小城三月》《桥》；葛浩文作，叶子启译《萧红的短篇小说》；侯健《〈小城三月〉及其它》； 许世旭《中国抗战诗的艺术风格》
34	"抗战文艺专号"的回响：黄春明《生命深处最真诚的创作》；蒋勋《唤起生命浪漫、乐观、刚健的精神》；秦贤次《盼继续发掘死难作家》；心岱《提供了更大的视野》；古蒙仁《披沙拣金重视作品的光辉》；李瑞腾《兼顾时代性与艺术性》；周玉山《王鲁彦曾迁居茶陵》；东年《精品与政治无关》；蔡诗萍《闪避政治化的狭隘心态》；薛兴国《捕捉人性感应》；焦桐《抗战剧在那里？》；林彧《如果不是抗战呢？》；王添源《"抗战文学"与"抗战时期文学"？》；王菲林《不简单，是有货的一期》 大陆"性禁区"文学特辑：编辑室《前言》；贾平凹《黑氏》；杨争光《鬼地上的月光》；刘恒《狗日的粮食》；李锐《眼石》；陆昭环《双镯》；罗达成《少男少女的隐秘世界——〈早恋〉和〈青春期骚乱〉的中学生（报道文学）》
35	傅雷特辑：《翻译经验点滴》《致林以亮论翻译书》《致罗新璋论翻译书》《翻译与临画——〈高老头〉重译本序》《与傅聪谈音乐》《独一无二的艺术家莫扎特》《乐曲说明——莫扎特的几首钢琴协奏曲》《傅雷家书（选）》；叶永烈《傅雷之死（报道文学）》；柯灵《怀傅雷》；丘彦明《傅聪谈傅雷二、三事》；编辑室《傅雷译作表》 京味小说：殷京生《老槐树下的小院儿》；汪曾祺《安乐居》；老舍《断魂枪》《柳家大院》《老字号》《抓药》

期数	文章
36	新感觉派小说（李欧梵策划）：编辑室《前言》；李欧梵《中国现代小说的先驱者——施蛰存、穆时英、刘呐鸥作品简介》；严家炎《新感觉派主要作家》；施蛰存《在巴黎大戏院》《梅雨之夕》《狮子座流星》《魔道》；穆时英《上海的狐步舞——一个片段》《骆驼，尼采主义者与女人》《白金的女体塑像》；刘呐鸥《热情之骨》《游戏》《两个时间的不感症者》 大陆"性禁区"文学特辑：编辑室《前言》；李晓《屋顶上的青草》；铁凝《麦秸垛》；马原《错误》；张曼菱《生命》
38	杨绛专号：郑树森《杨绛小传》；杨绛《钱锺书写〈围城〉》；《"玉人"》；《称心如意——思幕喜剧》《艺术与克服困难——读〈红楼梦〉偶记》；耿德华（Edward Gunn）《谈杨绛的喜剧》；黄继持《慧以成学——介绍杨绛的〈春泥集〉》
39	蔡源煌《从大陆小说看"真实"的真谛》
40	两岸文学：编辑室《前言》；谭嘉《思索的一代（评论）》； 彼岸的小说：贾平凹《水意》；高晓声《送田》；贺子壮《嘘，别开窗》；唐婕《无事生非》 彼岸的诗：黄维梁《蜀中大将——流沙河及其作品》；流沙河《故园九詠》《晨跑》；成令方《访北岛》；北岛《北岛诗三首》
43	五四文学专卷： 马森《前言》 专论：龚鹏程《典范转移的革命——五四文学改革的性质与意义》；蔡源煌《三〇年代的小说》；周策纵《怀人量史论五四文学》；夏志清《五四三巨人》；刘绍铭《炼石补天》；叶石涛《五四与台湾新文学》；梁锡华《五四一代琐言》。 五四一代的作品（附作者小传及有关评论摘要）： 鲁迅《药》；郁达夫《沉沦》；茅盾《春蚕》；丁玲《沙菲女士的日记》；鲁彦《屋顶下》；李劼人《编辑室的风波》；老舍《微神》；巴金《月色》。 诗：刘半农《铁匠》；郭沫若《地球，我的母亲》；徐志摩《情死》；闻一多《死水》；刘大白《邮吻》，李金发《弃妇》；戴望舒《雨巷》；朱湘《答梦》；卞之琳《远行》 戏剧：丁西林《压迫》；田汉《获虎之夜》 散文：周作人《人的文学》；俞平伯《清河坊》；冰心《往事》；苏雪林《未完成的画》；夏丏尊《幽默的叫卖声》 附录：秦贤次编《新文学第一个十年大事纪》《本专卷作品出版资料》

期数	文章
50	现代人看"丑陋的中国人"阿Q——再评价鲁迅的《阿Q正传》：《前言》；鲁迅《阿Q正传》；编辑部《过去评论家评阿Q》；《纸上座谈会——学人作家评"阿Q"》；方瑜《落在颈上冰冷的槐虫》；司马中原《从鲁迅看〈阿Q正传〉》；何怀硕《我对鲁迅与阿Q的看法》；李祖琛《自剖才是新生的起点——〈阿Q正传〉的省思》；林文月《三读〈阿Q正传〉》；东年《再莫彼此笑称阿Q》；庄信正《阿Q的辫子》；高行健《阿Q的境地》；孙隆基《今日观〈阿Q正传〉》；陈白尘《阿Q有没有子孙？——把〈阿Q正传〉搬上舞台和银幕的看法》；陈义芝《阿Q梦魇何时了》；冯骥才《阿Q不能永远代表中国人》；痖弦《阿Q阴魂不散——从文学作品的典型性看"阿Q"》；杨小凯《阿Q永远在！》；齐邦媛《阿Q的"恋爱"悲喜剧》；廖咸浩《阿Q启示录》；苏雪林《论鲁迅的〈阿Q正传〉》；徐秀玲、陈维信《街头访问问阿Q》；《〈艺术册叶〉名家笔下的阿Q造型》；陈平芝、胡正之《校园访阿Q》；张宜苃《阿Q在校园》；编辑部《各行各业对阿Q的看法》；秦贤次《〈阿Q正传〉出版目录》
51	"来自大地的声音"——"汪曾祺作品探索"专辑：《前言》；陈红军整理《汪曾祺作品讨论会纪要》；汪曾祺《认识到的和没有认识到的自己》；黄子平《汪曾祺的意义》；吴方《说"淡化"——汪曾祺小说的"别致"及其意义》；安妮·居里安著陈丰译《笔下浸透了水意——沈从文的〈边城〉和汪曾祺的〈大淖记事〉》；张兴劲《访汪曾祺实录》；汪曾祺《小学同学》
54	钱锺书专辑：黄维梁策划胡定邦、黄维梁《钱锺书小传》；钱锺书《纪念》《〈谈艺录〉修订本增补》《钱锺书的两封信》；罗久芬《钱锺书先生早年的两封信和几首诗》；柯灵《促膝闲谈》；黄国彬《在七度空间逍遥——钱锺书谈艺》；黄庆萱《从〈易〉一名三义说到模棱语——〈管锥编〉读后》；李元洛《卷里诗裁白雪高——略论钱锺书对"好诗"的看法》；梁锡华《当时年少春衫薄——钱锺书先生的少作》；毛国权著、曾振邦译《〈围城〉英译本导言》；黄维梁《徐才叔夫人的婚外情——读钱锺书的〈纪念〉》；霍玉英《钱锺书著作单行本目录》；黄维梁、霍玉英《评论、介绍、访问钱锺书资料目录初编》；陈子善《钱锺书佚文系年（一九三〇——一九四八）》
55	马森《图象表意的电影语言——走出文学阴影的大陆电影：谈〈黄土地〉、〈老井〉和〈红高粱〉的成绩》
56	抗议文学特辑：周玉山《怒向刀丛觅小诗——关于抗议文学特辑》；徐瑜《抗议文学的先行者——王实味》；张放《胡风事件的随想》；张子樟《社会、自我与人性——浅析当前大陆小说中的疏离现象》；叶樨英《大陆当代文学作品种的知识分子受难形象》
62	陈平芝北京专访《从被卖说起——大陆名伶新凤霞的悲情岁月》；新凤霞《探夫》；陈若曦《不认输两万元的话》

期数	文章
63	王润华《阿Q的原乡——鲁迅的小说世界》
64	海涅作、冯至译《你写的那封信……》；里尔克作、冯至译《爱的歌曲》；拜伦作、穆旦译《想从前我们俩分手》；雪莱作、穆旦译《爱底哲学》；果尔蒙作、戴望舒译《雪》；保尔·福尔作、戴望舒译《晓歌》；洛尔迦作，戴望舒译《小夜曲》；沙里纳思作、戴望舒译《无题》
67	史铁生《对话练习》《舞台效果》
68	冰心《去国》；泰戈尔作，冰心译《我曾在百种形象百回时间中爱过你》
69	古华《天书》；郑明娳、林耀德《中国现代主义的曙光——新感觉派大师施蛰存对谈》；裴元领《从〈边城〉到〈台北人〉——侧看爱情小说里的爱欲纠结》
70	王孝廉《沉沦与流转——三十岁以前郁达夫的色、欲与性》
72	冯亦代《简介梅维斯·迦蓝及〈旅途集〉》
76	陈漱渝《"性博士"传奇——平心论张竞生》；林耀德《欲爱无岸——谈当代两岸小说的爱情主题》；庄信正《〈尤力息斯〉和中国》
83	林永福《鲁迅在日本》
86	莫言《灵药》
87	王德威《现代中国小说研究在西方——新方向、新方法的探索》
88	张子静《我的姊姊张爱玲》
89	丰饶的黑土地——莫言小说特展： 莫言《我》《深深爱着又深深恨着的黑土地》《神嫖》《良医》《夜渔》《辫子》《天才》《地震》《翱翔》；张大春《以情节主宰一切的——说说莫言〈高密东北乡〉的"小说背景"》
90	舒乙《父亲最后的两天》
92	水晶《红卫兵与贺绿汀》
93	来自黄土高原——山西小说选：谢泳《纯粹的小说家——山西小说的挑战》；李锐《旧址》《无奈的旅游者》；成一《真迹》《迁走的藏经楼》；蒋韵《旧盟》；曹乃谦《白马马儿撒欢跑草滩——温家窑风景二题》《生孩子》；吕新《夜晚的顺序》《飞翔的语言》
94	香港文学专号
96	苏童《被玷污的草》《一个礼拜天的早晨》《飞鱼》《来自草原》《沿铁路行走一公里》

期数	文章
99	沈从文湘行书简《收信人的话》《吃歌声长大》《受得了寂寞》《梦里来找寻我》《无言的哀戚》《温习你的一切》《色泽极其美丽》《声音雍容典雅》《写得很缠绵》《温柔了许多》 陈秉堃《从〈神女〉到〈巴山夜雨〉——吴永刚简介》；林年同《一位被埋没了的电影大师？》；张建男《洒满了光彩——综谈吴永刚》 刘随《鲁迅赴港演讲琐记》
100	唐金海张晓云《巴金访问荟萃》；巴金《向老托尔斯泰学习》；黄宗江《陋室三帖》；老舍《老舍致乔志高的信》；北楼《许地山晚年在香港》；朱雯《六十年前事》；罗洪《灯下忆旧》
101	丰子恺集外遗文《我的少年时代》《养鸭》《我的烧香癖》《访梅兰芳》《装牙经验谈》《中国艺术》《我与弘一法师》《拜观弘一法师摄影集后记》《六千元（小说）》 吴小如《最后的寿宴——俞平伯先生和夫人》 逯耀东《知堂论茶》；林斤澜《月夜》
102	张爱玲的电影剧本：郑树森《关于〈一曲难忘〉》；张爱玲《一曲难忘》
103	罗尔纲《胡适点滴》；叶由《胡适印象》；胡乐丰《胡适画扇的一段旧情》；周阳山石之瑜《文学、政治、民主——王若望访问录》；金克木《何容（谈易）先生》；老舍《何容先生的戒烟》《何容何许人也》；李锐《黑白》《后新时期文学及其他——答远方有人问》
104	大陆短篇小说选粹： 李子云《九二年大陆小说一瞥》；韩东《反标》；韩少功《领袖之死》；高晓声《梦大》；铁凝《孕妇和牛》；乌热尔图《小说两题》。（均附作者简介）程德培《只有一个人在读小说》 周作人集外遗文： 编辑部《前言》；周作人《复辟避难的回忆》《"六三"的回忆》《鬼与清规戒律》《信封与稿纸》《谈酒》《爱竹》《〈古文观止〉》《扬子鳄》《蔡孑民》《爱罗先珂》《刘半农》《兰亭旧址》《笔与筷子》《喜剧的价值》《给蝙蝠等说一句话》《六虫及其他》 编辑部《夏衍简介》；晓立《夏衍访问录》；编辑部《夏衍简介》；夏衍《谒见中山先生》《在周恩来的领导下》 马悦然著、舒悦译《我不是曹禺，我是老舍，且不——。》

期数	文章
105	沦陷区及抗战文艺： 沦陷的文学：王德威《读梅娘的〈蟹〉》；盛英《"南玲北梅"说梅娘》；梅娘《蟹》 沦陷的电影：四方田犬彦作、黄淑燕译《占领地的女儿——李香兰小论》；古苍梧《乱世奇花话香兰》（附录）《纳凉会记 / 出席者：李香兰、张爱玲、陈秉苏、金雄白来宾：松本大尉、川喜多长政、炎樱》 抗战文学因缘：李奭学《烽火行——中国抗日战争里的奥登与依修伍》； 抗战文学行脚：卢玮銮《一堵奇异的高墙》；黎明起《回忆望舒》；戴望舒《狱中题壁》 海军与抗战：编辑部《马幼垣简介》；马幼垣《海军与抗战》
106	程培德《与苏童聊天》；袁可嘉《酸甜苦辣五十年》；范用《为了读书才选择了这一行》；汪曾祺《咸菜和文化》
107	中学中文课程里的现代文学： 萧萧《台湾高中语文教科书的"现代文学"教学内容检讨》；陈烨《语文课是睡觉课？》；王良和《在香港的中学教白话文》；孔令今《关于高中语文教学现代文学课的讨论》；郝晓爱《应该把文学课上成文学课》 程培德《〈十年烟云〉怎么看》；陈子善《泰戈尔、徐志摩与姚茫父》；徐志摩《〈五言飞鸟集〉序》 文学名称——现代作家笔下的北平： 俞平伯《陶然亭的雪》；姚克《北平素描》；郑振铎《北平》；徐訏《北平的风度》；朱光潜《后门大街——北平杂写之一》；郁达夫《北平的四季》；老舍《想北平》；朱自清《回来杂记》；沈从文《北平的印象和感想》；黄裳《京白》；张恨水《五月的北平》 郑敏《我的爱丽丝》；汪曾祺《苦瓜是瓜吗？》
108	程培德《文人谈钱起风波》；汪曾祺《五味》 中国现代舞之父吴晓邦专辑：蒲以勉《吴晓邦的舞蹈》；王晓蓝《中国现代舞的先驱——吴晓邦》；张华《吴晓邦与德国现代舞》；于平《舞蹈自然法则与现实情感》；编辑部《吴晓邦舞蹈表演照》；蒲以勉整理《吴晓邦舞蹈作品年表》；《罗中立的绘画艺术》
109	山民:《〈古河〉得奖感言》《古河》
110	汪曾祺《萝卜》；罗孚《文学大拍卖，这〈废都〉！》；程培德《非虚构文学的贫困》 张爱玲：陈子善《张爱玲话剧〈倾城之恋〉二三事》；苏青《读〈倾城之恋〉》；沙岑《评舞台上之〈倾城之恋〉》；无忌《细腻简洁——观〈倾城之恋〉后》；蝶衣《〈倾城之恋〉赞》；柳雨生《观〈倾城之恋〉》；应贲《〈倾城之恋〉》；金长风《〈倾城之恋〉》

期数	文章
111	杨绛杂忆：《第一次观礼》《第一次下乡》《老王》《林奶奶》《顺姐的"自由恋爱"》《控诉大会》《记杨必》《黑皮阿二》《阿福和阿灵》 王受之《大陆月份牌年画的发展和衰落》；汪曾祺《寻常茶话》 王寅《先锋诗歌，九三年一如既往》
112	汪曾祺《马铃薯》
113	汪曾祺《鳜鱼》；蓝博洲《期待"白鹿"却出现盗印——陈忠实的写作历程及〈白鹿原〉的生产过程》
114	汪曾祺《口蘑》 大家谈《废都》：扎西多《正襟危坐说〈废都〉》；王南溪《〈废都〉的乏走狗》；吴亮《城镇、文人和旧小说——关于贾平凹的〈废都〉》；南方朔《万古消沉向此中——性小说〈废都〉的性见解》；许纪霖《废都：虚妄的都市批判》；黄信今《档次不高的〈废都〉》；虞非子《"只缘身在此山中"——读贾平凹新作〈废都〉》；蔡翔《关于〈废都〉》；龚鹏程《上帝无言百鬼狞——〈废都〉情事》；王新民《〈废都〉创作问答》；《〈废都〉创作之秘——贾平凹答编辑部问》
116	杨南郡《阔别文学四十年》
119	于坚《广场》《故宫》《参观纪念堂》
127	编辑部《一个女作家的一生——梅娘同志》；张欣《沦陷区的一位作家——梅娘》；陈放《一个女作家的一生》
128	张默《为新诗写史记》《胡适：中国新诗的先驱者》《徐志摩：才华洋溢的"新月派"主将》《戴望舒：用残损的手掌抚摸破碎的大地》《卞之琳：冷凝而弓张弦紧的对话》《昌耀：雕剖青康藏的灵魂》《北岛：朦胧派诗人群众举大纛者》《舒婷：动人的魅力和忧伤》《于坚：藉形而下的事物进行形而上的思考》
129	余光中《臧克家的诗——烙印》
131	施淑《精英的尺度——读李欧梵〈铁屋中的呐喊〉》；张默《远近高低各不同》
132	最后的传奇——张爱玲： 黄碧端《张爱玲的冷眼与热情》；朱西宁《点拨和造就》；庄信正《"旧事凄凉不可听"——张爱玲与〈红楼梦〉》；陈芳明《乱世文章与乱世佳人——张爱玲笔下的战争》；袁琼琼《张爱玲记》；刘叔慧《清坚决绝——试探张爱玲的爱情》；曾伟祯《如藕丝般相连——张爱玲小说与改编电影的距离》；陈辉龙《笔记张爱玲》；施淑青《雨情》；周嘉川专访《想当年——李丽华眼中的张爱玲》；魏可风专访《高看张爱玲——高信疆答客问》；高克毅《张爱玲的广播剧——记〈伊凡生命中的一天〉》；附录：张爱玲改编《伊凡生命中的一天》。
136	传说爱情的国度： 胡适《胡适致江冬秀》；江冬秀《江冬秀致胡适》；郁达夫《郁达夫致王映霞》；王映霞《王映霞致郁达夫》；徐志摩《徐志摩致陆小曼》；陆小曼《陆小曼日记》

期数	文章
139	再五四——探索文艺复兴： 编辑部《前言》 辑一：阅读云涌中国 王德威《没有晚清，何来五四？——被压抑的现代性》；龚鹏程《重读五四》；周玉山《五四的历史与文学》；陈芳明《五四精神不在台湾》 辑二：观览世界版图 董崇选《美丽新世界——文艺复兴在英国》；刘光能《发现自己，发现世界——人本主义与文学共和国》；谢志伟《"人本精神"的实践即"本人精神"——浅谈文艺复兴与德国文学》；欧茜西《斯拉夫的血泪》；吴潜诚《航向翡翠岛——再探爱尔兰文学复习》；林耀福《新英格兰的开花时期——美国文艺复兴的恋史情结》；陈明姿《扶桑一百年——日本近现代文学的变革》
147	吕正惠《知识闲书——评〈城市季风〉与〈北京鸟人〉》
150	施淑《活着——读张贤亮〈我的菩提树〉》； 最后的传奇——张爱玲： 编辑部《前言》；夏志清《张爱玲给我的信件》；詹姆士·莱昂作、叶美瑶译《善隐世的张爱玲与不知情的美国客》；江宝钗《叹息张爱玲》
151	夏志清《张爱玲给我的信件（二）》；司马新《张爱玲的今生缘——〈张爱玲与赖雅〉之外一章》
153	夏志清《张爱玲给我的信件（三）》
154	夏志清《张爱玲给我的信件（四）》
155	夏志清《张爱玲给我的信件（五）》
158	夏志清《张爱玲给我的信件（六）》
159	夏志清《张爱玲给我的信件（七）》
162	夏志清《张爱玲给我的信件（八）》
163	夏志清《张爱玲给我的信件（九）》
165	夏志清《张爱玲给我的信件（十）》
175	余英时《文艺复兴乎？启蒙运动乎？——一个史学家对五四运动的反思》
176	长歌短曲——余华散文： 编辑部《前言》；余华《文学和文学史》《内心之死》《我能否相信自己》《强劲的想像产生事实》；《波赫士的现实》《契诃夫的等待》《三岛由纪夫的写作与生活》《永远的威廉·福克纳》；《永远活着——答意大利〈解放报〉记者问》《"我不喜欢中国的知识分子"——答意大利〈团结报〉记者问》

期数	文章
179	周昌龙《从〈沉沦〉到〈毁家〉——郁达夫与王映霞情愿始末》；冯祖贻《张爱玲小说中的现实世界——〈金锁记〉的原型及其他》；陈信元《胡适日记中的西湖烟霞"神仙生活"》

结　论

学界常将港台文学并举，但对二者内部的差异和联系较少作细致的考辨，因而刘以鬯才在《三十年来香港与台湾在文学上的相互联系》一文中，呼吁加强两地文坛关系的研究，近年来，港台学界在这方面已有不少精深的研究城果，大陆学界对此关注并不多。本研究仅对两地诗坛的交往略作考察，只是对这一问题的部分探索，尚有很多问题留待讨论，至少对笔者而言，留待解决的问题远比已解决的问题要多。

台湾与香港之间的文化交往，渊源甚深，同样是作为中国南方的口岸城市，后来又都沦为殖民地，其地理位置与命运的相似之处，既为两地之间的交往提供了近便的地理区间，同时也让两地文人时时以对方为镜像，回看自己的处境。如1911年魏清德就以记者的身份游历厦门、广州、香港等地，曾作《南清游览纪录》，对英国殖民者在香港的施政政策颇为赞赏，曾记录相关说法，认为英国"不为行险侥幸或欺诈手段，祈一国之暴富"，[①] 殖民官员也多通中国语，熟悉中国情况，与日本殖民者在台湾的欺诈政策有所不同，魏清德提出此点希望台湾官民参考。他虽然对帝国的殖民行径本身缺乏批判，但在与香港对照观看中，也算明了自己的处境和命运。此后偶尔也有驻台的日本人前往香港考察。

台湾光复后，两地之间的文化沟通开始频繁起来，很多大陆文化人借道香港前往台湾，如覃子豪就从香港乘机帆船前往台湾谋职，而台湾的邱永汉则前往香港，后来还在日本以小说《香港》获直木奖。到1948年的全国知识分子大迁移，港台之间是一条繁忙的航线，在这个聚散离合的时代，有不少家庭是分处大陆与台湾，大陆与香港，或分处台湾与香港。一般而言，赴台的文化人大

---

①　魏清德:《南清游览记录》。

多与国民党有些关联，赴港的则不一定，其间有持观望态度者，也有持反对意见者，有些文化人本来是要借道香港赴台的，但最终却选择留在香港。香港独特的地理位置和政治环境，为不同立场的文化人都提供了生存空间，如当时的新亚书院，除留用曾克耑这样比较疏离政治的文化人外，也有梁寒操这样曾任国民党中宣部长、国民政府立法委员的大僚，香港宽松的环境为不同立场的文化人提供了避难所。

台湾则相反，1949 年左右当局大规模肃清左翼知识分子，随后推行戒严政策，台湾已很难容纳其它的声音，部分台湾的左翼知识分子为逃避当局迫害，便转赴香港，除谢雪红外，还有曾任教于台湾大学的雷石榆，在遭台湾当局驱逐后，也曾辗转香港，并在《大公报》发表作品。[①] 在台湾的戒严体制下，香港的刊物大多很难进入台湾，即便是亚洲基金会资助的友联出版社，旗下刊物除《儿童乐园》外，其它刊物一开始都无法进入台湾。这些因素是港台两地文坛交流的阻碍。不过另一方面，台湾的戒严政策，也促成部分原本在台的知识分子转而前往香港。

进入 20 世纪 50 年代后，情况又有不同。在冷战的东西方格局中，台湾与香港同属西方阵营，与日本等地一道，成为以美国为首的西方国家遏制社会主义中国的前沿阵地。美国通过洛克菲勒基金、福特基金会、亚洲基金会、救助中国流亡知识分子协会、国际笔会等组织，为文化冷战提供经费支持和组织形式，还通过美新处在香港和台湾实地宣导文化冷战政策，如一度活跃在港台文化人中间的麦卡锡，就在其间扮演着关键的角色。他们通过制定翻译、创作等出版计划，有倾向性地支持港台文化的生产。在这种背景下，两地文化人有更多相互交往的机会，如宋淇（林以亮）、吴鲁芹等都曾在美新处工作，并实际地推动两地文坛的交流。

港台现代主义诗歌正是在这种情形下发展并彼此互动的。从渊源而言，他们分享了大陆 20 世纪三四十年代的现代主义传统，如马朗、贝娜苔、杨际光、纪弦、覃子豪、余光中等都由大陆南来，不过现代主义之所以能在港、台结出新的果实，除特殊时代环境给予诗人的特殊体验外，也得益于文化冷战背景下英美文化的单向输入。在台湾当局的戒严政策下，现代主义诗人之间的互动成

---

① 参考北冈正子著，王敬翔、黄英哲译：《连接中国大陆、台湾、日本的诗人雷石榆——以〈沙漠之歌〉与〈八年诗选集〉为中心》，载杨彦杰编《光复初期台湾的社会与文化》.福州：福建教育出版社，2011 年版，第 453 页。

为两地交往的重要组成部分。

美新处虽然在港台资助了较多的期刊，如《今日世界》《中国学生周报》《文学杂志》《现代文学》等，但手段都较为隐蔽，正如论者王梅香指出的是"隐蔽权力"，但其效果却十分显著。如香港的友联出版社、自由出版社、霓虹出版社等均接受美援，不仅发行了较多的书籍，也出版多种杂志，如友联出版社的《中国学生周报》，五六十年代就成为宣扬美国价值观的重要平台，同时也成为沟通港台文坛的媒介，其作家群中台湾作家占了绝大多数，除小说家外，其专版《诗之页》上的诗人多为台湾现代主义诗人。经美援干预的两地文学生产，一方面导致了以现代主义为代表的英美文化的单向输入，如当时诗人翻译的作品多为西方现代主义作品，以及人文主义和新批评理论；另一方面导致"绿背文学"与"反共文学"的合流，如《今日世界》上连载的间谍、战争作品，很多便以大陆作为假想敌，《中国学生周报》也常对红色革命进行妖魔化报道。

港台两地现代主义诗人之间的交往，虽然总体上受到文化冷战的影响，但同样需要留意的是，两地诗人既有的渊源也是促成交往的条件，或者说，港台两地诗人之间的交往是多种因素促成的。如当时在港台诗坛出现的"影子诗人"梁文星，实际上便是宋淇与夏济安共同的旧识吴兴华；在港台诗坛交流中起着重要作用的纪弦与马朗，二人在上海时期也有渊源。从这个角度而言，在探讨冷战初期港台诗坛交流时，需要将视野从港台两岛，扩展到上海、北京、台湾与香港等地，要放在整个大中国乃至大中华的视野中考察，如当时在港台诗坛互动中起着关键作用的叶维廉，便对四十年代的现代主义作了创造性转化和发扬，对此，台湾学界（如须文蔚）和香港学界（如郑蕾）都有相关研究。

就目前台湾学界对港台文坛交流的研究而言，多注重两地之同，如两地同受文化冷战的文化生产机制影响，两地现代主义诗歌之间的共生关系等，较为忽略二者之间的差异。实际上，港台现代诗歌之间的差异是明显的。差异不仅体现在二者创作的形式和主题，也在于译介英美现代主义时诠释方式和视角的不同。香港的殖民者英国在冷战时期并不愿意放弃大陆市场，试图秉持较为中立的立场，左、中、右翼思想在香港都有一定的生存空间，从而与党政一体的台湾有所不同。因而，香港的现代主义诗人在拣选西方现代主义思潮时，也显得较为多元，如马朗不仅译介艾略特等典型的现代主义诗人诗作，同时对弱小民族的诗歌也有关注，对曾经左转的超现实主义诗人如艾吕雅等也有介绍。

相反，台湾在这方面的口径要窄得多。不仅如此，两地现代主义诗歌的创作主题从总体上着眼也有所差别，台湾海峡的内战依旧在延续，热战正酣，不少诗人与身其中，出诸笔下是现代战争的经验；香港诗人则身处现代都市，见到的往往是殖民统治下的畸形繁荣，因而诗作多写香港的殖民现代性。这是两地诗歌具体表现之上的差异。这种差异当然不是绝对的，只是大致而言，台湾也有现代都市诗。这些差异是两地不同语境的表现，反过来也促成两地诗歌的交流与互动。

就两地诗坛间的交往方式而言，报刊的编辑与出版占有重要地位。编辑在现代文化生产中扮演着重要角色，他不仅是文学走向公众的推手，本身也是重要的社会身份，是文坛交往的重要纽带和经营者，如纪弦除了诗人身份之外，还是一个重要的诗刊编辑，先后创办或编辑过多种诗歌刊物，编辑身份成为他推广诗学理念、推动文坛交流的重要角色，如《文艺新潮》与《现代诗》之间的互动，就有赖编辑之间的交往，同样的，叶维廉、痖弦等推动《新思潮》《浅水湾》与《创世纪》的交往，也很大程度是以编辑的身份推动的。而易君左之所以在港台诗坛交流中占有重要地位，除了他本身就是往返两地的重要作家外，他所创办的《新希望周刊》在上海、台湾和香港三地的影响也是一大因素，甚至可以说，这份刊物的流动本身就见证了三地文坛间的关联。

现代主义诗歌因发源于欧美，故在文化冷战的语境下，在港台有较大的发展空间，如在美新处的翻译计划中就有美国诗歌翻译专项，加上当时青年的苦闷与虚无气质契合现代主义文化特性，故在港台两地均形成时代性的文学潮流。就两地诗坛交往而言，除了与欧美文化有亲缘关系的现代主义诗歌外，中国的传统诗词也扮演着重要角色。港台因长期作为列强的殖民地，传统文化遭遇的冲击主要来自西学和商业等因素，而不像北京、上海等地的新文化运动那样直接，加上 1949 年之后，大量的官绅南下，同时不少失意政客军人也将精力投注在文墨方面，因而五六十年代两地的旧体诗坛倒是颇为兴盛，旧体诗写作者之间的流动和交往也成为两地诗坛交往的重要方式。

本书以易君左为个案，追寻他在香港与熊式辉寓所"海角钟声"诗人群、梁寒操寓所"梁园"文人群以及与台湾文化人之间的诗词交往，借以略窥当时港台旧体诗坛交往的一斑。当时部分失意政客因对蒋介石不满而寓居香港，以待时机，如熊式辉和梁寒操等，但部分人最终还是接受蒋介石的招安，前往台湾，熊式辉及其幕僚、梁寒操、易君左等均是，他们从香港到台湾的经历及其在两地的文化活动都值得进一步研究。

同时，从易君左的经历及其作品我们也发现，传统文化人的旧体诗词也受冷战影响。如易君左就曾参加美国设立的"救助中国流亡知识分子协会"，并且将领取的高额薪金作为重办《新希望周刊》的资本。而部分失意政客更是积极寻求新的机会，如当时以张发奎、顾孟余为首的"第三条道路"，实际上就是美国扶持的一股力量，他们也笼络了部分文化人。

我们现在回溯港台两地诗坛的交往，除了历史性地探究两地诗坛交往的细节，辨析文化冷战在其间扮演的角色外，更想从交往的历史遗产中找到现实和解的可能。如港台两地现代主义诗人借由现代主义诗歌复杂的形式，共同构筑了一处文化飞地，港台现代主义诗人对三四十年代上海现代主义的接受和转化，以及梁文星这个影子诗人的存在等现象，都一定程度溢出了内战的隔阂及冷战意识形态的鸿沟，彰显了文化场域抵抗、超越乃至重塑政治场域的可能，这是现在重拾冷战时期港台现代主义的另一重意义。为此，本书还越出冷战初期港台诗坛的既定研究范围，往上追溯至辛亥革命前夕梁启超的访台，重探他与台湾诗人之间的诗词交往，彼时诗词成为双方避开日本刑侦监视、互诉家国情怀的方式；同时往后延伸到上世纪八十年代台湾解严之后，《联合文学》重新刊载中国大陆文学的现象，通过对大陆现当代文学的重刊与介绍，缝合了因戒严所导致的文学史断裂。从这个角度而言，20世纪港台两地诗坛交往的经验，以及两岸文学的交往经验，都具有突破意识形态屏障和历史隔阂的功用。而且这类交往不仅仅是以现代主义式的去革命化方式展开，也有如六七十年代因港台同时兴起的左翼运动而产生的互动，从这个角度而言，本书现有的研究只是冷战时期港台文坛互动这一课题的一小部分。

之所以说港台诗坛之间的交往，只是冷战时期两地文坛之间交往一个部分，主要是基于以下几个因素：

一是港台现代主义之间的交流，除了诗歌外，小说也占很大比重，像司马中原、段彩华、朱西宁、谢冰莹及陈映真等，都曾在香港发表作品；反之亦然。除异地发表外，异地写作也是两地文坛交流的重要方式，如施叔青的香港书写，虽然学界已有较多研究，但就她写作的历史意识、现实关怀及文学形式的创作等问题，都还有继续开掘的空间。而且如果将时间段从五、六十年代往后移，七、八十年代很多问题也值得提出讨论，如唐文标的《诗的没落——台港新诗的历史批判》，就对台港现代诗逃避现实的现象提出了尖锐的批评，之后关杰明

《中国现代诗人的困境》等文章，在批判现代主义过于西化的同时，也成为台湾乡土文学论战的前奏，此后才有《龙族》众诗人的新探索与实践。

二是新文化人之外，还有大量的传统文人或介于新旧之间的文化人，他们也是沟通两地文坛的重要力量，部分人在其中发挥的作用甚至比易君左还大得多，如钱穆、张君劢、梁寒操、左舜生、张大千、李璜等均值得关注。钱穆在香港办新亚书院，收留了不少大陆来港的文化人，后来成为香港新儒家的中心。新亚书院虽在香港，但这些人常往来于港台之间，在文化界有不俗的影响。张大千和易君左都擅书画，张曾多次在台北办画展；左舜生、李璜是青年党高层，青年党在三、四十年代是仅次于国共的第三大党，他们的政治理念与国民党也不太一样，因而很多党员后来都选择前往香港，在香港办自由出版社，宣传其理念，不过后来也有的最终选择去台湾，并在当局任职。

值得一提的是，这些介于新旧之间的文化人与我们已讨论的话题也有密切的相关性，如新亚书院与友联出版社尤其是与《中国学生周报》关系密切，当时很多新亚的学生前往《周报》工作，如奚会暲、古梅等后来都成为友联的重要力量，新亚书院提倡的人文精神与《周报》宣扬的人文主义内在契合；青年党在冷战初期试图走中间道路，也可视为香港第三种力量的一部分。

三是文学与政治的关系。前文处理的现代主义诗人，虽然也有积极的文化政治诉求，但多是试图借助现代主义的理念建构超越现实、并超越冷战结构的文学或文化乌托邦，多少带着逃避的意味。但七十年代初的保钓运动则不同，连余光中的弟子温健骝也转向革命，从现代主义诗歌的象牙之塔走向十字街头，参与社会活动，在保钓运动中发挥着积极作用，他们的社会实践影响了两地的一代青年，他们反帝反殖民的呼声，成为扭转港台文化的力量，这是冷战时期极值得关注的现象，以保钓为契机的两地青年和启蒙思想的汇合，以及与大陆革命的呼应，均值得深入探究。

按笔者原定计划，这些内容也是要重点探讨的，但因资料收集程度尚不完备，无法匆匆下笔，故只能俟诸来日。

参考文献

（以作者姓氏拼音为序）

《大拇指》（第 1 期）

《中央日报》（1937 年 7 月 20 日）

《中外文学》

《中国学生周报》

《文艺新潮》

《文学杂志》（台北）

《今日世界》

《自立晚报·新诗》

《创世纪诗刊》

《异端》

《好望角》

《红豆》（香港）

《抗战文艺》（第 1 卷第 1 期）

《现代诗》（台北）

《诗领土》

《诗志》（苏州、台北）

《香港文学》

《博益月刊》（第 14 期）

《联合文学》（第 29 期）

《蓝星诗选》（1957 年狮子星座号）

《新诗》（上海）

《现代》（上海）

《新思潮》（香港）

《香港时报·浅水湾》

《燕京文学》

《新希望周刊》（上海、台北、香港）

《畅流》

北冈正子著，王敬翔、黄英哲译：《连接中国大陆、台湾、日本的诗人雷石榆——以〈沙漠之歌〉与〈八年诗选集〉为中心》，载杨彦杰编：《光复初期台湾的社会与文化》.福州：福建教育出版社，2011 年版。

波德莱尔著，郭宏安译：《1846 年的沙龙：波德莱尔美学论文选》.桂林：广西师范大学出版社，2002 年版。

蔡雅薰主编：《师大校史丛书 师大七十回顾丛书 师大与华侨教育》.台北：台湾师范大学出版社，2016 年版。

陈芳明编选：《台湾现当代作家研究资料汇编 34 余光中》.台北：台湾文学馆，2013 年版。

陈国球：《情迷家国》.上海：上海书店，2007 年版。

陈国球：《台湾视野下的香港文学》，《东亚观念史集刊》，第 5 期，2013 年12 月。

陈建忠：《"美新处"（USIS）与台湾文学史重写：以美援文艺体制下的台、港杂志出版为考察中心》，《国文学报》，2012 年第 8 期。

陈乔之主编：《港澳大百科全书》.广州：花城出版社，1993 年版。

陈义芝：《声呐：台湾现代主义诗学流变》.台北：九歌出版社，2006 年版。

陈映真：《陈映真作品集》第 8、13 卷.台北：人间出版社：1988 年版。

丹尼尔·贝尔著，赵一凡、蒲隆、任晓晋译：《资本主义文化矛盾》.北京：三联书店，1989 年版。

渡边靖著，金琮轩译：《美国文化中心：美国的国际文化战略》.北京：商务印书馆，2013 年版。

凡蒂：《香港之夜》，《人生旬刊》，第 6 卷，第 10 期第 70 号，1953 年 12 月11 日。

弗朗兹·法农，万冰译：《黑皮肤白面具》.南京：译林出版社，2005 年版。

福柯著，钱瀚译：《必须保卫社会》.上海：上海人民出版社，1999 年版。

古远清：《外来诗人的"香港经验"》，《常州工学院学报（社科版）》，2007年第 5 期。

贵志俊彦、土屋由香、林鸿亦编，李启彰等译：《美国在亚洲的文化冷战》.台北：稻乡出版社，2012 年版。

郭沫若：《今天创作的道路》，《创作月刊》，第 1 卷，第 1 期，1942 年 3 月。

郭沫若：《全面抗战的再认识》，《申报》（沪版），1937 年 9 月 17 日，第五版。

国民党中央文工会编：《第二次文艺会谈实录》，1977 年版。

国务院人口普查办公室编：《世纪之交的中国人口——香港卷》.北京：中国统计出版社，2005 年版。

韩北屏：《韩北屏文集》（下）.广州：花城出版社，1997 年版。

胡菊人：《新人文主义文学》，《新生晚报·新趣》，1965 年 6 月 20 日。

黄冠翔：《异乡情愿：台湾作家的香港书写》.台北：秀威资讯，2014 年版。

黄曼君 黄永林主编：《火浴的凤凰 恒在的缪斯——余光中暨沙田文学国际学术研讨会论文集》.武汉：湖北人民出版社，2002 年版。

黄美娥：《战后台湾文学典范的建构与挑战：从鲁迅到于右任——兼论新 /旧文学地位的消长》，《台湾史研究》，第 22 卷，第 4 期，2015 年 12 月。

黄英哲：《漂泊与越境：两岸文化人的移动》.台北：台大出版中心，2016年版。

霍布斯鲍姆著，马凡等译：《极端的年代》.南京：江苏人民出版社，2011年版。

纪弦：《纪弦回忆录 二分明月下》.台北：联合文学出版社有限公司，2001年版。

纪弦：《纪弦自选集》.台北：黎明文化事业股份有限公司，1978 年版。

简义明：《冷战时期台港文艺思潮的形构与传播》，《台湾文学研究学报》，第18 期，2014 年 4 月。

解志熙：《现代与传统的接续——吴兴华及燕园诗人的创作取向评议》，《新诗评论》第五辑 .北京：北京大学出版社，2007 年版。

卡林内斯库著，顾爱彬、李瑞华译：《现代性的五副面孔》.北京：商务印书馆，2002 年版。

柯振中：《20 世纪 50 年代香港一家出版社所做的世界华文文学工作》，载陆士清编：《新视野 新开拓：第十二届世界华文文学国际学术研讨会论文集》．上海：复旦大学出版社，2002 年版。

克劳塞维茨著，钮先钟译：《战争论》．桂林：广西师范大学出版社，2003 年版。

昆南：《城市的雕像》，《文坛》，第 175 期，1959 年 10 月。

兰色姆著，王腊保、张哲译：《新批评》．南京：江苏教育出版社，2006 年版。

勒庞著，冯克利译：《乌合之众：大众心理研究》．北京：中央编译出版社，2004 年版。

力匡：《我不喜欢这个地方》，《星岛晚报》，1952 年 2 月 29 日。

犁青主编：《香港新诗发展史》．北京：人民文学出版社，2014 年版。

黎湘萍《文学台湾 台湾知识者的文学叙事与理论想象》．北京：人民文学出版社，2002 年版。

李欧梵：《李欧梵自选集》．上海：上海教育出版社，2002 年版。

李欧梵：《中国现代文学与现代性十讲》．上海：复旦大学出版社，2002 年版。

李英豪：《批评的视觉》，文学书店，1966 年版。

里尔克著，曹元勇译：《马尔特手记 插图版》．上海：上海译文出版社，2007 年版。

理查德·利罕著，吴子枫译：《文学中的城市：知识与文化的历史》．上海：上海人民出版社，2009 年版。

廖炳惠：《从蝴蝶到洋紫荆：管窥施叔青的〈香港三部曲〉之一二》，《中外文学》，第 24 卷，第 12 期，1996 年 5 月。

林孝庭：《困守与反攻：冷战中的台湾选择》．北京：九州出版社，2017 年版。

林以亮：《林以亮诗话》．台北：洪范书店有限公司，1976 年版。

刘登翰：《施叔青：香港经验和台湾叙事——兼说世界华文创作中的"施叔青现象"》，《台湾研究集刊》，2005 年第 4 期。

刘登翰：《台湾作家的香港关注——以余光中、施叔青为中心的考察》，《福建论坛（人文社会科学版）》，2001 年第 2 期。

刘登翰主编:《香港文学史》.北京:人民文学出版社,1999年版。

刘俊:《从"四代人"到"三代人"——论施叔青的"香港三部曲"和"台湾三部曲"》,《香港文学》2014年第11期。

刘诒恢:《〈中国学生周报〉杂忆》,香港《文学评论》,第14期,2011年6月15日。

刘正忠:《主知·超现实·现代派运动》,载陈大为、钟怡雯编:《20诗集台湾文学专题Ⅰ:文学思潮与论战》.台北:万卷楼图书公司,2006年版。

路易士:《从废名的〈街头〉说起》,《文艺世纪》,1944年第1卷,第2期。

路易士:《三十前集》.上海:诗领土社,1945年版。

吕正惠:《六十年代的台湾"现代化"文化——基于个人经验的回顾》,《华文文学》,2010年第4期。

马克斯·韦伯著,冯克利译:《学术与政治》.北京:三联书店,1998年版。

梅子、易明善编:《刘以鬯研究专集》.成都:四川大学出版社,1987年版。

欧阳文:《什么是人文主义》,《六十年代》,第40期,1953年9月1日。

钱基博:《现代中国文学史》.长春:吉林人民出版社,2012年版。

Stephen Spender, *The Thirties and After: Poetry, Politics, People (1933—75)*, London and Basingstoke:the Macmillan press LTD., 1978.

萨义德著,李自修译:《旅行中的理论》,载《理论·文本·批评家》.北京:三联书店,2009年版。

桑德斯著,曹大鹏译:《文化冷战与中央情报局》.北京:国际文化出版公司,2002年版。

沈从文:《论朱湘的诗》,《文艺月刊》,第2卷,第1期,1931年1月30日。

盛紫娟:《〈中国学生周报〉点滴》,《文学评论》(香港),第12期,2011年2月15日。

司徒雷登:《告中国人民书》,《大公报》,1948年2月2日。

宋以朗:《宋淇传奇 从宋春舫到张爱玲》.香港:牛津大学出版社,2014年版。

苏珊·博尔格(Suzanne Berger)、理查德·K.李斯特(Richard K. Lester)主编,侯世昌等译:《由香港制造 香港制造业的过去·现在·未来》.北京:清华大学出版社,2000年版。

覃子豪:《覃子豪全集》.台北:覃子豪全集出版委员会,1965年版。

T. S. 艾略特著,王恩衷编译:《艾略特诗学文集》.北京:国际文化出版公司，1989 年版。

唐君毅：《人文精神之重建》. 香港：新亚研究所，1955 年版。

汪宏伦编：《战争与社会：理论、历史、主体经验》. 台北：联经出版社，2014 年版。

王洞主编，季进编注：《夏志清夏济安书信集：卷一（1947—1950）》. 台北：联经出版社，2015 年版。

王德威：《落地麦子不死：张爱玲与"张派"传人》. 济南：山东画报出版社，2004 年。

王德威：《如何现代，怎样文学？》. 台北：麦田出版社，1998 年版。

王剑丛：《香港作家传略》. 南宁：广西人民出版社，1989 年版。

王梅香：《美援文艺体制下的〈文学杂志〉与〈现代文学〉》，《台湾文学学报》，第 25 期，2014 年 12 月。

王梅香：《隐蔽权力：美援文艺体制下的台港文学（1950—1962）》，台湾清华大学博士学位论文，2015 年。

王艳丽：《文学视野下的〈中国学生周报〉研究》，山东大学博士论文，2013 年。

王钰婷：《冷战局势下的台港文学交流——以 1955 年"十万青年最喜阅读文艺作品测验"的典律化过程为例》，《中国现代文学》，第 19 期，2011 年 6 月。

王钰婷：《五〇年代台港跨文化语境：以郭良蕙及其香港发表现象为例》，《台湾文学学报》，第 26 期，2015 年 6 月。

尉天骢：《回首我们的时代》. 新北：印刻文学生活杂志出版有限公司，2011 年版。

闻一多：《诗的格律》，《晨报·副刊》，1926 年 5 月 13 日。

翁文娴：《梦的起源、诗的发展功能、假语法》，《香港文学》，2015 年第 6 期。

吴灞陵编：《香港年鉴 第 7 回 1954》. 香港：华侨日报出版，1954 年版。

吴伯卿：《易君左、郑天健与湖南国民日报》，《传记文学》（台湾），1981 年 2 月。

吴桂馨：《1950 年代台港现代文学体统关系之研究：以林以亮、夏济安、叶维廉为例》，台湾清华大学硕士学位论文，2008 年。

吴心海：《揭开诗人史卫斯之谜》，《档案春秋》，2016 年第 1 期。

吴心海：《鲜为人知的现代派诗人常白》，载李果编《海上文坛掠影》. 上海：

上海科学技术文献出版社，2013 年版。

　　吴兴华：《吴兴华全集 3 风吹在水上 致宋淇书信》. 桂林：广西师范大学出版社，2017 年版。

　　吴宗锡：《史卫斯、田多野的点点滴滴》，《档案春秋》，2016 年第 4 期。

　　香港华侨日报出版部编：《香港年鉴 第 2 回 1949》. 香港：华侨日报营业部，1949 年版。

　　须文蔚：《叶维廉与台港现代主义诗论之跨区域传播》，《东华汉学》，第 15 期，2012 年 6 月。

　　须文蔚：《余光中在一九七〇年代台港文学跨区域传播影响论》，《台湾文学学报》，第 19 期，2011 年 12 月。

　　须文蔚编选：《台湾现当代作家研究资料汇编 09 纪弦》. 台南：台湾文学馆，2011 年版。

　　徐訏：《时间的去处》. 香港：南天书业公司，1971 年版。

　　徐志摩：《诗刊弁言》，《晨报副刊·诗镌》，1926 年 4 月 1 日。

　　杨佳娴：《悬崖上的花园：太平洋战争时期上海文学场域 1942—1945》. 台北：台湾大学出版中心，2013 年版。

　　杨宪益译：《英国诗抄（二）Stephen Spender》，《世界文学》，1943 年第 1 卷，第 2 期。

　　杨之华编：《文坛史料》. 上海：中华日报社，1944 年版。

　　杨宗翰：《台湾〈现代诗〉上的香港声音》，《创世纪杂志》，第 136 期，2003 年 9 月。

　　杨宗翰：《台湾新诗评论：历史与转型》. 台北：新锐文创，2012 年版。

　　也斯：《城与文学》. 杭州：浙江大学出版社，2013 年版。

　　也斯：《解读一个神话？》，《读书人》，第 26 期，1997 年 4 月。

　　叶泥：《凡尔德诗抄·译者后记》，《创世纪》，第 11 期，1959 年 4 月。

　　叶维廉：《从现象到表现：叶维廉早期文集》. 台北：东大图书股份有限公司，1994 年版。

　　叶维廉：《叶维廉文集》第 9 卷. 合肥：安徽教育出版社，2002 年版。

　　易君左：《大湖的儿女》. 台北：三民书局，1969 年版。

　　易君左：《烽火夕阳红》. 台北：三民书局，1971 年版。

　　易君左：《锦绣山河集第一集：江苏》. 香港：亚东图书，1954 年版。

易君左：《琴意楼词》. 香港：吴兴记，1959 年版。

易君左：《四魂血泪记》. 香港：自由出版社，1954 年版。

易君左：《天涯海角十八年》. 香港：大明王氏出版有限公司，1982 年版。

易君左：《西北壮游》. 台北：新希望周刊社，1949 年版。

易君左著，易鹏编：《易君左四十年诗》. 台北：自印本，1987 年版。

应凤凰：《香港文学传播台湾三种模式——以冷战年代为中心》，《全国新书资讯月刊》，第 174 期，2013 年 6 月。

余光中：《记忆像铁轨一样长》. 台北：洪范书店有限公司，1987 年版。

余光中：《征途未半念骓骝——序〈温健骝卷〉》，载《余光中集》，第 8 卷. 天津：百花文艺出版社，2004 年版。

宇文所安著，程章灿译：《迷楼：诗与欲望的迷宫》. 北京：三联书店，2004 年版。

袁可嘉：《新诗戏剧化》，《诗创造》，第 12 期，1948 年 6 月。

张默、痖弦主编：《六十年代诗选》. 香港：大业书店，1961 年版。

张泉：《北京沦陷期诗坛上的吴兴华及其接受史——兼谈殖民地文学研究中的北京问题》，《抗战文化研究》，第 5 辑。

张松建：《现代诗的再出发》. 北京：北京大学出版社，2009 年版。

张松建：《知识之航与历史想象：重读吴兴华》，《江汉大学学报（人文科学版）》，2009 年第 1 期。

张腾蛟：《书注》. 台北：尔雅出版社有限公司，2013 年版。

郑鸿生：《陈映真与台湾的"六十年代"：试论台湾战后新生代的自我实现》，《台湾社会研究季刊》，第 78 期，2010 年 6 月。

郑蕾：《叶维廉与香港现代主义思潮》，《东华汉学》，第 19 期，2014 年 6 月。

郑蕾：《香港现代主义文学与思潮——以"香港现代文学美术协会"为视点》，岭南大学博士学位论文，2012 年。

郑树森，《追迹香港文学》. 香港：牛津大学出版社，1998 年版。

郑树森：《文学地球村》. 上海：三联书店，1999 年版。

郑树森：《与世界文坛对话》. 台北：三民书局股份有限公司，1991 年版。

周良沛编：《戴天诗选》. 成都：四川文艺出版社，1987 年版。

周天健：《不足畏诗存》. 台北：永裕印刷厂，1990 年版。

朱双一、张羽：《海峡两岸新文学思潮的渊源和比较》. 厦门：厦门大学出版社，2006 年版。

　　朱双一：《穿行台湾文学两甲子》. 广州：花城出版社，2014 年版。

　　朱双一：《当代台湾文学的人文主义脉流》，《厦门大学学报（哲学社会科学版）》，1995 年第 3 期。

后　记

本书是在我博士后出站报告的基础上改定的。博士毕业之后，便南来厦门，从学生转而为教师。虽然是博士后，但角色毕竟已经开始转变，需要一个时间的调整。还需要调整的是学术路向，以前的研究主要的现代文学，现在则要关注台湾文学，不同领域的学术史脉络不同，学术圈不同，对话对象也不一样。在这个资料无穷丰富、研究又走入精深的时代，人凭着有限的精力，只能在某个领域有所收获，所谓通人，似乎已离我们越来越远。我更是不能例外，只能有所为，有所为不为，于是转而弥补在台湾文学方面的不足，开始从头翻阅台湾的文学期刊，阅读既有的研究著作。不过也算幸运，厦门大学的台湾研究在国内有不错的基础，资料积累可谓首屈一指，几位学界前辈更是成果斐然，让我在边学边教中逐渐融入这个学术环境，在文学所同仁的带领下，也慢慢进入台湾文学研究的领域。

在选择博士后研究题目的时候，因出身于现代文学，第一想法就是做"鲁迅在台湾"这个议题，在跟张羽教授提及的时候，张老师告诉我有人已着先鞭，并热忱地帮我联系对方。后来我才知道是朱双一教授的博士徐纪阳，他很大方地跟我分享了他的大作，他论文资料丰赡，有很多独到的发现，让人受益匪浅。虽然我并不想就此放弃，但还是拟想了另一个题目，这就是冷战时期港台文坛交流的论题。于我而言，这个论题与我此前的研究也有延续性，一是我一直较为关注诗歌，包括现代主义诗歌和旧体诗词这两个看起来截然相反的诗歌类型；二是我博士论文处理的是抗战时期重庆文化人的文化活动，而五十年代港台的很多知识分子是从大陆迁移过去的，很多问题也是四十年代的延续。几位学界先进也认为这个题目更有开拓的空间，便坚定了我展开此课题的决心。

在研究期间，得到了院内同仁的大力支持，要感谢博士后合作导师张羽教授，从联系到厦大工作开始，张老师就给予了很多帮助，在进入文学所之后，也是尽可能让我有一个安静的工作环境，让我顺利地从此前的领域转向现在的话题；朱双一教授的台湾文学研究成果丰硕，常与我这个后进谈论研究心得，朱老师还收藏有大量的资料，很多图书馆没有的资料，我都从朱老师那里获得，目前手中都还有好几份朱老师从台北复印回来的期刊，这对我的研究可谓至关重要，朱老师提携后进的胸襟让人感佩；蒋小波老师为人谦和，对台湾自由主义思潮有深入研究，生活中也似乎得其三昧，平时的学术交流也让人受益；吴舒洁老师早我三年来单位，但已深入参与到台湾的社会与思想实践中；厦大中文系的王烨和王宇两位教授，在参加我研究计划的开题或中期考核时给予了很多有益的建议，在此一并致谢。此外，台研院文学所的研究生们，在平时的活动和讨论中，都予我颇多帮助和启发。

厦门大学台湾研究院是多学科组成的研究机构，给人突破专业限制、开阔眼界的机会。台湾研究院及两岸关系和平发展协同创新中心诸位同仁、长者，在台湾研究领域各有专长，从我来厦大工作起，给予我颇多关怀，让我有精力和空间继续学术研究，协创中心为我2016年赴台驻点提供了经费支持，让我顺利完成该课题的资料收集，同时协创中心也提供资助让拙著得以出版。

值得一提的是，当我完成拙作初稿后，于2017年11月赴台湾大学驻点研究时，得知台湾大学黄美娥教授正在开设港台文坛关系的课程，真是意外之喜，虽然我只能旁听一个月的课程，但依旧受益匪浅，其间有次是须文蔚的讲座，他研究该论题已经多年了，他对港台诗歌与绘画关系的解读尤其让人耳目一新。此外，新竹清华大学的林佩珊兄、台湾大学的魏亦均兄、香港中文大学的崔文东兄、香港浸会大学的张晓伟兄，为我复制了部分资料，翁文娴教授和应凤凰教授也跟我分享了她们的研究成果。香港中文大学的"香港文学资料库"（小思文库）也为异地查阅文献提供了便利。

文中的部分章节已在《台湾研究集刊》《现代中国文化与文学》《新诗评论》《江汉学术》《世界华文文学论坛》等刊物发表，感谢陈勤奋女士、李怡教授、姜涛教授及刘洁岷编审等人的精心编辑。也感谢本书的责任编辑、九州出版社郝军启、肖润楷先生的细致编辑。

在此一并致谢！

港台文坛关系这个选题是一座富矿，还有很多资料深埋地下等待发现与整理。我作为初学者，只能像一个不专业的勘探者，在地表东挖一块，西敲一下，离真正的矿脉还隔得远，即便偶尔拾得一二矿石，也早已是风吹日晒之后的了，离历史本真面目已远。也正因如此，文中我收录了一些资料，像《中国学生周报》上的台湾作家作品，希望给后面的研究者留一点足迹，仅此而已。想想前人，书稿从不轻易付梓，但我却匆匆示人，确实颇感惭愧。

于我而言，能从繁复的资料中，窥见一点新意，发现一点自以为别人尚未发现的问题，便觉得很满足，以为真理的面纱向我揭开了那么一点点。虽然这大多时候是虚妄，但我一直这么相信着。

做学问是一快乐的事，但后来我发现有比学术更快乐的，这就是陪女儿。这篇研究报告生成的时间，大致与小女小兮的出生同时，伴随她的成长，看着她一天天的长大，让我发现了比真理更有意思的东西。要感谢她，感谢我的家人。

2017/10/2 初稿

2018/3/19 改于厦门